FIONA FELLNER

Eine Melange zum Verlieben

FIONA FELLNER

Eine Melange zum Verlieben

Kaffeehaus-Romanze

ROMAN

Personen und Handlung sind frei erfunden. Ähnlichkeiten mit lebenden oder toten Personen sind rein zufällig und nicht beabsichtigt.

Bei Fragen zur Produktsicherheit gemäß der Verordnung über die allgemeine Produktsicherheit (GPSR) wenden Sie sich bitte an den Verlag.

Die automatisierte Analyse des Werkes, um daraus Informationen insbesondere über Muster, Trends und Korrelationen gemäß § 44b UrhG (»Text und Data Mining«) zu gewinnen, ist untersagt.

Immer informiert

Spannung pur – mit unserem Newsletter informieren wir Sie regelmäßig über Wissenswertes aus unserer Bücherwelt.

Gefällt mir!

Facebook: @Gmeiner.Verlag
Instagram: @gmeinerverlag

Besuchen Sie uns im Internet:
www.gmeiner-verlag.de

© 2025 – Gmeiner-Verlag GmbH
Im Ehnried 5, 88605 Meßkirch
Telefon 07575 / 2095-0
info@gmeiner-verlag.de
Alle Rechte vorbehalten
1. Auflage 2025

Lektorat: Susanne Tachlinski
Satz: Mirjam Hecht
Umschlaggestaltung: U.O.R.G. Lutz Eberle, Stuttgart
unter Verwendung eines Fotos von: © VICHIZH / stock.adobe.com
Druck: GGP Media GmbH, Pößneck
Printed in Germany
ISBN 978-3-8392-0778-9

Für Laila, Dina und Levke –
und alle guten Freundinnen da draußen

Vorbemerkung

Obwohl es das charmante Café Schopenhauer in der Staudgasse 1 wirklich gibt (überzeugen Sie sich selbst!), sind Personen und Handlung in diesem Roman frei erfunden. Ähnlichkeiten mit lebenden oder toten Personen sind rein zufällig und nicht beabsichtigt.

*Das Schicksal
mischt die Karten,
wir spielen.*

Arthur Schopenhauer

Erwischt

»Ist es wegen mir oder wegen ihm?«

Lisi setzte sich mit Schwung auf den Hocker an der lang gezogenen Bar des Café Schopenhauer. Ihr kinnlanges, kaschmirrot gefärbtes Haar pendelte von links nach rechts.

Sie zog eine einzelne, fein gezupfte Augenbraue in die Höhe und nickte mit dem Kopf in Richtung zweite Sitzkoje links neben dem Eingang des Wiener Kaffeehauses, als ob Katie nicht genau gesehen hätte, wie Lisi beim Anmarsch auf die Bar eben diesen bedauernswert leeren Platz mit mehr als einem kurzen Blick gemustert hatte ...

»Wie bitte?« Katie sah auf das Glas in ihrer Hand und rieb mit dem Handtuch darüber. Sie wünschte, sie könnte ihre Bedenken genauso leicht wegwischen wie die Wasserflecken am Glasrand.

»Na, ob es *meinetwegen* oder *seinetwegen* ist?«

»Was jetzt?«

»Du polierst ein sauberes Glas.«

Katie hielt inne.

»Das ist mein Job.« Sie legte das Handtuch beiseite, stellte das Corpus Delicti hinter sich ins Regal und verkniff sich, zum nächsten Glas aus dem offen stehenden Geschirrspüler zu greifen.

Lisi verdrehte die Augen. »Herzipinkerl, immer wenn dir etwas gegen den Strich geht, polierst du wahllos Gläser.«

»Was sollte mir gegen den Strich gehen?«

»Na, dass er nicht da ist. Es ist Mittwochnachmittag.«
Konnte Lisi ihn wirklich bemerkt haben? Aber wie …? Er war der unauffälligste Gast im Schopenhauer. Okay, *ihr* war er aufgefallen. Doch das war etwas anderes. Sie arbeitete hier. Vielleicht meinte Lisi jemand anderen. Vielleicht hatte sie –
»Der Typ in Schwarz.«
Mist. Sie hatte ihn entdeckt. Das schmeckte Katie nicht. Denn Lisi war so verwegen wie der Schwung, mit dem sie sich seit eineinhalb Jahren in ihren Business-Röcken und Seidenblusen auf den Barhocker an die Schopenhauer-Theke setzte: ungewöhnlich, unerwartet, unberechenbar. Sie war ein auf 1,59 Meter konzentriertes, minimal molliges Energiebündel mit einem Lippenstift, der – wie ihre mattierten Pumps – auf ihren rötlichen Haarton abgestimmt war. Ihre strahlend blauen Augen bildeten einen irritierenden und gleichzeitig umwerfenden Kontrast dazu.

Wenn Lisi so straight, tough und beherzt das Schopenhauer betrat und sich auf den Barhocker schwang, hatte Katie sofort den 50er-Jahre-Song »I'm A Woman« von Peggy Lee im Ohr, der so herrlich absurd die unmöglichsten Alltagsaufgaben aufzählt, die aus einem einzigen Grund machbar sein sollen: weil man »a Woman« ist.

»Also?«, fragte Lisi. »Was ist mit ihm?«
»Keine Ahnung, wen du meinst.« Katie griff zum Filterkaffee, goss sich selbst und Lisi eine Tasse ein. So wie immer. Kommando: Ablenken. *Back to normal.* Hoffentlich.

Erwin, der Besitzer des Schopenhauers, sah es zwar nicht gern, dass Katie mit ihrer »Bargesellschaft« den Filterkaffee trank, kostenlos und so gut wie jeden Nachmittag in der Woche. Aber Lisi hatte ihn schnell weichgekocht. Sie hatte ein Händchen für die Schwächen ihrer Mitmenschen. Ein Talent, das sie für ihren Job prädestinierte, wie Erwin einmal zynisch bemerkt hatte. Lisi war Fachärztin im Allgemeinen Krankenhaus, dem AKH, ein paar Straßen vom Schopenhauer entfernt. Sie arbeitete in der Onkologie. Krebsstation. Erwin war, was den kostenlosen Filterkaffee anging, sehr schnell sehr ruhig geworden, als er vor anderthalb Jahren die Diagnose Prostatakrebs erhalten und Lisi ihn sofort an einen Kollegen, eine Koryphäe auf dem Gebiet, vermittelt hatte.

»Du weißt genau, wen ich meine.«

Ja, das wusste Katie. Und sie hatte sich seit sechs Tagen auf diesen Mittwochnachmittag gefreut, weil *er* garantiert wieder ins Schopenhauer kommen würde. Er kam immer mittwochs. Seit vier Monaten schon.

Katies Finger zuckten in Richtung Geschirrhandtuch. Doch sie beherrschte sich, griff stattdessen zum Schwammtuch und rieb unnötigerweise über das Chrom ihrer Arbeitsfläche hinter der Theke, das bereits matt und träge funkelte. Egal. Hauptsache nicht in Lisis blaue Röntgenaugen sehen. Hauptsache sich nicht verraten. Denn Lisis Neugier konnte explosive Züge annehmen. Wenn Lisi ein Ziel im Visier hatte, dann verfolgte sie es, bis sie es erreichte. Sie hatte sogar durchgesetzt, vom Schichtdienst im Krankenhaus befreit zu werden. Seit anderthalb Jahren hatte sie den unschlagbaren Deal herausgehandelt, nur noch vormittags in der Onkologie zu praktizieren – was sich, wie sie geduldig ertrug, oft bis in den Nachmittag hineinstreckte –, um ab 17 Uhr an der Medizinischen Universität zu unterrichten, dessen Hörsaalzentrum praktischerweise im AKH stationiert war. Dazwischen kam sie ins Schopenhauer. Stets gegen 16 Uhr. Ihr Job-Deal sei ein Sechser im Lotto, meinte Lisi. Katie fand, dass die Vereinbarung eher von strategischem, hartnäckigem Verhandlungsgeschick zeugte als von Glück.

»Na?« Lisis Augenbrauen wackelten auf und ab. Gleich zweimal. Das war ihre Spezialität. Wenn sie besonders gut drauf war, schaffte sie sogar eine La-Ola-Welle mit ihren Brauen.

Zu Katies Rettung ging just in diesem Moment die Tür des Schopenhauers auf.

»Elena kommt.«

Elena schritt wie auf Wolken über den honigfarbenen, hier und da knarzenden Parkettboden des Kaffeehauses. Sie schien das komplette Gegenteil von Lisi zu sein: groß, schlank, brünett, durch und durch natürlich. Wenn Elena zur Tür hereinkam, hatte Katie immer »Lovefool« von den Cardigans im Ohr: weich, smooth, verträumt.

Elena trug ein dunkelgrünes, knielanges, einfaches Wickelkleid, braune Riemchensandalen und eine lange goldene Kette mit einer einzelnen Perle und einer Feder, die ihr Sebastian zu irgendeinem Jahrestag geschenkt hatte. Die langen, glatten Haare hatte sie zu einem unprätentiösen, lockeren Zopf zusammengebunden. Am rechten Ohr baumelte ein großer, dünner Ohrreifen. Er kostete vermutlich 5,50 Euro bei Bijou Brigitte, aber an Elena sah er aus wie eine Kostspieligkeit von Cartier. Sie trug einen No-Name-Stoffturnbeutel mit Kordelzug über einer Schulter, der denselben Effekt hatte: Er hätte ein Understatement von Louis Vuitton sein können.

Natürlich-elegant, fand Katie.

Öko-kunststudentisch, nannte es Lisi.

Elena schlenderte zu ihnen herüber. Zwölf Schritte von der Eingangstür des Schopenhauers zur gegenüberliegenden Bar. Ihr Weg teilte den L-förmigen Gastraum in zwei ungleiche Hälften: eine kürzere links von ihr, eine längere rechts von ihr. Links ließ Elena die Spieltische, alle mit grünem Samt bespannt, unbeachtet. Rechts schenkte sie weder dem Billardtisch noch der Auswahl an diversen Tageszeitungen noch den zwölf Kaffeetischen einen Blick. Sie achtete nicht auf die Logen, die mit ihren gepolsterten Sitzbänken den Schankraum ringsum säumten und den Gästen entweder unter den großen Fenstern der Straßenseite oder unter den großen Spiegeln an den übrigen Wänden Platz boten. Sie bestaunte nicht die immense Deckenhöhe und auch nicht die übrige Ausstattung, die dem Schopenhauer das traditionelle Kaffeehaus-i-Tüpfelchen aufsetzte. Wie das Mobiliar: natürlich Holz, natürlich Thonet. Wie die Kaffeetische: alle mit runden Marmorplatten. Was Touristinnen und Touristen ihre *Ohs* und *Ahs* entlockte, ignorierte Elena. Nicht, weil sie das Ambiente nicht schätzte. Nein, Katie vermutete, dass der Wiener Schmäh recht hatte: »Kaffeehaus is a Lebensgefühl«, und Elena stellte diese zweite Haut nicht infrage. Warum auch? Es war ja alles wie immer, oder?

Lisi zum Beispiel drehte sich nicht zur nahenden Elena auf dem Barhocker um, nein – *sie tauchte ab*. Wie so oft. Eine peinliche Angewohnheit, die ihr nicht mehr auszutreiben war. Lisi tauchte ab, indem sie ihre Kaffeetasse zwei Zentimeter hoch und ihren Kopf zwanzig Zentimeter hinunter der Tasse entgegenstreckte. Mit rundem Rücken, den Kopf fast auf der hölzernen Theke, konnte sie in den schräg hängenden Spiegel über der Bar schauen und hatte so den Gastraum im Auge, ohne sich umdrehen zu müssen.

»Du weißt, dass das total deppert ausschaut?« Elena setzte sich in einer fließenden Bewegung auf den Barhocker neben der wiederauftauchenden Lisi. Die Bargesellschaft war komplett.

»Papperlapapp, ich trinke kontrolliert aus meiner randvollen Kaffeeschale. Das ist total normal.«

Für ihre eigenen Schwächen hatte Lisi kein gutes Händchen.

Katie schob Elena einen Kaffee zu.

»Sebastian war gerade da.« Elena zog die dampfende Tasse zu sich. Auf ihrer Stirn bildete sich eine Falte.

»Wie? Bei dir im Geschäft?«

Elena hatte ihr Studium vor neun Monaten, im vergangenen Herbst, erfolgreich abgeschlossen. »Masterin of Kunstgeschichte«, wie Lisi ausgerufen hatte, als sie zu dritt mit einem Glas Prosecco angestoßen hatten. Trotzdem war Elena in ihrem Studentinnenjob hängen geblieben. Das passierte vielen. Wie Katie selbst sehr genau wusste ...

Elenas Studi-Job war die Aushilfe im Blumengeschäft auf dem Kutschkermarkt, gleich um die Ecke vom Schopenhauer. Katies Studi-Job war die Aushilfe im Schopenhauer. Der kleine Unterschied war nur, dass Elena mit ihrem glatten Mittzwanziger-Gesicht 20 Stunden im Blumenpavillon arbeitete, während Katie satte 40 Stunden angestellt war. Sie hatte zu ihrem dreißigsten Geburtstag von einer geringfügigen auf eine Vollzeit-Anstellung aufstocken müssen. Und der große Unterschied war wohl, dass Elena ihren Abschluss in der Tasche und ihre Sponsion bereits gefeiert hatte, Katie aber immer noch als Promotionsstudentin an der Uni eingeschrieben war.

»Yes, er war bei uns im Geschäft.«

»Um Blumen für dich zu kaufen?«, stichelte Lisi.

Nach über anderthalb Jahren und etlichen gemeinsamen Kaffees war allen drei Frauen klar, dass der Computer-Nerd Sebastian nicht der geborene Romantiker war.

»Pff!«, schnaubte Elena. »Nope. Er war *einfach so* da.« Ihre Stirnfalte vertiefte sich.

Oh weh. Katie beugte sich zum Kühlschrank hinter der Bar und zauberte einen Becher mit frisch geschlagenem Obers hervor: das Wundermittel gegen Stirnfalten. Sie ließ in jede Tasse eine weiße Sahnehaube sinken.

»Klasse Idee.« Elena pustete in ihren Kaffee, ließ den weißen Tupfer tanzen und nippte daran. Ihre Stirn glättete sich.

»In letzter Zeit scharwenzelt er immerzu um mich herum.« Elena strich mit Mittel- und Zeigefinger den Schlagobers-Kuss von der Oberlippe. Dann kam die Falte zurück. »*Ich bin gerne da, wo du bist*«, imitierte sie Sebastians tiefe Stimme. »Und heute wollte er mir einfach so ein Bussi vorbeibringen.«

Elena nippte noch einmal, diesmal ließ sie die Sahnereste am Mund kleben. »Des zipft mi an! Ich bin doch kein siamesischer Zwilling! – Reichst mir eine Serviette, Katie?«

Heute half nicht einmal mehr Kaffee mit Schlag. Katie wechselte mit Lisi einen Blick und fragte sich, wie sehr sie sich darüber freuen durfte, dass Elenas gereizte Nerven ein ausgezeichnetes Ablenkungsmanöver zu Lisis Neuer-Stammgast-Entdeckung waren.

»Wie lange seid ihr jetzt zusammen?« Lisi griff zum Kaffeelöffel und fischte ihren Obersklecks aus der Tasse, um ihn im Ganzen zu genießen.

»Sieben Jahre.«

»Ganz klar«, Lisi deutete mit dem Löffel auf Elena. »Er denkt, du hast eine Affäre.«

»Pff«, machte Elena.

»Vielleicht denkt er, du triffst deine Affäre hier im Schopenhauer?«

»Schön wär's.«

Lisi und Katie wechselten erneut einen Blick. »Oh, oh«, sagten sie gleichzeitig.

Elena seufzte nur.

Katie griff wieder zum Sahnebecher und kleckste jeder noch etwas auf den Kaffee.

»Also? Wo ist er?« Lisi ertränkte den neuen weißen Tupfer in ihrer Tasse.

Elena sah auf. »Sebastian?«

»Nein, der Neue.«

Ein Themenwechsel war sicher gut, dachte Katie. *Dieser allerdings ...*

»Welcher Neue?«

»Der, auf den Katie ein Auge geworfen hat.«

Elena setzte sich kerzengerade auf ihren Barhocker. »Wer ist es?«

»Niemand.« Katies Hand griff wie von selbst zum Geschirrtuch. Sie konnte nichts dagegen tun. Sie angelte sich ein neues Glas aus dem Geschirrspüler und rieb den Rand ab.

Elena wandte sich zu Lisi.

»Er saß vergangenen Mittwoch in der Sitzkoje neben dem Eingang, zweiter Tisch von links.« Beide drehten sich auf ihren Barhockern, um über die Schulter zum verwaisten Tisch 15 zu sehen. »Und Katie konnte gar nicht genug davon bekommen, ihn anzusehen.« Lisi neigte sich über das Holz der Bar zu ihr und hob eine Augenbraue: »Stimmt's oder hab ich recht?«

»Ich muss mich im Gastraum umschauen. Ich arbeite im Service. Das ist mein Job.«

»Aber nicht *so*«, stellte Lisi viel zu treffsicher fest.

Shit.

»Wie sind denn seine Zeiten? Der war ja nicht zum ersten Mal da.« Lisi rührte ihr ertränktes Obers in den Kaffee ein. »Ich meine, den hätte ich vor meinem Urlaub schon gesehen.«

»Stimmt das?« Elena sah Katie aus großen Augen an.

Und wie das stimmte. Es hatte im März angefangen, bei Regen. Und es sollte jetzt, Mitte Juli, bei strahlendem Sonnenschein und den ersten Ü-30-Grad-Temperaturen, nicht aufhören. Das würde Katie allerdings nicht verraten. Garantiert nicht. Auch nicht, wenn Elena sie mit ihren Bambi-Augen so erwartungsvoll ansah. Denn eine Frage würde zur nächsten führen – dabei wusste Katie nichts über ihn. Gar nichts. Was sie nicht weiter störte, aber gewiss Lisi.

»Ist doch Quatsch.« Katie stellte das wasserfleckenfreie Glas ins Regal hinter sich.

»Wie? Quatsch?«, fragte Elena.

»Quatsch ist das neue Codewort für anspernzeln und anflirten.«

»Stimmt doch gar nicht.« Das war die Wahrheit. Denn Katie flirtete nicht. Ihr genügte es, ihn zu beobachten, den *lonesome*

Cowboy von Tisch 15. Seitdem er das erste Mal ins Schopenhauer gekommen war, machte er den Eindruck, als sei er *nicht ganz da*. Und trotzdem kam er immer wieder. Was ihn viel zu interessant für Katie machte. Wieso fand sie nur immer diese introvertierten, unerschütterlich und trotzdem verletzlich wirkenden Typen gut? Hatte sie denn nichts dazugelernt?

Wie Sven damals an der Uni wirkte der Neue an Tisch 15 abwesend und gleichzeitig tief beschäftigt – mit Dingen. Wichtigen Dingen. Er hatte stets einen breiten Aktenkoffer in der Hand und war immer gut gekleidet: schwarze Stoffhose, schwarzes tailliertes Hemd. Sogar jetzt im Juli, da Wien zum Dampfkessel wurde, trug er ein schwarzes Jackett. Zumindest hatte er das vergangenen Mittwoch noch getan. Selten ließ er den Blick durchs Kaffeehaus schweifen. Wenn er es jedoch tat, inspirierte es ihn jedes Mal. Er griff dann zum Stift und machte sich Notizen; nicht auf einem schnöden Block mit Kugelschreiber, sondern auf einem Tablet mit einem elektronischen Stift. Er war ein *lonesome Cowboy-Techie*.

Eine Melange, ein Tablet – mehr brauchte er nicht. War das nicht Unabhängigkeit und Freiheit pur?

Katie fand ihn eindeutig viel zu interessant. Sie fand seine hellbraunen Augen viel zu interessant. Und sie fand seine Art, das Jackett auszuziehen, viel zu … interessant.

»Siehst du!«, platzte Lisis Stimme in ihre Gedanken, und Katie wurde bewusst, dass sie das nächste Glas in der Hand hielt und mit dem Geschirrtuch über den Rand rieb.

»Ein neuer Stammgast also?« Elena griff in ihren Stoffturnbeutel und zog einen fingerdicken VHS-Katalog heraus. »Katie hat einen neuen Stammgast. Ich bin gerade dabei, mir einen neuen Kurs zu suchen. Und was gibt es bei dir Neues, Lisi?«

»Ich brauche eine neue Heizung.«

»Gut, dass gerade Sommer ist.«

»Zu Hause?«, fragte Elena.

»Nein, eine neue Heizung an der Uni. Das soll geregelt sein, bevor im Herbst *alle* ihre Heizung anstellen und nach den Hausbesorgern rufen. Das Depperte ist, dass die MedUni auf die Hausbesorger des AKH zurückgreift. Kooperation-Gschisti-Gschasti. Dienstweg-Gschisti-Gschasti.« Lisi seufzte. Die Dramaqueen. »Meine Heizung glugazt, gluckert und kudert. Da ist vermutlich nur Luft drin. Aber ich muss eine Millionen Male telefonieren und einen Aufwand treiben, damit sich irgendwer in mein Büro bequemt. Lästig, sag ich euch. Lästig!«

»Na oarg.« Elena war immer ein dankbares Publikum für Lisis Alltagsdramen. »Wie lang ist denn so ein Dienstweg?«

»Zu lang.« Lisi rührte in ihrer Tasse. »Ich habe eine Abkürzung genommen und direkt angerufen. War gar nicht so leicht, die private Nummer vom leitenden Hausbesorger zu bekommen.«

»Die *private* Nummer?«

Lisi zuckte nur mit den Schultern und sah auf ihre weißgolden glitzernde Armbanduhr. Garantiert nicht Bijou Brigitte.

»Stellt euch vor, der hält mich hin. Er hat mich tatsächlich heute früh versetzt und auf einen neuen Termin gelegt. Unpackbar! Als ob ich Zeit hätte, ständig neue Termine zu vereinbaren.«

»Oarg«, sagte Elena.

Katie griff noch einmal zum Schlagobers. Wie sehr es sie versöhnte, dass bei Lisi mal nicht alles glattlief. Hoffentlich hielt die Heizung sie lange auf Trab.

»Bist die Beste.« Lisi löffelte ihren neuen Obersklecks vom Kaffee. Sie nickte in Richtung VHS-Katalog in Elenas Händen. »Und? Was schwebt dir vor?«

»Ich denke, ich nehme ein, zwei Sommerkurse, bevor es im Oktober weitergeht.« Elena schlug den Katalog auf. Einige Seiten waren bereits markiert.

Elena musste eine der besten Kundinnen der Kunst-VHS sein, deren Standort in der Lazarettgasse gute 15 Minuten zu Fuß vom Schopenhauer entfernt lag. Seit sie ihren Uniabschluss in der Tasche hatte, belegte Elena mehrere Kurse pro Woche. Schnitzen, Aquarellmalerei, Bildhauerei, Aktzeichnen, Fotografie ... Erst vor zwei Wochen hatte sie stolz ihre Abschlusszertifikate für »Schauspielkunst. Die ersten Schritte auf der Bühne« und »Hands on. Freie Keramik-Gestaltung« präsentiert.

»Du solltest mal eine gescheite Berufsberatung in Anspruch nehmen.« Lisi trank von ihrem Kaffee.

»Wie sollen fremde Leute wissen, was zu mir passt, wenn ich es selbst nicht weiß? Und wie soll *ich* es wissen, wenn ich es nicht ausprobiere?«

»Jajaja.« Lisi lehnte sich zu Elena, um mit ihr in den VHS-Katalog zu schauen. »Was fehlt denn in deinem *Künstlerinnen-Portfolio*?«

»Ich bin mir unschlüssig ...« Elena blätterte langsam durch die Seiten und Katie war froh, dass sie trotz ihrer weichen Art einen ziemlich robusten Panzer gegen Lisis Sticheleien hatte. Es wirkte oft, als ob Elena die Seitenhiebe gar nicht wahrnahm. Sie einfach verträumte und überhörte. Eine großartige Gabe.

»Das tät mich interessieren.« Elena tippte auf eine Seite im Katalog. »Biografiearbeit. Wisst ihr, meine Oma mütterlicherseits ist zugewandert.«

»›Sich selbst auf der Spur. Biografiearbeit mit Birgit Deimel-Kovacic‹«, las Lisi. »›Donnerstags, 19 bis 21 Uhr.‹ Wieso lächelt die Gute kein Stückl auf dem Foto?«

»Weil das eine ernste Angelegenheit ist«, antwortete Elena ohne eine Spur von Ironie und blätterte weiter. Sie überflog die Doppelseite, dann schlug sie die nächste auf und die nächste und noch eine. Katie ließ ihren Blick an Elena und Lisi vorbei durch das Café schweifen. Es war wie jeden

Mittwochnachmittag im Schopenhauer. Es wurde gespielt: Schach und Tarock. Es wurde genippt: an der Melange, dem Verlängerten, am Kleinen Braunen. Es wurde gelesen und geplaudert.

Halb voll, schätzte Katie das Kaffeehaus. Ihr Blick blieb an Tisch 15 hängen, wo der Neue fehlte, und glitt weiter zu Tisch 5: Schach und Matt fehlten auch. Die beiden Herren hießen eigentlich Hansjörg und Herbert, aber Lisi hatte »Schach« und »Matt« als geheime Namen für sie eingeführt und es hatte sich durchgesetzt. So wie sich alle ihre Spitznamen für die Stammgäste des Nachmittags durchgesetzt hatten: Die Dog Lady saß mit ihrem blonden Spitz in der Ecke am Fenster, genoss ihren Kapuziner und las die Kronen Zeitung. Johnnie Walker, der mit Walkingstöcken und Umhängetasche Tisch 42 belegte, trank wie immer seinen Kleinen Braunen. Die Tarock-Runde 1 schaute konzentriert in ihre Karten am Spieltisch ganz hinten, die Tarock-Runde 2 tat es ihnen gleich, allerdings am Spieltisch vorne, nahe der Eingangstür. Es waren alles bekannte Gesichter vor noch halb vollen Tassen, Bechern und Gläsern. An den übrigen besetzten Tischen saßen Hin-und-wieder-Gäste, die Katie vage erkannte, zwei Laptop-Nomaden und drei Schopenhauer-Neulinge.

Draußen im Schanigarten vor dem Kaffeehaus tummelten sich die Sonnenanbeterinnen und Hitzeresistenten. Sie wurden von Sepp bedient, Katies Piccolo. Sepp war kein Piccolo, sprich Kellner-Lehrling, im traditionellen Kaffeehaus-Sinn. Er war Aushilfskraft, studierte Jura und finanzierte sich im Schopenhauer seine Wohnung und seine Designer-Schuhe. Jetzt, in den Semesterferien, war er so gut wie jeden Nachmittag da: in Maßen fleißig, oft zu interessiert an den ausliegenden Tageszeitungen und Katie die größte Hilfe, indem er allein zuständig für den Service im hochsommerlichen Gastgarten war, während Katie sich um den klimatisierten Innenraum kümmerte, wo Elena an der Bar in ihrem Blättern soeben innehielt: »*Der* schaut wirklich nett aus.«

»Kursleiter für Kreatives Schreiben, Matthias N. Frey«, las Lisi.

Katie sah auf das Schwarz-Weiß-Foto eines Hipsters: Vollbart, runde Brille, kurze Haare, trotzdem mit Undercut. Es war schwer zu sagen, welche Haarfarbe überwog: Schwarz, Weiß oder Grau.

»Dieser George-Clooney-Bobo sieht *nett* aus?« Lisi hob ihre Tasse an die Lippen, trank von ihrem Kaffee und zog gleichzeitig den VHS-Katalog etwas zu sich.

»Er lächelt jedenfalls.«

»Ein Sommer-*Intensiv*kurs?«

»Yes, der ist an drei Abenden. Dann geht sich leider kein anderer Kurs mehr aus ...«

»Da steht auch was von Hausübungen.« Lisi tippte auf die Mitte des Beschreibungstextes.

»No na!«, sagte Elena und meinte damit »natürlich«.

»Und eine Abschlussarbeit sollt ihr abgeben.« Lisi wandte sich zu Katie und wackelte mit ihren fein gezupften Augenbrauen. Rauf, runter, rauf, runter: »Vielleicht gibt's in dem Kurs auch Tipps gegen Schreibblockaden?«

Katie wünschte sich, sie hätte wie Elena einen undurchdringlichen Lisi-Panzer, an dem alles abprallte. Hatte sie aber nicht. Das Augenbrauen-Gewippe von Lisi übertrug sich in Katies Bauch und fand unangenehm Resonanz zwischen Bauchdecke und Magenwand – genau dort, wo ihr Gewissen saß.

»Haha.« Sie konnte es nicht leiden, wenn Lisi recht hatte. Und Lisi hatte so oft recht. Katie glaubte zwar nicht, dass sie unter einer Schreibblockade litt, doch Fakt war: Sie schrieb nicht. Sie schrieb einfach nicht an ihrer Doktorarbeit weiter.

Seit zwei Jahren schon nicht mehr. Seit *dem* Tag. Dem Tag, an dem Sven das gemeinsame Konto geräumt, die Türschlösser ausgetauscht und sie auf die Straße gesetzt hatte. Dem Tag, an dem alle Wiener Freundinnen und Freunde sich nicht einmischen wollten und Katie zum ersten Mal obdachlos auf einer Sitzbank im Schopenhauer übernachtet hatte. Dem Tag, an dem sie endlich kapiert hatte, dass ihre Promotionsthese nichts taugte und sie alles würde umschreiben müssen. Zumindest dafür war sie Sven dankbar, dass er ihr in dieser Sache die Augen geöffnet hatte, auch wenn ihre Dissertation seitdem unangetastet geblieben war.

»Auf welcher Seite bist du gerade?«, fragte Lisi. Es war ihre Standardfrage. Seit anderthalb Jahren.

»Ich bin im dreistelligen Bereich.« Katies Standardantwort. Seit anderthalb Jahren. Und die war nicht gelogen. Nach einem vor Netflix vertrödelten Wochenende war Katie sich manchmal sogar sicher, dass sie bald wieder mit dem Schreiben beginnen würde. Wirklich bald. Immerhin zahlte sie die inzwischen ziemlich hohen Langzeitstudiengebühren und verlängerte ihren Studentinnenausweis Semester um Semester. Denn die Promotionsarbeit war so gut wie fertig. Katie würde nur die These korrigieren und die Argumentation überarbeiten müssen. Die vielen, vielen Quellen, die sie über die Jahre gesammelt hatte, könnten bleiben, müssten nur endlich objektiv gewichtet werden. Schluss mit den peinlichen Teenie-Interpretationen, wie Sven ebenso trefflich wie schmerzlich formuliert hatte. Dann fehlte noch die Conclusio und sie wäre fertig. Fürs Schreiben des Schlusskapitels hatte Katie vor ein paar Tagen sogar einen passenden Vintage-Schreibtisch auf willhaben, dem österreichischen eBay, entdeckt. Vielleicht würde sie an solch einem Schreibtisch endlich zur Dissertationsthese zurückkehren …? Denn aktuell tat sie es nicht. Sie schaute die Ordner nicht an. Sie fügte ihrer Promotionsarbeit keine Conclusio hinzu. Keinen Absatz, keinen Satz, nicht mal ein Wort, einen Buchstaben, einen Beistrich.

»Okay, den nehme ich!« Elena machte ein Eselsohr in eine Seite des VHS-Katalogs und klappte ihn zu.

»Wen?«

»Was?«

»Ich habe meinen nächsten Kurs gewählt.« Elena stimmte mit den Zeigefingern einen Trommelwirbel auf der Theke an.

»And the winner iiiiiiiiiis ...«

»Der Schreibkurs!«, fuhr Lisi ihr in die Parade.

Elenas Zeigefingerwirbel erstarb, ihre gute Laune blieb.

»Yes! Woher wusstest du es?«

»Du hast das Bild von dem Oldie-Bobo so angeschmachtet.«

»Hab ich nicht!«

»Hast du doch.« Lisi rührte in den Resten ihres Kaffees.

»Alsdann, der Intensivkurs?«

»Yes: montags, dienstags und freitags.« Elena strich mit zwei Fingern das Cover des Katalogs glatt.

»Sind das nicht die Abende, an denen Sebastian zu Hause wäre? Hat er nicht mittwochs diesen IT-Stammtisch und donnerstags seine seltsame Fortbildung?«

»Yes.« Elena packte den VHS-Katalog umständlich zurück in ihren Stoffturnbeutel.

Katie und Lisi tauschten Blicke.

»Hmmmh«, machte Lisi, »vielleicht sollte Katie als Anstandsdame –«

»Mensch, Lisi«, unterbrach Katie.

»Jajaja, tut mir leid! Ich bin heut unleidlich. Das liegt alles nur an der depperten Heizungsg'schicht. Ich halt ab jetzt die Pappn! Ich versprech's!« Lisi malte mit dem rechten Zeigefinger ein Kreuz über ihr Herz und hob zum Schwur die Hand: »Ich gelobe feierlich Besserung.«

Elena schmunzelte.

»Ja klar ...«, sagte Katie.

Sie glaubte Lisi kein Wort. Sie glaubte nicht an Wunder. Nicht mehr. Und sie glaubte nicht mehr daran, dass Menschen sich änderten. Warum auch? Aber Katie glaubte Lisi, dass sie den Schwur *in diesem Augenblick* ernst meinte, auch wenn sie ihr Gelöbnis niemals würde halten können. Niemals. Vor allem nicht angesichts der Tatsache, dass die Tür zum Schopenhauer in diesem Moment aufschwang und helle, braune Augen durch das Café schweiften. Katies Herzschlag beschleunigte sich, als der Mann in schwarzer Hose und schwarzem Jackett, mit diesem breiten Aktenkoffer in der Hand, sich zu Tisch 15 wandte. Dem Tisch der zweiten Sitzecke links neben dem Eingang. Katie versuchte, das Lächeln niederzuringen, das sich automatisch auf ihren Lippen auszubreiten schien. Sie versuchte wirklich, ihren Blick von dem neuen Stammgast abzuwenden.

»Er ist da, oder?« Lisis Augenbrauen schnellten beide nach oben, als ob sie sich unter ihrem Haaransatz verstecken wollten.

Und wie er da war. Whatta man!

El Sol

»Nicht umdrehen!«, zischte Katie und schaute kurz streng zu ihren Bardamen, dann glitt ihr Blick über Lisis Schulter zu Tisch 15.

Es musste an der Art liegen, wie er sich bewegte. Wie er mit fester Hand den Aktenkoffer hielt. Obwohl Katie keine Ahnung hatte, wie schwer der Koffer sein könnte, wirkte es ... stark. Standhaft. Bewusst. Zielgerichtet. – Meine Güte, sie hatte eindeutig zu viel Fantasie.

»Ich wusste, dass Mittwoch sein Tag ist!« Lisi flüsterte, was unnötig war.

Elena rutschte unruhig auf ihrem Barhocker hin und her. »Ich dreh mich jetzt um ...« Auch sie flüsterte.

»Nicht!«, mahnte Katie erneut.

Es war überraschend, dass nicht mal Lisi es tat. Doch der glückliche Moment währte nur eine Millisekunde. Dann tauchte Lisi zu ihrer so gut wie leeren Kaffeetasse ab.

Elena sah zu Lisi ...

Oh nein!

... und tauchte auch ab.

»Ihr seid so ...!« Katie fragte sich, warum *sie* rot wurde und nicht die beiden buckeligen Damen vor ihr. Sie griff zum Handtuch und zum letzten Glas aus dem Geschirrspüler.

»Der im schwarzen Hemd?«, fragte Elena.

»Genau!«, bestätigte Lisi.

»Der trägt ja ein Jackett bei 29 Grad?! Da wird einem ja ganz heiß!«

Letzteres hätte Katie unterschreiben können. Der Neue zog in einer fließenden Bewegung sein Jackett aus. Dabei spannte das schwarze, darunterliegende Hemd etwas am Oberarm, etwas an der Schulter und etwas über der Brust. Wieso gefiel ihr das bloß so gut?

»Oooh«, machte Lisi anerkennend.

Genau: Oooh!

»Seid ihr jetzt fertig?«

»Ein All-Black-Outfit. Interessant.« Elena tauchte auf und streckte den Rücken durch. »Voll unbequem, deine Tauch-Taktik.«

»Wer informiert sein will, muss leiden.« Auch Lisi setzte sich wieder vernünftig auf den Barhocker. Sie lehnte sich etwas zu Elena herüber, fixierte aber Katie, während sie sagte: »Und letzte Woche war er auch ganz in Schwarz, richtig?«

Katie blieb stumm und rieb weiter den Glasrand am Handtuch ab. Wenn sie nichts preisgab von dem Wenigen, das sie wusste, würde Lisi den Neuen und seine Anwesenheit vielleicht schneller vergessen.

»Du bist eindeutig auf einem destruktiven Trip, Katie«, spottete Lisi.

»Also, ich find's toll«, hielt Elena dagegen.

»Ist das eine qualifizierte Einschätzung aus der Kunstgeschichte?«

»Psychologische Studien haben ergeben, dass Schwarz einen Eindruck von Macht und Zielstrebigkeit erweckt. Wobei ich finde, dass es an dem Neuen eher geheimnisvoll und melancholisch wirkt. So … existenzialistisch.«

Das schien Lisi zu gefallen. Leider. »Ja, vielleicht ist er Philosoph.«

Katie verdrehte die Augen und versuchte dabei, unauffällig zu Tisch 15 zu schauen. Es war wie immer seit März: Er setzte sich, holte sein Tablet aus dem Aktenkoffer hervor und tippte mit dem Stift darauf. Und Katie mochte es! War es nicht total seltsam, für jemanden zu schwärmen, mit dem man kein einziges Wort gewechselt hatte, bis auf »Bitte«, »Danke« und »Eine Melange«? Von dem man nichts wusste, nichts kannte, bis auf diese drei Handgriffe: Jackett, Tablet, Melange; bis auf diese winzige Kaffeehausroutine?

»Er ist wie Sartre«, sagte Elena. Sie warf einen schnellen Blick über die Schulter, der mehr als auffällig aussah, weil sie sich dabei fast ganz auf dem Barhocker umdrehen musste. Der Neue bemerkte es zum Glück nicht. Er war ganz in sein Tablet vertieft.

»Und er schreibt«, stellte Elena entzückt fest. »Wie Sartre!«

Katie rieb weiter an dem Glas in ihrer Hand herum, an dem garantiert keine Wasserflecken mehr zu finden waren. Sie wünschte sich ganz weit weg und wollte gleichzeitig kein Wort von dem Hin und Her zwischen Lisi und Elena verpassen.

»Wie kommst du nur auf Sartre?«, fragte Lisi.

»War doch ein gescheiter Mann. Und wie der Neue da so schreibt … das sieht doch gescheit aus.«

»Du liest Sartre?«

»No na!«

»Was liest du denn von Sartre?«

»Zum Beispiel vom Pakt mit Simone de Beauvoir, von der notwendigen und der flüchtigen Liebe.« Elena reckte ihr Kinn. »Der ›amour nécessaire‹ und der ›amours contingents‹.«

Oh.

Lisi und Katie tauschten einen kurzen Blick. Katie legte Handtuch und Glas zur Seite.

»Aber bei dir zu Hause ist eh alles in Ordnung?«, fragte Lisi.

Elena zuckte mit den Schultern. »So wie immer.«

Zwölf Schritte hinter den beiden ging die Tür des Schopenhauers erneut auf. Herein kamen zwei rüstige, ältere Herren. Einer lang und dünn, der andere mittelgroß und untersetzt. Sie hoben die Hand zum Gruß gen Theke. Katie lächelte und nickte ihnen zu, woraufhin Lisi und Elena wie auf Kommando abtauchten. Katie schnalzte mit der Zunge. Wehe, das würde jetzt auch Elena zur Gewohnheit werden.

»Schach und Matt sind da«, kommentierte Elena, tauchte auf und rieb sich ihren langen Rücken.

»Ganz schön spät heute.« Lisi setzte sich aufrecht hin und tippte auf ihre Armbanduhr.

Hansjörg und Herbert nahmen wie immer an Tisch 5 Platz, am mittleren Spieltisch. Die beiden grenzten die Tarock-Runde 1 von der Tarock-Runde 2 ab, einem Schutzwall ähnlich. Katie liebte die quadratischen Spieltische, auf deren grünem Samt die Spiele ausgebreitet wurden. Praktisch für alle Kartenspiele: Zwischen Samt und Holzrahmen ließen sich die Spielkarten perfekt stecken, sodass man die Hände frei hatte, um vom Beistellhocker die Melange, den Kapuziner, den Schwarzen, den Braunen oder den Einspänner zu nehmen und zu kosten. Niemals den »Kaffee«, wie Katie schnell gelernt hatte. Schnöden Kaffee, den gab's bei ihr zu Hause in Deutschland. In Wien herrschte Kultur – und die begann mit Kaffeespezialitäten, die es sorgsam auseinanderzuhalten galt.

Schach, sprich Hansjörg, der schmale Lange von beiden, hob gerade sein mitgebrachtes Schachspiel auf den grünen Samt von Tisch 5. Die beiden Rentner würden aufbauen, wie immer. Diskutieren, wer die Partie beginnen solle, wie immer. Sie würden zwei Verlängerte bestellen, wie immer. Und damit spiegelten sie für Katie das Herzstück von Wien wider: die Kaffeehauskultur.

Nicht Sissi, nicht der Opernball, nicht das Neujahrskonzert, sondern: Kaffeehauskultur. In Reinkultur. Genauso wie es die vielen Reiseführer beschrieben hatten. Genauso wie es sich Katie immer vorgestellt hatte. Und nun war sie ein Teil davon. Hier, im Schopenhauer, war das Wien aus Katies Träumen Wirklichkeit, nachdem alles andere, was sie sich für Wien erhofft und gewünscht hatte, zum Albtraum geworden war.

Katie nippte an ihrem Kaffee und sah zur großen, schnörkellosen Uhr über der Eingangstür. Es war bereits kurz vor halb vier. Eigentlich wurde es Zeit für den Aufbruch der Ladys, oder?

Normalerweise fand Katie es immer schade, wenn die Kaffeepause mit Lisi und Elena zu Ende ging ... Heute allerdings könnten die beiden gern pünktlich gehen. Oder überpünktlich. Oder noch besser: jetzt. »Startet heute nicht die Summerschool?«

»Du meinst die Nachhilfe für die kiffenden Partystudis, die im Semester nichts auf die Reihe kriegen?« Lisi schnitt eine Grimasse. »Beginnt morgen.«

Morgen ... Katie würde sich *heute* wesentlich wohler fühlen, wenn sie die Bestellung ihres neuen Stammgasts aufnehmen könnte ohne eine lauernde Lisi im Rücken. Und die Bestellung aufnehmen müsste sie gleich. Auch wenn der Neue bereits in seine Welt abgetaucht zu sein schien, war er ja nicht ohne Grund im Schopenhauer.

Katie trank ihren Kaffee aus und sah zu Elena, die in ihrem Turnbeutel kramte. Sie förderte einen lilafarbenen Roller-Pen und ein neues, olivgrünes A4-Notizheft zutage. Es war kariert, wie für den Matheunterricht gemacht.

»Hat der Neue immer diesen Aktenkoffer dabei?«

Katie würde darauf nicht antworten. Gewiss nicht.

Lisi tat es: »Vergangene Woche hatte er denselben bei sich.«

»Ist er ein Taschen-Narr wie Johnnie Walker?« Elena schlug das Notizheft auf und schrieb »Test« auf die erste Seite.

»Bei Johnnie sind es immer andere Taschen. Katies Neuer scheint nicht so abwechslungsreich mit seinen Accessoires zu sein.«

»Er ist nicht *mein* Neuer.« Katies Einwand blieb ungehört.

»Immer den gleichen Aktenkoffer? Vielleicht ist da sein Superman-Kostüm drin!« Elena zwinkerte Katie zu.

»Seine Arme scheint er ja trainiert zu haben.« Auch Lisi zwinkerte.

»Vom Koffertragen!«, lachte Elena.

»Welchen Sport macht er?«, fragte Lisi.

»Fußball!«

Katie schob ihre Tasse demonstrativ beiseite. Doch die Geste fand keine Resonanz. Lisi und Elena machten mit ihrem typischen Schlagabtausch weiter. Nur heute fand Katie es weniger amüsant. Sie schaute zu Schach und Matt, die sich gegenseitig die weiße Dame zuschoben. Die Diskussion darum, wer die Partie eröffnen solle, war demnach gestartet. Danach würden sie bestellen wollen. Und wenn Katie an Tisch 5 war, würde sie auch zu Tisch 15 gehen müssen ...

»Ah ja, Fußball. Sehr maskulin. Ich rieche förmlich das Testosteron.« Lisis Augenbrauen wackelten wieder.

»Oder Fitness-Center? Aber das passt nicht zum Schriftsteller.« Elena leerte ihre Kaffeetasse.

»Dann passt Fußball auch nicht. Und so ganz in Schwarz verkörpert er nicht wirklich Teamgeist. Vielleicht ist er ein Squasher? Tennis wäre zu langweilig. Jeder Arzt spielt Tennis.«

»Squash ist so beengt. In einem stinkigen Käfig. Nein, Sartre macht bestimmt etwas Philosophisches, Weites, Starkes ... so Tai-Chi und Kickboxen zugleich. Wie heißt das noch mal?« Elena klopfte mit ihrem Roller-Pen auf den Block. »Tai Bo, glaub ich. Das passt auch zu seinem Sartre-Superhelden-Kostüm im Aktenkoffer.«

»Ich höre immerzu Sartre?«

»No na. Der Neue braucht ja einen Namen.« Elena notierte in violetter Farbe und großen Lettern »Tai Bo« und »Sartre«.

»Nicht *Sartre*.« Lisi trank ihren letzten Schluck Kaffee. »Hast du mal ein Bild von Sartre gesehen? Dagegen ist dieser Kerl *Sex on legs* pur!«

Zeit für einen dezenten Rauswurf. Katie räumte die drei Kaffeetassen von der Bar in den Geschirrspüler.

Elena kicherte. »Sex on legs! Das ist gut.«

»Warum schreibst du das auf?«

»Vorbereitung. Nächste Woche beginnt mein neuer Schreibkurs.« Für Elena schien es das Normalste der Welt zu sein.

»Sein Name ist also Sex on legs? Mister Sex on legs?«

»Bloß nicht!«, meldete sich Katie zu Wort.

»Kein guter Name«, stimmte Lisi gnädigerweise zu. »Zu lang.«

Elena schaute auf ihre lila Notizen. »Wir kürzen ab: Aus Sex on Legs wird S-O-L. Sol! Wie ›Sonne‹ im Spanischen.« Elena sah auf. »Mister Sol!«

»Uäh.« Lisi verzog das Gesicht. »Spanglish! Das geht gar nicht. Wenn, dann richtig: El Sol.«

»El Sol!« Elena nickte, kritzelte »S-O-L = El Sol« in ihr Notizheft und schaute zu Katie. Sie stützte ihren Ellenbogen auf die Bar, legte das Kinn in ihre Hand und sagte mit verträumter Stimme: »Denn immer wenn er im Schopenhauer einkehrt, geht in Katies Gesicht die Sonne auf.« Sie blinzelte ein paarmal schnell, machte einen übertrieben langsamen Augenaufschlag und sah Katie mit großen Augen an. Der Schauspielkurs an der VHS war offensichtlich ziemlich gut gewesen. Trotzdem quittierte Katie die Leistung mit einem Kopfschütteln.

Lisi warf einen Blick auf ihre Armbanduhr. »Jessas!« Sie sprang mit einem Satz vom Barhocker. »Ich muss los. Der Hausbesorger darf mir nicht durch die Finger rutschen!«

»Meine Pause ist auch vorbei.« Elena seufzte. »Schade.«
»Ich dachte, der Hausmeister hat dich versetzt und auf einen neuen Termin verschoben?«, fragte Katie.
»Hat er: von heute Vormittag auf heute *Nachmittag*.«
Das war kein Scherz. Lisis zusammengezogene Augenbrauen und die gekräuselte Stirn machten sehr deutlich, was sie davon hielt, dass der Haustechniker sich nicht ihrem Terminkalender unterordnete. Dramaqueen, dachte Katie.
Sie schaute von Lisi, die ihren Rock glatt strich, zu Elena, die Notizheft und Stift wegpackte. Ihre »Bargesellschaft«, wie Erwin immer sagte, konnte unterschiedlicher nicht sein, oder? Drei Frauen, drei Universen. Lisi war das Koffein in ihrem Trio. Elena der Zucker. Und Katie selbst? Das Schlagobers? Wohl kaum. Die heiße Milch? Eher nicht ... Sie war vermutlich die Tasse, die die beiden beherbergte. Jeden Tag von Montag bis Freitag, 16 Uhr, im Schopenhauer. Seit jenem Donnerstag vor eineinhalb Jahren.

Es war der letzte Donnerstag im November um 16.05 Uhr gewesen. Katie wusste es so genau, weil sie die Uhrzeit damals bei der Polizei zu Protokoll gegeben hatte. Wien war wie so oft zum Jahresende unter einer grauen, endlosen Wolkendecke gefangen. Es regnete in Strömen. An jenem Donnerstag kam Lisi das dritte Mal in Folge ins Schopenhauer und setzte sich zum ersten Mal an die Bar.
»Hi. Wie geht's?«, fragte Katie.
Es war ein ehernes Thekengesetz, Besetzern und Besetzerinnen der Bar eine Frage mehr zu stellen als den üblichen Gästen an den Tischen. Erst ein höfliches, selten ernst gemeintes »Wie geht's?«, dann die Standardfrage: »Was darf's sein?«
Vielleicht hatte Lisi das Thekengesetz damals schon gekannt? Oder sie hatte die Motive und das wahre Interesse, beides so leer wie Katies Konto an jenem letzten Donnerstag

im November, sofort durchschaut? Jedenfalls winkte sie nur ab und brummte: »Einen kleinen Schwarzen.«

Offensichtlich kein guter Tag, hatte Katie gedacht.

Als sie drei Minuten später den Espresso und das Glas Wasser der noch unbekannten Lisi servierte, wurde die Tür zum Schopenhauer ungewöhnlich heftig aufgedrückt. Eine vom Regen durchnässte junge Frau mit aufgerissenen großen Augen kam herein, sah zur Bar und eilte darauf zu. Elena. Sie setzte sich direkt neben Lisi. Katie erinnerte sich, vermutet zu haben, dass die beiden sich kannten. Ein Trugschluss.

»Hi. Sorry«, piepste Elena und warf einen Blick über ihre Schulter zurück zur Eingangstür.

»Was ist los?« Lisi hatte schon damals sofort die Führung übernommen. Streng und fordernd.

»Nichts.« Elena rieb sich verlegen das Handgelenk. Das hatte Katie jedenfalls in jenem Moment angenommen. Doch Lisi hatte es besser gewusst.

Ehe Katie die triefende Frau mit einem »Wie geht's« und »Was darf's sein?« behelligen konnte, hakte Lisi weiter nach. Streng und fordernd: »Wer war das?«

»Was?«

Lisi deutete auf Elenas Hände und Katies Blick folgte dem Fingerzeig. Sie sah regennasse, hübsch gebräunte, zierliche Finger, weiter nichts. Außer Regentropfen und dem Zipfel eines nassen, weinroten Wollpullovers, den die Finger der einen Hand über den Handrücken der anderen Hand zogen, war nichts weiter zu entdecken. Da erst fiel Katie auf, dass die junge Frau ohne Mantel hereingekommen war …

Statt auf Lisis Frage zu antworten, schaute Elena noch einmal über ihre Schulter zur Tür. »Einen Wodka, bitte.«

»Nichts da – einen heißen Tee«, bestimmte Lisi.

»Na hören Sie mal!«

»Einen Tee und ich rufe jetzt die Polizei.«

»Aber ...«, hatte sich Katie eingeschaltet.

Polizei war nie gut fürs Geschäft, laut Erwin. Ihr Chef hatte die strikte Dienstanweisung herausgegeben, Polizistinnen und Polizisten in Uniform lange warten zu lassen und ihnen lauwarme Getränke zu servieren, damit sie sich nicht im Schopenhauer einnisteten und die Durstigen, Systemverdrossenen oder die Spielerinnen und Spieler vergraulten. Erwins Devise: »Taxler, Trinker, Spieler: jo. Kiewerer: na.«

»Alsdann, wer war das?« Lisi hatte damals schon nicht lockergelassen. Sie hatte ihr iPhone aus der Handtasche gezogen und Elena war in Tränen ausgebrochen

Oh shit!

Katie hatte sofort einen Tee aufgesetzt.

Seit jenem letzten Donnerstag im November vor anderthalb Jahren war Katie der Meinung, dass Erwins Dienstanweisung überarbeitet werden sollte. Denn die Polizistinnen an der Theke, die mit der schluchzenden Elena sprachen, waren empathisch, zugewandt und geduldig. Sie passten ins Schopenhauer. Und all das führte dazu, dass die Nachmittags-Stammgast-Besetzung länger blieb, mehr bestellte und Katie immer wieder an ihre Tische rief: »Noch eine Melange, bitte. Und was ist denn da los?«

Katie verriet nichts. Kaffeehaus-Kellnerinnen waren verschwiegen. Sie zuckte nur mit den Achseln, statt von dem zudringlichen Kunden zu berichten, der Elena seit Wochen im Blumenpavillon immer unangenehmer auf die Pelle gerückt war. Der sie an jenem Tag aus heiterem Himmel bedrängt und wütend beim Handgelenk gepackt hatte, sodass Elena aus dem Laden am Kutschkermarkt in den Regen hinausgerannt war – Scheiß auf die Blumen, Scheiß auf die Kasse. Katie tratschte nichts davon weiter. Die Stammgäste hatten ihre eigene Fantasie. Die Polizistinnen hatten ihre Anzeige. Und als die Uniformierten gegangen waren, stellte Katie drei Schnapsgläser und die Wodka-Flasche auf die Theke. Die drei Frauen stießen ohne Toastspruch an. Aber im Rückblick erschien damit ihre Schopenhauer-Schicksalsgemeinschaft besiegelt. Eine für alle. Alle für eine.

»Bis morgen, 16 Uhr«, hatte sich Lisi damals nach dem zweiten Kurzen verabschiedet.

Ein Abschiedsgruß, der seitdem Bestand hatte.

So wie heute, eineinhalb Jahre später, im heißen Wiener Juli.

»Morgen geht's weiter. Danke für den Kaffee und die Schlagobers-Rettung heute. Und ...« Lisi gab eine La-Ola-Welle mit ihren Augenbrauen zum Besten. Sie nickte in Richtung Tisch 15, wo der Neue, den Katie auf keinen Fall El Sol nennen wollte, seinen Blick über die Köpfe der Gäste schweifen ließ. »... viel Spaß beim Aufnehmen der Bestellung!«

Drei Worte

Katie zupfte den Kragen ihrer weißen Bluse zurecht. Eine Woche war vergangen, seit Lisi und Elena dem neuen Stammgast den Spitznamen »El Sol« verpasst hatten. Eine Woche war vergangen, in der Katie von seinen hellbraunen Augen, seinem bis zu den Ellenbogen hochgekrempelten schwarzen Hemd und seinen drei Worten »Eine Melange. Danke« getagträumt hatte. Eine Woche war vergangen und jetzt war er endlich wieder da. Denn es war Mittwoch. Der beste Tag der Woche.

Katie fuhr sich mit drei Fingern durch die Spitzen ihres fransigen blonden Ponys, um ihn noch lockerer und verwegener aussehen zu lassen. Sie zog ihren kurzen Pferdeschwanz fester, damit er noch frecher abstand.

Es wurde Zeit, seine Bestellung aufzunehmen. Und das Beste daran: Lisi war noch nicht da! Frau Doktor verspätete sich heute.

Bisher saß allein Elena an der Bar. Ihr olivgrünes Notizheft lag aufgeschlagen vor ihr und sie erzählte von ihren ersten zwei Abenden im Schreibkurs. Katie griff zur Kaffeetasse. Ein wärmender Schluck fürs Wohlgefühl und für den Mut, dann würde sie zu ihm gehen. Nur zu ihm. Denn bis auf *ihren* Neuen waren alle Gäste bereits gut versorgt. Die Tarock-Runden 1 und 2 verschanzten sich hinter ihren Karten. Matt hielt einen weißen Bauern in die Höhe und diskutierte mit Schach. Die Dog Lady blätterte in der »Krone« und *er* notierte gerade die ersten Worte auf seinem Tablet. In Katies Bauch kribbelte die Vorfreude.

Genau so sollte es sein: duftender Kaffee in der Nase, sanfte Worte von Elena im Ohr und den Neuen im Blick. Katie mochte seine Art, wie ein erhabener Eremit seinen Stammplatz einzunehmen. Sie mochte sein leicht gewelltes braunes Haar, das ihm etwas in die Augen und über die Ohren fiel und dessen gewiss kitzelnde Spitzen er sich ab und an hinter sein Ohr strich. Sie mochte seine Haltung, wie er eine Hand auf dem Oberschenkel aufstützte und aufrecht saß, während die andere Hand über dem Tablet schwebte, mit dem e-Pen zwischen den Fingern, bereit, den nächsten Gedanken zu notieren. Wie er mal an die Decke sah, mal über die Leute hinweg oder eben den Blick auf sein Tablet richtete. Sie mochte das. Es wirkte so gesettelt. Als ob er genau wüsste, was er wollte und wer er war. Und wem das nicht gefiel, der konnte Leine ziehen. Er würde nicht buckeln vor den Erwartungen anderer. Nein, El Sol würde bleiben, wie er war. El …

Mist! Dieser Name war eingängiger als gedacht. Vielleicht weil es tatsächlich irgendwie passend war? El Sol: stark, unabhängig, unerreichbar, heiß. – Oh Mann, sie sollte Werbetexterin werden. Katie konnte sich ein kleines Grinsen nicht verkneifen.

»Leiwande Aufgabe, oder?« Elena tippte mit ihrem lilafarbenen Roller-Pen auf eine Seite ihres Notizheftes.

Huch, sie war ja im Gespräch mit Elena …

»Willst du wissen, wen ich für meine Hausübung porträtieren werde?«

Katie fürchtete einen winzigen Moment, sie würde »El Sol!« sagen. Doch Elena grinste und antwortete: »Lisi!«

Sie beugte sich etwas über die Bar und sprach leise weiter. »Der Tipp für die Aufgabe ist, dass wir den Charakter überzeichnen sollen. Stilmittel, weißt du? Aber bei Lisi wird das wohl nicht nötig sein.«

Sie schmunzelten beide.

Katie zupfte ein letztes Mal die weiße, kurzärmelige Bluse über ihrem Bauchansatz zurecht, die in einer schwarzen, dünnen Leinenhose steckte. Ihre bestsitzende Bluse, die ein bisschen mehr Dekolleté zeigte. Und ihre neue Hose, die ihren Po bestmöglich zur Schau stellte. Schließlich war heute Mittwoch.

»Ich hol mir 'ne Bestellung. Bin gleich wieder da.«

Mit leicht klopfendem Herzen ging Katie um die Bar und auf *seinen* Tisch zu. 23 Schritte. Sie freute sich auf seine verblüffend hellen, braunen Augen. Niemals zuvor hatte sie bei jemandem so eine Augenfarbe gesehen.

Noch 15, 14, 13 Schritte. Katie versuchte, das ungeniert breite Lächeln niederzukämpfen, das sich auf ihren Lippen Bahn brechen wollte wie Ron Bushys Drum-Solo in dem Song »In-A-Gadda-Da-Vida«.

Noch 4, 3, 2. Bis sie vor ihm stand, hatte Katie ihren Mund zu einem unverfänglichen Lächeln diszipliniert. Sehr gut.

Der Mann vor ihr auf der Sitzbank wirkte so abwesend und in seiner eremitischen Welt gefangen wie immer. Das sollte sie wirklich nicht so faszinieren … In Katies Kopf gesellte sich zu den Drums von Ron Bushy die Stimme von »Iron Butterfly«-Sänger Darryl DeLoach, der mit tiefer, vibrierender Stimme seinem lyrischen Gegenüber seine Liebe gesteht. *In-A-Gadda-Da-Vida. Weißt du nicht, dass ich dich liebe?*

Der, zugegeben simple, Songtext flutete Katies Gedanken. Zum Glück formte ihr Mund andere Worte: »Hi, was darf's sein?«

Wie immer schaute er auf, jedoch nicht in ihre Augen. Sein Blick driftete irgendwo oberhalb ihrer Schulter ab. Trotzdem konnte Katie das helle Braun seiner Augen genau erkennen. Darunter die leicht krumme Nase.

»Eine Melange.« Er hatte eine angenehme Stimme. Dunkel, aber nicht tief. »Danke.«

»Gern«, nickte Katie.

Eine Melange. Danke. – Mehr musste er nicht sagen. Drei Worte genügten. Genügten, um sie neugierig zu halten. Um sie hoffen zu lassen, dass er wiederkäme. Drei Worte genügten, um sie fantasieren zu lassen, wie sein Rasierwasser roch ...

In-A-Gadda-Da-Vida!

Katie wandte sich ab, Richtung Bar. Just in diesem Moment kam Lisi zur Tür herein.

Oh no!

Lisi riss die Augen auf, als sie hinter Katie El Sol entdeckte. Bevor sie auf irgendwelche Dummheiten kommen konnte, schob Katie sie am Ellenbogen weiter zur Theke. Dort drehte sich gerade Elena auf dem Barhocker um. Sie strahlte ihnen zuerst entgegen, dann riss auch sie die Augen auf. *War ja klar ...* Elena rutschte auf ihrem Barhocker von links nach rechts, Lisi ging einen Schritt schneller. Zumindest warteten die beiden, bis sie alle drei an der Theke waren, dort platzte es zeitgleich aus ihnen heraus:

»Was hab' ich verpasst?«

Alles, dachte Katie und sagte: »Nichts. Wieso?«

Es fühlte sich triumphal an. Was für ein ausgezeichneter Mittwoch!

Katie verschwand auf die andere Seite der Bar, um die Melange für El Sol zuzubereiten: halb Kaffee, halb Milch, etwas Milchschaum.

»Was hat er gesagt?« Lisis Stimme klang fast schon empört.

»Eine Melange. Danke.«

»Mehr nicht?« Elena schob die Kappe von ihrem lilafarbenen Roller-Pen.

Katie bereute sofort, dass sie überhaupt geantwortet hatte. »Mehr ist nicht notwendig.«

Lisi schnaubte. »Wie heißt er eigentlich – mit richtigem Namen?«

»Keine Ahnung.« Es war Katie wirklich nicht wichtig. Was Lisi gewiss niemals verstehen würde. »Was hat dich heute aufgehalten?«

Der Ablenkungsversuch schlug fehl. Das Einzige, was er bewirkte, war eine kurze Augenbrauen-La-Ola, die Katie nicht richtig einschätzen konnte.

»Der Neue hat schon einen Namen von uns bekommen und wir wissen ... *nichts* über ihn?« Lisis Augenbrauen schoben sich zusammen. »Zahlt er nicht mit Karte?«

Katie hatte es geahnt. Fragen über Fragen.

»*Er* zahlt wenigstens.« Katie schenkte Lisi einen Filterkaffee ein und schäumte dann die Milch für seine Melange zischend auf.

»Wir zahlen mit unserer ausgesuchten Anwesenheit, liebe Katie. Erwin rechnet unseren Kaffee garantiert als Mitarbeiterinnen-Motivation ab. Ich wette, auf seinem Steuerzettel steht so mancher Kaffee- und Quiche-Posten für Teamsitzungen, die er nie hält. Glaub mir, der ist gewieft, der verschenkt nichts. – Gönnst du mir auch etwas Milchschaum?«

Katie kratzte den Rest aus dem Aufschäumbecher über Lisis und Elenas Kaffee aus. Ein Hauch von Bestechung.

»Ich serviere jetzt und ihr benehmt euch!«

Vielleicht hätte sie das konkretisieren sollen, überlegte Katie, als sie El Sol die Melange brachte.

»Danke. Ich zahle auch schon«, sagte er und zog seine Geldbörse aus der Gesäßtasche. Das Portemonnaie war, welch Wunder, aus schwarzem Leder, das weich und rundgesessen war. Er legte 3,50 Euro auf den Tisch. Seine Fingernägel waren kurz geschnitten. Ob er Gitarre spielte? Katie mochte es sehr, wenn Männer Saiten zupfen und spontan ein paar Akkordabfolgen improvisieren konnten. Das hatte sie schon mit 14 Jahren beeindruckt. Und das würde wohl nie aufhören ...

Katie sammelte die Münzen vom Tisch. »Dann einen schönen Tag.«

»Ihnen auch.« Erneut sein flüchtiger Blick, der nicht ganz ihre Augen erreichte.

Manchmal tagträumte Katie, sie würde ihn irgendwo auf der Straße treffen. Vielleicht am Wochenende auf dem Kutschkermarkt am Gemüsestand? Ihre Hand würde aus Versehen die seine streifen, weil sie gleichzeitig zum selben Salatkopf griffen, und – bäm! Sie hätte seine Aufmerksamkeit. Diese kleine, flüchtige Berührung würde ihn aus seiner Lethargie holen. Er würde sie anschauen, sie wahrnehmen und am Ende würden er und der Salatkopf in ihrer Küche landen. Der Salatkopf unbeachtet auf der Spüle. Er mit ihr auf dem Küchentisch ... und alles wäre nur dieser einen flüchtigen Berührung geschuldet. Vielleicht sollte sie ihm das nächste Mal, wenn er zahlen wollte, demonstrativ ihre Hand hinhalten?

Aber nein. Besser nicht.

Besser es blieb alles so, wie es war, jetzt, da gerade alles gut lief. Vergangenen Monat hatte sie die letzte Rate an Erwin gezahlt, der ihr vor zwei Jahren – drei Tage nach *jenem Tag* – eine Wohnung unweit vom Schopenhauer organisiert, ihr die Kaution ausgelegt und ein Startkapital nahegelegt hatte: »Auf deine zwa Koffer Gwand kannst di ned aufs Ohr haun und die vier Schochtln mit die CDs, LPs und Musikkassetten von Anno Schnee kannst ned essn. Da, jetzt nimm die Marie, damit hat si der Wickl erledigt. Und wennst bei mir Vollzeit hackelst, dann kannst die Wäsch in Raten wegzahlen.«

Das hatte Katie getan. Zwei Jahre lang. Bis zum vergangenen Monat. Jetzt lag das alles endlich hinter ihr. Ihr Leben war aufgeräumt. Sie stand wieder auf Los. Sicher auf eigenen Beinen. Und das sollte so bleiben.

Katie wandte sich von El Sol und der Sitzecke ab und sah gerade noch, wie Elena und Lisi synchron »auftauchten«. *Diese beiden!*
Elena rieb sich den Rücken. Hoffentlich tat es weh! ... Zumindest ein wenig.

»Er hat schon gezahlt?«
»In bar?«
»Ihr habt es doch genau gesehen.«
»Eher der introvertierte Typ, was?« Lisi löffelte den Milchschaum von ihrem Kaffee.
»Eher mysteriös. Huuuuh«, machte Elena.
Katie nahm einen großen Schluck Kaffee. Das beruhigte. Sie lehnte sich zurück an die schmale Arbeitsfläche hinter ihr, die unter dem Regal voller Gläser hervorragte, und stellte sich dem Unaufhaltsamen: dem typischen Lisi-Elena-Schlagabtausch. Widerstand war zwecklos. Katie würde es stoisch ertragen. Sie würde sich ihren Mittwoch nicht vermiesen lassen.

»Vielleicht ist er kein Schriftsteller, kein Sartre, sondern ein Spion!« Elena schrieb ein kurzes Wort, das verdächtig nach »Spion« aussah, in ihr Notizheft.
»Wie kommst du darauf? Musst du einen Krimi schreiben in deinem Schreibkurs?«
»Nope. Aber dieser Aktenkoffer ist schon sehr verdächtig, oder? Nicht groß, doch so seltsam breit. Er kann nicht schwer sein, denn er hat keine Rollen. Akten, eine Pistole, Schalldämpfer, Abhörsachen allerdings würden schon hineinpassen.«
»Spion? So wie Geheimagent?«
Elena nickte. »007.«
»Geschüttelt, nicht gerührt.«
Katie nippte an ihrem Kaffee und musste sich widerwillig eingestehen, dass ihr die Idee, El Sol könnte ein James-Bond-Typ sein, viel zu gut gefiel ... Vielleicht wirkte er nur abwesend

und war es gar nicht? Vielleicht hatte er den Raum total im Blick? Und sie auch? Vielleicht kannte er jeden ihrer Handgriffe. Vielleicht sah er immer dann zu ihr, wenn sie gerade nicht ... Katies Blick schnellte an Lisis Schulter vorbei zu Tisch 15, El Sol wirkte jedoch nicht erwischt oder ertappt. Im Gegenteil. Er tippte gerade zweimal auf sein Tablet.

»Darum spricht er nicht. Darum zahlt er bar. Er darf keine Spuren hinterlassen.« Elena malte ein »007« in ihr Notizheft.

»Darum trägt er Schwarz. Er darf nicht auffallen.« Lisis Stirn kräuselte sich. »A bisserl absurd ist das schon. – Ich könnte heute einen kleinen Doppelmokka vertragen, werte Katie. Was kostet mich das?«

Sie hob ihre kleine, selbstverständlich mattrote Lederhandtasche auf die Bar. Doch bevor Lisi ihr Portemonnaie herauszog, winkte Katie ab: »Lass stecken. Mitarbeiterinnen-Motivation.«

Katies Hände füllten wie von selbst den Siebträger mit der doppelten Menge Kaffee, während Elena in ihrem Notizheft blätterte: »Ich finde, das könnte passen. El Sol ist ein Geheimagent.« Elena sprach etwas lauter, um die Espressomaschine zu übertönen. »Dazu passt auch Tai Bo, denn er muss trainiert sein. Nicht zu trainiert, versteht sich, sonst würde er auffallen.«

Lisi hob eine Hand und wedelte kurz mit ihrem Kaffeelöffel. »Vorsicht. Jetzt wird die Argumentation etwas dünn.«

»Stimmt.« Elena nippte an ihrem Kaffee. »Er ist auch ein bisschen klein geraten, meint ihr nicht?«

»Klein?«, rutschte es Katie heraus.

Aus Elenas 1,76-Meter-Perspektive wirkte El Sol gewiss nicht wie ein Hüne. Er war vermutlich genauso groß wie Elena ... und damit ein paar Zentimeter größer als Katie. Ihr genügte das völlig.

Katie ließ den doppelten Espresso in eine große Mokkatasse einlaufen und schob sie zu Lisi.

»Aber es kommt nicht auf die Größe an. Oder, Katie?« Lisi wackelte mit ihren Augenbrauen. Auf, ab, auf, ab.

Elena kicherte.

Katie sagte nichts.

»Worauf kommt es an?« Elena grinste. »Auf die Breite?«

»Seine Schultern scheinen auf jeden Fall angenehm breit.« Erneutes Augenbrauen-Gewippe.

Zu Katies Rettung ging die Tür des Schopenhauers auf und Johnnie Walker kam herein. Heute trug er eine Kunststoff-Umhängetasche von der Universität Wien. Er sah zur Theke und hob den rechten Zeigefinger, an dessen Hand ein Nordic-Walking-Stock baumelte. Katie zwang sich zu einem Lächeln und nickte ihm zu. Auch wenn Johnnie Walker nicht der Umgänglichste war, kam er gerade recht. Katie ließ einen Single-Espresso durchlaufen.

»Ich bringe Johnnie Walker seinen Kleinen Braunen.«

»Johnnie?« Elena drehte sich auf ihrem Barhocker. »Der hat doch noch gar nicht bestellt.«

»Er versteht sich neuerdings auf Zeichensprache.«

Katie nahm den Espresso, drapierte ihn auf ein kleines Serviertablett nebst einem Glas Wasser und einem Mini-Kännchen Milch.

»Gibt es so etwas überhaupt in Österreich? Geheimdienste? Spione? 007?«, fragte Elena und Katie war froh, sich dieser Facette der Thekendiskussion zu entziehen.

Sie ließ sich Zeit für die 13 Schritte zu Tisch 42. Sie grüßte und servierte. Johnnie Walker grummelte irgendetwas vor sich hin, was auch im Entferntesten nicht nach »Danke« klang. Es gab schon seltsame Typen ...

»Wenn das so ist«, sagte Elena gerade, als Katie hinter die Bar trat. Katie hoffte, dass das Thema El Sol für heute erschöpft war. Jedenfalls für die beiden. Denn acht Meter hinter Elena stand er gerade auf und zog sich – in dieser für ihn so typischen fließenden Bewegung – das Jackett an. Katie biss sich auf die Unterlippe. In ihren Gedanken spulte sich der Kutschkermarkt-Tagtraum im Schnelldurchlauf ab: der Griff zum Salatkopf, die Berührung, der direkte Blick, ein Gespräch, ein Lachen, ihre Wohnungstür, der Salatkopf auf der Spüle, sie in seinen Armen, seine feuchten Lippen auf ihrem Mu–

»Lass noch was von ihm übrig.«

Oh, oh. Lisis Stimme holte Katie zurück ins Hier und Jetzt.

»Einen mysteriösen, trainierten Geheimagenten in Groß würde ich auch nicht von der Bettkannte stoßen.« Elena schlug ihr Notizheft zu.

»Nein, das würde Sebastian erledigen«, sagte Lisi.

Autsch.

Elena öffnete kurz den Mund, erwiderte jedoch nichts. Unbequeme Wahrheiten waren Lisis Spezialgebiet. Vermutlich machte die Arbeit im Krankenhaus sie darin zur Expertin. Allerdings legte sie dort gewiss mehr Taktgefühl an den Tag … Oder?

»Sag mal, wie informierst du deine Patientinnen und Patienten über einen positiven Krebsbefund?«, fragte Katie.

Lisi faltete die Hände vor sich auf der Bar zusammen: »Ich beginne mit: ›Wir haben da was gefunden.‹«

»Oh.« Wirklich empathisch klang das nicht. »Ist das nicht eine ziemlich … vage Aussage?«

»Eh.«

»Und was sagen die Betroffenen?«

»Sie weinen und malen sich Horrorszenarien aus.«

»Na oarg«, sagte Elena

»Hältst du das für eine gute Strategie?«

»Es ist die einzige. Glaub mir. Danach kann ich nur noch Hoffnungsvolles sagen – in den meisten Fällen. Aber die Wahrheit muss raus.«

»Aha?« Katie hatte so ihre Zweifel.

»Die Wahrheit muss raus«, wiederholte Lisi und exte den Rest ihres Doppelmokkas.

»Und dann?«

»Nichts. Im Prinzip. Ich sage, dass ich ihnen lieber etwas anderes mitgeteilt hätte, und als Nächstes wird der Behandlungsplan festgesetzt.«

Katie versuchte sich vorzustellen, wie die Menschen vor Lisis Schreibtisch weinten, sich gegenseitig in den Arm nahmen, über den Rücken strichen und wie Lisi ihnen über die erschütterten Schluchzer hinweg die verschiedenen Behandlungsmethoden erklärte.

»Aha«, wiederholte Katie. Mehr fiel ihr dazu nicht ein. Sie wünschte sich, niemals vor Lisis Schreibtisch zu landen.

»Ist das nicht auch schlimm für dich?«, fragte Elena.

»Bei diesen Gesprächen wirkt allein eine Methode, um nicht die Fassung zu verlieren: A Z.«

»A Z?«

»Arsch zam«

»Versteh ich nicht.«

»Na, wenn du deine Pobacken fest zusammenkneifst, den Beckenboden so richtig fest anspannst, kannst du nicht weinen.«

»Echt?«

»Keine Träne.«

»Oarg«, murmelte Elena.

»Eh. Und für besonders schlimme Fälle habe ich eine Wodka-Flasche in meinem Schreibtisch.«

Katie glaubte, sich verhört zu haben. »Du trinkst mit den Krebskranken?«

»Nein.« Lisi zeigte auf sich selbst. »Mit mir. Ich hab sie die ›Elena-Flasche‹ getauft.«

Elena und Katie starrten sie ungläubig an.

»Ich denke dann an euch und dann geht's mir besser«, erklärte Lisi.

Okay, dachte Katie, unter diesen Umständen wäre es nicht das Schlimmste, im Falle des Falles vor Lisis Schreibtisch zu landen, solange Lisi gemeinsam mit ihr die Elena-Flasche beherzigen würde.

Elena schien Ähnliches zu denken. Sie quietschte auf, glitt vom Barhocker und umarmte Lisi. Jegliche Stichelei war vergessen.

»Vorsicht!«, rief Lisi. »Meine Bluse! Ich muss knitterfrei bleiben.«

Elena schmunzelte. »Wieso? Glugazt, gluckert und kudert deine Heizung nach wie vor?«

»Wie bitte?« Katie war sich sicher, sie hatte etwas nicht mitbekommen. Doch Lisi wackelte nur mit ihren Augenbrauen.

Neue Mission

»Warum rückst du nicht mit der Sprache raus?« Katie schenkte Lisi und Elena Kaffee ein.

»Warum ist El Sol nicht da?« Ein schlechter Konter. Viel zu einfach und aus der Luft gegriffen, denn heute war Freitag.

Lisi sah auf ihre glitzernde Armbanduhr, wobei ihr eine Korkenzieherlocke ins Gesicht fiel. Ihre Haare glichen heute einem wogenden, feurig roten Meer. Es war lange her, dass Katie solche Korkenzieher an Lisi gesehen hatte.

Katie beugte sich etwas über das Holz der Bar. »Lenk ned ob und halt ned die Pappn.«

Lisi verdrehte die Augen. »Boah, das klingt so bayerisch.«

Wie die meisten Österreicherinnen und Österreicher konnte Lisi es kaum ertragen, wenn eine Piefkinesin wie Katie sich am Wiener Dialekt probierte.

Elena schien kaum etwas mitzubekommen. Sie kramte in ihrem Turnbeutel.

»Und wenn i des wü, denn wü i des!« Katie stach mit einem Zeigefinger auf die Theke ein.

In ihren ersten zwei Jahren in Wien hatte sie sich redlich bemüht, Wienerisch zu lernen. Mit mäßigem Erfolg. Irgendwann hatte sie es verstanden, das aufgesetzt-gequälte Lächeln vom aufrichtig-offenen Lächeln ihres Gegenübers zu unterscheiden, und hatte das Wienerische aufgegeben – zur Freude ihres Umfelds. Nur um drei Wörter kam Katie nicht herum: »Obers«, weil es zur Kaffeehaussprache gehörte und die deutsche Entsprechung »Sahne« verpönt war. »Kübeln«, weil es viel kürzer und weniger schmerzhaft war als das deutsche »wegwerfen«. Sowie »unpackbar«, weil das »pack« in der Aussprache so viel mehr Energie freiließ als das »fass« in der deutschen Entsprechung »unfassbar«. Alle übrigen Dialektworte setzte Katie ausschließlich bewusst ein. So wie jetzt: »Gemma!«, forderte sie.

Lisi machte eine Grimasse, als ob die nicht vorhandene Milch in ihrem Kaffee sauer geworden wäre. Katie freute sich diebisch.

»Was ist jetzt mit der Heizung? Seit Tagen ist das Thema.«

»Yes, das würde mich auch interessieren.« Elena zog ihr olivfarbenes Notizheft aus dem Stoffbeutel. Das Heft hatte ein größeres Eselsohr unten rechts in der Ecke. Der Turnbeutel schien ihm nicht sehr gutzutun.

»Die Heizung ist eben komplizierter, als ich dachte.« Lisi betrachtete etwas zu interessiert die Kreise, die sie mit dem Löffel durch ihren schwarzen Kaffee zog. »Vergangene Woche hat sie erst gegurgelt, später geklopft. Der Hausbesorger war da. Wir haben uns über die richtige Anrede gestritten. Die Heizung hat weiter gegurgelt und geklopft. Und diese Woch –«

»Was für eine Anrede?« Wenn Lisi einen Satz mit einem Wort wie »Streit«, »Zoff«, »Wickl«, »gestritten« oder Ähnlichem formulierte, klang das normalerweise anders. Solche Szenen wurden heroisch ausgemalt und so eindeutig einseitig erzählt, dass es an Selbstironie grenzte.

»*Seine* Anrede. Ich nannte ihn Hausbesorger. Sogar Hausmeister. Ist doch dulli tulli! Er ist der Meister des Hauses. Meister für das Haus. Was auch immer, jedenfalls: *Meister*. Ein phänomenaler Titel, oder?« Lisi sah mit herausfordernd gehobenen Augenbrauen zwischen Elena und Katie hin und her.

»Klar.« Katie zuckte mit den Schultern.

»No na!« Elena fand ihren lilafarbenen Roller-Pen in den Untiefen ihres Stoffbeutels und befreite den Stift aus dem Kabelsalat ihrer fast schon antik wirkenden In-Ear-Kopfhörer.

»Eh! Aber Mister Hausmeister ist der Meinung, er sei nicht Meister, sondern *Manager*.«

»Hausmanager?« Elena legte den Roller-Pen auf die Theke und warf die Kopfhörer achtlos in den Beutel zurück. Sie begann, durch ihr Notizheft zu blättern. Die Seiten waren spärlich beschrieben. Ein, zwei Sätze oder eine Handvoll Stichworte pro Blatt. Mehr nicht. Fast ein Drittel des Heftes schien so gefüllt zu sein.

»Nicht Hausmanager – *Facility Manager*.« Lisi schnaubte in ihren Kaffee. »Key Account Facility Manager.«

»Die sind jetzt auch Key Account?« Elena schaute kurz auf.

»Nein, ich habe mir die künstlerische Freiheit genommen und dieses Möchtegern-Kompositum entworfen. Fand der Hausbesorger nicht so witzig. Der Streit ging weiter.«

»Und deine Heizung?« Katie hatte den Überblick verloren, wo genau der Punkt der Geschichte war.

»Glugazt nicht mehr. Klopft gelegentlich. Und am Mittwochabend, also vorgestern, hab ich a Lackerl Wasser am Boden gesehen. Ich glaube, die Heizung tropft. Aber der Key Account Hausmeist –«

»Key Account Facility Manager«, versuchte Elena zu korrigieren und hob ihren Roller-Pen wie einen Zeigestock lehrerinnenhaft in die Höhe.

»Fang du nicht auch noch an! Jedenfalls: der Facility-Meister hat am Mittwoch den möglichen Schaden *nur inspiziert* und die Reparatur *erneut* verschoben. Unpackbar!«

»Na oarg!«

»Heute wird er vorbeikommen und den Schaden endlich beheben. So ist zumindest der Plan.« Lisi zog die Augenbrauen zusammen und warf wieder einen Blick auf ihre Uhr.

»Hast du es heute eilig?« Katie wurde das Gefühl nicht los, dass da etwas nicht stimmte. »Wegen des Hausmeister-Facility-Typen?«

Lisi antwortete nicht, sondern hob nur eine spitze, fein gezupfte Augenbraue, während Elena eine komplett leere Seite in ihrem Notizheft glatt strich, ihren Stift aufs Papier setzte und Katie erwartungsvoll ansah: »Wie fühlt es sich an, wenn du El Sol siehst?«

»Wie bitte?« Katie deutete auf das aufgeschlagene Heft. »Wie lautet deine Hausaufgabe für den Schreibkurs heute Abend?«

»Eine sehr interessante Frage, Elena! Erzähl Katie, welches Lied hast du im Ohr, wenn El Sol in diese heiligen Hallen schreitet?«

Zwei gegen eine.

»Ur-gute Frage!« Elena malte einen Schnörkel auf die Seite. Es sah verdächtig wie eine Sonne aus.

Ur-verlockende Frage, dachte Katie. Sie sollte nicht darauf hereinfallen. Sie sollte nicht verraten, dass sie schon längst den passenden Song für ihn hatte. Ganz klar war es –

»Lass mich raten.« Lisi hob ihren Kaffeelöffel. »›Sex Machine‹ von James Brown!«

Elena kicherte.

»Oh neinneinnein, warte!« Lisi wedelte mit dem Löffel und zeigte dann direkt auf Katie. »Hot Chocolate, ›You Sexy Thing‹!«

Elena hob beide Hände und schnipste mit der stiftfreien Hand, während sie »I believe in hm, hm, hmmmmm ... You sexy thing« halb summte, halb sang. Lisi swingte auf ihrem Barhocker mit. Katie versuchte, sich ein Schmunzeln zu verkneifen. Es gelang ihr nicht wirklich. Es war Freitag. Das Wochenende stand am Ende ihrer Acht-Stunden-Schicht vor der Tür und Musik war doch einfach das Beste, was es gab auf der Welt, oder? Katie liebte Musik. Nicht, dass sie besonders musikalisch war. Aber sie war Musik-Junkie. Konzerte, Zeitschriften, Platten, CDs, Spotify. Sie besaß natürlich noch einen Walkman und diverse Kassetten. Mixtapes noch und nöcher. Musik war sogar das Thema ihrer Promotionsarbeit. Genauer: Populärmusik. Und darin: Songtexte.

»Textgattung ›Songtext‹. Lyrischer Anspruch und literarische Anerkennung in Theorie und Praxis« lautete der Arbeitstitel, den sie vor zwei Jahren aktualisiert hatte und seitdem ... *na ja*. Sie hatte für die Dissertation Liedtexte analysiert und auf ihren literarischen Gehalt geprüft. In Verbindung dazu hatte sie qualitative Interviews geführt mit Singer-Songwriterinnen und -Songwritern wie Gisbert zu Knyphausen, Bernadette La Hengst, Sven Regener, Dota Kehr, Mira Lu Kovacs, Bernhard Speer, Voodoo Jürgens, Nino aus Wien und einigen anderen.

»Und?«, fragte Elena, den Roller-Pen schon auf dem Papier. »Sex Machine oder Sexy Thing?«

Katie schwieg und trank von ihrem Kaffee. Sie hätte sich fast daran verschluckt, denn hinter Elena ging just in diesem Augenblick die Tür des Schopenhauers auf. Es war, als ob das Schicksal Elenas Frage auf die Probe stellen wollte. Obwohl heute gar nicht Mittwoch war – kam *er* herein. An einem Freitag!

I believe in god-damn miracles, dachte Katie, obwohl ihr Herz im unermüdlich drängenden Beat des Hi-Hats aus »Sex Machine« schlug. Ihre Augen hefteten sich an seine Schultern, seinen Gang, seine Hände ...

Elena tauchte ab zu ihrer Kaffee-Tasse. »Er ist es! El Sol!«

Doch ein Echo von Lisi blieb aus.

Elena tauchte wieder auf und schaute irritiert zu ihrer Sitznachbarin, die sich überraschenderweise nicht gerührt hatte, sondern Katie musterte. *Oh, oh.*

»Jessas, dich hat's echt erwischt.« Lisi schüttelte leicht den Kopf und ließ ihr Korkenzieherlocken-Meer erzittern. »Du bist eindeutig ein Fall für ...« Sie überlegte kurz. »Für Louis Armstrong ›You Go to My Head‹.«

Katie lag auf der Zunge, wie passend sie das Lied fand. Ihr Blick glitt zu Tisch 15. El Sol befreite sich gerade von seinem Jackett und in Katies Gedanken spielte die sehnsüchtige Trompete auf, begleitet vom bittersüßen Piano und garniert mit Louis' kratziger Stimme, die davon sang, wie El Sol ihr zu Kopf stieg – prickelnd wie die Bläschen in einem Glas Champagner ...

Katie zwang ihren Blick zurück an die Bar, zurück zu Elena und Lisi, die beide ihr Kinn in die Hand gelegt hatten, sie ansahen und gleichzeitig aufseufzten. *Synchron-Schauspiel.* Elena setzte noch eins drauf, indem sie schnell blinzelte und ihren übertrieben langsamen Augenaufschlag folgen ließ: »Muss Liebe schön sein!«

Lisis Augenbrauen schoben sich zusammen. Sie ließ die Hand sinken und wandte sich zu Elena. »Du weißt schon, dass du ganz offiziell ›in Liebe‹ bist?! Du hast einen Freund. Einen fantastischen. Seit Jahren. Die Perle an deiner Kette zeigt es.«

Elena warf einen kurzen Blick auf den Anhänger. »Die ist bestimmt nicht echt.«

»Da scheint mir gerade so einiges nicht echt zu sein.«

Autsch. In Katies Kopf zerplatzten die romantisch-kitschigen Klänge von Louis Armstrong.

Alle drei griffen gleichzeitig zu ihren Kaffees. Katie blickte über den Tassenrand zu El Sol. Das Tablet vor ihm, den Stift zwischen den Fingern, fixierte er in Gedanken versunken einen Punkt an der Wand, irgendwo hinter und über der freitäglichen Frauen-Bridge-Runde. Nur die Melange vor ihm fehlte ...

»Ich gehe und hol mir die Bestellung.« Katie hob einen mahnenden Zeigefinger. »Und ich will kein Abtauchen sehen, ist das klar?«

Elena streckte ihr kurz die Zungenspitze entgegen. Ein Kommentar von Lisi blieb aus. Nun gut.

Katie zog ihren kurzen, abstehenden Pferdeschwanz straffer. Auf zu Tisch 15. Im Ohr *seinen Song*: Frank Sinatra, ›My Way‹. Keine Frage.

Katie zelebrierte die 23 Schritte. Das Näherkommen. Das Ankommen. Das Hören seiner drei Worte: »Eine Melange. Danke.« Zuverlässig. Beständig. Sie genoss den Blick in seine abwesenden, faszinierend hellbraunen Augen. Und fragte sich, wie sich sein dichtes braunes Haar anfühlte.

Er war hier – an einem Freitag. War das zu fassen? Das Wochenende würde wunderbar werden mit diesen aufgefrischten Eindrücken. Katie würde auf jeden Fall morgen auf dem Kutschkermarkt Salat kaufen. *Für alle Fälle.*

Als Katie sich von El Sol ab- und der Theke zuwandte, sah sie, dass Lisi und Elena tatsächlich nicht abgetaucht waren. Sie saßen einander zugewandt seitlich zur Bar, sodass sie aus den Augenwinkeln das für sie wenig ereignisreiche Spektakel der Bestellungsaufnahme verfolgen konnten. Katie verbuchte das als Fortschritt. Irgendwann würden die beiden sicher ihre Neugier an dem passiven El Sol verlieren. Dann wäre es belanglos, dass er im Schopenhauer gastierte, und Katie würde sich unbehelligt ihren Tagträumen hingeben können.

Die leise Hoffnung darauf, dass dies vielleicht schon heute beginnen könnte, zerfiel nach 23 Schritten, als Katie wieder hinter der Theke stand.

»Er hat seinen Aktenkoffer dabei.« Elena nickte unnötigerweise mit dem Kopf in Richtung El Sol.

»Mit seiner Puffn drin? Mit Schalldämpfer?«

Katie sagte nichts. Demonstrativ, wie sie hoffte.

Ihre Hände bedienten automatisch die Espressomaschine, um die Melange für El Sol zuzubereiten. Sie ließ dabei ihren Blick durch den Gastraum schweifen. Matt hatte einen roten Kopf. Er schien wie immer zu verlieren. Die Dog Lady war bereits zur Hälfte mit der »Krone« durch. Johnnie Walker war noch nicht da. Die Bridge-Frauen legten still und konzentriert reihum ihre Karten. Und El Sol? Der schaute über Schach und Matt hinweg irgendeinen Punkt an der Decke an. Den Kopf leicht schief gelegt. Der Gedanke, er sei ein Geheimagent und hier, um vielleicht seine nächste Mission vorzubereiten oder um sich von einer zu erholen, dass er in seinem Aktenkoffer eine Pistole und sonstiges spannendes Zubehör dabeihatte, gefiel ihr. Gefiel ihr gut. Nicht, dass sie das Lisi oder Elena auf die Nase binden würde. *Garantiert nicht.*

Katie beobachtete, wie er vier, fünf Worte – so sah es aus – auf seinem Tablet notierte. Er war gewiss gut in seinem Job. Konzentriert. Fokussiert.

Vielleicht beobachtete er sie ja doch? Vielleicht kam er her, weil er etwas unaufgeregte Abwechslung in seinem Leben brauchte? Eine gute, gesellige Atmosphäre, ein heiles Universum, wie es das Schopenhauer bot? Vielleicht hatte er längst ein Auge auf sie geworfen, war aber so gut in seinem Spionage-Ding, dass Katie es gar nicht bemerken *konnte.* Vielleicht hatte er Wanzen im Schopenhauer entdeckt und durfte sie nicht ansprechen. Viel zu gefährlich. Er würde sie in Gefahr bringen. Wenn sie allerdings irgendwann allein wären, in einem abhörsicheren Raum …

Katie fragte sich, wie El Sol küsste. Vorsichtig? Zurückhaltend? Stürmisch? Bestimmt? Schmatzend? Mit oder ohne Zu–

»Oder er hat wirklich ein Superman-Kostüm in seinem Koffer.« Elena tippte mit ihrem Roller-Pen auf den gemalten Kringel in ihrem Notizheft.

»Hoffentlich ist es eher ein *Bad*man-Kostüm.«

»Weil er Schwarz trägt?«

»Und weil hinter dieser philosophisch-langweiligen Sartre-Fassade hoffentlich ein feuriger *Bad* Boy steckt. Verstehst du? Nicht Ba-t-man, sondern Ba-d-man.«

»Checkt man nicht gleich – den Wortwitz, meine ich.« Elena malte zwei Kreise auf ihre Kringel-Strich-Seite.

»Vielleicht hätte ich es dir vorher aufschreiben sollen?« Lisi schaute auf die Seite in Elenas Notizheft. »Oder aufmalen?«

Katie schnalzte leise mit der Zunge. Sie ließ Milch und Milchschaum im Aufschäumbecher kreisen und goss beides in den Kaffee ein.

»Ich serviere und ihr seid nett zueinander.«

Katie brachte El Sol die Melange plus ein Glas Wasser. Er sah halbwegs auf. Wie immer driftete sein Blick irgendwohin ab. Aber als Secret Agent Man hatte er gewiss Mittel und Wege, mit dieser abwesend wirkenden Geste einen 360-Grad-Rundumblick zu generieren. Er sagte »Danke« und widmete sich weiter der Ausarbeitung seiner nächsten Geheimmission.

Zu Katies Überraschung kümmerte Lisi und Elena das alles nicht. Sie hatten nicht Tisch 15 im Visier, sondern Elenas Notizheft.

Bestens! Katie lächelte.

»Welchen Superhelden würdest du denn vorziehen? Batman, Superman oder Super Mario?«, fragte Elena, als Katie zurück hinter der Bar war.

»Super Mario?«

»Der ist Klempner, das ist fast das Gleiche wie Hausbesorger.«

Touché, dachte Katie und schenkte allen dreien etwas Kaffee nach.

»Du sprichst immer wieder von diesem Facility-Typen.« Elena versuchte, Lisis Augenbrauen-Wackeln zu imitieren.

»*Du* sprichst immer wieder von Superhelden«, konterte Lisi. »Wer so viel Wert auf Maskulinität legt, gehört mal wieder so richtig niedergeschmust.«

Eine ausgesuchte Retourkutsche, doch Elena schmunzelte nur.

»Ich lege im Moment auch viel Wert auf Maskulinität.« Lisi demonstrierte, wie das Wackeln mit den Brauen richtig funktionierte und ... *Stopp mal.*

Was deutete Lisi da an?

»Wer ist es?«, fragte Katie.

»Na, einer der Hausbesorger!« Elena grinste. »Stimmt's oder hab ich recht?«

»Quatsch!«, sagte Katie. jedoch grinste Lisi auch. »Oder kein Quatsch?«

»Facility Manager«, korrigierte Lisi.

Elena klappte ihr Notizheft unvollendeter Dinge zu. »Ein Hausbesorger. Passt denn das?«

»Vorurteile? Schließ nicht vom Job auf den Menschen.« Lisi hob ihren Löffel in die Luft. »Ich meine, schaut euch an. Ihr habt auch studiert.« Ihr Blick blieb an Katie haften. »Oder tut es nach wie vor.«

»Ich bin auf der Suche, was mir wirklich liegt.« Elena schob Stift und Notizheft zur Seite. »Was zu mir passt.«

»Oder *wer*?«, stichelte Lisi.

»Und Mister Facility passt zu dir?«

»Wir werden sehen.«

Alle drei nippten an ihrem Kaffee. Katie sah, wie El Sol an Tisch 15 auf seine Armbanduhr blickte, dann sein Smartphone aus dem Aktenkoffer fischte, es zweimal antippte, noch einmal auf die Uhr schaute und das Handy zurück in den Koffer legte. Seine Zeit war kostbar. Garantiert. *Secret Agent Man.*

»Hausbesorger ... ich weiß ja nicht«, murmelte Elena.

»Ich würde nie eine Berufsgruppe ausschließen.« Lisi sagte

es so generös, als ob sie verkündete, die Hälfte ihres Jahresgehalts der Caritas oder Diakonie spenden zu wollen.

»Nicht? Was ist mit Hehlern, Dealern, Mafiosi?«, fragte Katie.

»Nein, kein Ausschlusskriterium. Nur sehr unwahrscheinlich, dass ich diese Burschen in Ausübung ihrer Tätigkeit kennenlerne.«

»Gynäkologen?«, fragte Elena.

»Niemals! Gynäkologen haben ein wunderbares Wissen.« Lisi gab eine kleine Augenbrauen-La-Ola zum Besten.

»Sexarbeiter?«

»Würde ich auch nicht ausschließen.«

Elena machte große Augen.

»Vielleicht ...«, überlegte Lisi.

»Ja?«

»Apotheker.«

»Apotheker?«

»Wenn ich eine Berufsgruppe ausschließen müsste, wären es Apotheker. Stell dir mal vor, da steht Mister Perfect vor dir, du willst ihn unbedingt kennenlernen, musst aber bei ihm dein Rezept für einen Scheidenpilz, Genitalherpes oder was weiß ich was einlösen. Nein. Apotheker sind raus.«

Eine bestechende Logik, fand Katie. Apotheker müsste man auf jeden Fall außerhalb einer Apotheke kennenlernen.

»Dieser Hausmeister«, begann Katie.

»Facility Manager«, korrigierte Lisi.

»Mister Facility!«, warf Elena strahlend ein.

Das griff Katie nur zu gerne auf. Ein neuer Mann, ein neuer Spitzname – das war eine zusätzliche Ablenkung von El Sol.

»Mister Facility ist also dein nächstes Projekt?«

Lisi antwortete nicht sofort. Sie trank erst einen Schluck Kaffee, dann zuckte ihre linke Augenbraue nach oben. »Wir werden sehen.«

Dramaqueen, dachte Katie.

Lisi verstand es wirklich, jemanden zappeln zu lassen. Mister Facility sollte sich schon mal warm anziehen. Wenn Lisi einen Mann ins Visier nahm und zum Projekt auserkoren hatte, gab es kein Zurück mehr.

Elena und Katie hatten in ihren gemeinsamen eineinhalb Schopenhauer-Jahren die Lover-Projekte *Doc Why* und *Casa Pequeña* miterlebt. Ein Kollege aus dem Krankenhaus, der niemals zum Punkt kam, weshalb Lisi ihn »Doc Why« getauft hatte. Und ein Privatdozent der MedUni, der sich als Single ausgegeben hatte, hinterrücks aber wie ein mexikanischer Vorzeigemacho aus den 80ern ein Casa Grande, ein großes Haus, mit Ehefrau und drei Kindern in Tirol führte. Er hatte Lisi nach der Enthüllung großzügig die Rolle im »kleinen Haus«, die Rolle der Geliebten, angeboten, weshalb Lisi ihn stehenden Fußes verlassen und von »Monsieur Technique« in »Casa Pequeña«, kleines Haus, umbenannt hatte. Auch weil an Monsieur Technique so einiges pequeña war ... mit Ausnahme seiner Lügen.

Doc Why hatte Lisi vor gut einem Jahr sehr abenteuerlich und sehr exklusiv über die bittere Entdeckung rund um Casa Pequeña hinweggeholfen. Er war der perfekte Tröster gewesen. Katie erinnerte sich, dass sie das wunderbare rote Lockenmeer, das heute um Lisis Gesicht wogte, wohl damals zuletzt gesehen hatte. Damals, als Phase 1 im Doc-Why-Projekt angelaufen war. – Bei dem Gedanken machte es endlich »Klick« in Katies Synapsen.

»Darum auch deine Haare!«

Elena nickte, Lisi wackelte mit ihren Augenbrauen.

»Ein neuer Anwärter. Hört, hört.«

»Mister Facility!«, beharrte Elena.

Ausgezeichnet, dachte Katie und sah zu El Sol hinüber, der seine Melange in kleinen Schlucken tank. Er würde für Elena und Lisi bald keine Rolle mehr spielen. Und die kommenden

Wochen versprachen spannend zu werden. Phase 1 war das Beste an Lisis Männer-Projekten. In Phase 1 ging es ums Auffallen und Recherchieren. »Männer lieben es, wenn du dich für sie interessierst und über ihre Witze lachst. Diese Gockel«, hatte Lisi mal erklärt. »Ich bringe währenddessen meine fünf Schlüsselfragen unter. Die beantworten die Männer wie nebenbei und ich weiß alles, was ich wissen muss.« Nach der Pleite mit Casa Pequeña hatte sie die fünf Fragen allerdings erweitert. »Das passiert mir nicht noch mal! Die Ehefrau ist schon ein starkes Stück. Aber Kinder? Volksschulkinder? Nein danke!«

Wichtig in dieser Phase sei es, abzuwarten, sich zu zieren, den Mann mit Nähe und Distanz ganz wuschig zu machen. Katie traute Lisi das hundertprozentig zu. Sie beneidete Mister Facility nicht ... Nur die besten Männer überstanden diese verwirrende Zeit und wurden für Phase 2, »Zugriff«, erwählt.

Phase 2 war das Projektstadium, das Elena und Katie gern überhörten. Die zufriedenen Seufzer, die auf die einfache »Wie geht's«-Frage als Antwort kamen, sprachen für sich.

Phase 2 ging immer nahtlos in Phase 3 über: »Beziehung spielen«. Oder: »Der Härtetest«, wie Lisi sagte. Bisher hatte niemand den Härtetest bestanden. Nicht einmal Doc Why. Und auch nicht die Typen aus den Jahren zuvor: Lisi hatte hin wieder von Captain Rotbart, Häuptling Silberlocke und einem ominösen Richie Rich erzählt. Wenn der Härtetest negativ ausfiel, führte das jedes Mal unweigerlich zur abrupten Beendigung des Lover-Projekts. Meistens im Frühling, denn: »Wer trennt sich schon im Winter? Da ist ohnehin alles schon so trostlos.« Lisi hatte halt ihre Regeln.

Erstaunlich, wie viel man planen, arrangieren und systematisieren konnte. Und erstaunlich, wie wenig das alles half, um zu einem anderen Ergebnis als zuvor zu kommen. Katie fragte sich, wie Phase 4, »Ernsthafte Beziehung«, bei Lisi aussehen würde. Sie hatten nie darüber gesprochen.

»Auf Mister Facility!« Katie hob ihre Kaffeetasse und alle drei stießen an. *Mögest du lange durchhalten.*

Elena schob ihre leere Tasse von sich und griff wieder zu Notizheft und Roller-Pen. »Können wir auf das Lied von El Sol zurückkommen? Welches zu ihm passt? So ganz spontan?« Sie strich zweimal über das Eselsohr am Heftrand.

»Nein.« Katie goss Elena noch eine halbe Tasse Kaffee nach. Dabei konnte sie nicht verhindern, dass »Ol' Blue Eyes« begann, in ihren Gedanken von wenig Reue, einigen eingesteckten Schlägen und seiner eigensinniger Standfestigkeit – eben von »seinem Weg« – zu singen.

Vielleicht konnte »My Way« auch ihr Song sein? Ob eine Duett-Version existierte? Mit Frank Sinatra hätte gewiss jede diesen Song mitsingen wollen. An Frauen hatte es dem alten Knaben definitiv nicht gemangelt.

Wie viele Frauen El Sol wohl schon gehabt hatte? Ihre eigenen »Duett-Partner« konnte Katie an einer Hand abzählen: Tobi, Mark und Sven. Drei. Vom Daumen bis zum Mittelfinger. Drei verschiedene Typen im Bett. Wieso fühlte sich das heutzutage so kümmerlich an? So unerfahren? *Furchtbar.*

»Komm schon, Katie«, bettelte Elena, doch Katie schüttelte ihren Kopf.

»Was wäre denn Sebastians Lied?«, fragte Lisi.

»Pff«, machte Elena. »›Probier's mal mit Gemütlichkeit‹?«

Eine Millisekunde passierte nichts, dann glucksten alle drei. Sebastian hatte tatsächlich etwas von Balu dem Bären ... Natürlich nur die guten Seiten.

Elena seufzte und steckte endlich Notizheft samt Stift zurück in ihren Turnbeutel. Hinter Elena sah Katie, wie El Sol sein Portemonnaie aus der Hosentasche zog. Schade. Aber besser ein kurzer Besuch als keiner.

»Ich muss kassieren.«

23 Schritte zum Abschied und eine Barzahlung.

Ein: »Auf vier Euro«. Ein: »Ihnen auch.« Fünf Worte. Weich, deutlich, dunkel. Ein Blick, der ihren streifte. Ein Herz-Klopf-Moment, in dem sie sich dagegen entschied, ihm ihre Hand entgegenzustrecken für seinen Fünf-Euro-Schein. *Sicher war sicher.*

Im Vorbeigehen nahm sie eine Nachschub-Bestellung von Matt auf. Er forderte Revanche. Er sollte sie kriegen. Gemeinsam mit einem Kaffee-Kirsch. Matt musste anscheinend alle guten Geister beschwören, um einen Sieg gegen Schach zu erringen. Katie wünschte ihm viel Erfolg.

Zufrieden trat sie hinter die Theke. Noch zufriedener schaute sie El Sol hinterher, der heute sein Jackett über den Arm legte und damit den Blick auf seinen Po in der schwarzen Anzughose preisgab. *Sehr* nett.

Katie sah El Sol draußen nach links abgehen. Fenster eins. Fenster zwei. Dann war er nicht mehr zu sehen. Elena hatte sich auf ihrem Barhocker umgedreht und ihn ebenso verfolgt. Doch Lisi musterte Katie. Ihre Augenbrauen schoben sich zusammen, ihr Mund wurde schmal. *Oh, oh.*

Elena drehte sich zurück zur Bar. »Wo gehen die ganzen guten Männer hin?«

Katie wusste die Antwort nicht, aber sie kannte jemanden mit derselben Frage: Bonnie Tyler.

»Dü-Dü-Dü-Düüüüüü«, machte Katie. »Dü-Dü-Dü-Düüüüüü.«

Holding Out for a Hero.

Der Song passte nicht nur aufgrund der besungenen, abwesenden *good men*, sondern auch, weil Katie sich gerade einen *hero* wünschte, der sie vor Lisis strengem Blick rettete.

Katie begann, einen frischen Kaffee für Matt aufzubrühen, und wiederholte die Nebenstimme des Songs: »Dü-Dü-Dü-Düüüüüü. Aaaah. Aaaah.«

Es wirkte. Lisis Lippen bebten leicht und brachen zu einem verkniffenen kleinen Lächeln auf. Ein Hoch auf Bonnie!

»Dü-Dü-Dü-Düüüüüü.« Katie bewegte die Schultern im Takt. Minimal natürlich. Sie wollte nicht die Verrückte hinter der Bar sein.

Lisi konnte das Lächeln nicht mehr unterdrücken. Mehr noch. Sie griff zum Kaffeelöffel und hielt ihn wie ein Mikrofon vor den Mund. Sie sang die erste Zeile und Katie begleitete sie mit der Backing Vocal: »Dü-Dü-Dü. – Aaaah. Aaaah.«

Elena setzte sich aufrecht hin und sah zwischen Lisi und Katie hin und her. »Welches Lied ist es?«

Als Antwort sprang Lisi zum Refrain und der Sehnsucht nach einem Helden: »I need a –!«

»Das Lied ist aus den 80ern, oder?«, fragte Elena.

»Das ist Bonnie Tyler und damit Allgemeinbildung«, sagte Lisi.

»Stand nicht auf dem Kunstgeschichte-Lehrplan.«

»Sollte es aber!«, sagten Lisi und Katie gleichzeitig.

Die Stimmung war ausgezeichnet. Ein Freitagnachmittag, wie er im Buche stand. Katie wünschte sich, die beiden könnten bis zum Ende ihrer Schicht um 22 Uhr bleiben, sie würden gemeinsam Pop-Songs schmettern und auf den Barhockern sitzend mit den Armen tanzen. Allerdings war es leider schon kurz vor halb vier. Die beiden mussten gleich los. Schade.

Katie griff hinter sich ins linke Regal, dort waren die Alkoholika aufgereiht. Sie hob die Flasche Kirschwasser herunter, maß ein Schnapsglas ab und brachte es gemeinsam mit dem Kaffee zu Matt.

»Einmal Kaffee-Kirsch.«

Matt schüttete sich das Stamperl zur Hälfte in die Tasse, den Rest stürzte er in einem Schluck hinunter, machte ein genussvolles »Hmm« und eröffnete mit dem weißen Bauern die Schachpartie. *Möge die Macht mit dir sein, Matt.*

Als Katie wieder hinter der Bar stand, trank Lisi ihren Kaffee aus, während Elena sich am Tyler-Refrain probierte.

»Ich hatte immer den Eindruck, du hast schon einen *Herooo*?« Lisi sagte es zum Glück mit einem Lächeln.

Dann wandte sie sich an Katie: »Und was ist mit dir? Du versauerst noch.« Lisi lächelte weiter.

»Ich brauche keinen *Herooo*«, entgegnete Katie.

»Nein, du brauchst einen Mann. Wie lange ist das jetzt her mit Sven-Arschl?«

»Ich bin eine moderne Frau. Ich brauche keinen Mann.«

»Katie hat doch schon einen Mann«, warf Elena ein.

»Wen?«

»Na, El Sol!«

»Jajaja. Einen *Traum*mann. Träume sind Schäume, Baby.« Lisi ließ ihren Kaffeelöffel vor ihrer eigenen Nase ein paar Kreise ziehen, dann legte sie den Löffel zurück zur Tasse.

Katie ließ sich die Freitagsstimmung nicht vermiesen. »Traummänner sind immer *Herooos*!«

Elena lachte mit ihr. Lisi nicht. Mit dem Löffel hatte sie anscheinend auch ihr Lächeln abgelegt. Sie faltete die Hände vor sich auf der Bar zusammen. »Weißt du was, Katie, du bist wie eine Tasse Tee.«

»Wie bitte?«

»Du bist das personifizierte Abwarten.«

Elena und Katie schauten sie fragend an.

»So wie: ›Abwarten und Tee trinken‹«, erklärte Lisi.

Elena verzog das Gesicht. »Du warst zu lange mit dem Piefke Doc Why zusammen. Wer sagt denn so was?«

Aber Lisi blieb dabei: »Ich meine es ernst: Wie lange legst du schon die Hände in den Schoß und tust nichts?«

Katies Laune sank. »Nur weil ich keinen Kerl habe?«

»Nur weil du ihn nicht ansprichst!«

»Ich habe halt andere Prioritäten.«

»Genau: abwarten.«

»Hallo? Ich schreibe an meiner Dissertation.«

»Seit sechs Jahren.«

»Es sind noch keine sechs Jahre!« Es waren fünf: drei mit Sven und mit täglicher Arbeit daran, zwei ohne ihn und ohne einen weiteren Beistrich. »Und ich arbeite Vollzeit.«

»Na ja. Wie man's nimmt ...«

»Der Kaffee, den du da gerade getrunken hast, den hab ich dir eingeschenkt.«

»Dein Traumberuf passend zum Traummann?«

Was zum Henker hatte Lisi plötzlich so biestig gemacht? Katie griff zum Geschirrhandtuch und zu einem der drei Gläser, die auf der Spüle trockneten.

»Das kann ja noch kommen«, probierte Elena, die Wogen zu glätten.

»Genau, darum erst mal abwarten und Tee –« Lisi verstummte, als sie Katies verkniffenes Gesicht sah.

»Dü Dü Dü Düüüüü?«, versuchte es Elena noch mal.

Lisi setzte sich etwas aufrechter hin. »Ich meine es ja nur gut.«

»Ja, klar ... « Katie stellte das Glas hinter sich ins Regal und griff zum nächsten.

»Aber du magst ihn doch, oder?«

Katie hörte auf, gegen die Wasserflecken zu kämpfen, und stellte auch das zweite Glas ins Regal. »Das ist bloß eine teeniemäßige Schwärmerei. Mehr nicht.«

Sie griff zum letzten Glas und begann es abzureiben. El Sol war der erste Mann, der ihr aufgefallen war, seit Sven sie vor zwei Jahren vor die Tür gesetzt hatte. Wenn El Sol sich auch überraschend als »Arschl« entpuppen würde ... Nein, das wäre zu riskant.

»Vielleicht steckt ja Potenzial für eine Erwachsenen-Liebelei drin?«

»Ich kenne ihn gar nicht. Ich schaue ihn mir nur gern an. Mehr steckt nicht dahinter.«

Lisi nickte bedächtig. Verständnisvoll. Da stimmte etwas nicht …

»Es kann ja nicht jede einen Super Mario haben«, warf Elena ein.

»Hmmmh«, machte Lisi, schob ihre leere Kaffeetasse ein Stück von sich und kletterte vom Barhocker. Sie richtete sich kurz ihre Korkenzieherlocken und machte ein ernstes Gesicht, als ob sie sagen wollte: *Wir haben da was gefunden.*

»Ich muss los. Danke für den Kaffee, Katie. Und: keine Sorge. Ich überlege mir etwas.«

Katie hatte das Gefühl, gerade zur Patientin degradiert worden zu sein.

»Bis Montag, die Damen!«, sagte Lisi.

»Schönes Wochenende«, sagte Elena, während Katie gleichzeitig fragte: »Was überlegst du dir?«

Statt zu antworten, zwinkerte Lisi den beiden zu und ging zielstrebig Richtung Ausgang.

»Hej!«, rief Katie ihr etwas lauter hinterher. »Was überlegst du dir?«

Schach schaute auf. Auch die Dog Lady und zwei Bridge-Spielerinnen. Doch Lisi warf ihr nur eine Kusshand zu. Dann war sie aus dem Schopenhauer verschwunden.

»Shit.« Katie sah zu Elena. »Denkst du, sie meint das ernst?«

»Hat sie je etwas nicht ernst gemeint?«

Oh, shitty shit!

Ohne Karten?

»Schau an, wer sich die Ehre gibt!« Katie nickte zur Eingangstür, während sie zwei Espressi für Schach und Matt mit heißem Wasser verfeinerte und in zwei Verlängerte verwandelte.

Elena drehte sich auf ihrem Barhocker um. »Lisi!«

Mit forschem, klackerndem Schritt steuerte Lisi die Theke an.

»Wo warst du?« Elena zog einen Barhocker für sie vor.

Zwei Tage lang hatte Lisi sich via WhatsApp abgemeldet: »Heute nicht«, hatte sie am Montag geschrieben. »Sorry!«, am Dienstag. Nach Katies Geschmack hätte sie auch am heutigen Mittwoch eine Schopenhauer-Pause einlegen können. El Sol war zwar noch nicht da, allerdings hallte Lisis »Keine Sorge. Ich überlege mir etwas« vom vergangenen Freitag in Katies Ohren nach wie ein Schalltrauma nach einem Punkkonzert. Trotzdem schob sie Lisi eine dampfende Kaffeetasse entgegen. *Business as usual.* Und ein klein wenig war Katie auch gespannt, was Lisi die vergangenen Tage ferngehalten hatte. Oder vielmehr: wer.

»Danke.« Lisi seufzte müde, erklomm den Hocker und griff zum Kaffee.

»Na? Langes Wochenende gehabt?« Elena wurde immer besser darin, Lisis Augenbrauen-Wackeln nachzuahmen. Doch Lisis Stirn legte sich in Falten.

»Das rennt alles verkehrt.« Sie seufzte erneut, dann zeigte sie auf Katie. »Aber auf dich hab ich nicht vergessen!« Lisi legte ihre Handtasche neben ihre Kaffeetasse auf die Bar und klopfte einmal darauf.

Oh no ...

Katie sollte Lisi ablenken. Sofort. Und am besten lenkte man Lisi mit ihr selbst ab. »Was läuft schief? Mister Facility?«

Wie aufs Stichwort sackte Lisi theatralisch in sich zusammen. Die Dramaqueen. Sie ließ die Schultern hängen und schüttelte leicht den Kopf, was ihr rotes Haar sanft schaukeln ließ.

»Er ist nicht zu bändigen.« Lisi schob die Handtasche etwas zur Seite – *wunderbar!* – und rührte in ihrem schwarzen Kaffee.

»Wie meinst du das?«

»Er hält sich nicht an die Regeln!«

Elena setzte sich kerzengerade auf. »Hat er dich angefasst?«

»Ja, aber nicht *so*.« Lisi seufzte ein drittes Mal und tätschelte Elenas Arm.

»Von vorne!« Katie griff hinter sich ins Regal und zauberte Kirschwasser hervor. »Gespritzt?«

»Bitte!«, sagten Lisi und Elena gleichzeitig.

»Lasst mich kurz die beiden Verlängerten zu Schach und Matt bringen.«

Als Katie zurückkam, hatte Elena ihr Notizheft in der einen und ihren Turnbeutel in der anderen Hand.

»Ich sage nur, dass er eine interessante Art hat.«

»Und ich sage nur, dass du aufpassen sollst«, entgegnete Lisi.

»Was ist los?« Katie schraubte die Kirschwasser-Flasche auf und ließ einen Schuss in jede der drei Kaffeetassen schwappen.

»Ihr Kursleiter«, erklärte Lisi, während Elena das Notizheft im Stoffbeutel versenkte.

»Was ist mit dem?«

»Ist anscheinend interessant.«

»Ist das ein Problem?« Katie zog ihren Kaffee-Kirsch zu sich.

»Wird sich zeigen.«

»Geh bitte! Der ist uralt.« Elena machte eine Wegwerfbewegung mit der Hand. »Können wir jetzt zurück zu Lisi kommen? – Wo warst du?«

»Unterwegs. Mit Mister Facility.« Es klang nicht begeistert.

»Von vorne!«, forderte Katie.

Lisi atmete tief ein, ihre linke Augenbraue hob sich etwas. Ein gutes Zeichen.

Während Phase 1, dem Anpirschen und Anlocken in Lisis Männer-Projekten, konnte Lisis Dramaqueen-Storytelling besser sein als jede Netflix-Serie. Doch diesmal war Lisi viel zu schnell fertig. Und natürlich fing sie nicht von vorne an ...

»Gestern und vorgestern haben wir zusammen Pause gemacht.«

»Auch die *Kaffee*pause?« Elena klang pikiert.

»Eh.« Lisi sah wenigstens für eine Millisekunde schuldbewusst aus. »Und davor am Sonntag: Kunstausstellung. Am Samstag: Naschmarkt-Flohmarkt und Konzert.«

»Du bist schon beim Härtetest?« Katie war verwirrt. Die Korkenzieherlocken am Freitag hatten auf Phase 1 hingedeutet. Das Wochenendprogramm jedoch ließ auf Phase 3 schließen, der Prüfung auf Alltagstauglichkeit.

»Nein, das ist es ja. Ich war noch nicht mal bei ihm zu Hause und er auch nicht bei mir.« Sie machte einen bedeutungsvollen Blick.

Kein Sex also. Das wäre Phase 2 »Zugriff« gewesen: erlegen und vernaschen.

»Ich bin irritiert.« Elena nahm einen Schluck Kaffee-Kirsch.

»Ich auch.« Lisi nahm einen großen Schluck Kaffee-Kirsch. »Dabei hat es so gut angefangen. Zu gut. Ich hätte kritischer sein müssen.«

»Von *vorne*, Lisi. Was ist am Freitag passiert? Als deine Heizung tropfte?«

»Nun«, eine angedeutete Augenbrauen-La-Ola huschte über Lisis Stirn. »Er hat ziemlich schnell das gelockerte Ventil gefunden. Das war allerdings auch nicht schwer. So gut kenn ich mich nicht aus mit Heizkörpern.«

»Heiz*körper*! No na!« Elena versuchte sich an einer Augenbrauen-La-Ola, musste aber mit den Fingern nachhelfen.

»Jajaja. So gut kenn ich mich nicht aus mit *Heizungen*.«

»Du hast deine eigene Heizung manipuliert?«, fragte Katie.

»Eh. Ich wollte ja, dass er wiederkommt.«

»So was kannst du?«

»Ich kann auch Heizungen entlüften, wenn die gluckern und glugazen.«

»Und wieso hast du ihn überhaupt kommen lassen?«

»Ich kann auch Fenster putzen, aber das tue ich trotzdem nicht in meinem Büro.«

»Aha.«

»Weiter!«, verlangte Elena. »Er hat also das gelockerte Ventil gefunden.«

Lisi nickte. »Dann hat er das Ventil festgezogen.« Eindeutige Augenbrauen-La-Ola. »Dann hat er mich fest an sich gezogen und ich sage euch: Handwerker! Fester Griff an den richtigen Stellen. Und küssen kann er auch. Meine Locken haben nicht lange gehalten.« Lisi griff sich ins Haar. Jetzt klang ihr Seufzer verträumt und ziemlich Phase-2-artig.

Elena machte große Augen und nippte an ihrer Tasse.

»In deinem Büro?« Katie probierte ebenfalls ihren Kaffee-Kirsch. Die Schärfe des Obstbrands war viel weniger süß als erwartet.

»Das habe ich mir auch gedacht. Ganz normal ist das nicht, oder? Als die ersten Akten zu Boden segelten und der Wasserkrug umkippte und meinen Drucker flutete, fand ich den Schreibtisch auch zu unbequem.«

Elena verschluckte sich an ihrem Kaffee-Kirsch. Sie hustete und ihre Augen tränten. Lisi klopfte ihr den Rücken, doch Elena winkte ab. »Geht schon«, krächzte sie. »Weiter!«

Lisi verzog das Gesicht. »Weiter war da nichts. Wir haben uns verabredet: Samstag zu Flohmarkt und Konzert. Sonntag zur Kunstausstellung ... Ohne seinen Handwerker-Overall scheint er sehr zurückhaltend.«

»Wie jetzt?«, fragte Katie und reichte der immer noch nach Luft schnappenden Elena eine Serviette.

»Es ist nichts passiert!« Lisis Stirnfalte vertiefte sich. »Was ist los mit ihm? Erst Überholspur und dann Begegnungszone?«

»Du meinst: erst Hard Rock, dann Klassik-Komposition?«, sagte Katie.

»Genau!«

»Erst KISS, dann Bach?«

»Eh! Er hält sich nicht an die Regeln.«

»Erst ›I Was Made For Lovin' You‹, dann Cello Suite in G Major?« Katie hätte ewig so weitermachen können.

»Nichts gegen Bach. Aber ich könnte ein paar James-Brown-Beats und KISS-Versprechungen vertragen. Was ist das nur für eine Strategie von ihm?«

»Vermutlich keine.«

Lisi seufzte zum gefühlt hundertsten Mal.

»Ein Mann, der dir die Stirn bietet.« Katie goss ihren Kaffee-Kirsch mit etwas Kaffee auf, um die Obstbrand-Schärfe zu neutralisieren. Als sie wieder aufsah, ging hinter ihrer Bargesellschaft die Schopenhauer-Tür auf. – *Endlich!*

Obwohl Katie ihn erwartet hatte, erhöhte sich ihr Puls, als käme sein Auftauchen völlig überraschend. Wie auf Knopfdruck spielten KISS-Bassist und -Drummer in Katies Gedanken die ersten Takte des Evergreens ›I Was Made For Lovin'

You‹: der treibende Bass, das Klicken der Sticks auf dem Rand der Snare Drum. Ein pulsierendes Intro – dem Lisis Worte abrupt ein Ende bereiteten: »El Sol. Stimmt's oder hab ich recht?«

Mist! Lisis Augen funkelten sie siegesgewiss an und Katie fragte sich, was sie immerzu verriet.

»Ein Mann, der dir seine Stirn *nicht* bietet«, konterte Lisi.

Wenigstens tauchte sie nicht ab. Sie drehte sich nicht einmal auf dem Barhocker um, ganz im Gegensatz zu Elena, die sich fast den Hals verrenkte: »Immer dieser Aktenkoffer ... Schick sieht der nicht aus.«

Katies Schalltrauma kehrte zurück. Sie versuchte, nicht zu Lisis Handtasche zu schauen, und griff stattdessen zum Schwammtuch, zwang ihre Augen auf das matte Chrom der Arbeitsfläche und wischte darüber. Warum konnte Mister Facility nicht auch heute Lisis Pause füllen? Dann müsste sie selbst jetzt nicht so tun, als ob ihr El Sols neun Schritte von der Türschwelle bis zu Tisch 15 egal wären. Dann würde ihr nicht entgehen, wie er sein Jackett von den Schultern streifte. Dann könnte sie sich ungestört fragen, wie sich die feinen, schwarzen Härchen auf seinen Unterarmen anfühlen mochten. Warm? Weich? Kitzelig?

»Dieses Format«, grübelte Elena und drehte sich zurück zur Bar. »Das Ding ist dreimal so breit wie ein normaler Aktenkoffer. Schaut aus wie ein Klotz.«

»Vermutlich ist der Koffer einfach nur praktisch und funktional.« Lisi rührte in ihrem Kaffee-Kirsch.

»Wer will denn so was?« Elena rümpfte ihre Nase.

»Männer wollen so was.«

Mister Facility schien definitiv etwas falsch gemacht zu haben.

Katie sah vom Chrom der Arbeitsfläche auf. Ihr Blick glitt sofort über Lisis Schultern hinweg zur zweiten Sitzkoje links vom Eingang. El Sol setzte sich gerade. Katie verfolgte, wie er sich zu seinem ominösen Aktenkoffer streckte, wie sein schwarzes Hemd sich leicht an den Schultern spannte und er sein Tablet hervorholte. Er hatte schlanke Arme, die trotzdem kräftig und drahtig wirkten. Ob er ... Lisis roter Haarschopf und ihre blauen Röntgenaugen schoben sich in Katies Sichtfeld. *Oh.* Katie wurde sich des Lächelns auf ihrem eigenen Mund bewusst. *Oh, oh.*

»Wo ist er jetzt? Mister Facility?« Katie ließ das Schwammtuch los und schenkte Lisi Kaffee nach, wenngleich ihre Tasse noch halb voll war.

»Hat zu tun.«

»Seht ihr euch wieder?«

»Freitag.« Der Gedanke schien Lisi etwas aufzumuntern. »Er holt mich in meinem Büro ab.« Ihre Augenbraue zuckte. Es war noch kein Wackeln, aber ein Anfang.

Dann griff Lisi zu Katies Bestürzung zu ihrer Handtasche. »Und damit kommen wir zu dir, liebe Katie.«

Oh no!

Katie hatte zum ersten Mal das Gefühl, dass das Holz der Schopenhauer-Bar sie nicht schützte, sondern einsperrte. Was könnte Lisi in der kleinen Handtasche bei sich haben? Handschellen, um El Sol an Katie zu ketten? Einen Brief mit einer langen, schmalzigen Liebeserklärung? Kinokarten?

Lisi enthüllte nichts dergleichen. In ihrer Hand tauchte nur eine Pappschachtel im Spielkarten-Format auf, die wunderbar unspektakulär aussah. Als Lisi tatsächlich einen Stapel Karten aus der Schachtel schüttelte, war Katie fast schon erleichtert. Fast.

»Was ist das? Tarock?«, fragte Elena.

»Nein. Witze.«

»Witzkarten?« Elena lehnte sich zu Lisi herüber. »Zeig mal.«

Zwei gegen eine. Das war nicht fair.

Katie unterdrückte den Impuls, zum Geschirrtuch zu greifen. Sie ließ ihren Blick durchs Schopenhauer schweifen. Brauchte nicht irgendjemand eine Melange, einen Verlängerten, einen kleinen Schwarzen, eine Mehlspeise, heiße Milch – irgendetwas? Doch die übliche Mittwochsbelegschaft war bereits bedient. Mit einer Ausnahme: El Sol.

Der zog gerade etwas umständlich sein Portemonnaie aus der Hosentasche, klappte es auf und zählte sein Geld. Für sie musste er nicht reich sein, schoss es Katie in den Sinn. Nein, Geld war definitiv nicht wichtig.

»Der ist gut«, sagte Lisi und fischte eine Karte aus dem Stapel.

Das war Katies Stichwort zur Flucht. »Ich hol mir 'ne Bestellung.«

»Nein, warte. Erst wird gelacht! El Sol muss aus seiner Trance aufwachen.« Lisi hatte sich heute noch kein einziges Mal auf ihrem Barhocker umgedreht. Wieso beschrieb sie ihn trotzdem so treffend?

»Nichts wirkt anziehender auf einen einsamen Wolf als ein lockeres, liebevolles, einladendes Lachen.« Sie zwinkerte Katie verschwörerisch zu.

»Gleich drei Dinge auf einmal? Das klingt ja nach harter Arbeit.« Auch Elena zwinkerte Katie zu.

»Hauptsache, ihr habt euren Spaß.« Katie strich ihre Bluse glatt, zog ihren Pferdeschwanz nach, zupfte an ihrem Pony und ließ die beiden Damen buchstäblich sitzen. Sollten Elena und Lisi doch locker, liebevoll und – was war das Dritte? – rumwitzeln. Katie bevorzugte es, wie jeden Mittwoch auf Tisch 15 zuzugehen und es zu genießen. Sie mochte es, wie im Laufe der 23 Schritte der geheimnisvolle Mann ihr Blickfeld immer mehr ausfüllte. 17, 16, 15. Sie mochte es, wie sie ihn unverschämt anschauen konnte, während er auf seinem Tablet etwas notierte. 5, 4, 3, 2.

»Hi. Was darf's sein?«

Sein Blick hob sich vom Tablet und streifte ihre Schulter.

»Die Karte, bitte.«

Das war neu.

»Kommt sofort.«

Katie ging zurück zur Theke, wo die Schopenhauer-Menükarten in einem Eck lagen und wo Lisi und Elena sich auf ihren Barhockern zueinandergedreht hatten, um aus den Augenwinkeln alles beobachten zu können. Lisi hatte die Witzkarten in der Hand, was Katie mit einem leisen Zungenschnalzer quittierte.

Sie brachte El Sol die Menükarte. »Bin gleich wieder da.« Er sah nicht auf, sondern schrieb weiter auf seinem Tablet.

Er war in Trance – um es mit Dramaqueen-Worten zu sagen. Musste Lisi immer recht behalten?

Sie schien jedenfalls über jeden Zweifel erhaben, so wie sie auf dem Barhocker saß, Elena mit den Witzkarten behelligte und sich augenscheinlich köstlich dabei amüsierte. So wie Elena, die die Hand vor dem Mund hielt und leise lachte.

»Ich hab noch einen für dich«, sagte Lisi zu Elena, als Katie zurück hinter der Bar ihren verlängerten Kaffee-Kirsch zu sich zog. »Warum tragen Burgenländer montags immer zerschlitzte Krawatten?«

Elena machte über ihre Hand hinweg große Augen, kicherte weiter und zuckte mit den Schultern.

»Weil sie sonntags versucht haben, mit Messer und Gabel zu essen.«

Elena schloss die Augen. Sie gluckste, ihre Schultern bebten leicht. Lisis Augenbraue zuckte zufrieden. *Na toll.* Katie griff zum Geschirrtuch und zu einem Glas. Sie konnte nicht anders.

»Das ist eigentlich saudeppert.« Elena ließ die Hand sinken. »Aber wenn ich mir vorstelle, ich erzähle das beim nächsten Fest von Sebastians Familie in Gols …«

Lisi angelte eine weitere Karte aus dem Stapel und hob sie auf Augenhöhe. »Was sitzt auf dem Baum und ruft ›Aha‹?« Gebanntes Schweigen im Elena-Publikum.

»Ein Uhu mit Sprachfehler!« Lisi ließ die Karte langsam sinken. »Okay, ich geb's zu. Die Witze verdienen nicht alle einen Einser.«

Lisi inspizierte den nächsten Witz, schüttelte den Kopf und begann, den gesamten Kartenstapel durchzusehen. Das würde eine lange Kaffeepause werden. Katie griff zum nächsten Glas. Zumindest konnten ihr solche abgedroschenen Klamauk-Sprüche nichts anhaben. Was auch immer Lisi geplant hatte, bei ihr wirkte es nicht.

Katies Augen schweiften durch den Gastraum und blieben an El Sol hängen. Er blätterte immer noch in der eigentlich übersichtlichen Schopenhauer-Karte vor und zurück. Wieso wollte er heute keine Melange? Wieso konnte nicht alles so bleiben, wie es war?

Katie verkniff sich ein Aufseufzen, stellte das frisch polierte Glas ins Regal und wandte sich zur Espressomaschine. »Ich brauche Milchschaum für den Kaffee-Kirsch. Wollt ihr auch?«

Natürlich wollten sie.

Katie griff zur großen Aufschäumkanne. Die Dampfdrüse zischte, die Milch schäumte.

»Ur-gute Idee!« Elena schob ihre Tasse Katie entgegen. »Hättest du auch Schokostreusel?«

»Leiwande Idee!«, stimmte Lisi zu.

Some things never change. Oder eher: *Some people.*

Katie bedeckte die drei Milchschaum-Berge mit einer Extraprise Schokostreusel und versuchte, nicht auf Lisi zu achten, die weiter die bescheuerten Witzkarten durchstöberte.

»Schau an!« Lisi hob triumphierend eine Karte. »Ein Schmankerl für dich, liebe Elena.«

Elena setzte sich wie eine Vorzeigeschülerin aufrecht hin.
»Ich bin bereit.«

Some people ...

»Kommt ein Cowboy in einen Blumenladen.«

»Super!«, grinste Elena.

Das war viel zu einfach, fand Katie. Elena würde so oder so lachen.

Lisi krümmte den Rücken, ließ die Schultern fallen und die Mundwinkel hängen. *Okay.* Katie musste zugeben, das allein sah bei der ansonsten wie aus dem Ei gepellten Lisi zum Schreien aus. Elena kicherte, Katie versuchte, ihre ernste Miene zu wahren, und Lisi verstellte die Stimme, ahmte eine dunkle Männerstimme nach: »Ham se«, Lisi machte eine kurze Pause. »Ma-Geritten?«

Elena lachte. Katie verlor ihr Mienenspiel und schmunzelte mit. Mehr über Elena und Lisi als über den Witz. Viel mehr.

»Jessas, sind die schlecht!« Lisi zückte trotzdem eine nächste Karte. »Und hier ein Witz für unsere liebe Katie.«

»Nein, ich hol mir lieber 'ne Bestellung.«

»Komm schon!«

»Nur den einen!« Elena strahlte sie aus großen Bambi-Augen an wie ein Groupie im Backstage-Bereich.

Zwei gegen eine.

Über Lisis Schulter hinweg beobachtete Katie, wie El Sol die Schopenhauer-Karte zuklappte und sein Tablet zu sich zog. Er wartete anscheinend nicht sehnsüchtig und halb verdurstet auf seine Melange oder was auch immer er heute wollte.

»Na gut, mach schon.«

Lisi zwinkerte ihr zu. »Gemma!« Sie räusperte sich, setzte sich aufrecht hin und schüttelte theatralisch die Schultern – *Lockerungsübung.* Dann verfiel sie wieder in diese absurde Krummer-Rücken-hängende-Schulter-hängende-Mundwinkel-Haltung. Mit derselben tiefen Möchtegern-Männerstimme sagte Lisi: »Kommt ein Cowboy aus einem Friseurladen.«

Elena fing erneut an zu kichern, was es Katie nicht einfacher machte, ernst zu bleiben.

»Pony weg!«

Elena prustete hinter emporgehaltener Hand. Lisi schüttelte den Kopf und wurde trotzdem angesteckt. Sie lachte. – Und Katie ebenso.

Es war kein lautes Lachen. Es war ein leichtes, eher schnaubendes Lachen, bei dem sich die Wangen gen Ohren zogen, die Zähne etwas hervorblitzten und sie stoßartig durch die Nase ausatmete. Kurz: ein durch und durch schickliches Lachen. *Ein Glück!* Denn genau in diesem Moment griff El Sol abermals zur Schopenhauer-Karte und sah auf. Genau zu Katie. Zum ersten Mal. Und Katie schaute zu ihm. Mit diesem feinen Lachen auf den Lippen …

El Sols Mundwinkel zuckte. Katies Herz stolperte. Seine Finger verharrten einen Moment auf der Menükarte, dann schlug er sie auf und sein Blick fiel von Katie auf das Schopenhauer-Angebot.

Wow!

»Weg mit den Dingern, mein Gehirn schmilzt! Ich muss heute Abend Hausübungen für den Schreibkurs erledigen. Da brauche ich die Brainpower.« Elena tippte sich an die Schläfe.

»Jajaja.« Lisi legte den Kartenstapel zumindest aus der Hand auf die Bar.

Bevor ihre Röntgenaugen Katie durchleuchten konnten, zupfte die ihren Pony zurecht und sagte: »Ich hol mir die Bestellung.« Mit klopfendem Herzen verließ sie ihren Posten hinter der Bar. Sie hörte noch, wie Elena fragte: »Wo kriegt man so an Schaß her?«, und steuerte El Sol an. Er machte sich eine Notiz auf seinem Tablet. So wie immer. Das war … beruhigend.

»Was darf's sein?«

Hätte man Katie diese Frage gestellt, sie hätte sich noch so einen Moment gewünscht. Nur noch einmal, als Futter für ihre Tagträume: ein direkter Blick in seine Augen und ein Mundwinkelzucken von ihm.

Und plötzlich sah er tatsächlich auf. Zu ihr. In ihre Augen. Katies Mund wurde trocken. Hatte Sven nicht immer gesagt: »Sei vorsichtig mit dem, was du dir wünschst, es könnte in Erfüllung gehen«? Er hatte es sogar gesagt, während er ihr den Antrag gemacht hatte, den er vier Wochen später zurückgenommen hatte ... Katie schob den Gedanken beiseite. Sven war der letzte Mensch, an den sie jetzt denken wollte.

»Eine Melange und die Quiche des Tages.«

Sie sah immer noch in El Sols hellbraune Augen. Direkt. Er schaute sie immer noch an. Direkt. Ohne Trance. Ohne vorbeizusehen. Er schaute sie an!

Das war ... irgendwie beunruhigend.

Katies Lippen fühlten sich plötzlich spröde an. Ihr ausgetrockneter Mund gab keinen Laut von sich, ihr Kopf nickte automatisch. Wenigstens einige Grundfunktionen taten ihren Dienst. – Meine Güte, wie alt war sie? Sie war 31, so gut wie 32, und nicht 14 Jahre jung. Sie sollte sich zusammenreißen!

El Sol reichte ihr die Schopenhauer-Karte.

»Gern«, presste Katie mit kratziger Stimme heraus.

Sie stakste zur Bar. Hinter der Theke war ihr nach Wodka zumute, aber eine Extraportion Schokostreusel tat es auch. Eine Extraportion für alle drei. Der Milchschaum war kaum mehr zu sehen.

»Hmmmh«, machte Lisi und packte die Witzkarten zurück in ihre Handtasche. »Kein sehr langes Gespräch.« Ihre Augenbrauen schoben sich zusammen, sie schürzte die Lippen. »Steter Tropfen wird den Stein schon höhlen.«

Wie bitte?

Elena begehrte als Erste auf: »Sag nicht, wir müssen uns jetzt immer, wenn El Sol da ist, diese schlechten Witze anhören?«

»Bloß nicht«, unterstützte Katie.

Sie hatte mehr als genug für ihre Traum-Werkstatt. Mehr brauchte sie nicht. Mehr wollte sie nicht!

Es hatte sich schon genug geändert, seitdem Lisi und Elena sich einmischten: Der Unbekannte war zu El Sol geworden, zu einem Sartre-Batman oder einem Secret-Agent-007-Geheimagenten und das genügte. So sollte es bleiben.

»Bloß nicht!«, wiederholte Katie.

Doch Lisi lächelte nur und rührte in den Resten ihres Kaffee-Kirsch.

Happy Birthday

Als Lisi sich zwei Tage später, am Freitag, auf ihren Barhocker neben Elena schwang, fielen Katie zwei Dinge auf. Erstens: Lisi hatte sich wieder Korkenzieherlocken in ihre rote Mähne drehen lassen. Es stand ihr ausgezeichnet. Zweitens: Lisi legte ihre rote Handtasche erneut demonstrativ auf die Bar. Was weniger ausgezeichnet war. Katies Finger tasteten automatisch nach dem Schwammtuch. Sie wollte lieber nicht wissen, was Lisi im Schilde führte. Aber es herauszufinden, war unvermeidbar. Und unaufschiebbar.

Lisi öffnete den Reißverschluss ihrer Handtasche und zog ein etwas eingedrücktes Yes-Törtchen sowie eine Nagelschere hervor.

»Was wird das?« Katie rieb über das Chrom der Arbeitsfläche.

»Eine Überraschung.« Lisi legte ein Feuerzeug sowie eine kleine Geburtstagskerze mit bereits angestecktem pinken Plastikhalter neben das Yes-Törtchen.

»Hat jemand Geburtstag?« Elena nippte an ihrem Kaffee.

»Schaunmamal.« Lisi hob eine einzelne Augenbraue. »Katie, hast du auch ein psychotropes Heißgetränk für mich?«

Katie zögerte eine Millisekunde, dann griff sie zum Filterkaffee und schenkte Lisi ein. »Triffst du heute Mister Facility?«

Als Antwort wackelte Lisi mit ihren Brauen. Hoch, runter, hoch, runter.

»Ob der Drucker wieder schwimmen lernen wird?« Elena stupste Lisi in die Seite, was Lisi mit einer Augenbrauen-La-Ola quittierte. »Ich werde heute eher gehen, um meinen Schreibtisch freizuräumen.«

Lisi war erschreckend gut drauf. Meistens war das ansteckend. Besonders an einem Freitag wie heute. Aber meistens lag ja auch kein verpackter Biskuit-Kuchen unbestimmten Zwecks auf der Theke zwischen ihnen ...

Lisi sah auf das zerbeulte Yes-Törtchen, zog eine Schnute, murmelte »Was soll's« und machte mit der Nagelschere einen Schnitt in die Folie: oben, mittig. Ein kleiner Schlitz.

»Gebt mir Bescheid, wenn er –«, sie unterbrach sich im selben Moment, in dem Katies Blick zu der sich just öffnenden Schopenhauer-Tür sprang. Katie erkannte die Schuhspitze, das Hosenbein, den Aktenkoffer – und plötzlich begann Lisi wie aus dem Nichts zu singen. Laut. Und schief.

»Happy Birthday to you!«

Dabei zündete sie fahrig die Mini-Kerze an und rammte sie in das Yes-Törtchen, das trotz Kerze bemitleidenswert aussah.

»Happy Birthday to you!« Sie stach Elena mit dem Ellenbogen an.

Doch das war selbst Elena zu blöd.

»Happy Birthdaaaay, liebe –« Lisi verstummte und zischte leise zu Elena. »Wieso machst du nicht mit?«

»Katie hat nicht Geburtstag.«

»Wurscht!«, murmelte Lisi und hielt Katie das Yes-Törtchen entgegen, als ob es eine reichlich verzierte, zweistöckige Geburtstags-Cremetorte mit 32 Wunderkerzen darauf wäre.

»Du darfst dir etwas wünschen!«, rief sie feierlich, dabei wirkte ihr Lächeln so angestrengt, als ob sie versalzenen Kaffee hinunterschlucken müsste.

»Was wird das?« Statt die Kerze auszupusten, griff Katie zu einem Geschirrtuch und einem Glas.

Lisi verdrehte die Augen, blies die kleine Kerze selbst aus und klatschte das Yes-Törtchen achtlos auf die Bar.

»Das ist ein Gesprächsaufhänger!« Sie verschränkte die Arme vor der Brust.

»Alles Gute!«, rief Schach herüber.

»Hoch soll sie leben«, schloss sich Matt an.

»Auch von uns«, winkten die vier Spielerinnen der freitäglichen Frauen-Bridge-Runde, während die Dog Lady Katie zum Gruß zunickte.

Heute würde Katie viel erklären müssen. Das war kein Gesprächsaufhänger – das war eine Gesprächslawine, die sich gerade vom Berghang löste. Katie begann, den Glasrand mit dem Handtuch zu bearbeiten. Zumindest blieben die übrigen Gäste von Lisis Aktion ungerührt: Johnnie Walker starrte aus dem Fenster, die drei verstreuten Laptop-Nomaden auf ihre Bildschirme und El Sol auf sein Handy.

Apropos.

Katie warf das Geschirrhandtuch auf die Arbeitsfläche, stellte das blank geputzte Glas ins Regal und verschwand ohne ein Wort an ihre Bargesellschaft in Richtung Tisch 15. Sie ging die 23 Schritte zur zweiten Sitzkoje links neben dem Eingang schneller als normal.

15, 14, 13. Sie war schon fast bei ihm.

Herrgott noch mal, was hatte sich Lisi dabei gedacht?

Katie zupfte an ihrem Pony und verlangsamte ihren Schritt. El Sol war mit seinem Koffer beschäftigt. 9, 8, 7. Auf den letzten Metern atmete Katie tief durch. Sie *wusste* ja, was Lisi sich dabei gedacht hatte.

Dann stand Katie an seinem Tisch.

»Hi.« Sie zwang sich zu einem kleinen Lächeln.

El Sol, der in dem Moment sein Tablet aus dem Aktenkoffer nahm, sah auf. Direkt in ihre Augen. Er schaute nicht vorbei, er war nicht in Trance. Er schaute sie direkt an. Erneut!

Katie spürte, wie ihr Mund automatisch breiter lächelte. Sein Mundwinkel zuckte.

»Sie haben heute Geburtstag?«

Ein Stirnrunzeln kam zu Katies Lächeln dazu. Es musste gequält aussehen. Oder schizophren. Oder beides. »Nein.«

»Nein?«

»Nein, ich habe nur eine schräge Freundin.«

El Sol nickte zur Bar. »Das lässt sich kaum bestreiten.«

Katie folgte seinem Blick. Von Lisi oder Elena war nichts zu sehen – außer ihren krummen Rücken.

»Sie bleibt sich beim Singen treu«, sagte El Sol.

Katies Gehirn schien zu überwältigt von den vielen Worten, die da aus ihrem eigentlich stillen, zurückgezogenen Eremiten herauspurzelten. Sie kam nicht drauf, was er meinte.

»Ebenso schräg«, erklärte er.

Katie fand, er hatte einen tollen Ausdruck: »lässt sich kaum bestreiten«, »bleibt sich treu«, »ebenso«. Irrsinnigerweise schienen das heute besondere Worte zu sein. Und sie mochte, wie er sie aussprach: klar, deutlich, fast schon hochdeutsch, aber untermalt mit der betörenden Wiener Sprachmelodie.

»Stimmt«, gab sie zurück. Wenig geistreich. Kaum sein Niveau. *Shit.*

»Eine Melange?«, fragte Katie. Routine konnte so gemein sein …

»Gern.« Aus dem Mundwinkelzucken wurde ein schiefes Lächeln. Harrison-Ford-mäßig. Er zückte seinen elektronischen Stift und aktivierte das Tablet.

El Sol. Ihr Harrison-Ford-Eremit.

Auf den 23 Schritten zur Bar genoss Katie jeden einzelnen ihrer drückenden, klopfenden Herzschläge. Und sie genoss ein klein wenig, wie Elena sich den unteren Rücken rieb. Das hatte sie davon, wenn sie sich von Lisi einwickeln ließ.

»Ich liebe es, wenn ein Plan funktioniert.« Lisis Augen funkelten, als Katie zurück zur Bar kam.

Elenas Hand machte eine Faust, die sie auf Kaffeetassen-Höhe hob: »Yeah! Wir sind das A-Team!«

Lisis Augenbrauen reckten sich gen Himmel. »Wow, du kennst noch das A-Team?«

Diese beiden ...

Elena zuckte nur die Schultern, löste die Faust und trank einen Schluck Kaffee. »Mein großer Bruder hat das geschaut. Immer und immer wieder. Er hatte stapelweise VHS-Kassetten.«

»VHS!«, sagte Lisi begeistert. »Die gute alte Zeit.« Dann fixierte ihr Blick Katie. »Und? Über was habt ihr gesprochen?«

»Darüber, dass du keinen einzigen Ton getroffen hast.«

»Ist er Tonmeister, oder was?« Lisi sah alles andere als beschämt aus. »Fakt ist: Ihr *habt* geredet.«

Das konnte Katie nicht abstreiten. Ihr Hände wanderten wie von selbst zur Espressomaschine: mahlen, andrücken, extrahieren. Genauso wie Elenas Hände automatisch in ihrem Stoffbeutel verschwanden: wühlen, ertasten, herausziehen. Das Eselsohr am unteren Rand ihres Notizheftes war nicht mehr allein, es hatte einen Kompagnon am oberen Rand hinzubekommen.

Lisi beugte sich auf ihrem Barhocker vor. »Und? Habt ihr ein Date?«

»Natürlich nicht.«

»Nicht mal auf einen Geburtstagskaffee?« Ihre Augenbrauen wackelten.

Katie beugte sich ebenso etwas über die Theke. Lisi entgegen. »Ich habe gar keinen Geburtstag.«

»Spaßbremse!«

»Gut, dass du einen Handwerker hast, der die Bremse lockern kann.« Katie schäumte mit einem Zischen die Milch auf. Doch so leicht gab Lisi sich nicht geschlagen. Natürlich nicht.

»Jajaja, dann müssen halt härtere Bandagen angelegt werden. Und in der Zwischenzeit: Kein *hot date* für dich, liebe Katie. Aber vielleicht eine heiße Schreibphase in Sachen Promotionsarbeit?«

Autsch.

Katie widmete sich ganz dem Milchschaum für die Melange. Was leider nicht ewig dauerte.

»Auf welcher Seite bist du?«

»Im dreistelligen Bereich.«

»Das sagst du immer.«

»Es stimmt ja auch.«

»Und wirst du die eine oder andere kleine, feine Seite deinem dreistelligen Bereich hinzufügen?«

»Eher nicht. Ich helfe Erwin aus, im Maynollo.«

»Was für eine Strafe. Das Maynollo am Wochenende!« Elena unterstrich ein Wort, klappte ihr Notizheft zu, streckte sich über die Bar und tätschelte Katies Unterarm.

Das Café Maynollo lag am Kutschkermarkt und war das Gegenteil vom Schopenhauer: ein hippes, enges Café mit funktionalem Interieur, mit Prosecco zum Brunch und Retro-Plastik-Stühlen auf gefliestem Boden. Im Maynollo schien es immer warm, voll und laut zu sein; nicht hell, luftig und charmant hölzern wie im Schopenhauer.

»Du musst schon wieder einspringen?« Lisi hatte ein viel zu gutes Gedächtnis. »Wie viele Stunden hast du dort heuer bereits ausgeholfen? Hoffentlich zahlt Erwin dir das gut!«

»Das wird eine riesige Rechnung für ihn zum Jahresende.«

»Jahresende?«

»Erwin zahlt später.«

»Später?«

»Ja, zum Jahresende.« Sonst war Lisi nicht so begriffsstutzig.

»Warum?«

Katie zuckte mit den Achseln und arrangierte die Melange mit einem Glas Wasser auf dem silbernen Serviertablett.

»Sag schon, Katie.«

Katie zögerte kurz, dann beugte sich über die Bar und erklärte mit gedämpfter Stimme: »Erwin ist zurzeit knapp.«

»*Oh boy*«, sagte Elena leise und mitfühlend.

»Tatsächlich?«, fragte Lisi skeptisch. Ihre Augenbrauen schoben sich zusammen.

»Natürlich«, erwiderte Katie. »Niemand würde sich mit so einem Argument rausreden wollen.«

Warum konnte Lisi nicht verstehen, dass Katie ihrem Chef gerne half? Aus Dankbarkeit. Wenn er damals nicht gewesen wäre, mit der Wohnung, dem 40-Stunden-Job, dem geliehenen Geld ... Klar war es damals eine Win-win-Situation gewesen: Erwin hatte händeringend nach einer verantwortungsvollen, zuverlässigen Acht-Stunden-Kraft für die Spätschicht gesucht. Aber Katies Gewinn bei dem Arrangement schien so viel größer gewesen zu sein, oder nicht?

»Hmmmh«, machte Lisi.

Es war ein bedeutungsschweres »Hmmmh«. Katie konnte sich lebhaft vorstellen, wie Lisi dies »Hmmmh« von sich gab, während sie ein MRT, ein Röntgenbild oder einen Blutwert begutachtete, um dann zu sagen »Wir haben da was gefunden« und ihr Gegenüber sich das Schlimmste ausmalte ...

Katie griff zum Tablett. Sie wollte keine Diagnose von Lisi hören. »Ich serviere die Melange.«

Überraschenderweise schwieg Lisi, während Elena sich an einer Augenbrauen-La-Ola versuchte. Diesmal musste sie nur bei der linken Braue mit dem Finger nachhelfen. »Viel Spaß!«, flötete sie.

El Sol war vertieft in eine Nachricht auf seinem Handy und rieb sich mit zwei Fingern über die Stirn. Seine Lippen waren zu einem schmalen Strich zusammengepresst. Armer 007-Secret-Agent-Man. Vielleicht ein komplizierter, neuer Auftrag in Timbuktu? Thailand? Oder Transdanubien? Eine schwer zu knackende, codierte Nachricht?

Katie hätte ihm gern auf die Schulter geklopft, wie sie es bei Matt tat, wenn er eine weitere Niederlage einsteckte. Oder noch lieber hätte sie El Sol tröstlich über Schulter und Oberarm gestrichen, um durch den dünnen Stoff seines schwarzen Hemdes zu spüren, wie definiert seine Oberarme waren und wie warm ...

Auf das Zuschieben der Melange erntete sie ein flüchtiges »Danke« von ihm. Allein die Nachricht auf seinem Handy bannte seine Aufmerksamkeit.

Nun ... besser so.

Lisi quittierte die kurze Servier-Aktion mit einem nachdenklichen Kopfschütteln. Das hatte Katie jedenfalls gedacht, als sie zurück hinter die Bar trat. Doch statt noch mal mit »härteren Bandagen« zu drohen, fragte Lisi: »Erwin ist also knapp?«

»Pssst«, machte Elena und notierte einen Satz in so kleiner Schrift, dass Katie ihn nicht entziffern konnte.

»Und du nicht, oder was?«, hakte Lisi nach. »Was ist eigentlich aus diesem gebrauchten Schreibtisch geworden?«

»Ist nach wie vor online.«

»Hmmmh.« Lisi sah auf ihre glitzernde Armbanduhr. »Ah! Sorry, ich muss schon los.« Eine Augenbrauen-La-Ola par excellence flog über ihre Stirn. »Ich muss meinen Schreibtisch freiräumen.«

Elena kicherte.

Lisi hüpfte mit einem Satz vom Barhocker, richtete ihren Rock und schob als Krönung das zerbeulte Yes-Törtchen zu Katie. »Vergiss deine Geburtstagstorte nicht. Und lass dich nicht weiter von den Männern an der Nase herumführen.«

Schwarzes Loch

Und dann tauchte er nicht mehr auf. El Sol. Vielleicht hatte er am vergangenen Freitag tatsächlich einen neuen Geheimagenten-Auftrag auf sein Handy bekommen? Und jetzt war er auf und davon, stürzte sich in Gefahren, rettete die Welt. Katie sah zur Tür des Schopenhauers, die sich einfach nicht rührte. Sie seufzte.

»Genau.« Lisi seufzte ebenfalls und starrte auf den Rest ihres pechschwarzen Kaffees. Mister Facility hatte am vergangenen Freitag die Koffer gepackt. Hatte Lisi nur getroffen, um ihr zu sagen, er müsse nach Dornbirn. Zu seiner Schwester. Ein Notfall. Lisi hatte ihren Schreibtisch umsonst freigeräumt. Das war jetzt eine Woche her.

»Hast du deinen Drucker schon zurückgestellt?«, fragte Katie.

Elena war heute ungewöhnlich still.

Lisi schüttelte den Kopf, ohne von ihrer Tasse hochzusehen. »Nein. Seit heute liegen die Akten wieder auf dem Schreibtisch. Aber der Drucker steht noch am Boden neben der Tür.«

»Du hättest auch einfach die Wasserkaraffe vom Schreibtisch nehmen können.«

»Wasser ist Leben. Ohne Wasser kann man nicht arbeiten.« Weisheiten wie diese aus Lisis Mund klangen in Katies Ohren immer wie Naturgesetze. Wer wollte es in Abrede stellen? Man glaubte es ohne Widerspruch: Natürlich! Wasser war Leben. Niemand arbeitete, ohne ein Glas Wasser in greifbarer Nähe zu haben. Niemand. Niemals. Naturgesetz. Fertig.

Lisi seufzte erneut.

Elena strich ihr kurz über den Arm. Das half. Lisi sah auf.

»Erzähl du uns etwas Schönes, Elena.«

»Was soll ich denn erzählen?«

»Etwas Erhebendes.«

Elena zuckte mit den Schultern. »Ich hab heute den Schreibkurs.« Sie lächelte.

»Ich dachte mehr an etwas erhebend Herzerwärmendes.« Lisi gab ihrem iPhone, das neben ihrer Kaffeetasse lag und mit seinem stummen, schwarzen Display wie ein schwarzes Loch wirkte, das Mister Facility und El Sol verschluckt hatte, einen Schubs.

»Das ist doch erhebend. Der Kursleiter ist sehr engagiert. Gibt immer Feedback. Ist immer zugewandt und positiv.« Elenas Lächeln wurde noch etwas breiter. »Er hat bisher jeden meiner Texte gelesen.«

Lisis Trübsal konnte sie damit nicht durchbrechen.

»Hmmmh.« Lisi wog ihren Kaffeelöffel in der Hand. Dann seufzte sie aufs Neue. Die Dramaqueen. Dabei wusste sie, wo ihr Mister Facility steckte. Sie wusste, er würde wiederkommen. Eigentlich hätte Katie dieser theatralische Seufzer gehört.

»Ich könnte auch etwas Feedback vertragen.« Lisi stupste das iPhone noch einmal mit dem Zeigefinger an. Es blieb stumm.

»Hat er deine Nummer?« Katie griff zur Filterkanne und schenkte nach. Es dampfte leicht. Ging das als herzerwärmend durch?

»Eh.«

»Und du hast seine?«

»Eh.«

»Wieso rufst du ihn nicht an?«

»Ist gegen die Regeln.«

»Gegen die Regeln?« Katie und Elena sahen sich fragend an.

»Natürlich. Ich werde mich nicht anbiedern.« Lisi verschränkte die Arme vor der Brust. »Ich habe meinen Standpunkt deutlich gemacht. Ich habe sogar meinen gottverdammten Schreibtisch leer geräumt.«

»Bis auf das Wasser.« Elena hatte manchmal einen schrägen Sinn für Details.

»Bis auf das Wasser«, bestätigte Lisi.

»Hat er seinen Standpunkt nicht auch deutlich gemacht? Bei der Wasser-Drucker-Aktion?«

Lisi schaute vom schwarzen, stummen Display auf. »Er ist *drauf eingegangen*. Ich werte das als Reaktion. Nicht als Aktion. – Er ist dran.«

»Aha.« Katie trank einen Schluck vom heißen Kaffee. Lisi und ihre Projekt-Regeln. Wer wollte es ihr verübeln? Die Regeln hatten sich ja bewährt. Bei den Vorgängern von Mister Facility hatten sie immer einwandfrei funktioniert, soweit Katie wusste.

»Ich habe ihn recherchiert.« Lisi rührte erneut in ihrem schwarzen Kaffee.

»Und?« Elena hatte heute mit einem Griff in ihren Stoffbeutel ihr Notizheft in der Hand. Es war zu einem gewohnten Anblick geworden: das olivgrüne Notizheft auf dem Holz der Bar. Mit großem Eselsohr unten und neuen Knicken am oberen Rand. Dabei hatte Katie sie kaum darin schreiben sehen … Aber auch als Accessoire wirkte das Heft an Elena ausgezeichnet: Shabby Chic. Nur der lilafarbene Roller-Pen fehlte. *Noch.*

Elenas Hand tauchte ein zweites Mal in den Stoffbeutel.

»Nichts. Ich hab nichts über ihn gefunden«, antwortete Lisi, ohne von ihrer schwarz-trüben Tasse aufzuschauen. »Kein Instagram. Kein Facebook. Kein Profilfoto auf WhatsApp.«

»Ur-zach.« Elena hörte auf, in ihrem Stoffbeutel zu kramen. »Vielleicht ist er ein Geist?«

»Oder viel älter, als er aussieht?« Lisi hob die Tasse, senkte sie allerdings wieder, ehe sie ihre Lippen erreichte. »Ich habe erfahren, dass er aus Dornbirn kommt. Mehr nicht.«

»Dann hat er ja mega den Akzent.« Gäste aus Vorarlberg konnte Katie nur verstehen, wenn die sich Mühe mit der Aussprache gaben. Genauso wie Gäste aus Oberösterreich oder Schwaben.

»Typisch Piefkinesin!«

»Hat er einen oder hat er keinen?«

»Okay. Er hat einen. Wie könnte er auch nicht? Er ist drüben bei den sieben Zwergen hinter den sieben Bergen geboren und aufgewachsen.«

»Das weißt du so genau?«

Lisi nickte.

»Das ist schon mal nicht nichts«, meinte Elena.

»Und woher weißt du das?«, bohrte Katie nach.

Ehe Lisi antwortete, hob sich eine einzelne Augenbraue in ihrem Gesicht. Es war die Linke. Es war immer die Linke, wenn sie in ihren Storytelling-Modus schaltete, was bedeutete, dass Lisi in ihrer Schilderung zuerst den Bogen überspannte, um ihn dann in Zeitlupe zurückschnappen zu lassen. Sie tat so, als ob Mister Facility der große Unbekannte wäre – und dann kam doch ein Detail. Katie war sich sicher, dass da noch mehr folgen würden. So war es meistens.

Je nach Tagesform – nach *Katies* Tagesform – war Lisis Storytelling atemberaubend oder unerträglich. Heute hatte sie nichts gegen etwas Ablenkung von der Schopenhauer-Tür, die einfach nicht das gewünschte Gesicht zutage fördern wollte.

»Ich weiß es aus seinen Bewerbungsunterlagen.«

Wie bitte?

»Liegen solche Unterlagen nicht unter Verschluss? In der Personalabteilung?«

»Ich kenne da zufällig jemanden.«

»Du hast in seine Personalakte geschaut?« Gab es etwas, an das Lisi nicht herankam?

»Indirekt. Nur indirekt. Ich hatte noch einen Gefallen gut und hab ein paar Fragen gestellt. Er ist übrigens Ingenieur. Hatte eine eigene Firma mit einem Freund in Dornbirn.«

Lisi trank einen Schluck Kaffee und erzählte nicht weiter. Ein billiger Köder, um die Spannung in der Geschichte zu halten. Katie biss trotzdem an: »Und danach ist er nach Wien gekommen?«

»Genau.«

»Wieso? Ist seine Firma pleitegegangen?«

»Keine Ahnung. Vielleicht weil Wien schön ist?«

»Aha.«

»Wie oft habt ihr euch eigentlich schon gesehen?«, fragte Elena.

Lisi seufzte zum fünftausendsten Mal gequält auf, aber Katie hätte ihr Monatsgehalt darauf verwettet, dass Lisi es trotzdem genoss aufzuzählen: »Es begann am Mittwoch vor zwei Wochen, nahm Fahrt auf am Freitag vor einer Woche – dem Tag, als der Drucker schwimmen lernte.« Lisis Augenbrauen hoben und senkten sich zweimal. »Danach vier sittsame Tage in Folge: Samstag, Sonntag, Montag, Dienstag. Gefolgt vom vergangenen Freitag, als er mit seinem gepackten Koffer in meinem Büro stand. Was für ein Sinnbild! Was ist am vergangenen Mittwoch und Donnerstag passiert, dass er unbedingt die Koffer packen musste?«

»Seine Schwester ist in eine Notlage geraten? In Dornbirn?«, erinnerte Katie.

Elena und sie sahen sich an. Wenn Lisi sich so skeptisch und zerknirscht gab, läutete sie meist das Finale von Phase 3 ein:

Der Beziehungstest ging nach hinten los, also würde Lisi sich trennen. Allerdings war das Ende von Phase 3 bislang immer auch das Ende des Gesamtprojekts gewesen. Und normalerweise dauerte ein Männer-Projekt mehrere Monate ... und nicht nur zwei Wochen.

Lisi seufzte zum trillionsten Mal und rührte weiter in ihrem schwarzen Kaffee herum.

Elena streckte die Hand aus, um dem sinnlosen Treiben ein Ende zu setzen. »Ich hab heut im Radio einen Beitrag über eine Sängerin gehört. Irgendwas mit Peggy. Die hat in den 50ern ein Lied über schwarzen Kaffee gesungen.«

»Uuuh, ›Black Coffee‹.« Katie hatte sofort die laszive, klagende Trompete im Auftakt des Liedes und das spartanische, wiewohl pointierte Zusammenspiel zwischen gezupftem Bass und Klavier im Ohr, das perfekt den Rhythmus gelangweilt wartender Finger, die auf einer Tischplatte klopfen, inszenierte. »Die Lyrics sind wie für dich geschrieben, Lisi. In dem Bluesstück singt die begnadete Peggy Lee von einer Frau, die dazu verdammt ist, zu Hause auf ihren Verehrer zu warten, zu hoffen, dass er wieder vorbeikommt. Einsam, verunsichert. Und während sie wartet und wartet und wartet und grübelt, kann sie nichts weiter tun, als ihre Sehnsucht in schwarzen Kaffee zu ertränken.«

»Wow, dass du diese ganzen Lieder und Texte im Kopf hast!« Elena schaute sie beeindruckt an.

Wie gut das tat.

Früher, als Katie noch jedem und jeder begeistert von ihrer Promotionsthese erzählt hatte, waren diese Blicke selten gewesen. Viel öfter hatte sie Kommentare über unnützes Wissen geerntet und zweifelnde Rückfragen erhalten.

Katie war sich sicher, dass sie mit Lisi und Elena die maximale Anzahl an Personen erreicht hatte, die ihre Leidenschaft nicht missverstanden. Katie erinnerte sich zu gut daran, dass ihre Eltern versucht hatten, ihr das Promotionsthema auszureden. Dass ihre damaligen Freundinnen in Deutschland irritiert und Svens Wiener Freundeskreis höflich-desinteressiert gewesen waren. Und Sven ... nun, er hatte zumindest versucht, sie zu verstehen. Letztendlich hatte er ihre fanatische Songtext-Liebe entlarvt: Teenie-Scheiß. Mehr nicht. *Und Tschüss.* Er hatte die Naivität ihrer schwärmerischen These entlarvt wie Lisi in diesem Moment den Song von Peggy Lee: »Typisch 50er-Jahre: passiv, reaktiv, unmündig.«

Lisi rührte wieder in ihrem Kaffee. Eine Runde, zwei Runden. Dann hielt sie inne und warf einen bösen Blick auf ihr Smartphone. »Er weiß, dass ich jetzt Pause habe. Wieso meldet er sich nicht?«

»Wieso meldest du dich nicht? Du hast ja schließlich Pause.« Katie meinte es gut, doch es wirkte wie das Stochern in einem Wespennest.

»Erzähl du mir nichts vom Melden, Ansprechen oder irgendwie Aktivsein.«

»Vielleicht bin ich ja eine Frau der 50er?« Man ging wild gewordenen Wespen besser aus dem Weg ...

Lisi verdrehte die Augen. »Katie, nein, sicher nicht! Du bist eine gescheite, taffe Frau.«

Okay, man konnte wild gewordenen Wespen versuchen aus dem Weg zu gehen, aber meistens klappte das nicht ...

»Ich weiß nicht, warum du El Sol nicht ansprichst. Ich überreiße nicht, was dich zurückhält.« Lisi legte den Kaffeelöffel beiseite. »Willst du nicht wissen, ob er die schmachtenden Blicke und das Herzklopfen wert ist? Willst du nicht auch einmal die Zügel in der Hand halten? Einen Rahmen vorgeben, nach dem er sich verhalten muss, anstatt ausschließlich zu reagieren auf die Dinge, die passieren? Sei *einmal* selbstbestimmt! Unabhängig!«

Statt etwas zu erwidern, griff Katie zum Schwammtuch und

wischte über das Chrom der Arbeitsfläche. Lisi würde es nicht verstehen. Leider. Denn gerade indem Katie nur schwärmte und träumte, war sie so selbstbestimmt und unabhängig wie möglich! El Sol konnte ihr nichts anhaben. Nichts! Sie war absolut sicher. Er konnte ihr nicht das Herz brechen, konnte sie nicht ihrer Illusion berauben, sie nicht belehren, konnte sie nicht aus der Wohnung werfen und alle Bekannten gegen sie aufbringen, sodass sie ohne jegliche Zuflucht mitten in der Nacht im Regen auf der Straße stand. Endlich war Katie selbstbestimmt und unabhängig. Auch wenn sie tieftraurig wäre, wenn El Sol von nun an wirklich nicht mehr auftauchen würde ...

Doch das alles würde Lisi nicht verstehen. Elena vielleicht, aber Lisi nicht.

Offensichtlich nicht: »Das nächste Mal, wenn er über die Türschwelle des Schopenhauers tritt, kommt er auf den Prüfstand. Richtig, Elena?«

Zu Katies Unglück sprang Elena Lisi zur Seite. Irgendwie jedenfalls: »Genau! Wir zeigen ihm, wie selbstbestimmt und unabhängig du bist. Wir zeigen ihm, dass sich deine Welt nicht allein um ihn dreht und du auch ohne ihn kannst.« Dann murmelte sie: »Immer dieses Pärchen-Getue ist völlig antiquiert.«

Oh? Katie und Lisi tauschten einen Blick.

»Sag mal«, plötzlich war Lisi ganz zahm. Von der wilden Wespe wurde sie zur behäbigen Hummel. »Wie geht's Sebastian?«

»Wieso fragst du nach ihm? Wieso fragst du nicht nach mir?«

»Bei dir sehe ich, wie angepisst du von ihm bist.« Auch Hummeln können stechen.

»Ich bin nicht ...« Elena brachte den Satz nicht zu Ende.

»Wie geht es *dir*, Elena?«, fragte Katie.

»Pff«, machte Elena und fügte erst auf Lisis und Katies fragenden Blick hinzu: »Ganz okay.«

»Boah, das ist echt unerträglich!« Lisi griff zu ihrem Handy. »Ihr zwei könnt ja abwarten, Kaffee trinken und was weiß ich noch alles. Aber *ich* bin keine Frau der 50er-Jahre!«
»Was tust du?«
»Ich schreibe Mister Facility!«

Herzlich willkommen

Seit der Schreibattacke auf Mister Facility war Lisis Smartphone zum fixen Bestandteil der Bargesellschaft geworden.

»Das ist meine Pause. Die einzige Zeit, in der ich ihm antworten kann«, erklärte sie jeden Tag aufs Neue. Also blieb das Handy auf der Theke liegen. Nun schon den dritten Nachmittag in Folge.

»Ich dreh auch den Ton ab.« Das war ein scheinheiliges Entgegenkommen, denn Lisi hatte den Vibrationsalarm eingeschaltet. Der wackelte, blinkte *und* surrte. Katie hätte Lisis Klingel- und Nachrichtenton, den Austropop-Song »Soits Lebn« von »Seiler und Speer«, bevorzugt. Doch Lisi wollte ja unbedingt Rücksicht nehmen.

Rrrrrrr – Rrrrrrr. Lisi griff sofort zum aufleuchtenden iPhone. Sie versuchte, nicht zu lächeln. Es misslang.

Sie wischte auf ihrem Handy hin und her, las die Nachricht, versuchte, nicht zu grinsen. Es misslang.

Es war, als säßen sie zu viert an der Bar: Lisi, Elena, Katie und der verlängerte Arm von Mister Facility, der sich überall hineindrängte. In ein Gespräch, in ein Schweigen, in einen Gedanken. Ätzend. Besonders im Vergleich zur Abwesenheit von El Sol.

Ihr lonesome Tech-Cowboy mit dem Harrison-Ford-Lächeln hatte sich seit über einer Woche nicht blicken lassen. Zwölf Tage lang hatte Katie ihn nicht gesehen. Sie war sogar am Samstagnachmittag im Schopenhauer eingesprungen und hatte am Sonntag zur Stoßzeit ausgeholfen. Jetzt war sie im Rückstand mit ihren Netflix-Serien und das ganz und gar umsonst: El Sol war nicht da gewesen. Vielleicht war er verreist? Oder sein Geheimagenten-Auftrag dauerte länger als geplant? Katie ertappte sich bei dem Gedanken, dass er ja hätte ankündigen können, dass er für ein, zwei Wochen ausblieb. So wie Schach und Matt, die sich vor jedem Urlaub abmeldeten ...

»Er kommt am Freitagnachmittag zurück nach Wien«, sagte Lisi wie aus dem Nichts heraus.

Im ersten Moment dachte Katie, El Sol wäre gemeint. Doch Lisi grinste weiter ihr Handy-Display an, das ihr zuzuzwinkern schien. *Rrrrrrr – Rrrrrrr.*

»Freitag? Halleluja!« Elena konnte dem Vibrationsalarm offensichtlich auch nichts abgewinnen.

Hinter den beiden wurde die Tür des Schopenhauers geöffnet. Katies Augen flogen sofort dorthin – es war nur Johnnie Walker, der, kaum dass er die Türschwelle passiert hatte, den Zeigefinger hob. Katie nickte.

Während Lisi auf ihr Handy tippte und Elena verträumt einen Ellenbogen auf der Theke platzierte, um ihr Kinn in die Hand zu legen, bereitete Katie die Espressomaschine vor. Sie ließ heißen Wasserdampf das Rohrsystem reinigen. Das *Zischhhhhh* übertönte das erneute *Rrrrrrr – Rrrrrrr.*

Was machte *er*, während sie hier Kaffeebohnen zerhäckselte und unter Dampf und Druck setzte? Vielleicht tat er Ähnliches? Er und sein seltsamer Aktenkoffer. Etwas zerhäckseln oder jemanden unter Dampf und Druck setzen?

Vielleicht musste El Sol ein Entführungsopfer aus den Fängen des organisierten Verbrechens befreien und es gab Komplikationen? Vielleicht war er jetzt gerade selbst in Gefahr geraten, womöglich in Gefangenschaft genommen?

Sofort hatte Katie den eingängigen Auftakt des Surf-Rock-'n'-Roll-Klassikers »Secret Agent Man« im Ohr, den Johnnie Rivers in den 60er-Jahren rauf und runter gezupft hatte.

Düm-de-düm dedüm.
Düm-de-düm dedüm.
Vielleicht musste El Sol im Ausland irgendein neues Waffensystem ausspionieren, das den Weltfrieden bedrohte? Und ihm fehlte nur noch ein Code, um Zugang dazu zu bekommen. Aber der Code war auf der Pobacke einer Konkubine des Oberschurken eintätowiert und El Sol musste nun alles daransetzen, die Schönheit zu verführen ...
Düm-de-düm dedüm.
Düm-de-düm dedüm.
Katie konnte sich durchaus vorstellen, dass sie sich von ihm bezirzen lassen würde ... Von einem tiefen, langen Blick aus seinen hellbraunen Augen. Von seiner ausgewählten Ausdrucksweise, hinter der gewiss ein sehr charmantes Gemüt steckte. Von der Art, wie er zuerst ihre Bluse von ihren Schultern streichen würde, ehe er sein bereits aufgeknöpftes Hemd so geschmeidig wie sein Jackett in einer fließenden Bewegung auszö–
Rrrrrrr – Rrrrrrr.
Katies Tagtraum zerplatzte. Lisis Augenbrauen wackelten. Elena gähnte. Und die Espressomaschine entließ den Espresso in die Tasse für Johnnie Walker.
Business as usual – und ... eben doch nicht.
»Ich werde immer besser darin, seine Nachrichten zu lesen.«
»Wieso? Schreibt er im Dialekt?« Katie goss ihnen dreien Kaffee nach. Elena gluckste.
»Jajaja.« Lisi hielt den beiden kurz ihr Handy hin. »Sagt mir, was die letzte Zeile bedeutet.«
»Ist das ein Bilderrätsel?« Katie sah nur wenige Worte und viele Emojis.
»Nein, das ist seine Weise zu kommunizieren.«
»Mit Emojis?« Elena pustete und nippte an ihrem Kaffee.
»Vielleicht ist er viel jünger, als du denkst – nämlich dreizehn!«

»Das ist wirklich cringe von ihm.« Lisi hielt inne. »*Cringe* – darf ich das in meinem Alter noch sagen?«

»Keine Ahnung, du hast uns dein Alter noch nie verraten.«

»Ich bin auf jeden Fall älter als jemand, der sich primär über Smileys und Co. ausdrückt.« Lisi seufzte gequält auf. Dramaqueen-Alarm. Denn das Seufzen wurde abgelöst von einer kleinen Augenbrauen-La-Ola. »Aber was er so schreibt mit seinen Bilderln ...«

Elena lehnte sich zu Lisi, um aufs iPhone zu schauen. Katie arrangierte Espresso, Mini-Milchkännchen und Wasser für Johnnie Walker. »Ich geh kurz servieren.«

Als sie wieder zurückkam, war Elena bereits im Bann der Dramaqueen und machte große Augen.

»Eh!«, sagte Lisi zu ihr. »Er hat keine Ahnung, wo das T auf der Tastatur ist, aber die Melanzani findet er blind.«

»Aubergine?« Katie nippte an ihrem Kaffee.

»Sexting!« Elena grinste.

Katie war sich nicht sicher, ob sie mehr wissen wollte ...

Ganz im Gegensatz zu Elena. »Wie fängt man denn so was an?«

Lisi scrollte in ihrem WhatsApp-Chat. »Zum Beispiel so.« Sie hielt ihnen das Display hin.

»Mit Besteck?«

»Hab ich auch nicht gleich verstanden.«

Katie schaute auf den Chatverlauf.

»Hunger?«, hatte Lisi daraufhin geschrieben.

Mister Facility schien weder Freund von Verben noch von Sätzen noch von Satzzeichen zu sein. Er antwortete mit dem Wort »Appetit« und einem Feuer-Emoji:

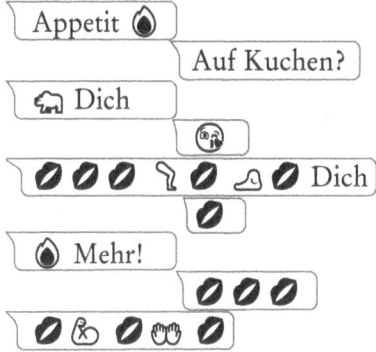

Ab hier schien Lisi ziemlich gern in die Bildergeschichte eingestiegen zu sein.

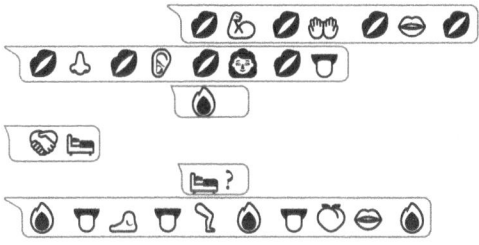

»Pff«, machte Elena. »Das wirkt schon irgendwie.«

»Das kann er echt gut.« Lisis Augenbrauen zuckten zweimal auf und ab. »Wollt ihr noch mehr sehen, staunen und lernen?«

»Yes.«

»Nein danke.« Doch Katie schaute trotzdem weiter auf Lisis Handy. Es war wie bei einem Autounfall: Man musste hinsehen. Ob man wollte oder nicht.

An den nächsten Emoji-Zeilen war deutlich zu sehen, wie Lisis Entdeckerinnengeist entfacht worden war. In ihrer Chat-Zeile ging es weiter mit:

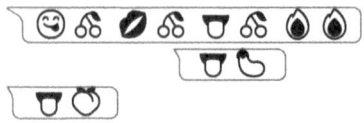

»Ich hab genug gesehen.« Katie trat einen Schritt zurück. Sie zupfte an ihrer Bluse. Wieso war ihr jetzt heiß?

»Es geht noch weiter.«

»Nein danke.«

»Du verpasst hier Avocados, weitere halb entblößte Bananen und Hotdogs.« Elenas Voyeurismus war ausdauernd.

»Wie endet es?«

Lisi wischte mit ihrem Daumen etwas nach oben.

»Never!« Elena riss die Augen auf. Dann lachte sie.

Katies Gegenwehr brach. Sie beugte sich über das iPhone und sah in Lisis weiß hinterlegten Nachrichten eine Dynamitstange plus Explosions-Emoji und in Mister Facilitys grün hinterlegten Zeilen eine Dynamitstange plus dieses Drei-Tropfen-Emoji, das Katie bislang als Regentropfen-Symbol verwendet hatte. Das würde sie sich in Zukunft sehr genau überlegen.

»Wow.« Elena studierte noch einmal den Chartverlauf.

»Probier's doch mal aus.« Lisi schickte drei Kuss-Emojis in den aktuellen Gesprächsverlauf und legte das Handy wieder auf die Bar.

»Vielleicht.«

»Aber mit Sebastian!«

Elena erwiderte nichts. Musste sie auch nicht. Der verlängerte Arm von Mister Facility rettete sie: *Rrrrrrr – Rrrrrrr*.

Katie griff zu ihrem Kaffee, nippte daran und ließ den Blick durch den Gastraum schweifen. Schach und Matt fehlten noch. Die Dog Lady war etwas zu früh dran und zu schnell. Sie hatte ihre »Krone« schon halb durchgeblättert. Auch Johnnie Walker schien es heute eiliger zu haben als sonst, seine Espresso-

Tasse war bereits leer und an den Rand des Tisches geschoben. Die Tarock-Runde 1 spielte zwar schon, die Tarock-Runde 2 diskutierte allerdings noch. Alles in allem eine leichte Verschiebung im Raum-Zeit-Kontinuum des Mittwochnachmittags, der normalerweise wie von Zauberhand lief, als ob sich die Stammgäste abgesprochen hätten: ein Gast nach dem anderen. Heute jedoch schien der Wurm drin zu sein. Sicher würden sie bald alle gleichzeitig bezahlen oder bestellen wollen – und zwar als Erste und Erster vor allen anderen. Als Stammgäste waren sie es gewohnt, vorgezogen zu werden.

Früher hatten die gleichzeitig gereckten Gesten und Geldbörsen den Puls bei Katie in die Höhe getrieben. Schließlich wollte sie ihren Stammgästen das Selbstbild eines Alpha-Gastes nicht absprechen. Heute stressten Katie solche Koinzidenzen nicht mehr. »Gleichzeitige Klienten-Ansuachen«, wie Erwin neuerdings in seinem Marketing-Wienerisch sagte, arbeitete sie stoisch von hinten nach vorne durch den Gastraum ab. Punkt. Aus. Ende. Das war nichts, was ihren Herzschlag erhöhte – ganz im Gegensatz zu … Ihr Blick glitt zum verwaisten Tisch 15: kein lonesome Cowboy in der zweiten Loge links vom Eingang.

Rrrrrrr – Rrrrrrr. Dafür den Geist von Mister Facility an der Bar. Ein schlechter Tausch.

»In welcher Phase steckt ihr eigentlich?«, fragte Katie.

Lisi legte ihr Handy zum gefühlt millionsten Mal beiseite. »Ist das nicht eindeutig?«

»Ganz klar: Phase 1.« Elena schob ihre leere Tasse Katie entgegen. »Es ist ja noch nichts gelaufen. Also – so wirklich. Oder zählen Emojis?«

»Natürlich zählen Emojis! Wir sind in Phase 2.«

»Ich hätte getippt, ihr seid in Phase 3: ständiger Kontakt.« Katie zeigte auf das Smartphone. »Das ist doch mehr als ein Emoji-Porno, oder?«

»Hmmmh«, machte Lisi.

Hinter ihr ging die Tür zum Schopenhauer auf. Schach und Matt kamen herein. Eine Dreiviertelstunde später als üblich. Was hatte die beiden nur aufgehalten? Schach hob die Hand zum Gruß. Katie lächelte und nickte. Aus dem Augenwinkel sah sie, wie die Dog Lady ebenfalls die Hand hob und Johnnie Walker seinen Zeigefinger. War ja klar. *Das Rudel ruft.*

Apropos: »Ich muss gehen. Ich muss an meiner Hausübung für den VHS-Kurs feilen«, sagte Elena.

»Ich muss gehen, ich muss an meinen Nägeln feilen.« Lisi machte eine Augenbrauen-La-Ola. »Schließlich kommt *er* übermorgen wieder zurück nach Wien.«

»Das klingt jetzt sehr nach 50er-Jahre-Frau«, sagte Elena.

»Jajaja.«

Katie achtete nicht auf die beiden, denn über Lisis Schulter hinweg beobachtete sie, dass Matt noch in der offenen Tür stand. Das konnte Katie im August überhaupt nicht leiden. Die heiße Luft sollte draußen bleiben.

»Danke für den Kaffee.« Lisi hüpfte vom Barhocker, strich ihren Rock glatt: »Vielleicht wird dein El Sol nächsten Mittwoch auftauchen. Dann knöpfen wir ihn uns vor.«

»Er ist nicht *mein* El Sol!«

»Wessen Sol ist er denn sonst?«, fragte Elena und glitt in einer fließenden Bewegung vom Barhocker.

»Wieso? Was habt ihr vor?«

Doch die beiden winkten nur und wandten sich zum Gehen um.

Genau in diesem Augenblick erkannte Katie, auf wen Matt in der Tür wartete. Als sie das braun gewellte, mittellange Haar identifizierte, setzte ihr Herz einen Schlag aus, um danach im Eiltempo *ihm* entgegenzuklopfen. Unpackbar. Er war es – *ihr* El Sol!

Er war wieder da. Nach eineinhalb Wochen. Nach über 100 Stunden. Nach rund 17.260 Minuten war er wieder da.

Er hatte sich kein anderes Kaffeehaus gesucht. Nein, er war zurückgekehrt, und das genau im richtigen Moment: Ihre Bardamen gingen, er kam. *Perfekt!*

Katie sah, wie El Sol mit Matt ein paar Worte wechselte. Sah, wie Schach ihm freundlich zunickte und El Sol seine Sitzecke ansteuerte. Elena und Lisi sahen es auch, woraufhin sich beide gleichzeitig mit Schwung zurück zur Bar drehten. Elena strahlte.

»Bis morgen!« Lisis Augenbrauen schienen unter Strom zu stehen, zuckten auf und ab, während Elena sie am Arm in Richtung Tür mitzog.

Erst als die beiden ihr den Rücken zudrehten, gestattete sich Katie ein breites Lächeln. *Er war wieder da!*

Was offensichtlich nicht für jede und jeden so weltbewegend war: Die Dog Lady schnippte ungeduldig mit den Fingern. Johnnie Walker räusperte sich deutlich vernehmlich. Die Spielleiterin der Tarock-Runde 2 hob die Hand. Die Tarock-Runde 1 das Portemonnaie. Und er? Er zog sein Jackett aus.

Es war ein herrliches Theater. Gerade war ihr Schopenhauer-Universum noch so routiniert ruhig gewesen, jetzt war es ein herzklopfendes Tohuwabohu. Und ihr lonesome Cowboy mittendrin. Adrenalin, Dopamin, was es auch war, es fühlte sich gut an. Katie hatte vergessen, *wie gut* es sich anfühlte. Sie hatte große Lust, durchs Schopenhauer zu tanzen wie Björk in ihrem ungewöhnlich musicalhaften Cover-Song »It's Oh So Quiet«.

Der Song beschrieb wunderbar, wie sich Katies Schwärmerei anfühlte: elektrisierend, aufwühlend! Björk machte diesem euphorischen Herzklopfen mit einem laut geschmetterten, von Trompeten begleiteten »Zing, boom!« Luft.

Ein »Zing, boom«, das sich bei zunehmend prickelnder Schwärmerei in ein »Wow, bam«-Kreischen steigern konnte.

Katie freute sich eindeutig zu sehr über El Sols Rückkehr.

Trotzdem tanzte sie nicht, sondern verließ gemäßigten Schrittes ihren Posten hinter der Bar. Auf zum Rudel.

Die Reihenfolge war klar: von hinten nach vorne. Zuerst alle Kassier-Vorgänge, dann die Bestellungen. Katie rechnete die Tarock-Runde 1 und Johnnie Walker ab, begrüßte im Vorbeigehen Schach und Matt, die ihr Spielbrett aufstellten, sah aus den Augenwinkeln, wie El Sol in seinen Aktenkoffer griff, und wurde von der Dog Lady überrascht. Statt »Zahlen, bitte« sagte sie »Wer ist denn der neue Herr?« und nickte in Richtung El Sol.

»Er hat sich noch nicht vorgestellt.«

»Was macht er beruflich?«

Katie zuckte die Schultern.

Die ältere Dame zog skeptisch die nachgezogenen Augenbrauen in die Höhe und kniff ihre dünnen, leicht rosé geschminkten Lippen zusammen, als missbillige sie, dass Katie kein polizeiliches Führungszeugnis oder zumindest einen Lebenslauf von El Sol eingefordert hatte, bevor dieser sich als Stammgast-Anwärter im Schopenhauer positionieren konnte. Dann fielen die Augenbrauen der Dog Lady zurück auf Normalmaß. »Ich nehme ein kleines Soda Zitron.«

»Gern.«

Als Katie nach einem Abstecher zur Tarock-Runde 2 den Spieltisch von Schach und Matt ansteuerte, sah sie, wie die Dog Lady über ihre Kronen Zeitung hinweg El Sol musterte. Ob er die Gunst der *Grande Dame* erhalten würde?

Für Katie gehörte El Sol bereits zum Rudel dazu. Als einnehmender Außenseiter. Das Zentrum der Schopenhauer-Herde bildeten Schach und Matt, die hin und wieder mit den einzelnen Mitgliedern des Rudels ein paar Worte wechselten. Außer mit Johnnie Walker. Katie ging zu ihrem Tisch 5.

»Ich würde nun mal lieber mit Schwarz beginnen.«

»Wir haben schon darum gewürfelt.«

Schach und Matt waren wie ein altes Ehepaar. Allein der Beginn ihres Schachspiels glich der täglichen Diskussion, wer den Müll rauszubringen habe.

»Ich weiß. Aber können wir dieses eine Mal nicht eine Ausnahme machen?« Matt hielt den Würfel in der Hand.

Schach schüttelte den Kopf. »Ich hatte nun mal eine Sechs, ich spiele Schwarz.«

Lisi hatte lange vermutet, *dass* Schach und Matt ein Paar waren – bis Schach von seiner verstorbenen Frau erzählt hatte. Fakt war: Die beiden waren Nachbarn. Und in Katies Vorstellung waren sie beste Freunde. Die beiden würden sonst nicht so viel Energie ins Miteinander stecken, oder?

»Wenn das Spiel *so* anfängt, habe ich eh schon verloren«, grummelte Matt.

Er verlor immer. Nur zweimal hatte er Schach bezwungen. Es waren große Momente gewesen. Einmal war Lisi, während Schach auf dem WC gewesen war, zum Spielbrett gegangen und hatte Hand angelegt. – Was ein Feld, auf dem die Dame stand, für einen Unterschied machen konnte … Ein anderes Mal, da war sich Katie sicher, hatte Schach seinen Freund absichtlich gewinnen lassen, weil Matt des Verlierens überdrüssig geworden war und gedroht hatte, er würde nun Tarock lernen.

»Das Würfeln hat doch gar nichts mit dem Spiel zu tun. Im Schach geht es nicht um Glück, sondern um Strategie.« Schach war früher einmal Schatzmeister im Hernalser Schachklub gewesen.

»In jedem Spiel geht's um Motivation und Selbstbewusstsein.« Matt war früher einmal Fußballtrainer beim Simmeringer SC gewesen.

»Herrschaftszeiten, in Ordnung. Du spielst Schwarz und ich darf den Kaffee auswählen.«

Matt nickte. »Einverstanden.«

Katie drückte ihm leicht die Schulter. »Ich komm gleich noch mal.«

Zeit für El Sol.

Katie liebte den leicht erhöhten Puls, die Vorfreude, den kleinen Nervenkitzel. Ihr Secret Agent Man wurde bereits von seinem Tablet in Beschlag genommen, saß vornübergebeugt darüber und wischte über das Display.

»Hi.«

»Hm?« El Sol strich weiter über das Tablet, blätterte elektronische Seite um elektronische Seite um. Vielleicht suchte er den eilig notierten Code der Konkubinen-Pobacke? Katie biss sich auf die Unterlippe. Verheerend, wenn so viel Adrenalin oder Dopamin oder was auch immer durch die Blutbahnen schwemmte. Sie rief sich zur Contenance und El Sol schien endlich die richtige Seite gefunden zu haben. Katie erhaschte einen Blick auf kaum leserliche, handschriftliche Textpassagen. Am Rand machte sie Stichworte, Ausrufezeichen, Fragezeichen, Kreise aus. Hier und da waren Worte markiert und mit Pfeilen verbunden. Kurz: eine völlig chaotische Seite. Oder eine kreative. Je nach Sichtweise.

»Herzlich willkommen zurück.«

El Sol sah auf.

Zing, boom. Wie konnten braune Augen so hell sein?

»Pardon?«

»Herzlich willkommen zurück.« Es erneut zu sagen, klang schrecklich pathetisch. El Sol lehnte sich auf der Sitzbank etwas nach hinten und runzelte die Stirn.

Hatte sie etwas Falsches gesagt? Katies Dopamin-Pegel sank. Sie versuchte, das Lächeln auf den Lippen zu halten.

»Eine Melange?«

Sein Stirnrunzeln blieb. »In Ordnung.«

»In Ordnung?«, fragte Katie. Hier ging etwas Seltsames vor sich.

»Ich meine: ja.« Seine Stirn glättete sich. Er räusperte sich. »Also: bitte-danke. Ja. Eine Melange.«

»Okay«, sagte Katie. Wenigstens wiederholte sie nicht zum dritten Mal das »in Ordnung« ... *Meine Güte.*

Katie nickte ihm zu, wandte sich um – und bemerkte, wie die Dog Lady interessiert zu ihnen schaute.

Heute war ein eigenartiger Nachmittag. Das Raum-Zeit-Kontinuum schien nicht nur verschoben, sondern auch verdreht.

Genauso wie Schach und Matt: »Wieso denn keinen Fiaker? Sonst hast du auch gern ein Schnapserl im Kaffee. Was ist verkehrt an einem Stamperl Rum?« Schach deutete mit der Turm-Figur auf Matt und wandte sich zu Katie. »Ich darf bestellen, aber der Herr legt ein Veto ein.«

»Ein Maria Theresia wäre jetzt einfach fruchtiger, erfrischender.«

»Fühlst du dich jetzt schon schachmatt?«, stichelte Schach.

»Würfelt doch darum«, schlug Katie vor.

»Nein, mach das besser du für uns, Madl.«

»Gute Idee.« Matt drückte ihr den Würfel in die Hand.

»Eins bis drei: Mokka mit Rum. Vier bis sechs: Mokka mit Orangenlikör«, setzte Schach fest. Matt nickte und Katie würfelte: vier.

Maria Theresia.

»Das war knapp!«, sagte Matt erleichtert.

»Das war Glück!«, sagte Schach.

Erst schnauften beide abfällig. Dann lachten sie.

»Danke, Madl.« Schach nahm ihr den Würfel ab.

Da erst bemerkte Katie El Sols Blick. Er schaute nicht irgendwie irgendwohin, sondern beobachtete interessiert die Szene am Spieltisch Nummer 5. Er ließ seinen Blick nicht wie in Trance über die Köpfe der anderen schweifen, sondern schaute direkt zu Schach. Schaute direkt zu ihr.

Ein neuer Dopaminschub zupfte an ihren Lippen, woraufhin El Sols rechter Mundwinkel zuckte und es in Katies Bauch kribbelte.

Wow, bam!, rief Björk in ihrem Kopf.

Einige Minuten später hatte Katie die Tarock-Runde 2 versorgt, hatte das Soda Zitron und die beiden Maria Theresia serviert und legte gerade mit der duftenden Melange die letzten Schritte zu ihrem lonesome Cowboy zurück – 9, 8, 7 –, da sah El Sol ohne Vorwarnung von seinem Tablet auf. Erneut. Ihr entgegen. Direkt.

Katie geriet aus dem Takt – 6, 2, 0. Plötzlich waren weder Schritte noch geistreiche Gedanken mehr übrig: Sie stand vor ihm. Ihre Hände übernahmen das Kommando, stellten aus Reflex die Melange und das Wasserglas auf den Marmortisch. Ihr Mund folgte. Reiz, Reaktion. Ganz einfach. *Ein Glück.*

»Bitte sehr.«

»Es tut gut, wieder hier zu sein.« Seine hellbraunen Augen schauten unverwandt in ihre. Hatte jemand diesen Mann behext? War er von einem Präsenz-Dämon befallen? Er war heute so ... da.

»Sie hätten Ihren Urlaub hier verbringen sollen.« *Oder den geheimen Code von meiner Pobacke ...*

»Ich wünschte, ich hätte Urlaub gehabt.«

Vielleicht hatte er vergangene Woche wirklich die Welt gerettet?, schoss es Katie in den Sinn.

»Danke für die Melange.«

Katie nickte und lächelte.

Zing, boom! So viele Gratisworte.

Adrenalin und Dopamin vollführten ein Wettrennen durch ihre Blutbahnen, wenngleich in ihrem Innern, irgendwo zwischen Zirbeldrüse und Bauchnabel, sich ein leiser Zweifel regte, der über Small Talk und dessen mögliche ungemütliche Folgen sinnierte ... Doch es war ein wunderbarer Mittwoch, oder? Denn *ihr* El Sol war zurückgekehrt.

Allerdings kippte die Stimmung im Schopenhauer. Es war, als ob 19 Minuten später ein unsichtbarer Eisberg das Café touchierte und alle so schnell wie möglich von Bord wollten.

Es begann damit, dass Matt zum zweiten Mal verlor. Maria Theresia brachte ihm kein Glück. Selbst Schach tat das ein bisschen leid. Als Matt sich mit vor der Brust verschränkten Armen zurücklehnte und Schach das Spiel allein einpacken ließ, klingelte ein paar Tische weiter das Handy von El Sol. *Bi-bibi-Bi.*

Standardklingelton.

Schade.

Standardklingeltöne waren so ... langweilig.

Katie rief sich in Erinnerung, dass er als Geheimagent ja unauffällig sein musste. Trotzdem hätte sie ihm gern das Handy aus der Hand genommen. Es schien ein übles Gespräch zu sein.

Wie lange hielt er sich das Smartphone ans Ohr? 20 Sekunden? Oder waren es jetzt schon zwei Minuten? El Sol hatte noch kein Wort gesagt, doch seine Miene war starr geworden. Sein Mund war ein schmaler Strich. Er sah auf seine Armbanduhr – schwarzes Leder, schlicht, sachlich-schick. Dann schloss er kurz die Augen und rieb sich mit Daumen und Zeigefinger die Nasenwurzel. Katie hatte wirklich große Lust, zu ihm zu eilen und ihm das Handy aus der Hand zu ziehen ... was sie natürlich nicht tat. Stattdessen musste sie mit ansehen, wie sich die Tür des Schopenhauers öffnete und eine schwitzende, sechzehnköpfige Touristengruppe den Gastraum schwemmte.

Oh no.

Die Touris quetschten sich in die Sitzkojen neben El Sol. Zogen geräuschvoll die Thonet-Holzstühle übers Parkett.

Raschelten mit den Schopenhauer-Karten. Lobten viel zu laut den klimatisierten Raum. Gingen zu dritt aufs WC, weil sie nicht wussten, dass es jeweils nur eine Toilette für die Damen beziehungsweise für die Herren gab.

Das Schlimmste aber war, dass der Touri-Guide sich abseits seiner Gruppe an einen Einzeltisch neben der Dog Lady setzte – mit seinem Hund. Sein vierbeiniger Freund war ein sehr struppiges, sehr großes Exemplar. Seelenruhig und ungeniert trank das Zotteltier aus dem Wassernapf, der neben dem Tisch der Dog Lady stand. Es kümmerte den dürren Riesen kein Stück, dass der blonde Spitz, sonst ein Engel auf vier Pfoten, *sein* Wasser mit aufgeregten Hüpfern und lautstark quietschendem Bellen verteidigen wollte. Was aussichtslos war. Genauso aussichtslos wie das »Pfui« und »Jenny lass« der Dog Lady.

Der Spitz hieß Jenny?

El Sol hielt sich mit der Hand das nicht handybesetzte Ohr zu. Katie schaltete in den Krisenmodus. Aus der Notfallschublade zog sie eine Packung stinkender Hunde-Leckerlis hervor und ging zügig zur Dog Lady. Jenny, die kleine Kläfferin, ließ sich bestechen. Braves Mädchen. Und der Widersacher am Wassernapf interessierte sich nicht für Leckerlis. Braves Zotteltier.

Die Dog Lady sah pikiert auf den großen, dürren, struppigen Hund neben sich. »Zahlen, bitte.«

Auch Matt winkte Katie, damit sie kassieren käme. Der schlaue Bursche. Denn wenn Katie erst einmal begann, die Großbestellung der Touristengruppe aufzunehmen, könnte das dauern, und Matt schien nicht riskieren zu wollen, ein weiteres Mal zu verlieren.

Die Touri-Gruppe kam aus Deutschland. Landsleute. *Na ja.* Sie kamen aus der Nähe von Stuttgart. Ihre schwäbische Wortfärbung hörte sich in Katies Westfalen-Ohren fast vorarlbergisch an. Worte wie Häusle und Hüsle lagen für sie jedenfalls nicht weit auseinander.

»Was isch noh oi ›Kleiner Brauner‹?«

Absolute Wien-Beginner. *Oh no.* Das würde länger dauern. Ebenso wie das offensichtlich unangenehme Telefonat von El Sol. Er rieb sich mit der Hand über das Gesicht und sagte nur »Ja« oder »Nein«. Wobei, genauer hingehorcht, sagte er ausschließlich »Nein« in den Varianten von: »Nicht«, »So nicht« und »Ich bin nicht einverstanden«.

»Ond was isch der Underschied zwische oi ›Einspänner‹ ond oi ›Kleiner Brauner‹?«, fragte der Touri weiter. Sein Zeigerfinger glitt in die nächste Zeile der Karte.

Katie sprach sich selbst ein »Om Shanti« zu, das Elena ihr für solche Situationen empfohlen hatte. Allein der Gedanke an Elena half.

Über die Schulter des wissbegierigen Schwabens hinweg, der vermutlich am Ende seiner Fragerei einen Kaffee mit Milch bestellen würde, sah Katie, wie El Sol seinen Blick von der Tischplatte hob und direkt zu ihr schaute. Ein riesiges SOS stand in seinen hellbraunen Augen.

»Ond was isch oi –«

Katie unterbrach den Gast: »Bin gleich wieder da.«

Sie brauchte nur drei Schritte zum Nachbartisch. Dort schob El Sol die Hand über den unteren Teil des Smartphones, als ob er die Sprechmuschel eines Wählscheibentelefons mit Viertelanschluss abdecken wollte. »Zahlen, bitte.«

»Endschuldigung, mir han ned so vil Zeid!«, meckerte der Touri hinter ihr.

Katie machte eine wegwerfende Bewegung zu El Sol. »Zahlen Sie das nächste Mal.«

El Sol zögerte kurz. Dann sagte er leise »Danke«, nahm die Hand vom Smartphone und forderte in normaler Lautstärke und nicht gerade zimperlich: »Wiederhol das.« Er warf sich das Jackett über den Arm, schnappte sich seinen Aktenkoffer und eilte zur Tür. Armer Secret Agent Man.

Pass auf dich auf, dachte Katie und hoffte, er würde das nächste Mal erneut zu einer Lisi-freien Zeit auftauchen.

Katie hätte ihm nicht so unverschämt nachgeschaut, wenn sie geahnt hätte, dass er sich vor der Tür noch einmal umdrehen würde. Zu ihr. Sein Mundwinkel zuckte, dann war er fort.

Was blieb, war Katies Herzklopfen, das Kribbeln im Bauch und Björk, die vor Katies innerem Auge durchs Schopenhauer tanzte und enthusiastisch rief: *Wow, bam!*

»Endschuldigun', Frau Kellnerin?«

Ach ja. Und es blieb die Touri-Gruppe.

»Mir dahana nehma älle einen Kaffee mid Milch. Des isch oifachr. Also sieba Kaffee mid Milch.«

Om Shanti.

Die Masche

Freitag. Endlich Freitag! Immer wieder glitt Katies Blick zur Schopenhauer-Tür. Heute könnte El Sol vorbeikommen. Nein, er müsste, oder? Schließlich hatten sie eine Rechnung offen. Und er schien so verbindlich, so zuverläss–

Die Tür schwang auf, Katie hielt den Atem an und El Sol bestand die Prüfung. Sie sah zur Tür. Er sah zur Theke.

Zing, boom!

Wie kurz der Weg vom Augapfel zum Herzen war, das prompt einen Takt schneller schlug. Anscheinend war der Weg zum Mund genauso kurz, denn ihrer begann automatisch zu lächeln; und als es sich im rechten Mundwinkel von El Sol spiegelte, wurde Katies Lächeln so breit, dass ihre Zähne zwischen ihren Lippen hervorblitzten. All das passierte so schnell – vielleicht in einer Millisekunde –, bevor Katie auch nur einen klaren Gedanken fassen konnte. Der Weg vom Augapfel zum Gehirn schien bedeutend länger zu sein …

Gut, dass ihre Hände auf Autopilot arbeiteten: Katie zapfte vier halbe Bier und verwandelte sie mit Almdudler in vier Radler. Zwei weitere Halbe füllte sie mit Wasser auf. Die Österreicher machten aus allem eine Schorle beziehungsweise einen Spritzer. Wein, Bier, Kaffee – nichts war vor dem Verlängern und Aufspritzen sicher.

Katie stellte die Bestellung gerade auf die Theke, als sich die Schopenhauer-Tür erneut öffnete. Sepp kam herein. Die Arbeit im Schanigarten an einem Freitag war ihm anzusehen.

»Vier große Radler und zwei Saure?«, fragte er.
»Fertig.«
»Leiwand!« Sepp wischte sich mit dem Oberarm den Schweiß von der Stirn. Er trug ein unauffälliges weißes T-Shirt, das seinen leicht gebräunten Teint betonte, und schwarze Bermudashorts, die seine schlanken Beine noch länger wirken ließen. Bevor Sepp ein Tablett mit den sechs großen Gläsern bestückte, fuhr er sich mit der Hand durch sein schwarzes, kurz geschnittenes Haar und versuchte, den strengen Jura-Studenten-Seitenscheitel in etwas Wilderes, Cooleres aufzulösen, was ihm für zwei Sekunden gelang. Dann lag sein Haar wieder akkurat auf seinem Kopf. Später, als Rechtsanwalt oder Richter, würde er sich sicher über seine sittsame Haarstruktur freuen. Hier, im Schopenhauer, kämpfte er ständig mit einer Hand in den Haaren dagegen an …

»Ich grüß die Sonne von dir«, sagte Sepp wenig motiviert und schulterte das Tablett, um zurück in die Augusthitze zu trotten. Katie folgte ihm genau 23 Schritte zu *ihrer Sonne*, wie Elena sagen würde. Dort, in der zweiten Sitzkoje links vom Eingang, machte El Sol mit dem digitalen Stift zwischen seinen Fingern gerade einen deutlichen Haken auf dem Tablet.

»Hi.«
El Sol sah auf.
Augapfel – Herz. Check.
Augapfel – Lippen. Check.
»Ich komme, um meine Schulden zu begleichen.«
»Ich hoffe, das ist nicht der einzige Grund.«
Augapfel – Gehirn. *Hallo?*
Er musste es ja nicht *so* verstanden haben … Verdächtig war nur, dass El Sol nicht sofort etwas erwiderte. Sein Mund öffnete sich einen kleinen Spalt. Dann schloss er sich wieder.
Der Moment zog sich. Einen Herzschlag lang. Noch einen. Katie schoss das Blut in die Wangen.

»Melange?« Etwas Besseres fiel ihr nicht ein. Auf dem Weg zwischen Augapfel und Gehirn gab es anscheinend einen Stau. »Gern. Danke.«

El Sol wandte sich seinem Tablet zu, Katie wandte sich der Bar und ihrer Contenance zu: *Meine Güte!* Sie sollte sich zusammenreißen.

Blicke waren okay, erfrischende Tagträume waren willkommen. Worte allerdings …? Worte entblößten das Teenager-Niveau ihrer Schwärmerei. Und die Gefahr, dass El Sol doch kein Secret Agent Man war, war groß …

Nicht auszudenken, was passieren würde, wenn Katie herausfände, dass er ganz anders wäre. Nicht charmant, zuverlässig, beständig, bedacht, sondern tückisch, unberechenbar, egoman, Sven-like. Oder noch schlimmer: wenn El Sol genauso wäre, wie sie sich ihn erträumte, jedoch kein Interesse an ihr hätte …

Beides wäre schrecklich. Beides könnte ihr das Leben im Schopenhauer zur Qual machen. In beiden Fällen wäre sie dem schutzlos ausgeliefert, sie würde früher oder später kündigen müssen. Und was hätte Wien ihr ohne das Schopenhauer zu bieten? Und wenn sie Wien verlassen musste, was blieb dann noch übrig? Ihr altes Kinderzimmer auf dem Dorf in Nordrhein-Westfalen und der unumstößliche Beweis, dass sie sechs Jahre der Blütezeit ihres Lebens vergeudet hatte. Nein, Worte waren zu gefährlich. Eindeutig.

Wenn sie Lisi das nur verständlich machen könnte.

Als Lisi eine Viertelstunde später das Schopenhauer betrat, verrenkte sie sich fast den Hals, um bei ihrem energischen Aufmarsch einen Blick über die Schulter zu Tisch 15 zu werfen. Katie wollte die Augen verdrehen, doch die blieben an Lisis Outfit haften wie Uhu Spezialsekundenkleber überall dort, wo er nicht sollte.

Zu den roten Korkenzieherlocken trug sie ein bordeauxrotes Leinenkleid mit breitem grünem Stoffgürtel und dazu eine hauchdünne grüne Strumpfhose. Das wirkte alles so gar nicht nach der Businesslady, die sie sonst verkörperte.

Lisi erklomm den Barhocker und legte ihr Handy auf die Theke. Katie suchte nach Worten, die Lisi überzeugen könnten, von El Sol abzulassen – aber ihr fiel nichts ein, außer: »Wo ist dein Rock?«

»Heute ist es ein Kleid.«

»Leinen?«

Lisi zupfte an dem roten Stoff. »Leinen knittert edel.«

»Es sind 29 Grad draußen. Warum hast du eine Strumpfhose an?«

»Wegen des Effekts.«

Katie sah sie fragend an.

Lisi beugte sich verschwörerisch vor. »Das ist keine Strumpfhose. Das sind halterlose Strümpfe.«

Sie wackelte mit den Augenbrauen. Hoch, runter, hoch, runter.

»Mister Facility ist also zurück aus Dornbirn?«

Als Antwort erntete Katie eine La-Ola-Welle. Das erklärte auch, warum Lisis iPhone so herrlich stumm blieb. Katie goss ihr einen Kaffee ein und griff gleich zur zweiten Tasse für Elena, die just in diesem Moment zur Tür hereinkam. Elena trug ein helles, buntes Blümchenkleid. Ebenfalls Leinen. Es wirkte nur so anders als bei Lisi …

»Tolles Outfit, Lisi!« Elena setzte sich auf den Barhocker.

»Da schaust!« Lisi warf Katie einen Stimmts-oder-hab-ich-recht-Blick zu.

»Die Laufmasche hast du schon gesehen?«, fragte Elena.

»Nein! Wo?«

Elena deutete auf Lisis rechte Wade.

»Oh neiiiiiin.« Dramaqueen-Alarm.

»Zieh sie einfach aus.«

»Kann sie nicht. Es sind halterlose Strümpfe.« Katie probierte sich an einer Augenbrauen-La-Ola, doch mehr als ein Stirnrunzeln kam nicht dabei heraus.

»Versteh ich nicht«, sagte Elena.

»Wegen des Effekts.« Katie schob Elena die dampfende Kaffeetasse entgegen.

»Effekt?«

Lisi ließ von ihrer Wade ab. »Die sind festgemacht. Sehr heiß festgemacht. Nashorn-Emoji-heiß. Okay?«

»Ach so.« Elena schmunzelte und versuchte sich ebenfalls an einer Augenbrauen-La-Ola, die allerdings kläglich abschmierte, wenngleich ihre rechte Braue einen passablen Bogen machte und sie keine Finger mehr zur Hilfe nahm.

Lisi inspizierte noch einmal ihre Wade. »Das sieht affig aus.«

Stimmt, dachte Katie, sagte jedoch: »Er ist ein Mann. Kann sein, dass es ihm gar nicht auffällt.«

»Vor allem, weil die Aufhängung ihn ablenken wird.« Elena ließ ihre Augenbrauen aufs Neue spielen und schaffte diesmal, dass auch ihre linke Braue zumindest zuckte. Katie nickte ihr anerkennend zu und wollte sich selbst einen Kaffee einschenken – da bemerkte sie, wie hinter Elena El Sol von seinem Tablet aufschaute. Zur Bar. Ihre Blicke trafen sich. Sein Mundwinkel zuckte. Katie vergaß die Kaffeekanne in ihrer Hand.

Zing, boom!

Anscheinend gab es auch einen sehr kurzen Weg zwischen Augapfel und Bauch ...

El Sol griff zu seiner Melange und Katies Augen blieben an seinem welligen, dichten Haar hängen. Wie es sich wohl anfühlte, wenn sie mit den Fingern hindur–

»Jessas«, sagte Lisi und Katie wurde sich des Gewichts in

ihrer Hand bewusst. Elena sah zwischen der erhobenen Kaffeekanne und Lisi hin und her, dann drehte sie sich auf ihrem Barhocker um.

»Oida, El Sol ist ja da!«, flüsterte sie aufgeregt.

»Herzipinkerl, du willst Künstlerin werden? Da musst du deine Umgebung wahrnehmen. Mit allen Sinnen! Worüber willst du sonst künstlern? Introspektiv ist doch was für Anfängerinnen.« Lisi fingerte wieder an ihrer Laufmasche, was es bestimmt nicht besser machte. Katie schenkte sich ein und stellte die verräterische Kaffeekanne beiseite.

»Der Fokus ist das Wichtigste«, sagte Elena.

»Hat das dein Kursleiter gesagt?« Lisi zupfte an ihrem grünen Strumpf.

»Ist schon seltsam.« Elena nahm Lisis Hand und führte sie zu ihrer Kaffeetasse, wo sie hingehörte. »Da sieht alles top aus. Innen und außen. Aber so ein winziges Detail wie eine Laufmasche ruiniert einem alles?«

Guter Punkt, fand Katie.

Lisi nicht: »Entweder es ist alles perfekt oder gar nichts.«

Bei diesem Satz flog Katies Blick wieder zur zweiten Sitzkoje links vom Eingang. Oder lag es nicht an Lisis Kommentar, sondern daran, dass El Sol zuerst geschaut hatte? Erneut?! Katies Blick fiel direkt in seine Augen, die sich schnell, wie ertappt, auf die Tasse in seiner Hand senkten.

Augapfel – Lippen. Check.

Augapfel – Bauch. Check.

Es war ein wunderbarer Freitag, der fantastisches Tagtraum-Material fürs Wochenende lieferte. Romantisch, kitschig, abwegig. Balsam für die See–

»Wie sind jetzt eigentlich El Sols fixe Zeiten?«, fragte Lisi.

»Wieso?«

»Nur so.«

Katie glaubte ihr kein Wort.

»Anscheinend kommt er ja mittwochs und neuerdings auch freitags.«

»Ist mir auch aufgefallen«, sagte Elena.

»Da schau her«, stichelte Lisi und rührte wie so oft unnötigerweise in ihrem schwarzen Kaffee.

Besser, sie kamen zurück zur Laufmasche: »Wann triffst du dich heute mit Mister Facility?«

Lisi nahm das brave, stumme Handy von der Theke, wischte, tippte und zeigte einen WhatsApp-Chat.

Katie sah lauter Uhren-Emojis. »Gibt es für jede volle Stunde ein Emoji?«

»Und für jede Halbe.«

»Ist Mister Facility verspielt oder Legastheniker?«

»Das gilt es herauszufinden.« Lisi hob den Löffel und zeigte auf Katie. »Siehst du, darum bin ich nicht in Phase 3 mit ihm. Denn solche Dinge weiß ich noch nicht.«

»Du kannst ja auch nicht alles vor Phase 3 wissen«, konterte Katie.

»Hmmmh«, machte Lisi.

Über ihre linke Schulter hinweg bemerkte Katie, wie El Sol sein Portemonnaie aus der Hosentasche zog. Ein kurzer Besuch. Aber immerhin ein Besuch! Und was für einer ...

»Ich geh kurz kassieren.«

El Sol schien mit seiner Geldbörse beschäftigt zu sein. Er sah erst auf, als Katie an seinem Tisch angekommen war. *Sehr gut.*

»Auf acht«, sagte er und hielt ihr einen Schein entgegen. »Heute hätte ich gern den Beleg.«

»Natürlich.« Katie zog die mobile Kasse aus ihrer Gürteltasche und wünschte, sie hätte sich die Fingernägel lackiert oder zumindest gefeilt.

Der Bondrucker ratterte. Katie reichte ihm das Papier. Ein simpler Vorgang und trotzdem ...

»Danke.« El Sol prüfte den Beleg. Warum auch immer.

»Schönen Tag noch.«

Er sah auf, sein Mundwinkel zuckte. »Ihnen auch.«

Ach, lonesome Cowboy ...

Augapfel – Lippen. Check.

El Sol steckte den Kassenbon mit Bedacht weg. Vielleicht konnte er eine Rechnung über zwei Melange absetzen? Das war wahrscheinlich. Katie grübelte 23 Schritte darüber nach, dann trat sie hinter die Theke.

Wie wahrscheinlich war es, dass Lisi von dieser Beleg-Affäre nichts mitbekommen hatte? Oder dass sie nicht darauf herumreiten würde? Unwahrscheinlich. Beides. Es sei denn, die Erde würde sich auftun oder ein Wunder würde geschehen oder ... Der Blick an Lisi vorbei zur Schopenhauer-Tür ließ Katies Grübeleien abrupt stoppen.

Was war das?

»Johnnie Walker spricht!«, sagte sie verdutzt.

»Niemals!«, erwiderte Lisi.

»Wenn ich's euch sage!«

Lisi und Elena drehten sich auf ihren Barhockern um. Dort, in der Tür des Schopenhauers, stand Johnnie Walker und redete mit El Sol.

»Unpackbar!«, sagte Lisi.

»Das glaub ich jetzt ned«, meinte Elena.

Johnnie Walker sprach nie. Mit niemandem. Nicht mal mit Katie. Aber da stand der gut gekleidete Pensionist, wie immer mit Nordic-Walking-Stöcken und heute mit einem etwas abgewetzten, dunkelbraunen, schmalen Lederköfferchen, das an einem passend dunkelbraunen, schmalen Lederriemen über seiner Schulter hing. Johnnie war röter als normal im Gesicht und wirkte etwas außer Atem. Ansonsten schien alles wie immer. Bis auf den Fakt, dass er sich unterhielt.

»Johnnie verzieht nicht mal das Gesicht«, sagte Lisi. »Er wirkt fast ... freundlich.«

»Wie hat El Sol das geschafft?«, fragte Elena.

Lisi hatte Johnnie Walker einmal auf eine seiner Taschen angesprochen. Er hatte sie einsilbig abgespeist.

Schach und Matt hatten ihn sogar auf eine Partie eingeladen und dafür das arroganteste »Ts, nein« geerntet, das sie je in ihrem Leben gehört hatten, wie Schach bei jeder sich bietenden Gelegenheit erzählte. Seitdem nannte Schach ihn »den Ungustl«.

Niemand wusste, warum Johnnie Walker sich einer Nachmittagsgesellschaft wie der im Schopenhauer aussetzte, doch alle wussten, dass er nie lang blieb: ein Kleiner Brauner – und er war wieder verschwunden. Darum setzte Schach dem »Ungustl« immer ein »geizig« voran. Denn, das wussten ebenfalls alle: Der Kleine Braune im Schopenhauer war Erwins »Einstiegsdroge«. Sein Lockangebot. Es war der beste und gleichzeitig günstigste Espresso, den es in Wien gab. Katie hatte in ihrer Anfangszeit unzählige Male mit Erwin das Zubereiten üben müssen: kein Pascal zu viel Druck, kein Tropfen zu viel Wasser, kein Grad zu schräg die Tasse halten und keine Sekunde zu lange mahlen. Gleichzeitig hielt Erwin den Preis unter dem wienweiten Standard. Dafür führte er eigens eine Statistik. Der Kleine Braune sei die »Schlüsselrolle in seinem Marketingplan«, so Erwin. Mit Speck fange man Mäuse.

Allerdings hatte der geizige Ungustl sich noch nie teureren »Drogen« im Schopenhauer hingegeben. Er war ein Stammgast mit ökonomischer Negativbilanz für Erwin. Aber immerhin ein Stammgast. Und heute sogar ein Stammgast, der sprach. Der proaktiv Kontakt suchte.

»I pack's ned«, hauchte Elena, während El Sol seinen Aktenkoffer anhob, um Johnnie Walker etwas zu zeigen. Der nickte. Dann war das Spektakel vorbei. El Sol verließ das

Schopenhauer, Johnnie Walker setzte sich an seinen Stammplatz an Tisch 42.

»Oarg!«, kommentierte Elena.

»Ledertaschen sind das Geheimnis. Lack und Leder! So einfach ist das.« Lisi drehte sich zurück zu Katie. »Und was ist das Geheimnis von El Sol? Der Kassiervorgang dauert ja immer länger.« Lisi hob eine Augenbraue. »Was hat er dich gefragt?«

War ja klar ...

Katie schwieg und griff zu ihrem Kaffee. Das war besser, als vor Lisi mit dem Geschirrtuch zu hantieren.

»Wir haben euch a Satzerl mehr reden sehen. Also?«

»Er hat um einen Beleg gebeten, sonst nichts.« Katie zuckte mit den Schultern. Sie würde aus dieser Mücke keinen Elefanten werden lassen.

»Einen Beleg?« Lisi hob beide Augenbrauen.

»Er will dich kontrollieren«, warnte Elena.

»Ach was, er will ein Andenken.«

Beides wäre schräg. Katie spielte trotzdem kurz mit dem Gedanken, ob sie sich eine Kopie des Belegs ausdrucken sollte. Damit hätte sie etwas gemeinsam mit El Sol. Aber das wäre noch schräger. Nein, es war besser, wenn El Sol allein in ihrem Kopf blieb und sich nicht in Form eines Kassenbelegs an ihrem Kühlschrank manifestierte ... *Sicher blieb sicher.*

»Er erzählt nicht besonders viel von sich«, überlegte Lisi.

»Warum sollte er auch?«, gab Katie zurück.

Lisi würde sich garantiert blendend mit der Dog Lady verstehen.

»Na ja, ich meine ja nur.« Lisi machte eine kleine Kunstpause und ließ ihren Kaffeelöffel zwischen Mittelfinger und Daumen wippen. »Männer, die den Mund nicht aufkriegen ... Wie soll man da nachhelfen?«

»Gar nicht!« Katie zog Lisi den Löffel zwischen den Fingern weg. »Lisi, ich will ihn nicht kennenlernen. Ich will nicht mehr über ihn wissen. Ich –«

»Vielleicht hat er schiache Zähne?«, warf Elena ein.

»Wie bitte?« Lisi und Katie sahen Elena an.

»Schiache Zähne. Darum macht er den Mund nicht auf. – Was denn? Wär doch möglich!«

Lisi schüttelte den Kopf. Katie legte den Löffel in die Spüle und griff zum Geschirrtuch und einem Glas. Sie wusste nicht, ob sie lachen oder den beiden Theken-Verbot erteilen sollte.

»Apropos schiach.« Lisi wandte sich mit ernstem Gesicht zu Katie. »Ich weiß, warum Erwin dir deine Überstunden nicht ausbezahlt.«

Oh.

Katie hielt inne. »Weil er knapp ist.«

»Ich weiß, *warum* er knapp ist.«

Oh shit.

Katie stellte das halb polierte Glas samt Geschirrtuch beiseite.

»Sag schon!«

»Er will eine dritte Bar aufmachen. Ich hab mich umgehört. Habe Doc Why angezapft, der spielt mit dem Bezirksamtsleiter Tennis. Und siehe da: Erwin hat ein geschlossenes Lokal in der Jörgerstraße im Visier. Das ›Vox Libri‹, kennt ihr das?«

»Das ist leiwand! Einige aus meinem Kurs treffen sich dort, um ihre Hausübungen zu schreiben.«

»Erwin will genau daneben ein neues Café aufmachen. Sein Gastro-Konzept wird gerade geprüft. Der Finanzplan steht aber noch nicht. Seine Hausbank scheint sich zu zieren.«

Das klang nicht sehr gut.

»Echt?«

»Ja, echt! Und es sollte dich empören. Er nimmt dein Salär und steckt es ins Startkapital für diese neue Bar.«

Katie dachte an den Vintage-Schreibtisch, der ihr so gut gefiel und der immer noch auf willhaben angeboten wurde. Wenn Erwin ihr die Überstunden jetzt auszahlte, könnte sie ihn sofort kaufen.

Andererseits: Langfristig gesehen wäre es für Katie sicherlich besser, wenn Erwin so finanzkräftig wie möglich blieb, damit das Schopenhauer und ihr Job gesichert waren. Einen Vintage-Schreibtisch könnte sie sich auch am Jahresende gönnen, wenngleich *dieser* dann gewiss verkauft sein würde ...

»Er spart dein Geld, um es bald in rauen Mengen eh zu investieren. Und du? Leihst ihm wertvolle Zeit, die für deine Dissertation bestimmt ist. Und das ohne Zinsen. Und wie ich Erwin kenne: schwarz. Ergo: ohne Steuern und damit gewiss auch ohne Überstundenzuschlag. Stimmt's oder hab ich recht?«

Erwischt, dachte Katie. Erwischt, erwischt, erwischt.

»Wird Katie so zur Mit-Investorin?«, schaltete sich Elena ein.

»Pah! Erwin ist Kapitalist und kein Genosse. Für ihn ist es sogar besser, wenn Katie nicht zu ihrer Promotionsarbeit kommt, denn so behält er seine beste Produktivkraft.« Lisi beugte sich etwas über die Bar, Katie entgegen. »Er nimmt deine Arbeitskraft und erweitert damit sein Imperium. Karl Marx würde sich im Grabe umdrehen!«

»Pff«, machte Elena. »So oft, wie der sich bereits umgedreht hat, ist sein Sarg bestimmt schon dreimal um den Erdkern gewalzt.«

Lisi sah mit hochgezogenen Augenbrauen zu Elena. Einen Moment sagte keine etwas. Dann lachten alle drei.

Ein ziemlicher Montag

Katie stand mit Sepp am Billardtisch und spähte zum Fenster hinaus in den Schanigarten, der gerade von einer rotköpfigen Touri-Gruppe erobert wurde. Die Neuankömmlinge rückten Stühle, um ja einen Platz im Schatten der Sonnenschirme zu ergattern, und fächerten sich mit ihren Käppis und Hüten die heiße Luft ins noch heißere Gesicht.

»Das sieht nach einer Stadtführung aus«, tippte Katie.

»Wieso kommen die ned eina?«, grummelte Sepp.

»Damit sie draußen weiter dehydrieren und mehr konsumieren.«

»Na servas …«

Im Schopenhauer herrschten angenehme tropische 26 Grad, während draußen die Sonne erbarmungslos brannte. Seit dem frühen Morgen hatte es keine Wolke mehr am Himmel gegeben. Inzwischen zeigte die Wetter-App 33 Grad an. Im Schatten.

Die Touris verteilten sich auf vier der insgesamt sechs Tische. Unter ihnen entdeckte Katie den Tour-Guide mit dem großen Zottel-Hund. *Aha.* Ein Wiederholungstäter. Der Guide hielt die Schopenhauer-Karte in der Hand und erklärte seiner durstigen Meute offensichtlich die Angebotsauswahl. Nun, das würde die Bestellungsaufnahme für Sepp vereinfachen, wenn er weder Melange, Einspänner noch saures Radler erklären müsste.

Katie deutete auf die Käppis und Hüte. »Das muss für dich den Effekt eines Ventilators haben, oder?«

»Haha!« Sepp seufzte. »Hilfst du mir? Ich zerfließe da draußen.«

»Wieso trägst du auch ein schwarzes Hemd?«

»Wieso nicht? Ich dachte, das gefällt dir.«

Oh ...

»Komm schon. Lass mich nicht hängen. Nur die erste Runde. Hier drinnen ist eh nichts los. Und von den paar peoplen wird schon keiner die Kassa fladern.«

Da hatte Sepp leider recht. Nur vier Tische waren mit Hin-und-wieder-Gästen besetzt. Die üblichen, montäglichen Verdächtigen fehlten: Johnnie Walker, Schach und Matt, die Dog Lady, die Tarock-Runde 1 und natürlich Lisi und Elena.

Katie zog ihren kurzen Pferdeschwanz fester. Hatte sie eine Wahl?

»Ich nehme die linke Seite, Tisch 61 und 63. Du die rechte mit dem Hund.«

»Bist die Beste!« Sepps Gesicht hellte sich auf – und wie er sie so anlächelte, sah er tatsächlich süß aus, der kleine Seppl. Das war Katie noch nie aufgefallen. Wie alt mochte er sein? 22 Jahre? 23?

»Geteiltes Leid ist halbes Leid«, sagte er und fuhr sich mit der Hand durch sein schwarzes, kurzes Haar, das sich für zwei Sekunden verwegen gegen den Strich bog.

Doch geteiltes Leid war kein halbes Leid. Sie servierten und zerflossen beide. Auf Sepps Hemd zeichnete sich am Rücken ein dunkel-schwarzer Fleck ab. Katie selbst erging es nicht besser. Ausnahmsweise trug sie heute eines von Erwins weißen Marketing-Shirts, die das Schopenhauer-Logo über dem Herzen zeigten und die Erwin aus Kostengründen nur in einer Größe bestellt hatte: XXL. Trotz des weiten Schnitts schaffte es das T-Shirt, ihr ebenfalls am Rücken zu kleben.

Katie zupfte daran, um etwas kühlende Luft an ihre Haut zu fächern.

Was für ein Start in die Woche ...

I don't like Mondays!

Das war für Kennerinnen des Boomtown-Rats-Klassikers etwas übertrieben – Katie würde nicht Amok laufen –, aber es kursierte aus guten Gründen das Missverständnis, dass der Songtitel sich auf den ewig wiederkehrenden Sisyphos-Wochenstart bezog, was Katie heute tief aus der Seele sprach.

Sie flüchtete mit ihrem endlich leeren Tablett ins Schopenhauer und seinen erfrischenden 26 Grad. Sepp folgte ihr ein paar Momente später.

»Dein Lieblingsgast kommt«, behauptete er.

An einem Montag? *Garantiert nicht.* »Ich habe ausschließlich Lieblingsgäste.«

»Mah, Streberin! Hast du auch ausschließlich Lieblings*mitarbeiter*?«

Eine Antwort blieb Katie erspart, denn just in diesem Augenblick öffnete sich die Schopenhauer-Tür und ... Johnnie Walker trat herein. Er hob eine Hand samt Nordic-Walking-Stock und an der Hand den Zeigefinger. Ungeduldiger Ungustl.

»Er ist mein Lieblingsgast?«

»Wer weiß? Vielleicht stehst du auf ...?« Sepp hob den Zeigefinger, zwinkerte Katie zu und verschwand durch den Makramee-Vorhang hinter der Bar in die Küche.

Wieder ging die Schopenhauer-Tür auf: Schach und Matt kamen herein. Jetzt fehlte nur noch die Dog Lady, dann wäre der erste Schwung der Montagsrunde vollständig. Doch statt der Grande Dame trat keine zwei Minuten später jemand ganz anderes durch die Tür. Jemand Unverhofftes: ihr wirklicher Lieblingsgast!

El Sols Mundwinkel zuckte, als er zu Katie sah. Sein Kopf nickte zum Gruß, als er zu Schach und Matt schaute. Seine rechte Hand hielt den klobigen Aktenkoffer. Seine Füße trugen ihn zu Tisch 15. Völlig unaufgeregt. Als ob es das Normalste auf der Welt wäre. Um zehn vor vier. An einem Montag.

Verrückt. Geradezu blutdruckhebend. Katie wurde heiß. Oder hatte die Klimaanlage einen Aussetzer? Sie griff zum Saum ihres ... *Oh no.* Das T-Shirt!

Katie versuchte, es unauffällig in ihren Hosenbund zu stopfen. Leider unmöglich. Zu viel Stoff. *Shit.* Also raffte sie es zumindest an einer Seite zusammen, versuchte einen kleinen Knoten, scheiterte und steckte letztlich die zusammengedrehte Stoffwurst an der linken Hüfte in ihre Leinenhose. So hatte sie wenigstens ein bisschen Figur. Katie krempelte die Ärmel des T-Shirts hoch. Zweimal, dreimal. Mehr war aus dem Outfit nicht rauszuholen. Sie wünschte, sie hätte dem verflucht-bequemen T-Shirt niemals in ihrem Kleiderschrank Asyl gewährt. Sie wünschte, sie hätte Sepp nicht im Gastgarten geholfen. Sie wünschte, ihr Pony würde nicht an ihrer Stirn kleben. Jedoch: zu spät. Sie war einfach nicht vorbereitet auf ihren Lieblingsgast. An einem Montag.

Johnnie Walker hob erneut den Zeigefinger.

Sie wollte nicht, aber sie musste. Sie musste ihren sicheren Hafen verlassen und sich dem Gastraum stellen. Katie nickte Johnnie zu, zupfte an ihrem strähnigen Pony, extrahierte den Espresso, straffte die Schultern und servierte den Kleinen Brauen an Tisch 42. Das vertraute Kribbeln stellte sich mit jedem weiteren Schritt ein, der sie von Johnnie zu Schach und Matt und von dort zu ihrem lonesome Cowboy führte. El Sol kramte in seinem Aktenkoffer, hob allerdings sofort den Kopf, als Katie an seinen Tisch trat.

»Hi.« Zum ersten Mal war er schneller als sie. »Ziemlich warm heute.«

»Ziemlich«, purzelte es aus Katie heraus.
Sein Mundwinkel zuckte. »Wie sind Ihre Arbeitszeiten? Können Sie das *ziemlich* warme Wetter genießen?«
Hilfe, ein Gespräch! Und das übers Wetter …
»So *ziemlich* jeden Morgen. Ich beginne erst um 15 Uhr.«
»Dann haben Sie so *ziemlich* die Spätschicht.«
»Ziemlich genau.« Wie stupide, lächerlich und … erhebend war dieser Wortwechsel?
»Eine Melange?«
»Gern.«
Sein rechter Mundwinkel hob sich zu einem Harrison-Ford-Lächeln, das aufbrach und einige Zähne zur Schau stellte. Gut gereihte, wenig schiefe weiße Zähne. *Alles andere als schiach, liebe Elena.*
Tell me why I do *eventually* like Mondays a tiny, little bit? Nur a tiny, little bit.
Denn als Katie ihre Servierrunde machte, wünschte sie sich, El Sol würde so konzentriert an seinem Tablet arbeiten wie üblich. Doch das tat er nicht. Er beobachtete Schach und Matt, er begutachtete Johnnie Walker, er schien sich für den leeren Platz der Dog Lady zu interessieren – und er schaute zu Katie, als sie ihm die Melange brachte. Genauer gesagt: Er schaute ihr auf die Finger. Was keine guten Erinnerungen heraufbeschwor. Svens letzter Blick auf Katie war auf ihre Finger gefallen. Und danach war es aus gewesen. Ohne Vorwarnung.
Katie sah sich noch vor ihrem Laptop sitzen, damals vor zwei Jahren in der gemeinsamen Wohnung, in der Sven zuvor allein gelebt hatte. Hinter ihr trat Sven von einem Fuß auf den anderen und starrte über ihre Schulter auf den Bildschirm.
»Darum hast du mich aus der Arbeit gerissen?«
»Das ist das große Finale meiner Promotionsarbeit.« Katies Finger huschten über die Tastatur und tippten in großen,

fetten Lettern F-I-N-A-L-E über die Stichwortliste. »Die Schlussbausteine für die Conclusio.«

Sven seufzte. Nicht der jubelnde Beifall, den Katie sich gewünscht hatte. »Lass uns das morgen machen.«

»Das sagst du seit vier Wochen.«

»Ich muss halt arbeiten.«

»Und ich nicht?«

»Du studierst.«

»Und?«

»Du studierst für dich. Ich arbeite. In einer Firma. Das hat ein bisschen mehr Konsequenzen, wenn ich es vergeige.«

»Wie bitte?« Katie schossen die vielen Stunden in den Sinn, die sie mit *seiner* Promotionsarbeit zugebracht hatte. Sie hatte Korrektur gelesen, hatte mit Sven diskutiert, hatte es sogar nicht lassen können, hier und da für ihn zu recherchieren. Sie war gefühlt fünftausendmal mit ihm die Präsentation für seine Defensio durchgegangen. Mit Erfolg! Sven hatte summa cum laude bestanden, Bestnote. Und er hatte es geschafft, in der Traumbranche jeder Germanistin und jedes Germanisten einen Job zu ergattern: Er war als Lektor in einem Wiener Verlag eingestiegen. Allerdings nur mit einem Einjahresvertrag – mit Aussicht auf Entfristung, wenn er sich bewähren würde. Was dazu geführt hatte, dass Sven rund um die Uhr arbeitete. Und wenn er nicht arbeitete, musste er schlafen. Ergo: Das gemeinsame Kochen hatte aufgehört. Das gemeinsame Tanzen. Die gemeinsam besuchten Konzerte. Was geblieben war, war die Arbeit. Und nichts als die Arbeit. *Seine* Arbeit.

»Ist das echt das Zitat aus der TV-Beilage?« Sven deutete auf eine Zeile.

»Ja, es ist eine stark gekürzte Übersetzung. Die Ursprungsquelle ist das ›Revolver Magazine‹.«

»Macht es das besser?«

»Das ›Revolver‹ ist eines der größten Hard-Rock- und Metal-Magazine in den USA.«

Sven fuhr sich durch die Haare. »Ich geh jetzt wieder an meinen Schreibtisch.«

»Ohne Kommentar zum Aufbau meiner Conclusio?«

»Ich hab keinen Kopf für deine Teenie-These.«

»Teenie-These?«

»Katie, du analysierst Popsongs und versuchst daraus hochkarätige Literatur zu machen. Das ist Teenie-Scheiß! Das glaubt dir doch keiner! Ich hatte gedacht, dein Schluss würde etwas ... realistischer ausfallen.«

»Wie – realistischer?«

»Denkst du wirklich, ein Element-Of-Crime-Song ist literaturnobelpreisverdächtig oder verdient den Ingeborg-Bachmann-Preis?«

»Definitiv.«

»›Große Gedanken, kleines Gehirn. Einer kommt weiter und der hat dich gern‹?«, zitierte Sven und schnaubte abfällig. »Schau dir deine Quellen an. Das ist kaum dem wissenschaftlichen Diskurs angemessen.«

»Das ist überwiegend Literatur, die sich mit Popkultur auseinan –«

»Eine TV-Beilage?«

»Die Originalquelle ist das ›Revolver Magazine‹.«

Sven seufzte erneut. »Ich gehe an meinen Schreibtisch. Das macht mich alles fertig.«

»Dann kündige, Sven! Seit deinem ersten Arbeitstag gehst du auf dem Zahnfleisch.«

Katie erinnerte sich genau, wie Sven sich damals über das Gesicht gerieben, genickt und auf ihre Finger auf der Laptop-Tastatur gestarrt hatte. So wie El Sol jetzt. Ihre Finger waren das Letzte gewesen, was Sven von ihr angesehen hatte.

»Ja, ich werde kündigen«, hatte Sven gesagt. Tonlos. Erschöpft.

»Wann?«

»Montag.«

Damals hatte Katie wirklich geglaubt, er habe seinen Job gemeint. Doch er hatte ihre Beziehung angezählt. Er hatte *ihr* gekündigt. Sie hatte das zu dem Zeitpunkt nur noch nicht verstanden.

Sven fuhr an jenem Samstagabend heimlich zu seinen Eltern nach Niederösterreich – mit all seinen Arbeitsunterlagen. Er hatte einen Zettel geschrieben, sich aus der Wohnung geschlichen und aus ihrem Leben. Ohne ein Abschiedswort. Ohne eine Erklärung. Er sperrte ihre Nummer. Ließ sich verleugnen, als sie auf dem Festnetz seiner Eltern anrief. Immer wieder. Und während Katie am Montag darauf in der Abendschicht im Schopenhauer aushalf, war Sven in die Wohnung gefahren, hatte ihr Hab und Gut in Kartons verpackt, vor die Wohnung gestellt und die Schlösser ausgetauscht. Fertig. Aus. Ende. Fristlose Kündigung.

Katie hatte nie wieder mit ihm gesprochen und sie hatte nie wieder ihre Promotionsarbeit angeschaut. Denn wenn sie ehrlich war – und das sollte sie als objektive Literaturwissenschaftlerin –, dann war tatsächlich der Großteil ihrer Belege aus populär- und sogar pseudowissenschaftlichen Magazinen und Büchern entnommen. Und das machte keinen guten Eindruck. Sie hatte sich also nicht nur in Sven getäuscht, sie hatte sich auch in ihrer Promotionsthese getäuscht; in ihrer Idee, ihre heiß geliebten Songtexte auf ein literarisches Podest zu heben, um damit ihre eigene Lyrik-Leidenschaft zu legitimieren. Diese bittere Erkenntnis war in ihr Leben getröpfelt mit einem langen Blick von Sven auf ihre Finger …

»Danke für die Melange.« El Sol riss Katie aus ihren Gedanken. Sie hielt die Melange noch in der Hand, auf die er jetzt nicht mehr schaute. Im Gegenteil. Er schaute ihr in die Augen.

Katie zwang sich zu einem Lächeln und stellte die Kaffeetasse samt Wasserglas ab.

Wie lange hatte sie in der Bewegung innegehalten? Einen Moment, eine Minute, eine Stunde? Sie kam sich selten dämlich vor – und noch etwas dämlicher, als sie versuchte, die Situation zu überspielen, und ihr als Ablenkung nichts Besseres einfiel als: »Können Sie das Wetter bei Ihren Arbeitszeiten genießen?«

Ein Akt der Selbstsabotage. Was, wenn er nun erklärte, er sei Apotheker. Oder Psychopath. Oder –

»Ich kann dieses Wetter überhaupt nicht genießen. Aber ich genieße meine flexiblen Arbeitszeiten.« Sein Mundwinkel zuckte. »Und dass ich teilweise auch ortsunabhängig arbeiten kann.«

Er deutete auf sein Tablet. Auf dieses wunderbare, flache, rechteckige Stück Normalität. Er verriet nicht, was er von Beruf war. Vielleicht war es topsecret und er tatsächlich ein Geheimagent?

»Na dann, gutes Gelingen.«

»Danke.« Sein Mundwinkel wollte sich gar nicht mehr auf Normalniveau senken. El Sol hatte anscheinend einen *ziemlich* guten Montag.

Katies Herz hüpfte bei jedem ihrer 23 Schritte zur Bar. Erst ihre Reflexion im verspiegelten Gläser-Regal holte sie und ihr Herz auf den Boden der Tatsachen zurück: Oh no! Sie hatte vergessen, dass sie dieses Fass von einem T-Shirt trug.

Nicht perfekt, wie Lisi sagen würde. Ganz und gar nicht perfekt. Was für ein Achterbahn-Montag!

Und mit Lisi und Elena, die zehn Minuten später Seit an Seit ins Schopenhauer einfielen, wurde es nicht besser. Jedenfalls nicht zu Beginn. Da ging es rasant bergab:

»Wo ist unsere Dog Lady? Und was macht El Sol heute hier?« Lisi klang beleidigt. Sie kletterte auf ihren Barhocker.

»Ständig ist er vor uns da. Das wird langsam lästig! Wie sollen wir so –« Lisi verstummte. »Was trägst du da, Katie?«

Was für eine Begrüßung.

»Eine Schopenhauer-Uniform.« Ein schwacher Trost von Elena, die auf den Barhocker neben Lisi glitt.

»Eher Erwins Uniform, dem Volumen nach zu urteilen –«

»Mach dir nichts draus, Katie«, unterbrach Elena. »Sie will nur ablenken, damit sie uns nichts von ihrem Laufmaschen-Date vom Freitag erzählen muss.«

»Stimmt nicht.«

»Stimmt doch.«

»Na!«

»Do!«

»Na.«

»No na!«

»Kaffee?«, funkte Katie dazwischen.

Die beiden nickten.

»Was für ein Montag heute.« Lisi seufzte. »Katie, Darling, wären noch Schlagobers und Schokostreusel da?«

»Wenn du uns von Freitag erzählst«, erwiderte Katie.

»Genau! Sag schon: War es so schlimm oder so gut mit Mister Facility?«

Lisi verzog das Gesicht. »Beides.«

Ladys und Gentlemen, der Dramaqueen-Story-Modus ist aktiviert. Alle Widersprüche voraus!

Katie drapierte Sprühsahne und Schokostreusel auf jeden Kaffee.

»Super, danke!« Elena zog ihre Tasse zu sich. »Hat er die Laufmasche bemerkt?«

Lisi wirkte nicht begeistert. »Er hat sie sogar kommentiert – mit ›Rennstreifen‹ und ›Heißes Geschoss‹.«

»Also genau, wie du es wolltest, du heißes Geschoss«, sagte Elena. Doch Lisi blieb auf Drama eingestellt: »Ich wollte, dass andere Details meiner Kleidung darauf hindeuten. Ich wollte ein perfektes heißes Geschoss sein. Aber mit ihm passieren ständig solche Sachen.«

»Was für Sachen?«

»Na, depperte Sachen.«

»Depperte Sachen?«

Katie kam genauso wenig mit wie Elena, was bedeutete, dass Lisi bereits mitten in ihrem Dramaqueen-Element war.

»Es ist nicht perfekt.«

Elena und Katie sahen sich fragend an.

Katie machte einen neuen Anlauf: »Wie war dein Wochenende?«

Lisis Miene hellte sich auf. »Sehr weich.«

»Weich?«

»Ich bin fast nicht aus dem Bett gekommen.« Lisis Augenbrauen wackelten. Mit ihrem Löffel ertränkte sie das Schlagobers samt Streuseln in ihrem Kaffee.

»Das hört sich weniger nach nicht perfekt und deppert an«, sagte Katie, »sondern viel mehr nach … heißen Geschossen.«

»Es war also ein sehr gutes Wochenende?«, fragte Elena.

»Ich bin mir nicht sicher …«

Elena und Katie tauschten erneut einen Blick.

»Und warum nicht?«

»Es gab da so ein paar Begebenheiten …« Lisi rührte den ertränkten Schlag in den Kaffee ein.

»Lisi!« Wieso konnte sie ihre Storys nicht so berichten, wie sie ihren Patientinnen und Patienten von deren Befunden berichtete? Schonungslos, sachlich und straight. »Entweder du erzählst es oder du lässt es bleiben. Uns mit Andeutungen verhungern zu lassen, ist nicht fair.«

»Bin ganz Katies Meinung!«

»Kann ich noch einen Klecks Obers bekommen?« Lisi

konnte ausgesucht unschuldig gucken, wenn sie wollte. Ihre Augen wurden rund, ihre Wangen rot, ihre gespannten Züge weich. Nun gut, wenn Sprühsahne der Preis für eine gute Geschichte war, zahlte Katie ihn.

Und Lisi lieferte.

Auf ihre Art und Weise natürlich ...

»Zum Beispiel der Freitagabend.« Lisi löffelte die weiße Obershaube von ihrem Kaffee und genoss ihn ohne Umschweife. »Er holt mich ab aus dem Büro, sagt, er entführe mich jetzt zu einem besonderen Candle-Light-Dinner über den Dächern der Stadt.«

»Uuuh, romantisch!« Elena machte große Augen.

»Dachte ich auch. Aber dann führt er mich nicht aus dem AKH hinaus, sondern rüber in den grünen Bettenturm und hoch in den 21. Stock.«

»Warum?« Elena war immer ein dankbares Publikum. Nach wenigen Sätzen war sie so in der Geschichte gefangen, als säße sie im Kino und würde sich einen Hollywood-Blockbuster anschauen.

Katie schmunzelte. Der Aufwärtstrend ihres Achterbahn-Montags begann.

»Hab ich mich auch gefragt. – Er führt mich also rauf und in ein Mini-Ärztezimmer am Ende des Westflügels, im Eck.«

»Und?«

»Das war's.«

»Lisi!« Katie wurde ungeduldig.

»Das war das Candle-Light-Dinner über den Dächern von Wien. Das Dienstzimmer hat zwei Fenster, davor standen ein Tisch und zwei Sessel.« Lisi rührte in ihrem Kaffee. »Okay, er hatte Kerzen dabei. Okay, er hatte sogar leise Musik dabei. Okay, ich gebe zu, der Blick über die Stadt, die Dämmerung, die Sonne, die hinter dem Kahlenberg abtaucht – das war ein schöner Anblick. Und, okay, er hatte Sushi, Champagner, kandierte Erdbeeren dabei. Und sogar Stoffservietten. Aber wir waren im AKH! Das ist doch ... nicht so, wie es sein sollte, oder?!«

»Doc Why hat dich zu sehr verwöhnt mit seinen fancy locations«, meinte Elena.

»Es geht ja noch weiter.«

»Hört, hört!« Vermutlich würde es ewig dauern, bis Lisi zum Punkt kam. Katie ließ ihren Blick durch den Gastraum schweifen. Alle waren im besten Sinne bedient: Schach machte gerade einen Zug. Die vereinzelten Hin-und-wieder-Gäste unterhielten sich. Johnnie Walker nippte an seinem Espresso. El Sol schien fleißig zu arbeiten. Nur die Dog Lady war noch nicht aufgetaucht.

»Es war ja auch ... anregend.« Über Lisis Gesicht huschte ein Lächeln.

»Kommen wir jetzt zu den heißen Geschossen?« Elena grinste, nippte an ihrem Kaffee und strich sich mit Mittel- und Zeigefinger den Schlagobers-Kuss von der Oberlippe. Katie reichte ihr eine Serviette.

»Oh ja ...« Lisi seufzte, allerdings mehr gequält als erleichtert. Sie verzog erneut das Gesicht.

Oh, oh.

»So schlecht?«, fragte Elena.

»Nein, nein. Es war gut. Es war sehr gut.« Diesmal huschte ein Grinsen über ihr Gesicht und ihre linke Augenbraue zuckte. »Aber ...«

»Aber?«

»Dann war es weg.«

»Es?«

»Das Kondom.«

»Wie bitte?« *Durchhalten, Katie.* Ihre Hand griff zum Schwammtuch.

»Nun, wir haben uns ein anderes Platzerl gesucht. Es gibt

da die Ruheliegen für Ärzte ... Es war ja erst 22 Uhr. Er hat einen Generalschlüssel und –«

»Im AKH?«, platzte Elena dazwischen.

»Seht ihr, das ist schräg!«

»Definitiv.« Katie nickte.

»Wolltest du es?« Elena wurde skeptisch.

»Und wie! Das ist es ja gerade, was ich versuche, euch zu erklären.«

Katie fand den Halbsatz »versuche zu erklären« sehr euphemistisch.

»Es fängt harmlos an und urplötzlich kommt die Sache in Schwung und hört nicht mehr auf zu schwingen, bis das Ganze ins Absurde abdriftet. Genauso war es auch davor, an dem Tag, als der Drucker schwimmen lernte.«

Elena nickte. Auch Katie meinte zu wissen, worauf Lisi hinauswollte. Die erste Hürde im Dramaqueen-Storytelling war genommen.

»Zurück zum Kondom«, forderte Elena und Katie hatte das Gefühl, dass irgendetwas heute anders an Elena war. Nur was? Ohrring, Perlenkette, Rehaugen. Alles war da. Und doch ...?

Lisi beugte sich etwas vor und dämpfte die Stimme. »Wir sind also dabei. Alles prima. Sehr prima sogar.« Augenbrauen-La-Ola. »Es klingt aus. Mann ist erschöpft. Frau auch. Wir gehen auseinander und er sagt: ›Oh.‹«

»Oh?«

»Oh!«

»Oh, das Kondom ist weg?« Elena schlug sich eine Hand vor den Mund.

»Genau.«

»Wo ist es hin?«

»Stecken geblieben.«

»Geht denn so was?«

»Offensichtlich.«

»Oh!«

»Ooooh!« Lisi schüttelte leicht den Kopf und presste die Lippen aufeinander. Kurz fürchtete Katie, sie könnte anfangen zu weinen. Doch das Gegenteil war der Fall: Lisis Lippen kräuselten sich, Grübchen tauchten auf, ihre Lachfältchen am Auge hoben sich und dann spannte sich ein Lächeln von einem Ohr zum anderen. – So schlimm konnte es also nicht mit Mister Facility gewesen sein.

Lisis Strahlen färbte auf Elena ab, die ihre Hand sinken ließ, und sprang über auf Katie.

»An diesem Punkt war es, zugegeben, ganz praktisch, im Krankenhaus zu sein.«

Elenas Lächeln fiel. »Du musstest in die Gynäkologie?«

»Nein, ich habe festgestellt, dass Mister Facility handwerklich auf mehreren Feldern begabt ist.«

Katie ließ das Schwammtuch los.

»Nicht. Dein. Ernst.« Katie spürte, wie ihr der Mund offen stand.

»Ich bin Ärztin, ich weiß, wo die Kugelzangen liegen, die mit der abgerundeten Spitze. Damit hätte er mich nicht wirklich verletzen können. Und er weiß, wie man mit Zangen im Allgemeinen umgeht, darum –«

Katie lachte los. Es brach einfach aus ihr heraus. Es war kein schickliches Nasenlachen, sondern ein vibrierendes, schüttelndes Bauchlachen. Elena stimmte prustend mit ein. Lisi grinste und reckte stolz das Kinn. Schach, Matt und El Sol schauten zur Theke. Auch einige der Hin-und-wieder-Gäste drehten ihre Köpfe. Johnnie Walker starrte bemüht zum Fenster hinaus und Sepp, der gerade zur Tür hereinkam, blieb irritiert stehen und eilte dann zur Bar.

»Alles okay?«

Katie nickte und wischte sich vorsichtig ein, zwei Lachtränen aus den Augenwinkeln. Sie atmete tief durch, sah Lisi an und schüttelte leicht den Kopf. Diese Story wäre ausgezeichnetes Material für Elenas Schreibkurs, oder?

Neben ihr nahm Sepp sich ein großes Bierglas und füllte es halb mit Eiswürfeln, halb mit Wasser: Eiswasser. Sein Lieblingsgetränk im Sommer. Außerdem von Erwin als gratis fürs Personal erklärt.

»Was ist denn los?«

»Nichts für unschuldige Jus-Ohren.« Lisi zwinkerte ihm zu.

»Ich seh schon: Weiberkram.« Sepp wusste genau, wie er Lisi Kontra geben musste.

»Weiber?«

»Ich meine natürlich: Damen-Debatten.« Sepp deutete eine Verbeugung an und begann, zwei große Bier zu zapfen.

»Jajaja. Absolution erteilt.«

Hinter Lisi hob El Sol sein Portemonnaie.

»Ich geh kurz kassieren.«

Leider konnte Katie nichts dagegen tun, dass Lisi und Elena sich bei ihren Worten seitlich zur Bar drehten, um die 23 Schritte zu Tisch 15 mitverfolgen zu können. Katie schnalzte leise mit der Zunge. Das war ein Kaffeehaus und kein Laufsteg für den verzweifelten Versuch, Oversize-T-Shirts begehrenswert zu machen.

El Sol bekam davon nichts mit. *Ein Glück.* Er inspizierte seine Geldbörse und legte zwei Zwei-Euro-Stücke auf den Tisch, als Katie Schritt 23 vollendete.

»Stimmt so.«

»Danke.«

Sein Small-Talk-Trieb schien verflogen. Katie war sich sicher, dass das eine gute Sache war, nur fühlte es sich nicht so an …

Sie legte ungefragt den Beleg auf den Tisch und fummelte den Bondrucker gerade zurück in die Gürteltasche, da sagte El Sol plötzlich: »Sie haben ein tolles Lachen.«

Katie hielt inne. Mit der Hand noch am Bondrucker sah sie zu ihm, direkt in seine hellbraunen Augen. Einen aufgeregten Herzschlag lang. Dann senkte El Sol seinen Blick, um den Beleg im Portemonnaie zu verstauen.

Tell me why I *do love* Mondays!

El Sol hielt den Blick gesenkt, stand auf und griff zum Aktenkoffer.

»Ciao«, brachte Katie heraus.

Er nickte und ging.

Ihre Beine trugen sie automatisch zur Bar. Dass Sepp mit zwei großen Radlern ihren Weg kreuzte, registrierte Katie kaum.

»Und wie ist es weitergegangen?«, hörte sie Elena fragen. Es hätte nicht uninteressanter sein können.

»Samstag und Sonntag waren wir bei mir.« Lisi vollführte gleich zwei Augenbrauen-La-Ola-Wellen.

Elena giggelte. Katie löffelte mit klopfendem Herzen die Schlagobers-Reste, die noch nicht in ihrem Kaffee versunken waren.

Was für ein Montag …

»Du schaust verstrahlt aus, Katie.«

Statt zu antworten, trank Katie vom Kaffee.

»Dabei hat er den Mund ja wieder nicht aufgekriegt«, murrte Lisi.

»Und er zeigt nie seine Zähne.« Elena klickte mit dem Kaffeelöffel an ihre Schneidezähne.

»Vielleicht wäre Zahnärztin eine Jobalternative für dich?« Lisi ahmte Elena nach und ließ ihren Löffel ebenfalls an ihre Schneidezähne klopfen.

»Lächelt der nie?« Elena ließ sich nicht beirren.

»El Sol lächelt ohne Zähne, stimmt's, Katie? Wie spitzbübisch von ihm. Und schelmisch.«

Katie hörte kaum hin. In ihren Ohren wiederholte sich

der Satz des schelmischen Spitzbuben in Dauerschleife: *Sie haben ein tolles Lachen.*

»Unser Kursleiter hat wirklich schöne Zähne. Weiß und gerade. Wie aus der Werbung.«

Lisi sah Elena skeptisch an. »Kann er sich damit durch deine Hausübungen beißen?«

»Er nimmt sich jedenfalls Zeit dafür.«

»Ach ja?«

»Yes.«

»Nimmt er sich während des Kurses Zeit oder danach?«

»Manchmal bleibt er auch länger.«

Lisi setzte sich etwas aufrechter auf den Barhocker. »Und du?«

Elena zuckte nur mit den Schultern. Wieder fragte sich Katie, was heute anders an Elena war. Doch sie kam nicht drauf. Lisi anscheinend auch nicht, denn sie wechselte das Thema.

»Wisst ihr, was mich an Mister Facility stört?«

»Was?«, fragte Elena.

»Er zeigt mir seine Wohnung nicht. Das ist seltsam.«

»Hast du ihn darum gebeten?« Katie trank ihren letzten Schluck Kaffee.

»Eh. Er sagt, das sei sehr intim.«

»Das sagt er?«

»Mit anderen Worten.«

Aha. »Welchen Worten?«

»Er sagt, dass seine Wohnung«, Lisi deutete mit ihren Fingern Anführungszeichen an, »die Narben seiner Vergangenheit zeige und er befürchtet, ich laufe schreiend davon, wenn ich sie sehe.«

Elena legte den Kopf etwas schief. »Und? Würdest du?«

»Vielleicht.«

»Pff«, machte Elena.

»Vielleicht auch nicht.«

»Pff.«

»Ich meine, er ist so, wie er ist, aufgrund seiner Vergangenheit. Was kann da schon sein?«

»Vielleicht eine mumifizierte Leiche im Schaukelstuhl?«, erwiderte Katie.

»What?« Elena riss die Augen auf.

»Sehr witzig«, sagte Lisi.

»Psycho«, erklärte Katie. »Der Schwarz-Weiß-Film mit dem Messer und der kreischenden Frau unter der Dusche? Von Alfred Hitchcock.«

»Ach so!« Elena nickte und drehte ihren Kaffeelöffel zwischen den Fingern.

Da fiel Katie endlich auf, was fehlte: »Wo ist dein Notizheft?«

»Zu Hause.«

»Und was macht es da?«, fragte Lisi.

»Auf Inspiration warten.« Elena zuckte mit den Schultern und wandte sich zu Lisi. »Apropos Inspiration: Wie wusstest du eigentlich, dass Mister Facility auf dich steht?«

Gute Frage, dachte Katie und schaute zur leeren zweiten Sitzkoje links neben dem Eingang. Eine sehr gute Frage.

»Am Blick.« Lisi leerte ihre Kaffeetasse in einem Zug. »Da ist mehr in den Augen. Und er hat mir zu lange auf den Hintern gesehen.« Sie wackelte mit ihren Augenbrauen.

»Wie hast du das bemerkt?«

»Das spürt eine Frau.«

»Echt?«

»Quatsch.« Das hoffte Katie zumindest.

»Die vielen reflektierenden Oberflächen im Krankenhaus waren auch hilfreich.« Lisi zwinkerte ihnen zu. »Er hat zwei Sekunden zu lang geschaut.«

»Und wie lange ist normal schauen?«, fragte Elena.

»Normal? Ein Blick. Eine halbe Sekunde.«

Diese repräsentative Studie möchte ich sehen, dachte Katie.

»Apropos Popscherl.« Lisi wackelte wieder mit ihren Augenbrauen rauf und runter. »Wann kommt El Sol das nächste Mal? Ist montags jetzt dazugekommen oder hat er mit Mittwoch oder Freitag getauscht?« Sie fummelte an ihrer Handtasche. *Verdächtig.*

»Was hast du vor?«, fragte Katie.

»Nichts.«

»Raus mit der Sprache.«

»Ich finde einfach, du solltest ihn kennenlernen.«

»Das will ich aber nicht.«

»Ich finde, er sollte *dich* kennenlernen.«

»Das will ich noch viel weniger!«

»Wieso?« Lisi legte sich den Riemen ihrer Handtasche um die Schulter.

Katies Hände griffen automatisch zum Geschirrtuch. »Was, wenn er ein Idiot ist? Was, wenn er mich nicht …« Katie brach ab. Der Geschirrspüler war bereits ausgeräumt, also nahm Katie ein Glas aus dem Regal hinter sich. »Was, wenn er anfängt rumzunerven und mir meine Schicht verdirbt? Tag für Tag?«

»Dann werfen wir ihn raus.«

»Ihr zwei?«

»Wieso nicht? Sepp hilft uns allemal. Und wenn Erwin erfährt, dass dich jemand vom Arbeiten abhält, kriegt El Sol im Nullkommanix Hausverbot.«

»Ja, klar …« Katie rieb weiter über den tadellosen Glasrand.

»Stimmt's, Elena?«

Zwei gegen eine.

»Stimmt! Du bist nicht allein, Katie. Wir stehen zusammen und lassen uns nicht von den Männern an unserer Entfaltung hindern. Mach, was *dir* guttut!«

Lisis Augenbrauen zogen sich zusammen. Sie warf Elena einen strengen Blick zu und rutschte vom Barhocker.

»Ich muss gehen, Ladys. Danke für den Kaffee, liebe Katie. Und du, liebe Elena, kriegst eine inspirierende Hausübung von mir: Geh nach Hause, zünde eine Kerze an, trink mit Sebastian a Glaserl Wein und schau ihm in die Augen. Mindestens zwei Minuten lang. Capito?!«

An die Bar ...

Erwin kam aus der Küche, als Katie am Mittwoch ihre Schicht begann. Zuerst schob sich sein Bauch durch den Makramee-Vorhang, dann folgte der Rest von ihm. Erwins Bauch war kugelrund und sah so fest aus, als hätte er einen Fußball verschluckt. Über seinem Kugelbauch spannte sich ein weißes Schopenhauer-T-Shirt, das links und rechts flankiert wurde von seinem »Lieblingsstück«: einer dünnen, braunen Lederweste, die er immer trug, aber nicht über seinem Fußball schließen konnte. Auf Katie wirkte er wie ein Cowboy in Rente. Erwin war groß, Anfang 60 und hatte Hände, mit denen er Fässer hätte rollen können. Die spärlichen Haare an den Seiten trug er kurz abrasiert. Er erinnerte Katie ein bisschen an Hoss von »Bonanza« ... Was Erwin jugendlich und dynamisch hielt, waren seine Turnschuhe und seine regelmäßige Teilnahme an Fortbildungen der Wirtschaftskammer.

»Zehn vor drei. Immer a bissl vor da Zeit. Des lob i mir, Dirndl.« Erwin klopfte ihr im Vorbeigehen väterlich auf die Schulter.

Dirndl. Erwin war ein Alt-Herr wie er im Buche stand. Wenn er in diesem Moment einen Herzinfarkt erlitten und stante pede das Schopenhauer hätte übereignen müssen, hätte er es Sepp überlassen. Ohne Zweifel. Obwohl Sepp nur der Piccolo war und Katie seit Jahren die Spätschicht schupfte; einzig aus dem Grund, weil Sepp der Mann war und Katie die Frau.

»Und, is ois gut abg'rennt mit dera Stadtführungs-Gruppn?«

»Du hast davon gehört?«

»I schau ma die Kassazettln an, Dirndl. Und i hob des jo arrangiert.« Er griff sich stolz an die offenen Seiten seiner Weste.

»Toll.« Katie setzte ein Lächeln auf.

»A neiche Zielgruppenakquise.«

Ah ja. Seine letzte Fortbildung hatte ihn von März bis Juli auf Trab gehalten: operatives Marketing. Das Thema schien ihn nicht mehr loszulassen. Erst die vielen XXL-T-Shirts, jetzt Touri-Gruppen.

»Servus, Erwin.« Sepp gesellte sich zu ihnen und füllte sein Halbliterglas Wasser mit Eis auf. »Hast du dich vom Spiel erholt?«

»Hör auf! Woa a Katastrophe. Zum Genieren! Gut, dass des nur an Testspiel woa.«

Fußball. Das wäre ein weiterer Grund, warum Erwin das Schopenhauer an Sepp übereignen würde: Damit das Kaffeehaus in Rapid-treuen Händen blieb und die Geschäfte ja nicht von Austria-Aktivisten besudelt werden könnten. *Männerbünde.*

»Katie, sog amoi, kenntst du am Wochenende höfn?«

»Mich brauchst du nicht zu fragen, ich bin auf dem Electric Love.« Sepp wandte sich zu Katie. »Ich hätte noch ein Ticket. Wenn du Lust hast?«

»Electric Love? Wos is des? A Vibrator-Messe?« Erwin lachte.

Sepp verdrehte die Augen. »Ein Festival, Erwin. Ein *Musik-*Festival. Woodstock, you know?«

Erwin winkte ab. »Alsdann, Dirndl? Kannst ma aussehöfn aus dera Patschn? I waß wirklich ned mehr, wie i weitertun soll.«

Erwin spielte die emotionale Karte. Darin war er Meister. Aber diesmal war Katie gewappnet. Sie dachte an Karl Marx, der sich in seinem Sarg unterirdisch um die Welt walzte, und ahnte, dass Erwin bislang niemand anderen gefragt hatte, weil er in diesen Angelegenheiten immer sie als Erste ansprach.

»Stimmt es, dass du eine dritte Bar aufmachen willst und darum ... du weißt schon?«

Sepp wurde hellhörig und trat einen Schritt näher.

»Geh du amoi die Tisch draußen zurechtrucken, Bursche.« Das war nicht sehr subtil.

»Die Tische?«, fragte Sepp.

»Sog i do!«

»Die Tische stehen einwandfrei.«

»Hearst, sei einmal leiwand und tua, wos ma da sogt.«

Sepp verkniff sich einen weiteren Kommentar und ging kopfschüttelnd hinaus in den Gastgarten. Mit seinem Eiswasser. Die Tische würde er garantiert nicht anrühren, da war sich Katie sicher.

Erwin drehte sich ihr zu und senkte die Stimme. »Des mit der dritten Bar, des woa amoi der Plan. An der Jörgerstraße. Vielversprechendes Objekt. Leiwand. Oba des spielt's ned mehr.«

»Dann kannst du mir ja die Überstunden ausbezahlen.«

»I hob jetzt an neichn Plan.«

»Aha.«

»Wia miassn da herinnan renovieren.«

»Hier?«

Erwin nickte.

»Im Schopenhauer?«

»Jo eh. Des muass ois nei gmocht werdn. Komplettes Refresh des Konzepts. Des behirn i grod. Marktpotenzial, Segmentierung, Unique Selling Point, verstehst? I bin noch bei der Analyse: Olterssegmente im Grätzl, dominierende Milieus, Verbraucherverholtn und des ollas.«

Erwins Blick glitt von Tisch zu Tisch. Durch die großen Fenster erahnte man die Hin-und-wieder-Gäste, die im Schanigarten saßen. Drinnen arbeiteten fünf Laptop-Nomaden, die sich über den Schankraum verteilt hatten. Vom Mittwochnachmittags-Rudel waren die Tarock-Runden 1 und 2 sowie Johnnie Walker bereits da. Schach, Matt, die Bargesellschaft sowie die Dog Lady fehlten noch. Und El Sol. Der fehlte auch noch.

»Du siechst jo, wia san lang ned an unserer Auslastungsgrenze. Des Potenzial is ned ausgeschöpft.«

»Das bedeutet jetzt was?«

»Doss wia a wengal mea renovieren miassn. Mea an Umbau – im konzeptionellen Sinne. Doa miass ma einebuttern in unsa scheenes Schopenhauer.«

»Und was bedeutet das für mein Überstundenkonto?«

»Doss i ... du waßt scho: knopp bei Kassa bin. *Noch*. Ned mea long. Die Gespräche auf da Bonk rennen. Ka Sorg. Die verstehen des a, doss Investitionen der Motor fürn Erfolg san.« Erwin griff sich wieder an seine Lederweste. »Man muass eben mitgehn, sich ändern, die Dinge optimieren. Innovation, des ist des Schlüsselwort. Innovation!«

Katie dachte an den Vintage-Schreibtisch und fragte sich, was am Schopenhauer geändert werden sollte oder überhaupt *optimiert* werden könnte. Dass die Hälfte der Plätze wie so oft unbelegt war, fand Katie charmant. Das machte das Schopenhauer aus. Wer vollgestopfte Räume wollte, ging ins Café Maynollo.

»Was willst du denn genau ändern?«

»Des is ois noch ned austüftelt. I denk do an an Ort der Begegnung fürs Grätzel, an a Oat Hoamat. So wos.«

»Das sind wir doch schon.«

»Ja eh, owa des muass gschärft werdn. Wia kunterten a bisserl peppiger sein. Traditionell, eh. Owa mit an Stückl mea Pepp. Um neiche Zielgruppen zu erreichen.«

»Pepp?«

»Pepp! I denk do an Fass-Prosecco, Gin Tonic, an neichn Anstrich, vielleicht a Discokugel, a güldene.«

Das klang nicht nach Pepp, sondern nach Bobo. Das klang nach Maynollo-Brunch-Samstagen und -Sonntagen, nur eben in einem Raum mit Thonetstühlen und exorbitanter Deckenhöhe.

»Fort mit dem Billjatisch, her mit der Musi«, zählte Erwin weiter auf.

»Musik?« Katie schnappte nach Luft.

»Jo kloa, des lockert auf, schafft Atmosphäre. Owa des lass ruhig meine Sorge sein, Dirndl. Wos is mitm Wochenende? Kannst am Samstoag um zehne do sein? Oder soll i en Samir sogn, du kummst erst z' Mittag? Des würd si a no ausgehn.«

»Nein, sorry.«

»Wos?«

»Ich kann nicht einspringen.«

Erwins Lächeln fiel. »Dirndl, ich zöö du auf di.«

»Weißt du ... Deine Idee mit dem Schopenhauer ... Also ... Ich kann nicht einspringen, weil ... Ich muss meine Doktorarbeit schreiben. So ist das.«

Katies schlechtes Gewissen meldete sich mit einem leichten Ziehen an der Schläfe und dem ungemütlichen Wort »Lüge«. Aber vielleicht bekam sie auch nur Kopfschmerzen, weil sie bis auf zwei Tassen Kaffee heute kaum etwas getrunken hatte. Katie füllte ein Glas mit Leitungswasser und nippte daran.

»Wie long hackelst' schon bei mia, Dirndl? Fünf Joahr? Und wie long tüftest schon an deina ominösn Arbeit? Auf ein, zwei Tog mehr oder weniger kummt des ned mehr an.«

»Tut mir leid, Erwin. Ich würde dir gern den Gefallen tun, allerdings muss ich ... jetzt mal vorankommen. Mit der Promotion.«

Die Worte und das Glas Wasser schienen das Ziepen in ihren Schläfen nicht zu lindern.

»Owa Dirndl!« Erwin seufzte. »An jeda braucht sein Traum. Die Doktorarbeit is dei Traum. Schau, i wollt a immer Gedichteln veröffentlichen und an Buachladen aufsperren und Lesungen geben. Manchmal tram i no davon. So ist des mit die Träume.« Er tätschelte ihr den Rücken, als ob sie Liebeskummer hätte. »Alsdann, beholt dein Traum und hackel am Wochenende. Wenigstens am Sonntag?«

»Nein, tut mir leid.« Gedichte waren schon ein anderes Kaliber als eine Promotionsarbeit, oder? Wieder dachte Katie an den entzückenden Vintage-Schreibtisch.

Erwin sah sie überrascht an. »Mah, owa Katie-Kind?«

»Du kannst mich fragen, nachdem du mir die Überstunden ausbezahlt hast.«

Lisi wäre stolz auf sie! Katie freute sich jetzt schon darauf, ihr davon zu berichten.

Doch als Lisi eine knappe Stunde später ins Schopenhauer trat, verpuffte Katies Vorfreude.

Erwin war gegangen, mit einem Kopfschütteln, mit seinen Händen auf dem Bauch und ohne einen Abschiedsgruß. *Oh weh.* Katie hatte gerade der Dog Lady ihren Kapuziner gebracht und Matt mit einem Schulterklopfen ermutigt, da flog die Kaffeehaustür auf und Lisi zerrte Elena hinter sich her über die Schwelle des Schopenhauers.

Katie stand an Tisch 5 neben Matt und warf einen Blick auf die große Uhr über der Eingangstür. *Viertel vor vier?*

»Ich hab's dir ja gesagt!« Lisi schob Elena mit einer Hand auf dem Rücken vorwärts. Ihr Lächeln für Katie wirkte wie angetackert. Unbeweglich und steif. – Da stimmte etwas nicht! Lisi sah zerzaust aus. Wirkte gehetzt … Dann erkannte Katie, was sie irritierte: Lisis grüne Seidenbluse mit den eleganten Perlmuttknöpfen schien ungebügelt. Leicht zerknittert. Und das bei Misses Perfect?

»Wir sind heut etwas eher«, flötete Elena, winkte und stolperte nach links, wohin Lisi sie zog.

Was ging hier vor?

Die beiden steuerten nicht die Theke an, sondern setzten sich in eine Loge ans Fenster. Genauer: in die zweite von links neben dem Eingang. An Tisch 15!

Katie eilte zu den beiden. »Was ist hier los?«

»Er kommt!«, flüsterte Elena in einem piepsigen Ton.

Katie drehte sich zur Tür. Und da stand er: El Sol. Er schaute überrascht zu seinem Stammplatz. Lisi hob grüßend die Hand. Elena errötete.

»An die Bar mit euch«, zischte Katie den beiden zu.

Elena machte große Augen. Lisi schüttelte den Kopf. »Geht nicht.«

»Warum nicht?«

»Unser Platz wird gerade besetzt.«

Wieder drehte sich Katie um und sah zur Theke, wo El Sol seinen Aktenkoffer neben einem Barhocker abstellte.

Es hieß, das Herz rutsche einem in die Hose, aber das stimmte nicht. Nicht in Katies Fall. Ihr stieg das Herz zu Kopf – so deutlich spürte Katie ihren Herzschlag in den Ohren wummern, was den Kopfschmerz in ihren Schläfen befeuerte.

Sie wandte sich an die beiden Teufelinnen. »Ich berechne euch heute das Dreifache!«

Lisi reckte das Kinn. »Passt scho. Wir nehmen jede eine …«, sie machte eine kleine Kunstpause, um das nächste Wort mit einer dunklen Möchtegern-Schlafzimmer-Stimme zu betonen, »… Melange.«

Katie presste die Lippen aufeinander. Sie atmete tief durch die Nase ein und aus. Es nützte wenig.

»Das ist echt …!« Ihr fehlten die Worte.

»Du schaffst das schon«, sagte Lisi ungerührt und setzte sich aufrechter hin, als ob ihr jemand einen Orden anstecken wollte.

»Du bist nicht allein!«, flüsterte Elena und hob eine geballte Faust.

Katie ließ die Verräterinnen ohne ein weiteres Wort sitzen und ging zur Bar. Hinter den Schanktisch. Zu El Sol.

Sie sprach sich bei jedem der 23 Schritte ein »Om Shanti« zu. Om Shanti, diese Idiotinnen! Om Shanti, sie war nicht allein. Om Shanti, was auch immer jetzt passieren würde, sie hätte eine schöne Zeit mit ihm gehabt. Mit ihrem lonesome Cowboy. Ihrem Secret Agent Man. *Om Shanti. Om Shanti. Om Shanti!*

Katies Herzschlag beruhigte sich dadurch zwar nicht, aber zumindest hämmerte er nicht weiter in ihren Ohren, sondern sank trommelnd zurück in ihre Brust. Da, wo er hingehörte. Was immerhin den Kopfschmerz etwas besänftigte.

»Hi.«

Ein Herz-Drum-Solo zum Auftakt, als sie El Sol an ihrer Bar begrüßte. Seine hellbraunen Augen waren ungewohnt nahe. Der Perspektivwechsel bescherte Katie feuchte Hände. Er saß so … auf Augenhöhe. Sonst konnte sie immer auf ihn herabsehen – natürlich ohne wirklich auf ihn herabzusehen. Jedoch hatte das eine Distanz geboten, mit der es das bisschen Holz namens Theke zwischen ihnen nicht aufnehmen konnte.

»Heute scheint es einen Platztausch zu geben?« Sein rechter Mundwinkel zuckte.

»Das machen die beiden mit neuen Stammgästen. Da müssen alle irgendwann durch.« Katie zuckte mit den Schultern und hoffte, es würde lässig und unaufgeregt wirken. Auf jeden Fall würde sie sich nicht für die beiden entschuldigen.

»Eine Melange wie immer?«

»Heute muss es ein Kleiner Brauner sein.«

Katie nickte, wandte sich zur Espressomaschine und spürte, wie El Sol sie beobachtete. Gepriesen sei die Routine! Ihre Hände arbeiteten wie von selbst. Zwei Melange für die Verräterinnen. Ein Kleiner Brauner für ihn.

»Und? Ist heute ein guter Tag?« El Sol beugte sich etwas vor, um zum Ende der Prozedur das Brausen des Milchschäumers zu übertönen.

»So mittel.«

»Mittel?«

Katie schob ihm die kleine Tasse, das Miniatur-Kännchen voll heißer Milch und ein Glas Wasser über die Theke zu.

»Ich zögere, ›grausam‹ zu sagen. Und Ihrer?«

»Grausam.«

Katie lachte ein leichtes, schickliches Lachen. Sein Harrison-Ford-Lächeln tauchte auf. Das war gut. Er goss sich etwas Milch in seinen Espresso und Katie wischte ihre feuchten Hände unauffällig an ihrer Hose ab.

»Kann ich Ihnen sonst noch etwas Gutes tun?«

Sein Blick schnellte hoch in ihre Augen. Katie spürte, wie ihr das Blut in die Wangen schoss.

»Whisky, Apfelstrudel?« Sie griff zur Dose mit den Schokostreuseln und hob sie demonstrativ hoch. »Schokostreusel zum Aufhellen des Tages?«

El Sol schmunzelte. »Nein danke.«

Er hob die Tasse an die Lippen, setzte an und stellte sie sofort wieder ab. Zu heiß – garantiert. Er schien ebenso nervös zu sein wie sie. Und damit bestätigte sich erneut, dass geteiltes Leid kein halbes Leid war, denn das machte sie nur noch nervöser.

Katie warf einen Blick an ihm vorbei zu Tisch 15. Seinem eigentlichen Platz. Dort machte Elena irgendwelche Handzeichen in die Luft. Das durfte doch nicht wahr sein. *Diese beiden!* Katie griff zu einem Tablett.

»Bin gleich zurück.«

Sie brachte die beiden Melange in die feminine Vorhölle.

»Was habt ihr euch dabei gedacht?«

»Sollen wir dich retten? Ist er nett?«, fragte Elena atemlos.

»Es ist zu deinem Besten«, sagte Lisi kühl. »Du solltest seine Ecken und Kanten besser früher als später entlarven. Bevor es zu spät ist.«

»Ich finde, es rennt super!« Elena grinste. »So schaut es zumindest aus.«

Zwei gegen eine.

Katie machte auf dem Absatz kehrt. Sie hatte 23 energische Schritte Zeit, um sich zu beruhigen und sich auf *business as usual* einzustellen. Schließlich war das hier ihr Revier. Sie war über 30 Jahre alt; sie war keine Zahnspange tragende, pickelige Teenagerin. Sie würde sich nicht verunsichern lassen. Basta!

… Wenn El Sol nur nicht so unverschämt gut aussehen würde. Sogar von hinten.

Seine braunen Haare liefen in Stufen geschnitten im Nacken zusammen. An den Schultern spannte sein schwarzes Hemd minimal, was athletisch und kräftig aussah. Das Hemd verschwand unter einem schicken, schwarzen Gürtel in seiner schicken, schwarzen Anzughose, von der Katie sich fragte, ob …

Sie war schneller an der Bar, als gedacht.

Okay. Ruhig Blut. Om Shanti. *It's business as usual.*

Katie griff zum Filterkaffee, schenkte sich eine Tasse ein und ließ möglichst lässig den Blick durch das Schopenhauer schweifen. Sie sah, wie Lisi und Elena sich hinter El Sol die Hälse verrenkten, um besser sehen zu können. *Tja, sein Rücken ist eben breit, meine Damen.*

»Und was trübt Ihren Tag?«, fragte El Sol, was es unvermeidlich machte, erneut in seine hellen, braunen Augen zu sehen. Was so gar nicht *business as usual* war. Das war *business as unusual*. Ihr aufgeregt schlagendes Herz war das Einzige, was in dieser Situation *not unusual* war.

Not unusual?

Oh, oh.

Ein viel zu bekanntes *Dü-bedü, Dü-bedü* bohrte sich in Katies Gedanken. Ein mitreißender Songauftakt aus Trompete, E-Gitarre und einem fingerschnipsenden Tom Jones.

Nur war »Dü-bedü« keine geeignete Antwort auf El Sols Frage, was ihren Tag trübte.

»Ich kann es nicht leiden, wenn die beiden das tun.«

»Was tun?«, fragte er.

Sich einmischen, dachte Katie, sagte jedoch stattdessen: »Anderen Stammgästen den Platz wegnehmen und sich darüber amüsieren.«

»Sich amüsieren?« El Sol drehte sich auf dem Barhocker um.

Es war köstlich zu sehen, wie Lisi und Elena ertappt zusammenzuckten. Wie Lisi sofort ihren Blick auf den Tisch senkte und Elena ihr Wasserglas umstieß, Lisis Handtasche flutete und beide hektisch danach griffen, was wiederum Lisis Melange in Gefahr brachte.

Dü-bedü. Dü-bedü.

Die Schadenfreude stand Katie offensichtlich ins Gesicht geschrieben, denn El Sols Mundwinkel zuckte verdächtig.

»Rache kann so süß sein.«

Wieder trafen sich ihre Blicke.

Das könnte man als Kompliment verstehen …

In Katies Ohren wurde das »Dü-bedü« von Tom Jones' markanter, jeden Ton aussingender Stimme abgelöst, die daran erinnerte, dass nichts daran ungewöhnlich war, sich mit jemandem gut zu unterhalten. *It's not unusual …*

Katie räusperte sich. »Sie können hier ruhig arbeiten.«

»Danke, aber ich könnte erst mal etwas Ruhiges vertragen, bevor ich arbeite.«

Er schien ein Faible für Wortspiele zu haben. Katie mochte das. Sehr.

Dü-bedü. Dü-bedü.

»Sie sind nicht von da, oder?«, fragte El Sol. »Also aus Wien?«

Oje. Die Standardfrage aller Österreicherinnen und Österreicher, sobald jemand nicht mit dem einheimischen Sound sprach.

»Nein, aus Deutschland.« Katie fügte »Aus Nordrhein-Westfalen« hinzu, um ihm die stets folgende Anschlussfrage, woher denn genau, abzunehmen.

»Und was hat Sie hierher verschlagen?«

Standardfrage Nummer zwei. Die Tom-Jones-Beats in Katies Kopf verstummten.

Katie hatte aufgehört zu zählen, wie oft sie ihr »Überlaufen« nach Felix Austria rechtfertigen durfte. Hatte sie in den ersten Jahren mit »Die Liebe« geantwortet, sagte sie inzwischen – so wie jetzt –: »Das Studium.«

El Sol nickte. »Ja, das passiert so einigen.« Er fuhr kurz mit dem Zeigefinger die Maserung der Theke nach. »Und Sie sind geblieben?«

»Offensichtlich.« Katie trank von ihrem Filterkaffee.

»Das passiert nur den Besten, die sich mit dem Mentalitätsunterschied arrangieren.« El Sol nippte an seinem Kleinen Braunen. Ihr gegenübersitzend. Ohne Tablet. Mit gezücktem Mundwinkel. Als ob sie sich auf einen Kaffee verabredet hätten.

Ein leises *Dü-bedü. Dü-bedü* kehrte in Katies Gedanken zurück.

»Mir kommt die Mentalität sehr entgegen.«

El Sol zog die Augenbauen hoch. »Jetzt bin ich gespannt, wie Sie das meinen.«

»Ich genieße das Gemütliche, dass nicht alles sofort in Stein gemeißelt wird.«

»Das Wiener ›Erst mal zuwarten‹?«

»Genau. Ein Kerniges: Schaumamal, dann sehn ma scho. Ich mag es, Dinge zu planen, ohne gleich alle Details festzurren zu müssen und mich davon versklaven zu lassen.«

El Sol zwinkerte ihr zu. »Immer noch eingeschrieben?«

Oh.

Katie spürte, wie ihr Gesicht warm wurde. Sie wollte nicht, dass er denselben Eindruck von ihr bekam, den Erwin von ihr hatte: eine gescheiterte Langzeit-Promotionsstudentin, die lieber die horrend hohen Langzeitstudiengebühren zahlte, als sich einzugestehen, dass sie niemals ihre Doktorarbeit abgeben würde. Eine hoffnungslose Prokrastiniererin, die in ihrem Studentenjob kleben geblieben war. Unterbezahlt und abgespeist mit der Illusion, so ein Vollzeit-Studentenjob würde mehr Zeit und Energie freilassen, um nach Dienstschluss an der Promotion zu arbeiten.

Nein, dieses Bild wollte sie auf keinen Fall abgeben! Besser war es, zum Konter auszuholen. Auch wenn es ein gefährlicher war ... Dieses Gespräch hier konnte alles verändern. Aber war nicht schon alles anders?

»Was machen Sie beruflich? Hellseherei?«

El Sol lachte. Seine Stimme wurde tiefer dabei. Sehr interessant, fand Katie. Sehr kribbelig.

»Nein, ich arbeite im Beratungsbereich.«

»Menschen, Firmen oder Regierungen?« Er *könnte* wirklich ein Spion und Geheimagent sein.

»Eher Menschen.« Sein Harrison-Ford-Lächeln war verführerisch. Katie wollte mehr davon. Von seinem schiefen Lächeln. Von seinen hellbraunen Augen. Von seinen Wortspielereien. Von ...

Oh, no.

Katies Herz hüpfte abermals hoch in ihre Ohren, doch diesmal blieb der Kopfschmerz aus. – Sie mochte ihn *tatsächlich*! Nicht nur den Tagtraum von ihm. Sondern ihn! Wie er hier saß, auf Augenhöhe, eine Armlänge von ihr entfernt.

Konnte das gut gehen? Es war noch nie gut gegangen …

El Sol sah sie aufmerksam über seine Espresso-Tasse hinweg an. Katie räusperte sich noch einmal. »Sie beraten also Menschen?«

Er nickte.

»Sind Sie Psychologe?« Die Palette an Menschen, die Menschen mit Beratungen behelligten, war lang.

»Nicht direkt.«

»Autohändler?«

Wieder lachte er. Wieder hüpfte Katies Herz.

»Nein, es geht eher in die Richtung Lebensberatung.«

Katie mochte es, wie er ein kleines Geheimnis darum machte.

Dass sie ihn weiter unverwandt ansah und anlächelte, wurde ihr erst bewusst, als El Sol ihr erneut zuzwinkerte und danach seinen Blick auf die Espressotasse in seiner Hand senkte.

Wie peinlich!

Katie nahm noch einen Schluck von ihrem Filterkaffee und begutachtete dabei sicherheitshalber das Holz der Bar. – Was auch immer ihn hierher ins Schopenhauer verschlagen hatte, es musste eine durch und durch gute Sache sein, oder?

»Sind Sie neu im Grätzel?«, fragte Katie.

»Ich arbeite schon seit einigen Jahren in der Nähe.«

Katie nickte. Um ihn nicht anzustarren, glitt ihr Blick an ihm vorbei. An Tisch 42 hob Johnnie Walker seinen Zeigefinger, an Tisch 5 schüttelte Matt seinen Kopf und in der zweiten Sitzkoje links vom Eingang hatte Lisi den Kopf auf ihr Kinn gestützt und starrte zu Boden, während Elena ihr über den Rücken strich.

Ach herrje! Was hatte das zu bedeuten?

»Entschuldigen Sie mich.« Katie griff zur Schokostreuseldose.

Zuerst kassierte sie Johnnie ab, dann stand sie vor den beiden Stammplatz-Betrügerinnen. »Was ist hier los?«, fragte sie.

Sie sah, dass Elenas Melange zur Hälfte getrunken war, während Lisis Tasse unangetastet auf dem Tisch stand. Der Milchschaum war im Begriff, sich aufzulösen. Hier und da trieben vereinzelte weiße Flocken wie Cumulus-Wolken auf ihrem Kaffee. Katie schüttete Schokostreusel darüber. Ein schnelles Trostpflaster, damit sie zurück an die Bar konnte.

»Lisi war in der Wohnung«, sagte Elena und strich weiter über Lisis Rücken.

»Ich habe die Ecken und Kanten zu spät entlarvt ... viel zu spät«, brummte Lisi.

»Wohnung? Wessen Wohnung?« Katie stellte die Schokostreuseldose auf den Tisch, setzte sich jedoch nicht zu den beiden, sie blieb stehen. Dienstanweisung von Erwin – und sie wollte El Sol nicht das Gefühl geben, er wäre weniger wichtig. Oder so.

»Mister Facilitys Wohnung.« Elenas Hand auf Lisis Rücken hielt inne. »Komm, jetzt erzähl, Lisi.«

»Ich hab ihn überrumpelt ...« Lisi stockte.

»Okay«, sagte Elena leise. »Weiter.«

»Habe ihm gesagt, ich will seine Narben sehen.«

»Du hast solche Neuigkeiten und setzt dich nicht an die Bar?« Katie stemmte ihre Hände in die Hüften. »Lisi!« Sie atmete einmal tief durch. »Okay. – Und? Was hast du entdeckt?«

Wenn sie das Dramaqueen-Storytelling vorwegnehmen würde, käme Lisi vielleicht schneller zu den Fakten. Schließlich konnte Katie nicht ewig an Tisch 15 stehen. Ihr Platz war hinter der Bar. »Gab's dort eine Leiche im Schaukelstuhl?«

»Ja.«

Damit hatte Katie nicht gerechnet. »Wie bitte?«

»Aber nicht mumifiziert.«

»Wie jetzt?«

»Er hat eine Leiche im Keller – das sagt man so.«

»Meine Güte, Lisi!« Katie sollte sich nichts vormachen. Es war Lisi! Sie würden um das Storytelling nicht herumkommen …

»Was für eine Leiche ist es denn?«, fragte Elena weiterhin mit gedämpfter Stimme und einer Hand auf Lisis Rücken.

»Eine Familienleiche.«

»Also doch Psycho.« Katie verdrehte die Augen. Alfred Hitchcock und Lisi hätten sich gewiss viel über Spannungsbögen zu erzählen gehabt …

»Die Mutter ist nicht die Leiche. Er hat eine Frau.«

Autsch.

»Never!« Elena riss die Augen auf und tauschte einen Blick mit Katie. Sie konnten sich beide gut an die Demaskierung von Casa Pequeña erinnern. Wie Lisi von einer Ehefrau und drei Kindern berichtet hatte, von einem Haus mit Swimmingpool und davon, dass Señor Casa Pequeña überhaupt kein Problem in dem Arrangement sah, seine Frau zu lieben und Lisi zu vö–

»Oh nein …« Elena drückte Lisis Arm.

»Oh doch …« Lisi betrachtete die Schokostreusel im davonziehenden Milchschaum-Wolkenmeer ihrer Melange. »Er hat eine Ex-Frau.«

Ex!

»Meine Güte, Lisi!«, zischte Katie. Alfred Hitchcock war ein absoluter Beginner im Vergleich zu ihrer Freundin. Spannung? Suspense? Hier saß die Meisterin!

»Und die Ex-Frau liegt jetzt tot bei ihm rum?« Katie warf einen Blick über ihre Schulter zu El Sol, der das Spirituosen-Sortiment der Bar zu inspizieren schien.

»Negativ«, sagte Lisi. »Aber es gibt Fotos.«
»Was für Fotos?«
»Von der Ex-Frau?«
»Nein, nicht von ihr.«
Katie wurde es zu bunt. »Schluss jetzt, Lisi. Sprich drei Sätze, und zwar geradeaus. Subjekt, Prädikat, Objekt.«
»Er hat einen Sohn. Er hat einen Sohn in Dornbirn.«
»Das waren zwei Sätze mit dem Informationsgehalt eines Satzes. Wie alt ist der Sohn?«
»15.«
Katie trat von einem Fuß auf den anderen. An *ihrer* Bar saß *ihr* Traummann und sie stand hier und diskutierte Nonsens? Sie nahm die Schokostreuseldose vom Tisch. »Und wo bitte ist das Problem?«
Lisi sah auf. »Wo das Problem ist? Der hat ein Kind! Wenn du bei jemanden mit Kind einsteigst, bist du mehr als die Geliebte, dann bist du auch die Möchtegern-Mom ohne Rechte und die verhasste Neue, die sich mit komplizierten Geburtstags-Arrangements und Patchwork-Weihnachtsstress herumschlagen muss. Dafür bin ich zu alt!«
Katie fragte sich zum hundertsten Mal, wie alt Lisi wirklich war.
»Ich habe das Recht, mein Leben zu genießen.« Lisi hob ihren Kaffeelöffel und stieß ihn in ihre Tasse, teilte das Milchschaum-Wolkenmeer. »Ich habe einen anstrengenden Job. Ich brauche so eine extra Chose nicht.« Sie versenkte die Milchschaum-Wolken im Kaffee und rührte sie energisch unter, bis nichts mehr zu sehen war. Als sie den Löffel beiseitelegte, wagten nur vereinzelte Schokostreusel, zurück an die Oberfläche zu steigen.
»Der Junge ist 15 Jahre alt und nicht drei«, sagte Katie. War Lisi nicht klar, dass die meisten Männer in ihrem Alter – das mit an Sicherheit grenzender Wahrscheinlichkeit näher an 45 als an 40 Jahren lag – dort draußen Kinder hatten?

»Aber an einem Scheidungstypen mit Kind hängt immer auch die Kindsmutter samt Familie dran. Das ganze Leben lang.«

»Na oarg ...«, murmelte Elena.

Lisi griff zu ihrer Handtasche, zog ihr Handy heraus und sah entschlossen zu Katie auf.

»Ich werde jetz –«, sie stockte, runzelte die Stirn und lehnte sich etwas zur Seite, um an Katie vorbeizuschauen. »Was macht der da?«

Elena reckte ebenfalls den Hals.

»Was wirst du jetzt, Lisi?« Katie drehte sich nicht um. Sie wollte zurück zum Punkt kommen und hatte keine Lust, dass eine neue Hitchcock-Suspense-Schleife Lisis Erzählung unnötig in die Länge zog.

Elena gluckste. »Oarg!«

Katie verdrehte die Augen. Sie würde nicht darauf hereinfallen!

»Der taucht ab! So wie du immer.« Elena stupste Lisi an.

»So schaut das aus?« Ungläubig zog Lisi die Augenbrauen hoch.

»Ur-deppert, oder? Hab ich dir immer gesagt.«

Was ging hier vor?

Katie drehte sich doch um und – lachte. Ein feines, schickliches nasenschnaubendes Lachen. Denn an der Bar konnte sie nur den runden Rücken von El Sol ausmachen. Seine Ellenbogen lagen seltsam abgespreizt auf der Theke. Er tauchte tatsächlich ab!

Wie oft war ihm diese Marotte von Lisi aufgefallen?

Katie hatte angenommen, es wäre lediglich das eine Mal am Tag des zerbeulten Yes-Törtchens gewesen. Aber vielleicht war El Sol aufmerksamer, als sie ahnte. Vielleicht war er ein Geheimagent-in-Richtung-Lebensberatung?

El Sol richtete sich wieder auf, drehte sich auf dem Barhocker um und hob sein Portemonnaie.

Schade.

»Ich geh kassieren.« Katie wartete keinen Kommentar von Lisi und Elena ab. Sie ging die 23 Schritte zügig zur Theke, wo El Sol sich den unteren Rücken rieb.

»Jetzt haben Sie das Geheimnis der unsäglichen Damen gelüftet.« Katie verstaute die Schokostreusel hinter der Bar und zog den Belegdrucker aus ihrer Gürteltasche.

»Ich bin erstaunt, dass man über den schmalen Spiegel dort oben so viel im Blick hat – jedenfalls mit entsprechendem Einsatz.« El Sol rieb sich einmal mehr über den unteren Rücken. Sein schwarzes, an den Ärmeln aufgekrempeltes Hemd spannte über seiner Brust, der Liegestütze scheinbar nicht fremd waren. Darunter erspähte Katie einen kleinen Bauchansatz, der sie vermuten ließ, dass El Sol süßen Genüssen nicht vollständig widerstehen konnte. Sehr sympathisch.

»Sie drei sind gute Freundinnen?«

»Das ist eine gute Frage.«

»Es sieht eingeschworen aus, wenn Sie sich zu dritt an der Bar treffen und die Köpfe zusammenstecken. Ich wette, alle sind neidisch und wollen dazugehören.«

»Keine Sorge, alle gehören dazu.« Und das taten sie wirklich. Selbst die Miesmuschel Johnnie Walker.

El Sol sah ihr direkt in die Augen. »Alle?«

Katies Lippen zogen sich in die Höhe. »Alle.«

Das schiefe, einseitige Mundwinkellächeln machte einen gerührten Spitzbuben aus ihm. El Sol räusperte sich und öffnete sein Portemonnaie. »Ich muss leider zahlen.«

Katie nickte. Sie verkniff sich ein butterweiches, schafisches »Schade« und sagte stattdessen: »Eins fünfzig.«

»Ist das ein Super-Sonderpreis, den es nur am Schanktisch gibt?«

»Nein, das ist der Speck, mit dem mein Chef Mäuse fangen will.«

»Hätte ich das gewusst ...« Er schob Katie ein Zwei-Euro-Stück zu und drehte sich abermals auf dem Barhocker um.

»Ihre Freundin, die Rothaarige, sie kommt mir vor wie ein Sheriff im Saloon: Das ist meine Stadt, mein Kaffeehaus, das sind meine Regeln.«

Katie schmunzelte. »Eine treffende Beschreibung.«

Der Drucker spuckte ratternd den Beleg aus. Sie schob El Sol das Papier zu und während er danach griff, sagte er: »Das gefällt mir an Ihrem Sheriff: Er bringt Sie zum Lachen.«

Ihre Blicke trafen sich erneut und Katies Herz schlug im Takt des Tom-Jones-Beats *Dü-bedü Dü-bedü.*

Der Moment währte eine Sekunde, die sich wie zehn anfühlten. Dann steckte El Sol seinen Beleg weg, stand geschmeidig vom Barhocker auf und griff zu seinem Koffer.

»Danke«, sagte er, bevor er den ersten Schritt tat. »Ich habe mich lange nicht mehr so angenehm unterhalten.«

Katie lächelte, nickte. *Dü-bedü. Dü-bedü.* Der Tom-Jones-Beat tanzte unter ihrer Haut, durch ihren Bauch, kribbelte in ihrem kleinen Zeh. El Sol drehte sich nicht noch einmal zur Bar um. Trotzdem überschlug sich Tom Jones' Stimme fast in Katies Kopf, die zugeben musste, dass nichts daran ungewöhnlich war, festzustellen, dass man sich Hals über Kopf verliebt hatte ... *It's not unusual!*

Lisi und Elena besaßen den Anstand, so lange zu warten, bis El Sol durch die Tür verschwunden war, dann kamen sie zu Katie.

»War's gut?« Elena schob ihre leere Tasse über die Theke. »Oh Mann, meine Pause ist leider schon vorbei. Aber war's gut?«

»Wieso?«, fragte Katie und bemühte sich, ihre Mimik im Zaum zu halten, um nicht so verklärt wie eine Teenagerin nach dem ersten Zungenkuss auszusehen.

Lisi schwieg. Ihre Laune hatte sich offensichtlich nicht gebessert. Sie zog ihre Geldbörse aus der Handtasche für die angedrohte, dreifach berechnete Melange, doch Katie winkte ab. »Steck das weg, Lisi.« Was ihr zumindest ein kleines Lächeln abrang.

»Männer können einen so obezahn.« Lisi seufzte. »Ich kann nicht begreifen, warum ich jedes Mal auf sie hereinfalle.«

Elena drückte ihr die Schulter. »Kann ich gut verstehen.«

Katie war sich nicht sicher, ob Elena das ernst meinte oder einfach tröstlich vor sich hinsagte.

»Eines ist klar: Man braucht mehrere Standbeine im Leben.« Lisi straffte die Schulten. »Wenn Mister Facility ein Reinfall ist – okay. Ich habe immer noch einen guten Job, eine gemütliche Wohnung, ich lebe in der lebenswertesten Stadt der Welt und habe ein behagliches Stamm-Kaffeehaus.« Sie deutete mit dem Zeigefinger auf Elena: »Man muss sich dieser tragenden Säulen bewusst sein und sie pflegen, sonst stürzen sie ein.« Dann zeigte ihr Moralapostel-Finger auf Katie: »Also schreib deine Doktorarbeit. – Lasst euch das eine Mahnung sein von einer armen, alten, weisen Frau.« Sie fischte ihr Handy aus ihrer Handtasche. »Und damit ist es beschlossen!«

»Was?«

Lisi wischte über das Display. »Ich sage Mister Facility ab. Für heute. Für morgen. Und übermorgen. Ich muss das nicht mitmachen. Ich habe eine ziemlich genaue Vorstellung von meinem Leben und da passt ein Patchwork-Schlamassel nicht hinein.«

Puzzleteile

Nachdem Lisi und Elena aufgebrochen waren, begann Katie, Fehler zu machen. Den gesamten restlichen Mittwoch lang. Sie servierte statt Kuhmilch Sojamilch, berechnete Einspänner statt Eiskaffees, steuerte zigmal mit einer Bestellung den falschen Tisch an … und stand nun in der Gastro-Küche vor einem dampfenden Alt-Wiener Suppentopf, von dem sie einem Vegetarier *nicht* abgeraten hatte, als ob es ihr erster Tag im Schopenhauer wäre; ach was: als ob es ihr erster Tag in Wien überhaupt wäre. Ihr waren die vielen gekochten Rindfleischwürfel tatsächlich erst jetzt aufgefallen, als sie die Suppe auf ihr Tablett stellte. *Nachdem* sie sie bereits angerichtet und aufgewärmt hatte … Meine Güte!

Katie starrte auf die Terrine und erkannte sich selbst nicht wieder. Erwin würde sich sehr wundern, wenn er die Belege prüfte. Über falsche Getränkebestellungen sah er schon mal hinweg, aber falsche Essensbestellungen waren ihm ein Dorn im Auge.

»Was gibt's?« Sepp kam durch den Makramee-Vorhang in die Gastro-Küche, sein leeres Eiswasserglas in der Hand.

Er lachte, als Katie ihm die Misere erklärte, dann schob er sie zur Seite. »Ich erledige das.«

Es dauerte ewig, bis Sepp all die kleinen Fleischstückchen aus der Suppe gefischt hatte. Er musste sie aufs Neue erhitzen.

Was für ein Tag! Katie war total erledigt, als sie um 22.30 Uhr das Schopenhauer zusperrte.

Mit dem Aufstehen tags drauf, am heutigen Donnerstag, hatte Katie wirklich geglaubt, dass die »Fehlersträhne« überwunden wäre. Ihr Frühstücksjoghurt hatte zwar Schimmel angesetzt, aber es war noch eine letzte Scheibe Toastbrot da gewesen. Ihr Mittags-Curry war gelungen. Katie hatte es geschafft, nur zwei Folgen ihrer Netflix-Serie zu schauen. Mehr nicht. Die Wäsche trocknete auf dem Wäscheständer. Und wie Katie jetzt in der Küchennische ihrer 42-Quadratmeter-Mini-Wohnung ihr Mittagsgeschirr abtrocknete und dabei einen Blick aus dem Fenster über die Dächer des 9. Bezirks warf, driftete sie in einen Tagtraum ab. Einen Tagtraum mit El Sol. Wie so oft ...

Sie sah ihn förmlich vor sich, wie er mit seinem welligen braunen Haar und seinem Harrison-Ford-Lächeln an der Schopenhauer-Theke saß. Ein erhobenes Sektglas in der Hand. Nur dass er »Immer noch eingeschrieben?« sagte, passte nicht so recht ins Bild. Er korrigierte sich: »Nicht mehr eingeschrieben! Auf die Promotion.«

Seine hellbraunen Augen strahlten warm, stolz, feierlich. Konfetti rieselte aus dem Nichts auf sie beide nieder. Von links und rechts pusteten Lisi und Elena Luftschlangen über sie hinweg. El Sol lachte sein dunkles Lachen. Er streckte Katie die Hand entgegen und zog sie auf eine kreisrunde Tanzfläche mitten im Schopenhauer. Sie wagten einen Swing. Schach tanzte mit der Dog Lady an ihnen vorbei. Sepp mit Elena. Lisi mit einem Typen im blauen Overall. Es war die beste Party seit ewigen Zeiten, seit Anno Schnee. Ohne Zweifel.

Hinter dem Billardtisch stand DJ Matt, legte eine Louis-Armstrong-Platte auf und ließ die zarten, behutsamen Töne von »You Go to My Head« erklingen. El Sol zog Katie näher an sich und von einem Augenblick auf den anderen wurde es still. Niemand war mehr da. Bloß sie beide und die sehnsüchtige Trompete von Louis.

»Auf die Promotion«, murmelte El Sol mit seinem gezückten, rechten Mundwinkel und neigte seinen Kopf ihrem entgegen, senkte seine Lippen au–

Ihr Handy-Wecker riss Katie aus der Träumerei. 14.10 Uhr. Zeit, sich »jobfertig« zu machen. Eigentlich auch ganz normal, doch in diesem Moment krönte Katie ihre gestrige Fehlersträhne mit einem fatalen Tippen aufs Handy: Statt auf die Schlummertaste zu drücken, schaltete sie den Wecker aus. Sie ließ den Abwasch Abwasch sein und trat an ihr Bücherregal. In den unteren Reihen verstaubten die zwölf Ordner mit ihren Materialien.

Auf die Promotion ...?!

Jahrelang hatte Katie diese Ordner befüllt und sich so sehr darauf gefreut, all das Papier nach ihrem Abschluss feierlich zu verbrennen. Im Hof. Mit Glühwein und Lebkuchen. Mit Sven ...

Katie hockte sich vor das Regal, zog drei Ordner heraus und begann, darin zu blättern. Wahllos. Per Zufallsprinzip.

Sie sollte sich diesem gesammelten Teenie-Scheiß endlich stellen und sich verabschieden. Ein für alle Mal. Sie wollte keine gescheiterte Langzeit-Promotionsstudentin oder hoffnungskranke Prokrastiniererin sein. Sie wollte das Geld der Langzeit-Studiengebühren, die in ein paar Wochen wieder fällig sein würden, nicht an die Uni Wien zahlen, sondern an die Vintage-Schreibtisch-Verkäuferin auf willhaben. Und was wäre so schlimm daran, nur im Service zu arbeiten? Nur Kellnerin im Schopenhauer zu sein? Samir war auch *nur* Kellner und er schien glücklich. Viele Menschen arbeiteten im Service. Garantiert noch mehr als diejenigen, die im Beratungsbereich, Richtung Lebensberatung, unterwegs waren.

Katie blätterte durch den dritten Ordner und blieb an ihrem Interview mit »Element-Of-Crime«-Sänger Sven Regner hängen, mit dem sie leidenschaftlich über ihre Songtext-These gestritten hatte. Das war eines der erhebendsten Telefonate ihres Lebens gewesen, wenngleich Regner ihre These für unhaltbar gehalten hatte ...

Katie zog einen weiteren Ordner aus dem Regal und schlug ihn auf. Das Interview aus der TV-Beilage des STANDARD starrte ihr hämisch entgegen. Katies Magen zog sich zusammen. Sie strich über das dünne, feste Zeitungspapier und meinte, Svens Blick auf ihre Finger noch zu spüren. *Naiv, naiv, naiv!* Wie hatte sie auch nur eine Sekunde daran denken können, dieses gedruckte Interview als Referenz in ihrer Dissertation aufzunehmen? Sven hatte recht gehabt – und war gegangen ...

Als Katie den zwölften und letzten Ordner aus dem Regal zog, klingelte ihr Handy erneut. Diesmal war es ein Anruf. Von Sepp? Die Zeitanzeige auf dem Display sprang Katie ins Auge. *Shit!* Es war 15 Uhr. Dienstbeginn!

»Ist alles okay bei dir?« Sepp sah sie ungewohnt ernst an.

»Na klar.« Katie scheuchte ihn wieder nach draußen in den Gastgarten. Es war kurz nach halb vier. Sie war über eine halbe Stunde hinter ihren gewohnten Abläufen ... das musste in jedem Beruf ein schlechter Start in den Job-Tag sein. Katie ging durch den Makramee-Vorhang. Küche, Lager, Kasse, Gäste – ein schneller Blick musste heute genügen.

Sie kämpfte sich gerade hinter der Bar durch das gestapelte Geschirr, das die Frühschicht scheinbar nicht geschafft hatte zu bewältigen, als Johnnie Walker hereinkam. Heute ungewöhnlicherweise mit einem Rucksack. Sein Zeigefinger hob sich, Katie nickte. Dasselbe Spiel, Tag für Tag. Aber immerhin war der geizige Ungustl da, denn donnerstags blieben Schach, Matt und die Dog Lady dem Schopenhauer fern. Es gab auch keine Bridge- oder Tarock-Runden. An Donnerstagen war Pen-and-Paper-Tag. Ab 17 Uhr stromerten ein Dutzend langhaariger Metal-Gothic-Fantasy-Begeisterte zwischen Mitte 20 und Mitte 50 ins Schopenhauer, um zwei Stunden lang in ihr neuestes Rollenspielabenteuer einzutauchen. – Ach ja, das durfte sie nicht vergessen: Die Spieltische mussten dafür reserviert und zusammengeschoben werden.

Katie schaltete die erste Ladung der Spülmaschine ein, verstaute das restliche, schmutzige Geschirr einfach in der Spüle und ließ die Espressomaschine mahlen, stampfen und dampfen. Sie nahm die Reserviert-Schilder mit, als sie Johnnie Walker den kleinen Braunen brachte.

Katie platzierte just das letzte Schild auf Spieltisch 7, da betrat Lisi das Schopenhauer. Meine Güte, die Zeit verging heute viel zu schnell. Sie hatte noch nicht einmal Filterkaffee aufgesetzt, geschweige denn die Tische für die Rollenspiel-Tafelrunde arrangiert.

Lisi peilte in einem für ihre Verhältnisse fast schon gemächlichen Tempo die Theke an, hievte sich in Zeitlupe auf den Barhocker und ließ das Geschirr, das Katie in der Spüle zwischengeparkt hatte, unkommentiert.

»Geht's dir gut?«, fragte Katie.

Lisi zuckte bloß mit den Achseln. *Oh, oh.*

Immerhin war ihr Outfit heute tadellos. Katie stellte die Schokostreuseldose auf die Theke, genau in Lisis Sichtfeld, und erntete ein dünnes Lächeln.

»Erzähl mir von gestern, Katie. Heute könnte ich etwas aufnahmefähiger sein.«

Katie fragte sich, was mit den Patientinnen und Patienten, Diagnosen, Operationen und Medikationen passierte, wenn Ärzte wie Lisi mal einen schlechten Tag hatten und *weniger aufnahmefähig* waren ...

Lisi seufzte. »Wie war's mit El Sol?«

»Wie wär's mit einer Melange für den Anfang?« Melange statt Filterkaffee. Wie verräterisch war das?

Lisi nickte nur. In diesem Augenblick betrat Elena das Schopenhauer. Sie eilte heute mit Lisi-Geschwindigkeit zur Bar.

»Was hab ich verpasst? Gestern ist so viel passiert!«

»Lisi beginnt«, sagte Katie und ließ gleich die dreifache Menge an Espressobohnen fein mahlen.

»Katie beginnt«, brummte Lisi.

War ja klar. – Was nicht klar war, war, dass wie aufs Stichwort die Tür des Schopenhauers aufging. Der Tür war es egal, dass es Donnerstag war. Der Tür war es egal, wer durch sie hindurchschritt. Aber Katie war es nicht egal.

El Sol trat über die Schwelle, sah zu Katie, sein Mundwinkel zuckte, sein Kopf nickte. Katie erwiderte, während ihre Hände das Kaffeemehl in den Siebträgern andrückten und Lisi vor ihr wie ein Falke im Sturzflug abtauchte. Dabei tat Lisi so, als habe sie bereits eine Kaffeetasse in der Hand, von der sie den Milchschaum schlürfen konnte. *Diese Verrückte!*

»Lisi?«, fragte Elena besorgt.

El Sol, der sich gerade auf die Sitzbank hinter Tisch 15 setzte, bemerkte den krummen Rücken, seine Zähne blitzten auf.

»Was macht der heute hier?« Lisi ließ den Spiegel über der Bar nicht aus den Augen.

Katie schüttelte den Kopf, zuckte mit den Achseln und machte in Richtung El Sol eine entschuldigende Geste. Seine Zähne blitzten erneut. Er hob seine Hand über den Marmortisch, reckte dabei Zeige- und Mittelfinger und winkelte den Daumen ab: eine Pistole, die in die Decke schoss. Katie lachte und entließ den Espresso in die drei Kaffeetassen.

Irritiert drehte Elena sich auf dem Barhocker um und schnellte wie ein aufgezogener Kreisel nach vorn zurück.

»El Sol ist da!«, flüsterte sie mit aufgerissenen Augen.

»Es ist Donnerstag. Das bringt einen ganz durcheinander«, meckerte Lisi. »Und was bedeutet das mit seinen Fingern?«

»Komm hoch, dann sag ich's dir.« Katie schäumte die Milch zischend auf.

Lisi saß innerhalb einer Sekunde aufrecht. »Was bedeutet es?«

»Ist ein Insider«, speiste Katie sie ab, schob ihr jedoch gleichzeitig die heiße Melange zwischen die Finger. »Ich hol mir die Bestellung.«

Katie schritt durch den Gastraum wie immer. Durch ihr Territorium. – Aber es war nicht wie immer.

Statt auf sein Tablet sah El Sol ihr entgegen. Direkt.

Katie wurde sich ihrer Arme schrecklich bewusst. Sie hatte schon immer geahnt, längere Arme als normal zu haben. An der Espressomaschine und beim Ein- und Ausräumen des Geschirrspülers war das von Vorteil. Aber jetzt hatte sie das Gefühl, ihre Hände baumelten irgendwo in Höhe ihrer Kniekehlen.

El Sols rechter Mundwinkel zog sich nach oben. Katie wurde unangenehm warm. Sie hakte ihre Daumen in die Hosentaschen. So konnte sie wenigstens ihre Achseln ein bisschen belüften und sie hoffte, es wirkte lässig. Vielleicht zu lässig?

Herrgott noch mal.

Sie ließ ihre Arme wieder an ihren Seiten baumeln und erinnerte sich daran, dass sie fast 32 Jahre alt war und nicht 14 Jahre jung. Sie wusste, wer sie war – meistens jedenfalls –, und würde sich nicht mehr dafür schämen, rechtfertigen oder entschuldigen.

Sie wusste, sie war 32 Jahre alt. Eine erwachsene Frau. Eine Frau mit extralangen Armen ... *Shit!*

Als sie endlich, *endlich!*, an seiner Sitznische angekommen war, ergriff El Sol sofort das Wort: »Heute gibt es keine vertauschten Plätze?« Er zwinkerte ihr über seinen schiefen Mundwinkel hinweg zu. Eine sehr reizende Kombination. Katie waren ihre Arme plötzlich egal.

»Der Sheriff verteidigt seinen Saloon«, erwiderte sie. Unweigerlich schoss ihr Bob Marley in den Sinn: »I Shot The Sheriff«.

Auch wenn der Text so gar nicht passte, der Reggae-Rhythmus wirkte Wunder in spannenden Situationen wie dieser. Denn El Sol murmelte etwas, dass sich verdächtig wie »Scha –« anhörte, aber in einem Räuspern unterging.

»Meine Lücke im Terminkalender ist leider gedrängt, es geht sich nur ein Kleiner Brauner aus.«

»Sehr gern.« Katie spürte, wie ihr Lächeln breiter wurde. Die eingebildeten Feelgood-Reggae-Beats kribbelten unter ihrer Haut.

Auf ihrem Weg zurück zur Bar fummelte Katie geschäftig an der mobilen Kasse an ihrem Gürtel herum. Das beugte unnötigem Arme-Baumeln vor. – Ob El Sol ihr hinterhersah?

Er tat es wohl nicht, denn als Katie hinter der Theke angekommen war, machte er sich bereits Notizen auf seinem Tablet, während Elena gerade sagte: »… ich denk schon, dass es so ist.«

Lisi wandte sich direkt an Katie: »Wir verhungern hier!«

Katie griff zu den Schokostreuseln und ließ eine Ladung auf alle drei Kaffees rieseln.

»Jajaja. Danke. Und nun erzähl: Wie war's mit El Sol?«

Über Lisis Schulter hinweg beobachtete Katie, wie jener sich mit zwei Fingern über die Stirn rieb.

»Ich muss arbeiten. Erzähl du, wie es mit Mister Facility weitergegangen ist.«

»Super Idee«, sagte Elena.

Zwei gegen eine – und diesmal war Katie nicht in der Unterzahl.

»Sind ihm deine Absagen verdächtig vorgekommen?« Katies Finger begannen ihr Handwerk von Neuem: mahlen, andrücken, extrahieren.

»Oder hast du direkt Schluss gemacht?«, fragte Elena.
»Iwo.«
»Also?«
Lisi seufzte. »Ist eh schnell erzählt: Er hat angerufen.«
Elena machte große Augen. »Und?«
»Ich hab nicht abgehoben.«
Elena verdrehte die Augen.
»Wie oft hat er angerufen?«, hakte Katie nach.
Lisi hob einen einsamen Zeigefinger in die Luft.
Oh. Katie hatte damals fast stündlich bei Sven angerufen, an jenem Tag ...
»Und Nachrichten?«
Lisi hob vier Finger in die Luft. »Erst ein Kuss, dann ein Herz, dann ein Ohr mit einem Paar Augen. Als Letztes ein Fragezeigen.«
»Und jetzt?«
Lisi zuckte mit den Schultern. »Jetzt kommen wir zu dir.«
»Aber das ist traurig, Lisi!«, sagte Elena.
»Darum erzählt uns Katie jetzt etwas Hübsches. Stimmt's, Katie?«
»Ich muss erst servie –«
»Du kannst es kaum erwarten, was?«, brummte Lisi, rührte in ihrer Melange und massakrierte damit ihren Milchschaum.
»Haha.« Katie drapierte Espresso, Milch und ein Glas Wasser auf ein Tablett und ging zu Tisch 15, wo El Sol weiterhin in sein Tablet vertieft war. Er strich sich dabei mit dem Zeigefinger übers Kinn. Sehr ansehnlich.

Als Katie Tasse, Kännchen und Glas auf seinem Tisch abstellte, sah er auf.
»Ich zahle am besten gleich.«
Wie immer zahlte er bar. Schade. Heute hätte sie nichts gegen eine Kartenzahlung gehabt. Sie hätte ihm die Bankkarte abnehmen, an ihr Lesegerät halten und zumindest sei-

nen Vornamen erspähen können. Wie er wohl hieß? Mark, Michael, Fabian, Christopher ... hoffentlich nicht Konrad oder Peter. Benjamin wäre okay, Sven absolut inakzeptabel.

»Und, ist heute ein besserer Tag?«, fragte Katie und legte den Kassenbeleg neben sein Wasserglas.

»Das wird sich in einer Viertelstunde zeigen.«

»Na dann, viel Glück.«

»Kann ich gebrauchen.« Sein Mundwinkel zuckte und er vertiefte sich in seine Notizen. *Ihr Geheimagent-in-Richtung-Lebensberatung.*

»Jetzt bist du dran.« Lisi beugte sich etwas über die Bar, als Katie zurück war und zu ihrer Melange griff. »Was hat er gesagt?«

»Dass er gern einen Kleinen Braunen hätte.« Katie löffelte etwas Milchschaum mit Schokostreuseln ab. Welch ein Genuss! In vielerlei Hinsicht. Ihr Blick glitt über Lisis Schulter hinweg zu Tisch 15. Dort rieb sich El Sol wieder die Stirn.

Du wirst es schaffen, Secret Agent Man!

»Nein, gestern! Was er *gestern* an der Bar gesagt hat?«

»Kaum etwas.«

»Wurscht.« Elena nippte an ihrer Tasse. Einzelne, halb geschmolzene Schokostreusel bleiben an ihrer Oberlippe kleben. Katie schob ihr ungefragt eine Serviette über die Bar. Doch statt die Serviette zu nehmen, griff Elena zu ihrem Stoffbeutel. »Jedes Wort zählt. Was war das ›kaum etwas‹, das er mit dir geteilt hat?« Sie zog ihr Notizheft samt Roller-Pen aus dem Stoffbeutel.

Es lebte also noch, das Notizheft. Das war gut. Im Prinzip. Nur war Katie nicht erpicht darauf, Elenas nächste Hausübung zu werden.

»Er hat nichts Besonderes gesagt, ehrlich.«

»Sei nicht so, Katie.« Lisi zeigte ihre Unschuldsmiene: runde Augen, gerötete Wangen, weiche Züge. »Du musst mich mit etwas aufheitern.«

Elena sah Katie mit ihren Bambi-Augen an.

Zwei gegen eine. Das wohlbekannte Verhältnis war wieder da.

»Wir waren uns einig, dass ihr bescheuert seid.« Katie spendierte eine weitere Runde Schokostreusel.

Elena hob ihren Roller-Pen. »Ich gebe zu bedenken, dass er es war, der abgetaucht ist.« Sie schlug eine leere Seite irgendwo fast ganz hinten in ihrem Notizheft auf.

»Mehr«, forderte Lisi.

Katie hob die Streuseldose.

»Nicht die Schokolade – mehr Infos!«

»Er hat sich gewundert, wie günstig der Kleine Braune ist.«

»Jajaja ...« Lisi rührte missmutig in ihrer Melange und ließ die Schokostreusel untergehen.

Elena übernahm. »Hat er dich etwas gefragt?«

»Eigentlich hat er sogar überwiegend die Fragen gestellt.« Das fiel Katie jetzt erst auf.

»Wie aufmerksam!« Elena strahlte und notierte sich tatsächlich zwei Worte. Sie hatte eine Sauklaue. »Das sind die besten Männer! Die, die Fragen stellen.«

»Oder das sind die Männer, die von sich selbst ablenken wollen. Die was verheimlichen.« Lisi nippte an ihrer Melange. »Hast du auch etwas über ihn herausgefunden? Was macht er beruflich?«

»Ist das wirklich die erste und wichtigste Frage? Der Beruf?«

»Ist zumindest eine Richtung.« Lisis Röntgenblick fokussierte Katie.

Katie hatte weder Lust zu streiten noch wollte sie zu viel verraten.

»Er ist im Bereich Lebensberatung tätig.« Bei diesen Worten wurde Katie klar, dass sie gar nicht zu viel verraten *konnte*.

»Psychologe?«, fragte Lisi.

»Vielleicht.« Damit behielt Katie zumindest den Hauch eines Wissensvorsprungs.

»Hmmmh.« Lisi schien nicht zufrieden. »Und wieso taucht er plötzlich auf? Ist er neu hergezogen? 18. oder 9. Bezirk?«

Lisi und ihr Schwachstellen-Detektor.

»Er arbeitet in der Nähe. Seit einiger Zeit.«

»Hmmmh«, machte Lisi erneut. »So ein richtiges Bild von ihm habe ich noch nicht.«

War das nicht das Gute daran? Das Bild von ihm nach und nach zusammenzusetzen wie ein Puzzle? Die Teile jedenfalls, die Katie bislang an ihm aufgedeckt hatte, gefielen ihr: Er schien nachdenklich, mit Worten verspielt, gebildet – warum sollte er sonst so viel auf einem Tablet schreiben? Was Katie daran weniger gefiel, war, dass diese Teile alle auch auf Sven zugetroffen hatten …

»Was hat er gefragt, wenn er derjenige war, der –« Lisi wurde von ihrem »Seiler und Speer«-Klingelton unterbrochen. Die dynamische Rhythmusgitarre war dumpf durch das Leder ihrer Handtasche zu hören.

»Jessas!« Lisi angelte ihr Smartphone aus der Tasche.

»Mister Facility«, brummte sie und starrte auf das Display, das »Peter K.« anzeigte. Ihr Klingelton alias Bernhard Speer begann den Liedtext von »Soits Lebn« zu schmettern: *Ein Hoch aufs Lebn und auf die …*

»Geh ran!« Elena und Katie sagten es gleichzeitig.

Lisi zögerte.

… Wöd. Auf dass uns nie wos föd …

»Das wäre nur fair, Lisi.« Katie erinnerte sich zu gut daran, wie es war, wenn am anderen Ende nicht abgehoben wurde.

Doch Lisi drückte auf den roten Button. Der Austropop-Song erstarb. Sie legte ihr iPhone mit dem Display nach unten auf das Holz der Theke und tat so, als ob nichts geschehen wäre.

»Warum gehst du nicht ran und erklärst es ihm?«

»Mach ich später.«

»Ja, klar ...« Katies Finger griffen zum Schwammtuch. Ehe sie allerdings damit über die Arbeitsfläche wischen konnte, hatte Lisi sich über die Bar gebeugt und Katies Hand ergriffen.

»Ich werde rangehen. Versprochen. Später.«

Sie hätte auch »Wir müssen operieren. Gleich morgen« sagen können, so ernst klang es.

»Lass uns erst mal eine gute Zeit haben, mit unserer Schoko-Melange und deinen Schmetterlingen im Bauch.« Lisi ließ Katies Hand los. »Was hat er gestern gefragt?«

Sie würde nicht lockerlassen ...

»Nichts Besonderes.« Katie legte das Schwammtuch beiseite. »Nur das Übliche.« Sie trank von ihrer Melange.

»Und das wäre?«

»Was alle fragen: Woher ich komme.«

Lisis Augenbrauen schoben sich so hoch, als ob sie sich unter ihrem feuerroten Haaransatz verstecken wollten.

»Pff«, machte Elena und lehnte sich auf ihrem Barhocker zurück. Eine einzelne Falte zog sich von Nord nach Süd über ihre Stirn.

»Was?« Katie fühlte sich wie in einer Prüfung, in der sie gerade erklärt hatte, dass eins plus eins fünf ergab.

»Hat er auch nach dem Warum gefragt?«

»Jep.«

»Oarg«, sagte Elena.

»Wieso ›oarg‹?«

»Weil ...« Elena klappte ihr Notizheft zu. »Das kannst du nicht leiden.«

»Bei ihm scheinbar schon.« Lisis Augenbrauen traten den Sinkflug an.

»Ach so ... « Elenas Stirnfalte verschwand, sie lehnte sich nach vorne zur Bar und stützte ihr Kinn in ihre Hand. Der Roller-Pen schaute zwischen ihren Fingern hervor. »Muss Liebe schön sein!«

»Wart a bissel!« Lisi drehte sich zu Elena. »Hast du nich–« Wieder wurde sie vom Gitarren-Auftakt von Seiler und Speer unterbrochen. »Gibt's ja nicht!« Lisi griff zu ihrem iPhone und drehte es um. »Peter K.«

»Geh ran!«, sagte Katie.

Doch es war Elena, die ranging. Sie lehnte sich zu Lisi und strich über das Display. Von links nach rechts. Den grünen Button fest unter ihrer Fingerspitze. – Damit hatten weder Lisi noch Katie gerechnet.

Die Gitarrenklänge verstummten, eine gedämpfte Männerstimme war zu hören: »Lisi?«

Lisi seufzte genervt.

»Lisi!«

»Ja?«, meldete sie sich. Kurz, knapp, hart. Darauf folgte ein: »Wieso?« – »Passt bei mir nicht.« – »Es passt eben nicht.« Dann wurde ihre Stimme eine Nuance weicher. Sie seufzte erneut, diesmal war es ein müdes Seufzen.

»Okay.« Kurz, knapp, müde.

Sie legte auf.

»Und?«, fragte Elena.

»Er ist in Dornbirn. *Schon wieder.* Er will mich morgen sehen. In Wien. Wird mir etwas mitbringen. Hat etwas arrangiert. Bla, bla, bla.« Lisi schüttelte den Kopf. »Zwei Wochen. Nach nur zwei Wochen fällt schon der Satz: ›Gib mir eine Chance‹? Das bringt alles nichts mehr!« Lisi starrte in ihre Melange.

Zu Katies Überraschung nickte Elena und tat es ihr gleich.

»Es kommt einfach zu viel zusammen.« War das Elenas Mitgefühl, oder ...?

Die beiden Ladys rührten gedankenverloren in ihren Kaffeetassen.

Nach einigen Minuten hob Elena den Kopf. »Männer können so klebrig sein, oder?«

»Wieso?« Katie trank ihren Kaffee aus. Lisi blieb verdächtig still. Über ihre Schulter sah Katie, dass El Sol sein Tablet verstaute.

»Pff ...« Elena zuckte mit den Schultern.

»Wie ›Pff‹?«

Elena zuckte mit den Achseln.

Da war doch was im Busch? »Was ist denn passiert?«

»Sebastian hat mir gestern Blumen mitgebracht. Schon wieder!« Elena trank ebenfalls ihre Melange aus. »Ich sehe jeden Tag Tausende von Blumen in meinem Job. Ich freue mich, mal *keine* Blumen zu sehen.«

Aha?

»Weißt du, Elena ...« Lisi schob ihre Melange von sich fort. Die Tasse war noch halb voll. »Nach sieben Jahren Beziehung gibt es nur zwei Wege für ein Paar: heiraten oder sich trennen.«

Elena erwiderte nichts. Sie verstaute Notizheft und Roller-Pen in ihrem Stoffturnbeutel.

Musste es immer ganz oder gar nicht sein?, fragte sich Katie und räumte Elenas leere Tasse beiseite. Ganz oder gar nicht – so wie mit Sven damals? Der ihr vielleicht aus demselben Grund einen halbherzigen, unnötigen Heiratsantrag gemacht hatte? Oder war *sie* es gewesen, die ihn aus diesem Grund dazu gedrängt hatte?

Meine Güte, Sven war heute viel zu präsent in ihren Gedanken. Das sollte er nicht sein!

Automatisch wanderte Katies Blick zurück zu Tisch 15. Dort stand El Sol gerade von der Sitzbank auf. Ihre Blicke trafen sich, sein Mundwinkel zuckte. Er hob die Hand zum Gruß, Katie nickte ihm zu und schaute ihm nach, wie er zur Tür hinaus verschwand.

Musste es wirklich ganz oder gar nicht sein?

Bestimmt nicht. Denn eines war klar: *Sie* würde sich nicht Hals über Kopf in irgendetwas hineinwerfen. Nicht noch einmal.

Vielleicht bräuchte sie ein System wie Lisi? Etwas, das sie vor weiteren verblendeten Entgleisungen bewahrte. Etwas, mit dem sie einen sicheren Realitätscheck durchführen konnte ... Was sie brauchte, waren Belege und Beweise. Objektive, reliable und valide Daten, die über schöne Augen, ein verträumtes Lächeln und Bauchkribbeln hinausgingen. Nur: Wie konnte sie mehr über El Sol herausfinden? Ungezwungen und unbemerkt? Wie –

»Hochzeit oder Trennung. Das hat Matze auch gesagt.« Elena riss Katie aus ihren Gedanken.

»Matze?« Lisis Augenbrauen zogen sich wie Gewitterwolken zusammen.

»Na, mein Kursleiter. Für Kreatives Schreiben. Matthias N. Frey. Der Matze.«

Matze ...

Lisis Mund wurde zu einem schmalen Strich. »Jetzt raus mit der Sprache. Willst du dich von Sebastian trennen oder was geht da vor sich?«

»Bloß, weil ich mich nicht über einen Blumenstrauß freue?« Elena klemmte ihren Stoffbeutel unter den Arm und glitt vom Barhocker. »Ich muss los. Sorry. Ich muss meine Hausübung zu Ende schreiben. – Danke für die Melange, Katie.«

Und, schwupp, war sie erst dem Thekenbereich, dann dem Kaffeehaus entschwunden.

Disneyland

Als Katie um 22.30 Uhr nach Hause kam, hatte sie völlig vergessen, in welchem Zustand sie ihre Zwei-Zimmer-Wohnung verlassen hatte. Aufgeschlagene, durcheinanderliegende Ordner vor dem Regal. Ein schmutziger Topf dümpelte im kalten, schaumlosen Abwaschwasser. Teller und Geschirrhandtuch lagen achtlos ineinandergeschoben auf der Spüle. Außerdem war es drückend heiß.

Katie seufzte, riss die Fenster auf und brachte ihre Mini-Küche in Ordnung. Die zwölf Ordner nicht.

Das Papier-Chaos wirkte so vertraut: die vielen Texte, bunt markiert und mit Randbemerkungen verziert, auf dem Boden verstreut. Es erinnerte Katie an die Zeit, in der sie ausschließlich Studentin ohne weitere Verpflichtungen gewesen war. Eine Zeit, die ihr inzwischen wie eine zweite Kindheit vorkam: frei und behütet, mit unstillbarer Neugier, utopischen Träumen und ohne einen Schimmer von der erwachsenen, sorgenvollen und niederschmetternden Realität ...

Katie ließ die Ordner liegen und ging zu Bett. Sie wollte sich nicht mit der Erinnerung an ihre fünf verschwendeten Jahre die Nacht um die Ohren schlagen. Nein, das Verabschieden und Entsorgen sparte sie sich lieber auf für morgen.

Oder für übermorgen?

Denn tags drauf, am Freitagvormittag, war es so viel einfacher, um das aufgeschlagene Ordner-Dutzend herumzutänzeln. Dafür musste Katie nur ihren kleinen Esstisch ganz an die Wand unter die Dachschräge rücken, damit noch ein schmaler Weg zur Küchenzeile frei blieb und sie nicht ständig über das am Boden verstreute Papier steigen musste. Und sie durfte sich nicht daran stören, durch die neue Tischposition keinen Blick mehr aus dem Fenster werfen zu können, während sie an ihrem Müsli kaute.

Das alles war leicht.

Nicht so leicht war es, ihren Blick von den aufgeschlagenen Ordnern loszureißen. Sie erkannte Überschriften wieder. Erinnerte sich an Argumente aus der Literaturgeschichte, an Vergleiche mit moderner Poetik. Und sie sah die Ecke eines pinken Post-its aus einem Ordner ragen. *Ein pinkes Post-it ...* Damit hatte sie damals verheißungsvolle Literaturhinweise und -funde markiert, die sie unbedingt weiterverfolgen wollte. Und weiterverfolgt hatte! War tatsächlich ein pinkes Post-it übrig geblieben? Sie hatte doch alle abgearbeitet, bevor sie die Schlussbausteine für ihre Conclusio arrangiert und Sven präsentiert hatte ...

Katie riss sich von dem pinken Miniatur-Leuchtfeuer los und aß ihr Frühstück im Stehen weiter. Durch das geöffnete Fenster waberte warme Augustluft herein und erinnerte an Sommersonnenstrände, wenngleich die Aussicht bloß das Dächer-Meer des 9. Bezirks zeigte. Egal. Jedenfalls schaffte es Katie so, die pinke Ecke zu ignorieren.

Sie schaffte es sogar, die Ordner nicht anzurühren und trotzdem Platz für ihr Bügelbrett zu finden. Dafür musste sie lediglich den Esstisch in die Kochnische direkt vor den Ofen schieben. So ergaben sich drei großzügige Quadratmeter, um ihre Lieblingsbluse in Bestform zu bringen. Was unerlässlich war. Schließlich war heute Freitag und die Chancen, dass El Sol im Schopenhauer auftauchte, standen verdammt gut.

... Wenn ihr diese Post-it-Ecke nur nicht ständig ins Auge springen würde. Es hatte den Effekt von pinkem, flackerndem Stroboskoplicht. Im Blickfeld, nicht im Blickfeld. Hinschauen, wegschauen.

Herrgott noch mal!
Katie stellte das Bügeleisen beiseite und bückte sich zu dem Ordner mit dem aufdringlich herausragenden Zettel. Die Notiz hatte sie offensichtlich in Eile geschrieben. Sie konnte »Studie?« entziffern und vermutete, dass darunter »Ordner 3/Minnesänger« stand. Das große »C« hinter einem Doppelpfeil deutete wahrscheinlich auf »Conclusio« hin. Oder sollte es »Contra« bedeuten?

Katie holte ihren Laptop, setzte sich vor den Papierberg auf den Boden und begann, die Ordner systematisch vor sich aufzureihen. Sie würde nachschauen, welche fixe Idee für dieses Pink verantwortlich war – dann könnte sie sich am Wochenende von dem gesamten Doktorats-Ballast befreien.

Das Post-it klebte auf einem Artikel aus der Zeitschrift »Psychologie Heute«. *Hallo, Populärwissenschaft.* Den Text konnte sie kübeln, das hatte ihr Sven klargemacht. Doch was war mit der darin erwähnten Studie? Katie begann, den Artikel zu lesen, bis sie auf eine junge Wissenschaftlerin und eine ganz und gar nicht repräsentative Untersuchung einer Universität in Texas stieß.

»Tja«, seufzte Katie.

»Tschhhh«, zischte das Bügeleisen.

Katie streckte sich über ein paar Ordner hinweg am Bügelbrett vorbei und zog den Stecker, ohne aufstehen zu müssen. Dann googelte sie die Studie.

Die musiktherapeutische Untersuchung verglich die Wirkung von Instrumentalstücken mit der Wirkung von Musikstücken mit Text. Die Methodik schien aufwendig. Mehrere Erhebungsinstrumente waren zum Einsatz gekommen: quantitative und qualitative Befragungen sowie neuronale Aufzeichnungen. *Nicht übel…*

Als die Schlummerfunktion ihres Handy-Weckers zu nerven begann und ihre Beine immer wieder einschliefen, hatte Katie alles über die junge texanische Musiktherapeutin recherchiert, was das Internet zu bieten hatte. Sie hatte große Lust, der Frau zu mailen und ... Ihr Blick fiel auf die Zeitanzeige ihres Laptops: 14.31 Uhr. *Halb drei!*

In einer halben Stunde begann ihre Schicht und sie hatte noch nicht mal zu Mittag gegessen. Wie aufs Stichwort knurrte Katies Magen. *Shit!*

Katie sprang vom Boden auf, griff nach allem, was sofort essbar war – Banane, Frankfurter Würstel, Semmel von gestern, Ketchup –, und begann, ihre Sachen für die Arbeit zusammenzusuchen.

Heute würde sie nicht zu spät kommen! Und sie würde gut aussehen! Schließlich war Freitag.

Doch die Augusthitze, die vor ihrem Wohnhaus lauerte, dämpfte Katies enthusiastisches Vorhaben. Die Sonne stand hoch am Himmel, in den Straßenschluchten wehte keine Brise und die Häuser warfen nur einen dünnen Schattenstreifen auf die Gehwege. Wie sollte man an einem so gnadenlosen Wiener Hochsommertag einen 15-minütigen Arbeitsweg zu Fuß zurücklegen und am Ziel »gut« aussehen? Besser, sie gab sich damit zufrieden, »bestmöglich« auszusehen ... Die Frage war nur, wie tief ein Niveau sinken durfte, um immer noch »bestmöglich« zu sein.

Katie winkelte die Arme ab, um nicht nach drei Schritten schon durchgeschwitzt zu sein. Niemand, der bei Trost war, würde sich heute Nachmittag freiwillig der stechenden Sonne aussetzen. Niemand. Oder?

Im Gastgarten des Schopenhauers hielten es jedenfalls nicht mehr als zwei Hitzeresistente aus plus Sepp, der just aus dem Schatten eines Sonnenschirms trat, als ob er auf sie gewartet hätte.

»Schau mal!« Sepp nickte zum gegenüberliegenden Park. Der »Park«, ein für Katie maßlos übertriebenes Wort, war nichts weiter als eine dreieckige Grünfläche, die gerade genügend Platz für zwei Bänke und zwei Bäume bot. Auf der linken Bank saß in ausgebeulten Jeans und verwaschenem grauen Poloshirt ein Mann in diesem ominösen mittleren Alter zwischen 40 und 60. Mit kurzem, scheinbar grauem Bürstenhaarschnitt. Vermutlich Marke Do-it-yourself. Er hatte ein breites Kreuz und saß mit übereinandergeschlagenen Beinen nach vorn über sein Handy gebeugt. Bequem sah es nicht aus.

»Wer ist das?«

»Mister Parker.«

»Und wer ist Mister Parker?«

»Keine Ahnung. Lisi fand den Namen passend. Der Typ hockt schon das vierte Mal diese Woche auf der Bank. Immer am Handy. Mehrere Stunden. Ohne was zu trinken oder zu essen. Krass, oder?«

»Vielleicht sitzt er wegen des WLAN-Hotspots dort?« Katie schaute zu dem Kasten, der oben an dem Mast hinter der Bank von Mister Parker angebracht war.

Sepp nickte. »Vielleicht zockt er Online-Poker?«

Katie zuckte mit den Schultern. Sollte der Typ dort drüben doch seine Millionen gewinnen, sie wollte einfach nur ins klimatisierte Kaffeehaus.

»Denkst du, ich kann ihm ein Eiswasser bringen? Gratis?«, fragte Sepp.

»Warum?«

»So von Gamer zu Gamer.« Sepp versuchte, seinen Seitenscheitel durcheinanderzubringen.

»Für Erwin brauchst du bessere Argumente.« Katie ließ Sepp stehen, trat ins Schopenhauer und genoss die im ersten Augenblick kühlen 26 Grad. Die Uhr über der Eingangstür zeigte 15.05 Uhr.

Fast pünktlich. Katie beeilte sich mit ihrer Start-Routine: Blick in die Küche, Blick ins Lager, Blick aufs Wechselgeld. Terrain gesichert.

Sie hätte den minimalen zeitlichen Rückstand in ihren Abläufen gewiss aufgeholt, wenn Sepp nicht aufgeregt dazwischengefunkt hätte: »Zwei Reisegruppen fliegen ein!« Kleine Schweißperlen standen ihm auf der Stirn. »I need help!«

Na toll. Das war genau das, was Katie nicht brauchte: El Sol mit Schweißperlen auf der Stirn willkommen heißen. Das rangierte garantiert nicht mehr unter »bestmöglich aussehen«.

»Das wird ewig dauern!«, jammerte Sepp.

»Wie viele Touris sind es?«

»Zu viele! Über 20. Die wollen alle draußen sitzen. Das ist crazy! Und bestimmt nicht erlaubt. In einem Notfall sind die Fluchtwe–«

»Erwin hat da die Finger im Spiel«, unterbrach Katie.

Sepp fluchte.

Hinter ihm ging die Schopenhauer-Tür auf. Die freitägliche Frauen-Bridge-Runde rettete sich schnaufend, gefolgt von der Dog Lady samt hechelndem blondem Spitz, in den kühlen Gastraum.

»Okay, ich helf dir«, sagte Katie. Sie konnte Sepp nicht hängen lassen. Nicht wirklich. Vielleicht nur ein bisschen …

»Ich muss zuerst meine Bande drinnen verarzten. Dann mach ich die Getränke für dich.«

»Hauptsache, ich muss nicht tausendmal rein- und rauslaufen.«

Darauf erwiderte Katie nichts.

Beide Reisegruppen blieben tatsächlich im Gastgarten. Sepp musste fünf Stühle aus dem Lager holen, schnell abputzen und dazustellen, damit alle 27 Gäste Platz fanden. Dass Sepp heute ein weißes Schopenhauer-T-Shirt trug, half ihm wenig.

Es klebte bereits an seinem Rücken und seiner Brust, als er das erste beladene Tablett an der Theke entgegennahm und Katie scheinheilig auf Schach, Matt und Johnnie Walker zeigte, die soeben ins Schopenhauer gekommen waren. »Nach den dreien bin ich bei dir.«

Katies Gewissen zupfte etwas an ihrer Magenwand und drückte gegen ihre Bauchdecke, während sie das Zapfen und Kaffeebrühen so abstimmte, dass sie stets mitten im Vorgang war, wenn Sepp zurück an die Bar kam. Somit musste er *doch* die Wege zwischen Schanigarten und Theke tausendmal gehen.

Na ja. *Fast* tausendmal.

Beim letzten Tablett ging Katies Plan nicht auf. Sie war fertig. Drei Bier, drei Radler. Aber Sepp war nicht zu sehen. Alibimäßig wischte Katie über die Zapfhähne. Wenn El Sol jetzt hereinkäme, könnte ihr erster Eindruck noch 26-Grad-cool sein.

Nur, die Schopenhauer-Tür rührte sich nicht.

Katie schnalzte mit der Zunge und tupfte zwischen den Gläsern auf dem Tablett herum. Wo blieb Sepp?

Sie räumte im Geschirrspüler ein paar Gläser um, während die Blumen der frisch gezapften Biere langsam in sich zusammenfielen. Shit! Sie hatte keine Wahl. Sie musste servieren.

In den Schanigarten zu treten, war, wie einen Backofen zu öffnen, um fertige Lasagne herauszunehmen. Katie prallte gegen eine Wand aus Wärme. *Meine Güte!*

Zumindest lag der Ziel-Tisch im Schatten der Sonnenschirme. »Wunderbar!« – »Unsere Rettung!« – »Das wurde auch Zeit.« Die drei Frauen und drei Männer hielten sich nicht mit einem Zuprosten auf, sondern tranken sofort.

Katie nickte den Durstigen zu und genoss den kleinen Triumph, keine Schweißperle auf der Stirn zu spüren – da bog El Sol um die Ecke der Staudgasse in den Gastgarten.

Jemand musste an der Backofen-Temperatur gedreht haben, denn Katie wurde schlagartig noch wärmer. Ihr Pony begann, an der Stirn zu kleben …

»Oh, hallo!« El Sol grüßte sie mit einem Mundwinkelzucken. Obwohl er seinen Koffer trug und wie immer ganz in Schwarz gekleidet war – diesmal mit einem kurzärmeligen Leinenhemd –, schien ihm die Hitze wenig anzuhaben. Beneidenswert.

Als sei El Sol mit ihr verabredet und nicht mit seinem Tablet, hielt er Katie die Tür zum Schopenhauer auf. *Ein Gentleman.* Katie mochte das. Und sie mochte es, nah an ihm vorbeizugehen. Er war tatsächlich nur wenig größer als sie. Aber die paar Zentimeter genügten ihr. Ob er spürte, wie fiebrig warm sich ihr Körper anfühlte? Sie jedenfalls meinte einen Hauch von Rasierwasser zu riechen. *Appetitlich …*

Fünf Schritte gingen sie gemeinsam ins Lokal. Fünf. So viele wie nie zuvor, doch offensichtlich zu wenige für einen klaren, klugen Gedanken.

»Eine Melange?«, fragte Katie. Routine konnte so gemein sein …

»Gerne.«

Sein halbes, schiefes Lächeln war tröstlich. Und ansteckend.

»Blubbert dir die Filtermaschine romantische Vibes ins Ohr?« Hinter der Bar tauchte Sepp durch den Makramee-Vorhang auf. Er trug ein neues, dunkelblaues T-Shirt. »Du siehst so happy aus.«

»Es ist Freitag.« Katie füllte den Wassertank der Maschine.

»Ich seh's.« Sepp schaute in Richtung Eingangstür.

Katie beherrschte sich, seinem Blick nicht zu folgen. Stattdessen häufte sie Kaffee in den Filter, ließ ihn in die Maschine schnappen und schaltete ein. Das war wohl nicht fesselnd genug für Sepp. Er trollte sich zur Tagespresse. *Typisch.*

Statt wie so oft zum Kurier zu greifen, fummelte Sepp heute jedoch ein gelbes A5-Büchlein aus der Seitentasche seiner Bermudashorts und begann zu lesen. Katie störte das kaum, solange er die durstige Horde im Gastgarten im Blick behielt.

Apropos: Katie spähte von der Bridge-Runde, zu Schach und Matt, zur Dog Lady, zu El So–

Zing, boom!

Er saß da, an seinem Tisch 15, und sah direkt zu ihr. Einfach so. Und alles andere als flüchtig. Sein Mundwinkel zuckte. Einmal, zweimal. Zog sich zu einem himmlischen Harrison-Ford-Läch–

Da tauchte Elena wie aus dem Nichts auf.

Schade ... Über wie viele kribbelige, kräftige Herzschläge mehr hätte sich dieser Moment mit El Sol gestreckt, wäre Elena nicht durch die Blickachse geschlendert?

Denn ihr lonesome Cowboy senkte rasch die Augen auf sein Tablet, während Elenas Lächeln mit jedem Schritt Richtung Theke breiter wurde. Der Turnbeutel in ihrer Hand baumelte hin und her. Ob der Beutel ihr romantische Vibes ins Ohr säuselte?

»Guter Tag?«, fragte Katie.

»Freitag!«

»VHS-Kurs, was?«

»Yes!«

Katies Finger kümmerten sich um El Sols Melange. Das Mahlen, Glattstreichen, Andrücken, Dampfen an der Espressomaschine dauerte nur wenige Minuten, genauso wie das Einhängen und Extrahieren. Als der Espresso in die Tasse lief und eine haselnussbraune Crema bildete, trat Lisi über die Türschwelle. Sie sah wie das Gegenteil der Crema aus: blass, kalt, faltig.

»Oh no ...!« Katie griff sofort zum Filterkaffee. Der lief zwar noch durch, aber – egal. Sie zog die Kanne aus der

Maschine und stellte eine leere Tasse auf die Platte, die den Kaffee weiter auffing. Was die Maschine bereits gefiltert hatte, goss Katie in zwei Tassen. Es reichte gerade so.

»Was ist …?« Elena drehte sich um. »*Oh boy!*«

Lisi hatte die Bar fast erreicht. Augenringe, müdes Lächeln, stumpfes Haar, knitterige Bluse. Wenn etwas wirklich Einschneidendes passiert war, warf Lisi Falten. Überall. Haut, Haar, Kleidung.

Elena glitt von ihrem Barhocker und nahm Lisi in den Arm.

»Hi«, sagte Katie und lächelte Lisi vorsichtig zu. Aufmunternd, wie sie hoffte. Sie wechselte schnell die Kanne gegen die Notbehelf-Tasse, die lediglich halb voll geworden war. Egal. Katie würde sie nehmen. An Faltentagen war der Kaffee nebensächlich.

Lisi hievte sich wie einen nassen Sack auf den Hocker und starrte auf ihre Hände auf dem Thekenholz. Katie schob ihr den dampfenden Filterkaffee zwischen die Finger.

Sie schwiegen. So war es immer an Lisis Faltentagen. Der letzte war zwei Monate her.

»Mir ist einer gestorben.« Lisi pustete in ihren Kaffee.

Elena strich ihr über den Rücken. »So a Schaß.«

»Shit.« Katie beugte sich vor und strich Lisi über den Arm.

»Scheiße«, brummte Lisi.

Das war ihr Ritual. So sagten sie es immer.

Anfangs hatten es Elena und Katie mit gutem Zureden probiert. Dass das Sterben zum Leben gehöre. Zu Lisis Job. Gerade in der Onkologie … Geholfen hatte es nicht. Tot war tot, war tot, war tot. Und Lisi jedes Mal am Boden.

»Einen Moment«, sagte Katie leise, gedämpft, als ob sie an einem Krankenbett stünde, in dem eine todkranke Patientin schlief. Katie ließ den Milchschäumer aufzischen, was ihr unangemessen laut vorkam. Sie klopfte die aufgeschäumte Milch nicht, bevor sie sie in El Sols Kaffee gleiten ließ, was die Melange nicht ganz perfekt machte, aber – auch egal. »Bin gleich wieder da.«

Katie hob das Tablett mit Melange und Wasserglas vorsichtig von der Arbeitsfläche, damit nichts scheppere. Heute war ihre Bargesellschaft eine Trauergemeinde und an der Theke würden sie die Totenwache halten. Eine ernsthafte Angelegenheit. Keine Frage. Doch als El Sol plötzlich bei Schritt 14 von seinen Notizen aufsah, fiel es Katie nicht leicht, das aufsteigende Lächeln, das an ihren Lippen zupfte, im Zaum zu halten. Dies war nicht die Zeit für pietätloses Strahlen, ermahnte sie sich selbst.

17, 18, 19. El Sol schaute immer noch ... Katies freie Hand glitt zur mobilen Kasse an ihrem Gürtel, die andere balancierte das Tablett.

21, 22, 2– »Kein guter Tag da vorne?«

»Leider nein.« Katie schob ihm die Melange samt Wasserglas entgegen. »Ein Trauerfall.«

El Sol nickte. Ein langsames, deutliches Nicken. Am Grab hätte es gemeinsam mit einem Händedruck als Kondolenz genügt. Und jetzt genügte es auch. Es war besser als irgendeine Floskel. Allerdings war damit ihr Wortwechsel in einer Sackgasse gelandet.

»Bis später«, sagte Katie statt eines »Wohl bekomms«.

»Bis später«, erwiderte El Sol.

An der Bar herrschte andächtiges Schweigen. Lisi starrte in ihren Kaffee; selbst der Kaffeelöffel blieb heute unangetastet. Elena hatte das Kinn auf die Hand gestützt und starrte auf die hochprozentigen Flaschen im Regal ihr gegenüber. Katie rührte sich Milch in ihren halben Kaffee, einfach um irgendetwas zu tun.

Erst nach einer Weile griff Lisi ebenfalls zum Milchkännchen und sagte dabei: »Er wollte unbedingt noch ins Disneyland, wisst ihr?« Lisi schüttelte den Kopf. Ihre Haare fielen heute so schlaff an ihr herunter, dass sie kaum mitschwangen. »Disneyland! Ein 52-jähriger Mann. Könnt ihr euch das vorstellen?«

»War das sein Kindheitstraum?« Katie probierte ihren Kaffee, der mit Milch ungewohnt fad schmeckte.

»Manchmal ist das Leben einfach zu kurz.« Elena strich über Lisis Arm.

»Zu kurz für die Träume, die man eine Zeit lang vergessen hat.« Lisi seufzte.

Katie dachte an das pinke Post-it, die aufgereihten Ordner auf ihrem Fußboden, den aufgeklappten Laptop ... Hatte sie den Laptop überhaupt ausgeschaltet?

Die Frage war ihr so vertraut. Während des Studiums hatte Katie sich die Frage gewiss Tausende Male gestellt. Immer, wenn sie die Zeit vergessen und überstürzt vom Schreibtisch hatte aufbrechen müssen. Sich so in wissenschaftlicher Arbeit zu verlieren, war lange Zeit ihr Traum gewesen. Und sie hatte ihn gelebt: eintauchen, verstehen, kombinieren, umwälzen, beleuchten, kritisieren, vertiefen. Hypothesen aufstellen, widerlegen, umformulieren. Es war wunderbar gewesen. Traumhaft! Wie ein Abenteuer. Ein Abenteuer im Kopf. Anstrengend, schweißtreibend, aufregend, manchmal mit Herzklopfen und Duellen. Mit Widerspruch, Meuterei. Manchmal langweilig, mit endlosen Litaneien und Durststrecken. Aber immer hatte es Plateaus mit fantastischen Ausblicken gegeben und Lichtungen in scheinbar undurchdringlichen Theorie-Wäldern. Es war erhebend gewesen, Neues zu entdecken. Zu wachsen. Zu reifen. Und es war das Einzige, was sie sich hatte vorstellen können zu tun. Sie hatte nie große Karrierepläne gehabt, sondern im Stillen gehofft, irgendwie, irgendwo mit ihrem Doktortitel als wissenschaftliche Mitarbeiterin an einem Germanistischen Institut bleiben zu können. – *Tja.* Und dann war sie aufgeschreckt aus dem Traum ...

Das Leben war eben kein Disneyland.

Katie nahm noch einen Schluck von ihrem nichtssagenden Milchkaffee, verzog leicht das Gesicht und erinnerte sich an Erwin: »An jeda braucht sein Traum. Die Doktorarbeit ist dei Traum.« Stimmt, dachte Katie. Nur hatte sie ihren Traum vergessen. Aus den Augen verloren. So wie Erwin seine Gedichte und seinen Buchladen. So wie Lisis Patient sein Disneyland. So wie der Sänger der Band Bukahara, der im langsam schleppenden Singer-Songwriter-Stil, allein mit Gitarre und Stimme, so sehnsüchtig lang gezogen sang:

So try to remember
The dreams that we forgot
'Cause hope is not the answer
If you keep your eyes wide shut

Tja. So war wohl das Leben. Man vergaß Träume.

Katies Blick glitt zur zweiten Sitzloge links neben dem Eingang. – Nun, vielleicht vergaß man nicht *alle* Träume ...

El Sol notierte sich etwas auf seinem Tablet. War er Journalist? Romancier? Professor? Wer war er wirklich?

Als ob er ihre Gedanken gehört hätte, sah El Sol auf. Direkt zu ihr. Schon wieder! Katie versuchte, nicht zu sehr zu lächeln, und schlug die Augen nieder, griff erneut zu ihrem verschandelten Kaffee.

»Wie hieß dein Patient?« Elena durchbrach die Stille an der Bar.

»Stefan.«

Hättest du dich bloß etwas eher an deinen Traum erinnert, Stefan, dachte Katie. *Deinen* hättest du dir erfüllen können.

Sie hob ihre Kaffeetasse. »Auf Stefan!«

Elena und Lisi taten es ihr gleich. Dann schwiegen sie.

Schade, dass diese stille Zeit nicht ewig währen würde. Die Dog Lady war bereits beim Kreuzworträtsel der »Krone« angekommen und wollte gewiss bald zahlen. Schach und Matt schienen ihre Spielfiguren hypnotisieren zu wollen, so verbissen starrten sie aufs Schachbrett. Dort wäre in absehbarer Zeit eine zweite Runde fällig. Und Johnnie Walker hatte die Arme vor der Brust verschränkt und ließ die Uhr über der Eingangstür nicht aus dem Auge. Während El Sol ... sie direkt anschaute. Erneut!

Wow, bam!

Katie ließ ein Mini-Lächeln zu und zwang ihren Blick auf die Espressomaschine, griff zum Schwammtuch und wischte über das Gerät. Jetzt in eine kribbelige Freitagsfreude zu verfallen, wäre taktlos. El Sol anzuschmachten, wie er auf seinem Tablet wischte, ebenfalls. Katie presste ihre Lippen aufeinander und versuchte, nicht an ihren Tagtraum zu denken: an klirrende Sektgläser. Konfetti. Louis Armstrong. El Sols Hand auf ihrem Rücken. Sein Rasierwasser in ihrer Nase. Wie er sie näher an sich zo–

Katie zwickte sich ins Bein. Sie sollte die Wirklichkeit nicht aus den Augen verlieren.

Wie auf Kommando schob sich der erhobene Zeigefinger von Johnnie Walker in ihr Blickfeld. *Voilá Realität.*

Eine Kassierwelle wogte durchs Schopenhauer. Ein Phänomen, das oft auftrat. Katie kassierte Johnnie Walker ab, drehte sich um, sah den Fingerzeig der Dog Lady, kassierte ab, drehte sich um, sah den Fingerzeig von El Sol.

Schade.

Er legte die Münzen auf den Tisch, sie den Beleg. Für eine Millisekunde wünschte sich Katie, Lisi würde ihr noch einmal ein Happy-Birthday-Ständchen singen, damit sie irgendeinen Gesprächsaufhänger hatte …

Doch etwas Besseres passierte:

»Es sollte mehr Orte wie das Schopenhauer geben«, sagte El Sol und verstaute den Beleg in seinem rund gesessenen Portemonnaie.

»Noch mehr Kaffeehäuser?«

»Noch mehr Orte, wo jede und jeder willkommen ist. Sei es ein Sheriff, ein Schachfreak, eine Hundenärrin«, er deutete auf sein Tablet, »oder ein Workaholic. Egal, welche Geschichte jede und jeder mitbringt, ob Freude, Trauer, Wut, Verzweiflung – sie erfahren alle die gleiche Behandlung. Das hat fast schon etwas Religiöses.«

»Bis auf die Tatsache, dass alle nur die gleiche Behandlung erfahren, wenn sie zahlen können. Aber vielleicht gilt das auch für die Kirche?«

»Das ist der Schwachpunkt meiner Schopenhauer-Theorie.« Sein Harrison-Ford-Lächeln zwickte ihm in die Wange. »Trotzdem denke ich, dass es zu wenige dieser Orte gibt, wo so viele unterschiedliche Leute in ihrem je eigenen Wesen so angenommen werden.«

Katie legte den Kopf schief. Er hatte schon recht. Hier im Schopenhauer trafen Welten aufeinander. Und alle fühlten sich wohl. Katie selbst fühlte sich mit allen wohl, sogar mit dem geizigen Ungustl Johnnie Walker.

»Ja, stimmt«, sagte Katie. »Hier gibt es Resonanz.«

»Obwohl die ja unverfügbar ist.« El Sol zwinkerte ihr zu.

»Hartmut Rosa!«

El Sol nickte.

Katies Herz schlug höher. Eine Gemeinsamkeit! Sie kannten beide den Gesellschaftswissenschaftler. Allerdings … auch Sven schätzte Hartmut Rosa. Wie valide war dann diese neue Information?

»Das Schopenhauer ist auf Resonanz ausgerichtet. Andere Orte, die es sein sollten, sind es nicht.« El Sol rieb sich kurz über sein Kinn. »Ich selbst muss mir das im Job vorwerfen.«

Aha! Selbstkritik. Das war etwas, was El Sol definitiv von Sven Unterschied. Im positiven Sinne.

Katie wollte ihn gerade fragen, was er beruflich machte, doch er kam ihr zuvor: »Machen Sie Ihren Abschluss in Soziologie?«

»Nein, in Germanistik – mit einer gewagten interdisziplinären These, die auch die Soziologie streift.«

»Klingt spannend.«

Katie dachte an das pinke Post-it, an die neu entdeckte Studie ...

»Es sollte mehr Orte wie das Schopenhauer geben«, wiederholte El Sol, wich ihrem Blick aus und öffnete seinen Koffer, der neben ihm auf der Sitzbank stand. Katie erhaschte einen Blick auf einen schwarzen Stoff, worauf er das Tablet legte. War das sein Jackett? – Egal. Völlig egal. Denn er fügte hinzu: »Und es sollte mehr Menschen wie Sie geben.« Er klickte den Verschluss seines Koffers zu und sah wieder auf, sah ihr direkt in die Augen. »Nein, warten Sie. Letzteres ziehe ich zurück. Ich genieße die Exklusivität viel zu sehr.«

Sein gezückter Mundwinkel stand ihm viel zu gut. Katie hätte ihn gern genau dort, halb auf die Wange, halb auf den Mund, geküsst. Nur: Sollte sie nicht zuvor etwas sagen? Ihn nach seinem Namen fragen? Meine Güte, sein Satz könnte alles bedeuten und ... auch viel weniger als alles.

El Sol stand auf. »Ein schönes Wochenende.«

»Ihnen auch«, brachte Katie heraus.

Er ging, ohne sich umzusehen, und Katie fühlte sich wie damals mit 14 Jahren: Sie hatte puddingweiche Knie wegen eines coolen Typen und wie immer die Chance auf einen guten Spruch verpasst. Sie stakste zur Theke, seine Worte in Dauerschleife im Ohr. »Es sollte mehr Menschen wie Sie geben ... Nein, warten Sie. – Ich genieße die Exklusivität viel zu sehr.«

Mit jedem Schritt wurde Katies Lächeln einen Millimeter breiter.

Sie kannte zwar seinen Namen nicht, aber sie ahnte, welche Bücher in seinen Regalen standen. War das nicht viel wichtiger als ein Name?

Katie biss sich auf die Unterlippe und versuchte, ihr Lächeln zu unterdrücken, als sie vor Elena und Lisi stand. Sie tat geschäftig, griff zu einem Tütchen Zucker, ließ das weiße Kristall in ihren Milchkaffee rieseln. Ob es das besser machte?

»Du triffst doch heute Mister Facility.« Elena strich Lisi über die Schulter.

»Erinnere mich nicht daran.«

»Vielleicht bringt dich das Mitbringsel aus Dornbirn auf andere Gedanken.«

»Ich will keine anderen Gedanken!« Lisi war stur wie ein Esel. Aber wer trauerte, durfte das.

Katie schob ihren gewiss grausigen Milch-Zucker-Kaffee beiseite. Sie stellte drei Schnapsgläser auf die Theke und griff zur Wodka-Flasche.

»Dann begleiten wir deine Gedanken an Stefan.«

Das würde es besser machen.

Resonanz

Das Wochenende war intensiv gewesen. Wie eine Drei-Wochen-Safari in einem Paralleluniversum, aus dem sie jetzt, am Montagnachmittag um 14.34 Uhr, zurückkehren musste. Zügig. Katie eilte die Treppe in ihrem Wohnhaus hinunter, zog die Haustür auf und hatte das Gefühl, eine lang vergessene Welt wiederzuentdecken. Graue Gehsteige, ein Passant, zwei Hunde. Das Rauschen des Verkehrs, das vom Gürtel herüberdrang. Die flirrende Augustsonne über dem Asphalt. – Dass es das alles noch gab. *Erstaunlich.*

So zügig, wie es die stickige Mittagshitze zuließ, machte sich Katie auf zum Schopenhauer und wunderte sich über die Eigentümlichkeit der Dinge. Es musste drei Wochen her sein, seit sie das letzte Mal draußen gewesen war. Oder drei Monate? Tatsächlich waren kaum drei Tage vergangen ...

Chaos hatte Katie am Freitagabend in ihrem Zwei-Zimmer-Apartment willkommen geheißen: Bügelbrett und Eisen standen mitten im Raum, der Esstisch direkt vor dem Ofen. Auf dem Boden vor dem Bücherregal lag ihr aufgeklappter Laptop, umringt von den zwölf Aktenordnern mit den Recherchen zu ihrer Promotionsarbeit. Der Artikel aus der »Psychologie Heute« samt pinkem Post-it thronte auf der Laptoptastatur.

Déjà-vu, hatte Katie gedacht.

Déjà-vu – kein *Déjà-senti*. Der Anblick war ihr vertraut, doch das Gefühl war neu. Denn statt sie wie am Tag zuvor zu deprimieren, schienen die Ordner und das pinke Post-it ihr heute aufgeregt entgegenzurufen: *Dies ist eine gewagte, interdisziplinäre These!*

Gewagt und interdisziplinär. Das klang so viel besser als »pseudowissenschaftlicher Teenie-Scheiß«.

War es das wirklich? Spannend und gewagt?

Katie hatte den Laptop vom Boden gehoben und sich ein Radler aus dem Kühlschrank genommen. Augen zu und durch: Sie würde sich jetzt entscheiden, ob sie gleich morgen mehrere Male dem Altpapiercontainer einen Besuch abstatten würde – was wahrscheinlich war. Am Esstisch sitzend fuhr sie den Laptop hoch und machte sich auf zurechtgebogene Argumentationen, lächerlich niveaulose Thesen und tendenziöse, wenig objektive Schlussfolgerungen gefasst. Doch … die blieben aus.

Der Text ihrer Promotionsarbeit war so viel stringenter argumentiert als in ihrer trüben Erinnerung. Auf jeder dritten Seite hatte sie neue Begründungen, Studien und Verweise eingebracht. Natürlich blieben die meisten Belege *gewagt*, da pseudowissenschaftlich. Aber es waren so viele!

Nur zählte leider das Motto »Die Masse macht's!« kaum in der Wissenschaft …

Es war weit nach Mitternacht gewesen, als Katie in ihr Bett gefallen war und überlegte hatte, wie viel Zeit es kosten würde, die Gesamtargumentation umzuschreiben, um zu einem »realistischeren Schluss«, wie Sven es formuliert hatte, zu kommen.

Die Conclusio war bisher nur skizziert. Deren Bausteine ließen sich leicht neu arrangieren. Sie hätte im Nu ein Schlusskapitel konzipiert, das Songtexte zwar als künstlerische Leistung würdigen, ihnen jedoch den Stellenwert von gehobener Literarizität absprechen würde. Nichts leichter als das. Sie musste nur Zweifel an den Quellen einstreuen, was – wie Sven ihr gezeigt hatte – schnell erledigt wäre. Allerdings müsste sie auch auf der Hinführung zur Conclusio, also auf den 327 Seiten zuvor, alle Argumente, Schlussfolgerungen und Gewichtungen abmildern oder infrage stellen, in jedem Fall aber umformulieren. Das wäre viel Arbeit. Nicht unmöglich, doch selbst wenn sie jedes Wochenende 30 Seiten korrigieren würde, müsste sie insgesamt elf Wochen investieren. Sie müsste gute drei Monate lang diszipliniert den Text überarbeiten, plus die Conclusio erarbeiten. Besser, sie kalkulierte vier Mona...

Weiter war Katie nicht gekommen. Sie fiel in einen unruhigen Schlaf und wachte viel zu früh und zu plötzlich am Samstagmorgen auf. Mit einem einzigen Gedanken: »Ich will das nicht!«

Sie wollte nichts anzweifeln oder umkrempeln. Sie wollte keine drei, vier oder fünf Monate an der Dissertation weiterarbeiten, um die literarische Tiefe von Songtexten zu diskreditieren und ihre eigene These zu sabotieren.

Nein, das wollte sie nicht.

Katie wollte, dass alles so blieb, wie es war!

Sie hatte 327 gut strukturierte, logisch aufgebaute Seiten geschrieben, die eine gewagte, interdisziplinäre These untermauerten. Die darin aufgeführten zahlreichen Belege aus den unterschiedlichsten Disziplinen konnten nicht alle irren, oder?

Im Gegenteil: Bewiesen die 327 Seiten nicht, dass der eingefahrene Literaturwissenschaftsbetrieb blind war für die Erkenntnisse anderer Fachbereiche und für die Literarizität vertonter Texte? Vielleicht könnten ihre 327 Seiten diese verklemmten Strukturen endlich aufbrechen? Den Grundbaustein zur Bachmann-Preis-Nominierung eines Voodoo Jürgens legen? Die Welt verändern?

Katie sprang aus dem Bett und setzte sich im Schlafanzug hinter den Laptop. Alles sollte bleiben, wie es war. Sie wollte ihre These behalten. Ihre gewagte, gut begründete und *spannende* These!

Damit war am Samstagmorgen der Startschuss für ihre gefühlte Drei-Wochen-Safari gefallen: Katie durchpflügte im strammen Marsch ihre Promotionsarbeit, straffte einige Passagen und stellte wenige um. Die neu entdeckte Studie aus Texas fügte sie ein. Ihre Stichwortliste zur Conclusio erweiterte sie um detailliertere Zwischenargumentationen. Erst am Nachmittag tauschte sie ihren Schlafanzug gegen eine kurze Jogginghose und ein T-Shirt. Duschen war überbewertet. Kochen unnötig. Putzen entbehrlich. Einkaufen Zeitverschwendung.

Mal arbeitete Katie am Esstisch, mal auf dem Boden, mal auf der kleinen Zweisitzer-Couch. Was hätte sie für den Vintage-Schreibtisch gegeben …

Katie aß ihren Kühlschrank leer, ließ sich Pizza liefern und trank viel zu viel Kaffee – bis sie am Sonntagabend mit einem Glas Rotwein auf dem Boden lag, umzingelt von ihren zwölf aufgeschlagenen Ordnern, und ihrem Prof eine grobe Zusammenfassung mailte. Nach zwei Jahren Funkstille.

Dass ihr Professor sich in weniger als zwölf Stunden zurückmelden würde, damit hatte Katie nicht gerechnet. Doch schon am heutigen Montagvormittag war seine Antwort in ihrem Posteingang aufgeploppt. Unausweichlich und ungemütlich: Sie solle »a Scheitel zulegen« und ihm kommendes Wochenende ihre fertige Dissertation schicken.

Kommendes Wochenende?! War er wahnsinnig?

Irgendwie schon. Er war nämlich wahnsinnig der Vorfreude auf seinen baldigen Ruhestand verfallen.

Katie hätte sofort das Handtuch geworfen, wenn der Literaturwissenschaftler nicht hinzugefügt hätte: »Schicken Sie mir, was Sie haben. Wir werden sehen, ob Ihre Außenseiter-

These nur gewagt oder unausgegoren ist. – Gemma! Sie können nichts verlieren und viel gewinnen.«

Katies Verzweiflung hörte allein die bedrohlichen Worte »kommendes Wochenende«. Katies Hoffnung hielt seinen Satz »Sie können nichts verlieren« dagegen. Den Ausschlag gab das »Gemma!«.

Gemma!

Wenn sie aufhörte zu waschen, zu kochen, einzukaufen, zu bügeln, Nachrichten zu verfolgen, auf Instagram zu versumpern, Musik zu hören und zu träumen; wenn sie Netflix fastete und morgens um 5.30 Uhr aufstehen würde – dann könnte sie bis zum Wochenende ... Katie brach die Rechnung ab und stürzte sich in die Arbeit.

Gemma, gemma!

Früher hatte sie auch in den Nächten Seminararbeiten geschrieben und am Tag für mündliche Prüfungen gelernt. Das musste mit Ü-30 doch auch noch funktionieren ...

Katie hatte jede Minute genutzt, um die ersten Absätze der Conclusio zu formulieren – bis es 14.34 Uhr war und sie das Treppenhaus hinunter- und auf die Straße hinausgeeilt war. Sie wollte ihre Schopenhauer-Schicht nicht zu spät antreten.

Als das Kaffeehaus in Sicht kam, wälzte Katie in Gedanken noch den Ordner Nummer 8 hin und her: »Wirkungsforschung«.

Sollte sie die Resonanz-Theorie von Hartmut Rosa expliziter einarbeiten? Rosas Ansatz bot so viele Anknüpfungspunkte ... Da könnte sie glatt eine zweite Dissertation schreiben, inklusive eigener empirischer Studie. Oder noch besser gemeinsam mit der Wissenschaftlerin in Texas, di–

Gelächter aus dem Schopenhauer-Gastgarten ließ Katie aus ihren Überlegungen aufschrecken. Ach ja. Da war ja noch was namens Welt. Menschenstimmen, Geschirrgeklapper, Sonnenschirme. Katie erinnerte sich.

Gegenüber im »Park« entdeckte sie Mister Parker, der in der einen Hand sein Handy, in der anderen ein großes Weizenglas hielt. *Aha!*

Katie steuerte direkt auf Sepp zu, der im Schatten an der Hauswand lehnte und erneut in dem gelben A5-Büchlein las. Hinter seinem Ohr steckte ein Bleistift.

»Und? Was wirst du Erwin sagen, wenn er davon erfährt?« Katie nickte in Richtung »Park«.

»Neukundenakquise!« Sepp klappte seine Lektüre zu. »Kodex«, stand in großen Lettern drauf. Etwas kleiner darunter las Katie »Verwaltungsverfahrensgesetze«.

»Irgendwann will Mister Parker gewiss mehr als in der Sonne warm gewordenes, kaiserliches Bergquellwasser«, behauptete Sepp und grinste sie siegesgewiss an.

»Ja, er will zum Beispiel aufs Klo.«

Sepps Mundwinkel fielen. »Manchmal bist du echt eine Pessimistin.«

»Ich bereite dich bloß auf Erwins Argumente vor.«

Katie ließ ihren Piccolo stehen, trat ins Schopenhauer und erinnerte sich, dass es klimatisierte Räume gab. *Herrlich!* Zudem war sie sogar fünf Minuten vor Dienstbeginn da. *Bestens.*

Küche, Lager, Kasse. Alles lief wie am Schnürchen. Und das an einem Montag. *Sehr gut.*

An der Bar fand sie eine Notiz der Frühschicht, dass die Pen-and-Paper-Freaks heute außertourlich ihre Spieltischreihe gebucht hatten. Aber sogar das fädelte sich nahtlos in Katies Routine ein. Um kurz vor 16 Uhr hatte sie mit Sepp die Spieltische für die Rollenspieltruppe bereits zusammengestellt. Es könnte nicht besser laufen, oder?

Doch als Katie Johnnie Walker einen Kleinen Braunen servierte, geriet der Montag ins Stolpern. Sie stellte gerade das Serviertablett mit Wasserglas, Milchkännchen und Espresso auf den Tisch, da machte es irgendwo in Katies Unterbewusstsein »Klick«. Vor ihrem inneren Auge schlug sich Ordner 8 auf und ihr wurde klar, dass sie die Unverfügbarkeit des Resonanzgeschehens nicht nur am Rande erwähnen sollte, wenn sie die Wirkung von Songtexten ohne musikalische Untermal–

»Was ist?!« Johnnie Walkers selten gehörte, kratzige Stimme riss sie aus ihren Gedanken.

»Wie bitte?« Katie starrte ihn an und das wohl schon etwas länger ... »Ach, ähm. Nichts! Wohl bekomms.«

Schnell schob sie das Getränke-Ensemble einen Zentimeter weiter auf Johnnie Walker zu, was den Ungustl nicht nur zurückzucken ließ; mehr noch: Seine Hand schnappte zu der abgegriffenen Umhängetasche, die auf dem Stuhl neben ihm lag, als ob er sie vor Katies Langfingern beschützen müsste. Seltsamer Kauz.

Katie zwang sich zu einem Lächeln, ging zügig zur Bar und zog ihr Smartphone aus der Mitarbeiterschublade. Den Gedanken zum Konzept der Unverfügbarkeit in Bezug auf die literarische Wirkungsforschung und die Songtext-Rezeption sollte sie unbedingt festhalten. Katies Daumen flogen über das Display. Fünf Sätze, sieben Stichworte, drei ...

»Hallo, Katie!« Elena stand plötzlich vor ihr. »Wem schreibst du? El Sol?«

Elenas Augenbrauen zuckten in Zeitlupe nach oben und nach unten, als ob sie die richtigen Gesichtsmuskeln dafür trainieren wollte.

»Ja, klar.« Katie speicherte die Notiz und legte das Handy zurück in die Schublade. Da erst fiel ihr auf, dass sie den Filterkaffee vergessen hatte. *Ach herrje.*

Katie griff zu drei Gläsern und füllte eine Halbliterkaraffe mit Leitungswasser.

»Bei diesen Temperaturen kann man gar nicht genug trinken und auf seinen Wasserhaushalt achten.« Katie schob Elena ein Glas zu und beeilte sich, die Kaffeemaschine in Gang zu setzen. »Wie war dein Wochenende?«

»Intensiv und produktiv!« Elena trank das Wasserglas zur Hälfte leer und versuchte, ein breites Lächeln zu unterdrücken, was ihren Mund zu einer entzückenden Audrey-Hepburn-Schnute formte. Katie ahnte den Grund.

»Dein Schreibkurs?«

Bingo. Die Schnute schnappte auf. Elena strahlte.

»Heute ist Zwischenpräsentation. Heute und morgen Abend. Ich hab das ganze Wochenende daran gearbeitet.«

»Wow.« Ob Elena ihre Wohnung auch nicht verlassen hatte? »Was wirst du vorstel–«

Katie stockte. Hinter Elena sprang die Tür des Schopenhauers auf und Lisi fegte mit glühenden Schritten wie eine Supernova durch das Lokal. Schach reckte den Hals, die Dog Lady nickte anerkennend und sogar Johnnie Walker konnte nicht an sich halten und warf Lisi einen kurzen Blick zu. Elena drehte sich auf ihrem Barhocker um. »Wooow.«

Lisi war im Nu an der Bar. Ihre Augen funkelten, die rot gefärbten, kräftigen Haare umspielten glänzend ihr Kinn. Ihre Fingernägel waren frisch lackiert und ihr Business-Rock aus hellblauem Brokat mit dezenten floralen Elementen aus Gold- und Silberfäden schimmerte in der Nachmittagssonne, die durch die hohen Fenster fiel. *Doppel-Wooow!* Mit einem beschwingten Hops saß sie auf dem Barhocker neben Elena.

»Du schaust toll aus, Lisi!« Elena zeigte auf ihren Rock. »Sag nicht, das ist das Mitbringsel von Mister Facility?«

»Dann hätte ich ihn sofort zum Standesamt gezerrt.« Lisi zwinkerte. »Ein *pricey weekend* war es trotzdem für ihn, denn –« Lisi brach ab und sah auf das Wasserglas vor sich. »Gibt's keinen Kaffee?«

»Läuft gerade durch.«

»Wieso?«

»Weil er frisch ist.«

Lisis blaue Röntgenaugen fixierten Katie. »Du hast uns noch nie mit Wasser abspeisen wollen.«

»Der Kaffee ist sofort fertig.«

»Warst du heute zu spät?«

»Nein.« Das war nicht gelogen. Lisi schien ihr trotzdem nicht zu glauben.

»Was hat dich aufgehalten? Oder wer?« Augenbrauenwackeln.

»Am Freitag lief der Kaffee auch durch, als du hereinkamst.«

»Warst du da auch spät dran?« Röntgenblick.

»Ich war heute pünktlich.«

»Können wir auf das *pricey weekend* zurückkommen? Und das Standesamt?« Elena schob Lisi das Wasserglas zwischen die Finger. »Bei diesen Temperaturen kann man nicht genügend Flüssigkeit zu sich nehmen. Wasserhaushalt und so. – Und jetzt erzähl. Ich hab heut nicht ur-viel Zeit.«

»Tatsächlich?« Lisis Röntgenblick glitt zu Elena, was Elena offensichtlich kaltließ.

»Was war los mit Mister Facility?«, drängelte sie weiter.

»Was war so pricey?«

»Und warum diese Denglish-Tuerei?«, bohrte Katie mit.

Es wirkte. Lisis strenger Blick wurde weich. Ihre linke Augenbraue zuckte.

»Wo soll ich da anfangen?«

Typisch Lisi! Katie würde Geduld brauchen, wenn sie der Geschichte bis auf den Grund gehen wollte. Ein Glück gluckerte in diesem Moment die Filtermaschine zum Finale. Katie griff sofort danach und schenkte drei Tassen ein.

»*Awesome!*«, sagte Lisi und zog ihren dampfenden Kaffee zu sich. »Also, im Prinzip haben sich am Wochenende drei *big points* aneinandergereiht.« Ihre linke Storytelling-Augenbraue reckte sich noch einmal gen Stirn.

»Leiwand!« Elena setzte sich aufrechter hin.

Die Lisi-Show begann, in der Lisi selbstverständlich die Showmasterin war, Elena das Publikum und Katie ... die Regieassistenz? Beleuchterin? Oder viel mehr die Kamerafrau, die alles im Blick behielt? Wie zum Beispiel die Finger, an denen Lisi gerade aufzählte: »Erstens: Er hat ein Lokal allein für uns gemietet. Zweitens: Keine Ahnung, wie teuer Dope ist, aber es ist bestimmt nicht billig. Und drittens habe ich 5.000 Euro verwettet.«

Staunen im Publikum. »Na oarg!«

»Dope?«, fragte Katie.

»Nur Haschisch.«

»Du hast gekifft?«

»Ja, feierlich zum letzten Mal.«

»Du kiffst?«

»Es war das erste und das letzte Mal.«

Katie schüttelte den Kopf. Das war verrückt. Genauso verrückt wie der Fakt, dass die Schopenhauer-Tür aufging und El Sol hereinkam.

Auge – Herz. Check.

Auge – Lippen. Check.

Double-awesome!

Allerdings sah der Mann ihrer Tagträume nicht zu ihr. Er hatte sein Handy zwischen Schulter und Kinn geklemmt; in der einen Hand trug er seinen Koffer, die andere ließ gerade die Schopenhauer-Tür los. Um Katie einen Blick zuzuwerfen, hätte er sich schon sehr verrenken müssen ...

Trotzdem schade.

Elena und Lisi nahmen davon keine Notiz. Scheinbar.

»Was war denn das Mitbringsel? Das Haschisch?«, fragte Elena.

Katies Augen verfolgten El Sol, der seinen Aktenkoffer an Tisch 15 neben die Sitzbank stellte und sich setzte; total ins Telefonat vertieft, während Lisi ihr Publikum zappeln ließ und mit einer zweifachen Augenbrauen-La-Ola bedachte.

»Sag schon«, forderte Elena.

»Das Mitbringsel war ...« Kunstpause. Elena riss die Augen auf. Die Showmasterin hatte ihr Publikum voll im Griff. »... sein Sohn!«

Okay, jetzt war auch die Kamerafrau im Bann der Showmasterin, denn Lisi sprach diese zwei Worte mit einem Lächeln auf den Lippen.

»Never!«, sagte Elena.

»Doch!«

»Never ever!«

»Doch!«

»Na!«

»Do!«

»Wie heißt er?«, warf Katie ein.

»Michael.«

»Und?«

»Rotzbub, von der übelsten Sorte!« Lisi hatte immer noch dieses Lächeln auf dem Gesicht. Was war aus ihrer Horrorvorstellung eines Patchwork-Schlamassels geworden?

»Er ist der Kiffer. Mit 15! Könnt ihr euch das vorstellen? Total destruktiver Typ. Ein selbst ernannter Punk! Ich hab ihn gleich gefragt, ob das nicht ein bisschen zu retro sei. Da hat er das erste Mal überhaupt seinen dämlichen Kopf gehoben. Nicht, dass er was gesagt hätte. So ein Freak!«

Lisi lächelte immer noch. Wo war die Pointe ...?

»Weiter!«, verlangte Elena.

»Warte«, sagte Katie und schaute zu El Sol, der sich nach wie vor das Smartphone ans Ohr hielt. »Lass mich kurz eine Bestellung aufnehmen.«

Elena und Lisi mussten nicht lang warten.

El Sol rieb sich mit zwei Fingern seiner handyfreien Hand über die Stirn und sah erst auf, als Katie vor ihm stand.

»Melange?«, flüsterte sie.

Er schüttelte den Kopf. Aus seinem Handy drang dumpf eine männliche, ununterbrochen redende Stimme.

»Kleiner Brauner?«

Ein Nicken und ein gequält wirkendes Mundwinkelzucken.

Halte durch, Secret Agent Man!

»Weiter geht's!«, sagte Katie, kaum dass sie wieder hinter der Bar stand.

»Super!«, sagte Elena.

Katies Finger hantierten im Fast-Blindflug an der Espressomaschine. Sie lehnte sich dabei näher zu Lisi, damit sie kein Wort verpasste. Die Dramaqueen nippte erst an ihrem Kaffee, bevor sie mit dem nächsten Detail herausrückte: »Mister Facility hat einen Heurigen am Nussberg für uns gemietet.«

»Einen ganzen Heurigen?«, staunte Elena.

»So gut wie.«

»Wie jetzt?«

»Na, es war kein großes Areal. Mehr ein Gartenhaus mit Terrasse, jedoch mitten im Weinberg und mit hinreißendem Ausblick auf Wien.«

»Und da war sonst niemand?«

»Nein, nur wir drei. Der Rotzbub und ich waren *not amused*. Ihr wisst ja, war kein super Tag, der Freitag.«

Elena und Katie nickten.

»Mister Facility ist also drinnen im Gartenhaus, versucht irgendwie das Catering zu arrangieren, ist ur-nervös. Ich glaub, es ist für ihn so gar nichts nach Plan gelaufen. Der Rotzbub und ich draußen. Der an der einen Seite der Terrasse, Blick auf den Boden – bescheuert, oder? –, ich an der anderen Seite, schau der Sonne zu, wie sie hinterm Kahlenberg untergeht. Mir ist so richtig elend zumute. Und da riecht es plötzlich nach Stinkesocken. Ich dachte, der Rotzbub hätte seine Doc-Martens-Stiefel ausgezogen – wer trägt denn bitte schön Doc Martens im Hochsommer? –, aber da steht der Rotzbub und zündet sich a siaße Tschick an. Mit 15! Unpackbar!«

Das Lächeln schien in Lisis Gesicht chirurgisch fixiert worden zu sein ...

»Und dann?«

Kurz flackerte das Lächeln.

»Hab ich ihm den Joint aus der Hand genommen und von Stefan erzählt, ihr wisst schon, meinem Verstorbenen.«

Elena nickte, Katie unterbrach: »Stopp! Kurze Servierpause!«

Sie ließ El Sols Espresso in die Mokkaschale laufen und ging mit zügigem Schritt zu Tisch 15, wo El Sol immer noch telefonierte. *Der Arme.* Sein Blick war auf den Marmortisch gerichtet. Seine Finger zeichneten die Maserung nach. Katie wettete, dass seine Finger sich weich anfühlten, wenn si–

El Sol sah auf. Diesmal zuckte sein Mundwinkel nicht. Ganz im Gegenteil. Seine Lippen waren zu einer schmalen Linie zusammengepresst.

»Danke«, murmelte er zu Katie, während er weiter das Smartphone ans Ohr hielt.

»Gern«, erwiderte Katie leise. Ob El Sol es hörte, war fraglich. Denn im selben Moment sagte er: »Markus, ich verstehe deine Sorge, das geht allerdings zu weit.«

El Sol schien seinen Job ernst zu nehmen. Standhaft und streitbar. Das musste nichts Schlechtes sein.

Katie ließ ihn seinen Kampf am Telefon ausfechten und ging zurück zur Bar.

»Kann weitergehen!«

»Leiwand, ich hab schon tausend Szenarien im Kopf, was passiert sein könnte«, sagte Elena.

Lisis linke Augenbraue zuckte erneut. Sie genoss ihre Show sichtlich. »Ich sage also: ›Mir ist einer gestorben‹, da kriegt der Bursche plötzlich die Guschen auf. Tod, Leid, Gewalt, Ohnmacht, Suizid – das alles steckt schon in so einem vernebelten 15-jährigen Kopf. Könnt ihr euch das vorstellen?«

»Na oarg!«

Alle drei nippten am Kaffee.

»Und dann?«, fragte Elena.

»Haben wir gegessen. Wenn Mister Facility nicht so ein großer, starker Mann wäre, hätt' er zum Rean angefangen.«

»Lisi, dein Männerbild!«, tadelte Katie.

»Ist doch so.«

»Er hat also *nicht* geweint?«

»Er war nah dran. War eine total düstere Stimmung. *Gloomy*. Nach dem Thema Tod haben wir übern Häfn gesprochen.«

»Der Sohn war schon im Knast?«

»Nein, aber so gut wie! Unpackbar, oder? Der ist außer Rand und Band da unten in Dornbirn.«

»Und hier in Wien?«

»Wie ein Lamm, der Rotzbub.«

»Wie?«

»Frech. Eh. Ansonsten: harmlos. Wir waren am Samstag im Prater. Im Tempodrom sah er aus wie ein Volksschüler. Total unschuldig. Und er steht auf Dosenwerfen. Keine Ahnung, warum. Vermutlich, weil es Krach macht? Wir haben sieben Games gezockt – zu dritt. Der Standler hat die Dollarzeichen gar nicht mehr aus den Augen bekommen.«

»Und Sonntag?«

»Sonntag ging's ans Eingemachte: Aufklärungsgespräch mit Dr. Dr. med. Elisabeth ›Lisi‹ Hochhauser.«

»Never!« Elena kicherte.

Die Stimmung an der Bar war ausgezeichnet – ganz im Gegensatz zur Lage an Tisch 15. Dort starrte El Sol auf das

Smartphone in seiner Hand, das er im nächsten Augenblick an den Rand des Marmortisches legte. Wenigstens hatte er das Telefonat hinter sich gebracht.

»Keine Scham vor einer Ärztin!«, erzählte Lisi weiter. »Ich glaub, der Bursche wollte mich mit seinen Sex-Fragen nur schockieren.«

»Allerdings lässt sich eine Lisi Hochhauser nicht so leicht schockieren.« Elena reckte die Faust ein paar Zentimeter in die Luft. Sie war ein ausgezeichnetes Publikum.

»Niemals!« Lisi zwinkerte Elena zu. »Ich hab ein Quiz zwischen Vater und Sohn gemacht mit Sexmythen.«

»Sexmythen?«, fragte Elena.

»Ihr wisst schon: Gibt es so etwas wie einen Penisbruch?« Elena kicherte wieder.

»Müssen es 20 Zentimeter sein?«

Elena prustete hinter vorgehaltener Hand.

»Wo sitzt das Jungfernhäutchen? Vorne, Mitte, hinten? – Da sind die beiden Herren zuweilen auch errötet.«

Elena lachte. Es war ansteckend. Katie lachte mit und konnte nicht anders: Sie warf einen weiteren Blick zu El Sol, der sich nicht mehr für Marmortisch und Handy interessierte, sondern die Theke im Auge hatte. *Sie* im Auge hatte. Lachend.

Sein Mundwinkel zuckte.

Oh, wunderbarer Montag!

El Sol zeigte sein Harrison-Ford-Lächeln. Einen Herzschlag lang, zwei, drei. Dann widmete er sich seinem Espresso.

Ein Abend mit ihm allein auf der Terrasse eines Heurigen wäre sicherlich nicht uninteressant …

Wie von fern hörte Katie Elena fragen: »Penisbruch? Woher weißt du denn so was?«

»Medizinstudium! Und eine Freundin von mir ist Sexualpädagogin.«

»Ur-leiwand! Oder, Katie?«

Katies Tagtraum von El Sols Rasierwasser, gutem Rotwein und einem kitschigen Sonnenuntergang platzte.

»Definitiv«, erwiderte Katie möglichst enthusiastisch, woraufhin Lisi sie ins Visier nahm und ihre Augenbrauen in Zeitlupe gen Stirn wanderten. *Oh, oh.*

»Worauf hast du 5.000 Euro verwettet?«, fragte Katie. Kommando: ablenken.

Es wirkte. Lisis Augenbrauen sanken zurück auf Normalmaß und ihr Lächeln wurde sogar eine Spur breiter.

»Kriegt der Rotzbub von mir, wenn er bis zum 18. Geburtstag nicht mehr kifft.«

Elena und Katie sahen sich an. Wieder hatte Katie das Gefühl, die Pointe verpasst zu haben.

»Ich dachte«, fragte Elena vorsichtig, »du hast keine Lust auf Familie und so.«

»Hab ich auch nicht. Darin waren wir, also Punk Michael und ich, uns einig: keinen Bock auf Patchwork-Schaß!«

»Aha ...?«, sagte Katie.

»Regelmäßige Urin- und Haarproben fallen wohl kaum unter Patchwork-Gschisti-Gschasti.«

»Nicht?«

»Sicher nicht.«

»Aber du bist es, die ihm die 5.000 Euro gibt?«, hakte Katie nach.

Lisi zwinkerte. »In der Theorie – und Michi glaubt das auch.«

»Michi?«

»Ja, Michi. Also Michael, der Rotzbub. Wir waren heute früh auf der Bank und haben ein Sparkonto eröffnet. Michi ist danach in den Zug nach Dornbirn gestiegen und Mister Facility hat mich sehr angenehm überrascht, indem er mir einen Umschlag mit 5.000 Euro in bar gegeben hat, weil er nicht so richtig mit dieser Wette einverstanden war.«

Katie nippte an ihrem Kaffee. Ihr schwirrte der Kopf von den verschiedenen Bildern, die Showmasterin Lisi wie einen schnell geschnittenen Actionfilm präsentierte. – Sie sah zu El Sol, der Schach und Matt beobachtete. Sein Tablet schien er heute gar nicht erst aus seinem Aktenkoffer nehmen zu wollen.

»Dann ist es doch ganz gut gelaufen mit dem Kind von Mister Facility«, sagte Elena.

»Kind? Wenn der Rotzbub das hören würde! Er ist wirklich schon mehr Mann.« Lisi grinste. »Er hat mir ein Wahnsinnskompliment gemacht.«

»Welches?«

»Er hat gesagt, er habe noch nie eine Frau wie mich getroffen.«

Das habe ich auch nicht, dachte Katie.

»Und«, Lisis Brauen machten eine La-Ola-Welle, »er findet, ich sei auch Punk. Leiwand, oder?«

Elisabeth »Lisi« Hochhauser – Sheriff oder Punk? Auf eine seltsame Weise passte beides: Gesetzeshüterin und Rebellin. Katies Blick schweifte wie von selbst zu Tisch 15. Dort hob El Sol kurz sein Portemonnaie.

»Auf jeden Fall auch ein intensives Wochenende«, resümierte Elena. Schlussapplaus eines erschöpften Publikums.

»Ich geh kurz kassieren.«

Es war ein sehr angenehmer Nebeneffekt der Lisi-Show, dass die Showmasterin und ihr Publikum sich nicht um den Rest der Welt kümmerten – und damit auch nicht um El Sol. *Wunderbar!*

»Wieder viel los heute?« El Sol nickte in Richtung Bar.

»Das Wochenende war ereignisreich im Wilden Westen.« Katie zwinkerte ihm zu, doch sein Mundwinkelzucken wirkte wackelig.

»Und war Ihr Wochenende auch so wild?«

»Mein Wochenende war das reinste Beruhigungsmittel«, sagte Katie und versuchte, nicht an die Frist ihres Professors zu denken: *Kommendes Wochenende ...*

»Ich hätte ein Stück von Ihrem Wochenende gebrauchen können.« Sein Mundwinkel zog sich kräftig, mutig und ... charmant in die Höhe.

Katie biss sich auf die Zunge, um nicht »Nächstes Mal vielleicht« oder irgendetwas ähnlich Peinliches zu sagen.

Vor ihrem inneren Auge tauchte das Bild von El Sol auf, der es sich auf ihrer kleinen Couch bequem machte. Entspannt, zurückgelehnt, mit einem Glas Wein in der Hand. Ein Achterl in Ehren nach einem langen Arbeitstag, den sie hinter ihren Büchern und er am Telefon, am Tablet und mit Weltrettungsmissionen verbracht hatte. Ein Achterl als Abschluss des Tages, statt den Laptop mit ins Bett zu nehmen, so wie Sven es getan hatte ...

Der Belegdrucker holte Katie ins Hier und Jetzt zurück. Es machte *Ziiiiiiiiiehdd* an ihrer Hüfte und El Sol legte sein Kleingeld auf den Tisch. Alles wie immer. – Nur dass Katie ihm heute die Rechnung in die Hand gab und sich dabei wünschte, es wäre ihre Telefonnummer ...

Trotz dieser teeniemäßigen Illusion war es die beste Idee, die sie seit Langem gehabt hatte, denn plötzlich waren sie da: seine Fingerspitzen. Warm, weich. Sein Daumen berührte den ihren. Sein Zeigefinger ihren Mittelfinger. Ob das Absicht war oder nicht – egal. Völlig egal. Denn dass sich daraufhin ihre Blicke trafen, war kein Zufall.

Zing, booooom!

»Danke«, sagte El Sol und räusperte sich.

»Bitte sehr«, erwiderte Katie automatisch und dachte: Ich würde dich gern kennenlernen! Doch ihr Mund fügte hinzu: »Bis zum nächsten Mal.«

El Sol nickte. Er steckte den Beleg nicht in sein Portemonnaie, sondern behielt beides in einer Hand. Die andere griff zu seinem Aktenkoffer. Alles ging plötzlich wahnsinnig schnell und im nächsten Moment, gefühlt, stand Katie bereits hinter der Theke.

Lisi hob gerade ihre Kaffeetasse, hielt jedoch auf halbem Weg zu ihren Lippen inne und musterte Katies Gesicht.

Oh, oh.

»Vielleicht solltest du ihn mal einladen.«

»Wen?«, fragte Elena

Lisi nickte nach schräg hinten, wohin Elena sich sofort umdrehte. Allerdings war El Sol bereits fort.

»Check ich nicht«, sagte Elena.

»El Sol war da«, erklärte Lisi, ohne Katie aus den Augen zu lassen. »Frag ihn das nächste Mal einfach, ob er nicht Lust hat, seinen Kaffee woanders zu trinken, *mit dir*. Was hast du schon zu verlieren?«

»Mein Gesicht?!« In Gedanken fügte Katie hinzu: Und mein Herz. – Darum würde sie garantiert nicht vorschnell aufs Ganze gehen, sondern zuerst weitere Indizien sammeln.

»Dein Gesicht verlieren? Wenn's schlecht läuft, verlierst du einen Stammgast, in den du zu viel Hoffnung gesetzt hast. Mehr nicht.« Lisi vollführte die dritte Augenbrauen-La-Ola des Nachmittags. Sie war wirklich gut drauf. »Würde dir nicht eine kleine Friday-Night-Love gefallen?«

»Dein Denglisch heute ist fürchterlich.« Der Umgang mit dem 15-jährigen Spross von Mister Facility tat Lisis Ausdruck eindeutig nicht gut. »Außerdem will ich keine *Friday Kind of Love.*«

»Was willst du dann?«

»Eine *Sunday Kind of Love.*«

»Etta James?«

»Jep.«

»Stopp! Ich komm nicht mehr mit«, schaltete sich Elena ein.

»›Sunday Kind of Love‹ ist ein Song von Etta James«, erklärte Lisi.

»Unter anderen«, fügte Katie hinzu.

»Tatsächlich?«

»Typischer Pop-Jazz-Standard aus den 40ern. Louis Prima hat den Song mitgeschrieben.«

»So oarg, was du alles weißt!« Elena staunte. Katie lächelte.

»Ur-schade, dass du damit kein Geld verdienen kannst.« Katies Lächeln fiel. *Ja. Tja.* Genauso, nur ohne die Begeisterung, dachten ihre Eltern auch ...

»Wie auch immer«, sagte Lisi. »Ich bin derzeit jedenfalls der Friday-Kind-of-Love-Typ.«

Lisi deutete auf Elena. »Und du bist in einer Sunday-Kind-of-Love-Beziehung.«

Elena verdrehte die Augen und rührte in ihrem restlichen Kaffee, so wie Lisi es sonst tat. »Also ich hätte nichts gegen ein bisschen Saturday-Night-Love oder wie das heißt.«

Oh!

»Sag mal, Elena, Herzipinkerl: Schläfst du noch mit Sebastian?«

Wie konnte man solche Fragen stellen und nicht erröten? Katie ahnte, wie sich Mister Facility und sein Sohn gefühlt haben mussten. Sie spürte, wie ihr das Blut warm ins Gesicht schoss, und auch Elena bekam rosige Wangen.

»No na.«

»Dann kann er ja auch nicht merken, dass etwas nicht stimmt.«

»Lisi, dein Männerbild«, kam Katie zu Hilfe.

»Ist empirisch nachgewiesen.«

Die Studie möchte ich sehen, dachte Katie.

»Wieso reden wir eigentlich immer über Männer?« Elena exte ihren Restkaffee. »Wir sind das reinste Frauenklischee!«

»Wir reden darüber, weil es spannend ist.«

»Siehst du: voll das Klischee! Wir reden nur über spannende Männer. Wir reden nie über ... Ach, Wurscht!«

»Worüber?«, fragte Katie.

Elena schob ihre leere Tasse von sich: »Es ist leicht, über Neues zu reden. Über neue Männer. Das ist immer aufregend und spannend.«

»Aber darum geht's doch gar nicht«, sagte Lisi. »Es geht um das Besondere, was es spannend macht.«

»Und das Besondere ist immer das Neue, das Nicht-Normale.«

»Sehe ich anders.« Lisi blieb hart. »Ziel ist, dass das Normale besonders ist.«

»Pff«, machte Elena, glitt vom Barhocker und schulterte ihren Stoffturnbeutel. »Ich muss los, die Zwischenpräsentation vorbereiten.«

Schwarz auf weiß

Zwei Tage später, am Mittwoch, schwirrte Katie der Kopf. Sie trat hinter die Bar. Vier Minuten vor 15 Uhr. Vier Minuten vor Schichtbeginn. Immerhin pünktlich.

Sepp kam hinter ihr durch den Makramee-Vorhang. »Bis später. Wünsch mir Glück!«

»Wie bitte?«

Sepp sah sie erstaunt an. »Ich hab jetzt Prüfung. Verwaltungsverfahren. Hab ich dir doch gesagt.«

»Klar.« Dunkel erinnerte sich Katie, dass er ihr am Montag ... oder war das gestern gewesen ...?

Sepp verdrehte die Augen. »Sabine springt für zwei Stunden ein, danach bin ich zurück. Die people im Schanigarten sind versorgt. Nur ...« Sepp neigte seinen Kopf etwas zu Katie und senkte die Stimme. »Mister Parker hockt drüben. Bringst du ihm ein Wasser? Ich hab's noch nicht geschafft und er sieht jetzt schon aus wie eine Dörrzwetschke.«

Sepp zwinkerte ihr zu und stellte sich wieder aufrecht hin. »Whatever, ich muss los. Bin echt nervös. Bis später. Baba!«

Er ging zügig um die lang gezogene Theke herum, während Katies Kopf mühsam die Informationen verarbeitete.

»Sepp?«

Er drehte sich um. »Was? Ich muss wirkli–«

»Viel Glück!«

Sepps Mundwinkel zogen sich in die Höhe. »Danke!« Er winkte und verließ das Schopenhauer.

Möge dein Hirn schneller sein als meines.
Zurück zur Routine: Küche, Lager, Kasse ...
Ach, was soll's. Katie prüfte nur das Wechselgeld. Und was war noch? Ach ja: Mister Parker. Die Dörrzwetschke. Ziemlich übertrieben. Denn wenn etwas ausgedörrt war, war das ihr Hirn. Ihr Hirn, die Dörrpflaume!

Katie war heute früh um 5.15 Uhr aufgestanden und hatte versucht, eine Übersicht zu erstellen, die die Argumentationskette ihrer 327-seitigen Promotionsarbeit zeigte. Bloß war es zum Schluss keine Kette, sondern ein weit verzweigtes Verkehrsnetz geworden. Mithilfe von ein paar Buntstiften aus der hintersten Ecke ihres Schranks hatte Katie es geschafft, die Übersicht einigermaßen verständlich zu halten. Drei Mal musste sie ihren nervenden Handy-Wecker in den Schlummerschlaf versetzen, dann war das abstrakte Kunstwerk fertig gewesen – und Katie immer noch im Schlafanzug, den Kopf voll mit ihren eigenen wissenschaftlichen Beweisführungen.

Selbst jetzt im Schopenhauer ratterten die aufgestellten Thesen in ihrem Kopf von A nach B, die begründeten Hypothesen schlängelten sich von C nach D, die Definitionen hupten an den Hotspots ihres Argumentationsnetzes und die kleineren, wenig repräsentativen Studien stauten sich mit den populärwissenschaftlichen Studien und Texten in den Parallelstraßen zur Hauptargumentation. Kurz: Ihr Schädel brummte. Sie würde heute keine einzige neue Information mehr aufnehmen können.

Und das an einem Mittwoch, an dem sie nach einem langen El-Sol-losen Dienstag wieder auf ihren besonderen Stammgast zählte. Katie hoffte, seine elektrisierende Präsenz würde ihre überstrapazierten grauen Zellen wiederbeleben. Bis dahin lagerte sie ihr Hirn besser aus: Katie kramte aus einer Schublade hinter der Bar einen Block und einen stumpfen Bleistift heraus. Ganz *oldschool*. Sicher war sicher. Als Erstes notierte sie: »Mister Parker: Eiswasser«.

Zettel und Stift blieben nicht unbemerkt.

»Schreibst uns deine Nummer auf, Madl?«, zog Matt sie eine halbe Stunde später auf, während Johnnie Walker an Tisch 42 skeptisch jeden noch so kleinen Schnörkel auf dem Papier verfolgte. Die Dog Lady hob missbilligend beide Augenbrauen in die Höhe.

Tja ...

Umso erfreulicher war es, dass El Sol ihr quasi beistand. Irgendwie. Denn er war heute ebenfalls *oldschool* unterwegs: Mit einem Stapel Zeitungen unter dem Arm betrat er den Gastraum. Sein Blick glitt zur Theke, sein Mundwinkel zuckte. *Herrlich.*

Katie lächelte und nickte. Gut, dass natürliche Reflexe keinerlei Gehirnkapazitäten verbrauchten. Und gut, dass Lisi und Elena noch nicht da waren, das hätte Katies Dörrpflaumen-Hirn gewiss in Einzelteile zerbröselt. Ohne die beiden konnte Katie sich ganz auf El Sol konzentrieren – mit dem bisschen Konzentration, das ihr geblieben war ...

Katie notierte sich »Zeitungen« ganz hinten in ihrem Block, dann ging sie zu ihm. 23 Schritte, ohne groß darüber nachzudenken. *Praktisch.*

El Sol hielt in seiner rechten Hand einen Kugelschreiber und blätterte durch den STANDARD – eine der Tageszeitungen, die hier im Schopenhauer auch auslagen, kostenfrei. Bevor Katie sich einen Reim darauf machen konnte, hob El Sol seinen Blick.

»Schön, Sie zu sehen«, sagte er.

Katies Gehirn lief heiß. »Dito«, erwiderte sie und unterdrückte den Impuls, sich den Block gegen die Stirn zu schlagen.

»Gern eine Melange.« Sein Harrison-Ford-Lächeln sandte

ein Kribbeln von Katies Fersen hinauf bis in ihre Nasenspitze. Ihr Hirn erreichte es leider nicht.

»Gern«, sagte Katie und hatte das Verlangen, sich den Block an den Kopf zu tackern. Einwortsätze schienen heute das Nonplusultra zu sein. Mehr war offensichtlich nicht drin. *Wie peinlich!* Und es wurde nicht besser.

Katie brachte ihm ein paar Minuten später seine Bestellung.
»Danke.«
»Gern.«
Fertig.
Schade!
Am Freitag sollte sie unbedingt ausschlafen, um für den gar nicht so unwahrscheinlichen Fall seines Auftauchens mit geistreichen Worten gewappnet zu sein.

Als El Sol begann, sich Notizen direkt auf die Zeitungen zu schreiben, strandeten Elena und Lisi im Schopenhauer. Die Gehirnkapazität der beiden schien ebenfalls ausgelastet, denn keine von ihnen kam auf die Idee, zur zweiten Loge links neben dem Eingang zu schauen. Dass zudem keine von beiden lächelte, machte Katie misstrauisch.

»Was ist los?« Drei Worte. Immerhin. Es schien bergauf zu gehen.

Katie goss eine Runde Kaffee ein und strich das Wort »Filterkaff.« auf ihrem Block durch.

»Schlagobers!«, flehte Lisi.
»Schokostreusel!«, stimmte Elena mit ein.
»Okay.«
Sie waren drei Einwort-Wunder.

Kaum zwei Minuten später schaukelten weiße Hügel, verziert mit zartbitter-schwarzen Flocken in ihren Tassen. Katie schöpfte die Spitze ihres Schlagsahnebergs mit dem Löffel ab. *Hmm.* Ihre Schultern entspannten sich. Sie steckte ein weiteres Scheibchen ab. *Köstlich!* Fett, Zucker und Koffein.

Das Schwirren in ihrem Kopf nahm ab. Ihr Gehirn schien den Hochspannungsbereich so langsam zu verlassen. Ein Königreich für Schlagobers mit Schokostreuseln! Sie legte gleich noch mal einen weißen Klecks für jede nach.

Lisi, die die erste Portion in ihrem Kaffee ertränkt und eingerührt hatte, hob den Nachschlag gekonnt auf ihren Löffel und genoss ihn in einem Stück. Dann brach sie das Schweigen.

»Mister Facility zieht weg.« Ihr Gesicht war ungewohnt ruhig. Nichts regte sich. Ihre Augenbrauen wirkten wie erstarrt.

»Wie bitte?«

»Mister Facility zieht weg. Er packt gerade.« Selten fiel Lisi mit der Tür ins Haus. Ganz ohne Storytelling.

»Kann man einfach so wegziehen?« Elena strich sich mit Mittel- und Zeigefinger den Schlagobers-Kuss von den Lippen. Katie schob ihr eine Serviette zu.

»Scheinbar schon.« Lisi seufzte.

»Und sein Job?«, fragte Katie.

»Gekündigt. Heute. Fristlos. Er nimmt Resturlaub und Überstunden.«

»Und dann?«

»Sucht sich was Neues. Handwerker werden immer gebraucht. Ingenieure sowieso.« Lisi schüttelte den Kopf.

»Wohin will er denn?«

»Dornbirn natürlich.«

Ergab das einen Sinn? Katie war sich nicht sicher …

»Was ist los?« Mit dieser Standardfrage könnte sie heute viel Gehirnkapazität sparen.

»Michael. Sein Sohn. Hat's mal wieder vermasselt.«

»Drogen?«

»Nein, Sozialexperiment.«

»Wie bitte?«

Lisis Storytelling war zurück. Gewohnheiten ließen sich eben auch in Krisenzeiten nur schwer abschütteln.

»Der Idiot hat doch tatsächlich Fenster beim Juwelier eingeworfen.«

»Diebstahl?«

»Dummheit! Und Vandalismus. Er hat die Fenster zertrümmert, ein paar Klunker auf die Straße geworfen und ist weggelaufen. Mehr nicht. Weit ist er allerdings nicht gekommen. Er sagt, er habe sehen wollen, ob andere sich Klunker fladern oder widerstehen würden.«

»Bescheuert«, sagte Katie.

»Absolut.«

»Und Mister Facility?«

Lisi seufzte erneut. »Nimmt seine Vaterpflicht wahr, zieht ins gelobte Ländle und versucht zu verhindern, dass der Bursche weiter auf die schiefe Bahn gerät. Das ist das langfristige Ziel. Das kurzfristige Ziel ist, durch die Verdopplung der Aufsichtspersonen in Dornbirn den Richter weichzuklopfen, damit der Rotzbub nicht in'n Häfn einfährt.« Lisi schüttelte wieder den Kopf. »Der wird Sozialstunden bekommen, bis er in Pension geht!«

»Unpackbar«, sagte Katie. Sie konnte förmlich hören, wie ihre Gehirnwindungen versuchten, die vielen Worte und Bilder zu verarbeiten.

»Absolut«, wiederholte Lisi.

»Er zieht weg«, murmelte Elena, die bisher ungewöhnlich still geblieben war. Sie schnippte mit den Fingern. »Einfach so.«

»Einfach so. Von heut' auf morgen«, bestätigte Lisi düster.

»Und was wird aus euch?«

Lisi zuckte bloß mit den Schultern und rührte in ihrem Kaffee.

Katie sah zu El Sol. Er schlug gerade eine Zeitungsseite

um. Es wäre wirklich schade, wenn er von heute auf morgen einfach so verschwin–
Bi-bibi-Bi.
Sein eigener Standardklingelton ließ El Sol zusammenzucken. *Bi-bibi-Bi.* Er unterstrich etwas auf der Seite vor sich, *Bi-bibi-Bi*, dann ging er ran. *Der Arme.* Um zu erkennen, dass es kein angenehmes Gespräch war, benötigte Katie weniger als eine Gehirnzelle. Seine freie Hand ballte sich zur Faust, aus der der Kugelschreiber ragte. Er sagte kaum etwas.

Ob er jeden Tag schwierige Telefonate führen musste?

Katie würde an seiner Stelle diesen grässlich piependen Standardklingelton durch einen Krach-Metal-Song ersetzen. So wäre er gleich beim Klingeln eingestimmt auf die Horrorszenarien, die da Tag für Tag an sein Ohr drangen. Vielleicht sollte sie ihm »Freak On a Leash« von »Korn« empfehlen?

Der Song legte mit einer unheilvoll kreischenden E-Gitarre und schneidenden Drums los. Der schleichend-schleppende Beat zog sich wie ein enger, endloser Korridor zusammen, in dem Frontman Jonathan Davis das Grauen besang: eingesperrt, ohnmächtig, ausgestoßen. Ein Freak, der an seinen Ketten zerrt. – Mit solch einer grimmigen Solidarität als Klingelton könnte El Sol seinem Gegenüber die Meinung geigen, statt wie jetzt seine Stirn auf Zeige- und Mittelfinger zu stützen und die Tischplatte anzustarren.

Gib nicht auf, Secret Agent Man.

»Okay. Ihr seid dran«, forderte Lisi. »Bringt mich auf andere Gedanken.«

»Pff«, machte Elena und nippte an ihrem Kaffee. Einmal, zweimal, dreimal.

Lisis Blick fiel auf Katie: »Was macht die Promotionsarbeit?«

War ja klar.

»Ich bin auf Seite 327 von –«

Lisi unterbrach sie. »Jajaja! Du bist im dreistelligen Bereich. Danke.« Ihren Sarkasmus unterstrich sie mit einem Augenrollen.

»Aber –«, begann Katie, doch Lisi schnitt ihr erneut das Wort ab. *Vielleicht besser so.* Lisis Reaktionen waren heute schwer abzuschätzen und Katie hatte keine Lust, die Nuancen zwischen einer spannenden, gewagten These und einer unausgegorenen Teenie-These zu diskutieren.

»Es wäre schön, mal was Neues zu hören«, nörgelte Lisi und wandte sich Elena zu, die ihren Kaffee inzwischen Schluck um Schluck ausgetrunken hatte. »Zum Beispiel: Wie war deine Präsentation?«

»Ach ...«, sagte Elena und griff wieder zu ihrer Kaffeetasse; dann fiel ihr auf, dass die schon leer war.

»So schlimm?«, fragte Katie und schenkte nach.

»Ging so.«

Oh no. Katie kleckste noch mal Schlagobers auf Elenas Kaffee plus Schokostreusel.

»Lässt du dich jetzt davon runterziehen?«, entrüstete sich Lisi und murmelte leise »Depperter Matze« vor sich hin.

»Pff«, machte Elena.

»Was ist los?«, fragte Katie.

Ehe Elena antworten konnte, sah Katie, wie El Sol auf die Bar zusteuerte. Direkt. Mit der einen Hand hielt er sein Smartphone ans Ohr, mit der anderen Hand zog er sein Portemonnaie aus der Hosentasche und legte es auf die Bar. Gleich neben Elena. Er war viel zu schnell für Katies verlangsamtes Gehirn. Und plötzlich so nah. So greifbar. Nicht nur für Katie.

Elena und Lisi starrten ihn erstaunt an.

»Das ist mir klar!«, schnappte El Sol ins Handy. Kurz, knapp, kühl. Er wäre ein genauso gefürchteter Sheriff wie Lisi.

Er fummelte mit einer Hand sein Kleingeld aus der Geldbörse, legte es auf die Theke, schaute Katie kurz aus ernsten

Augen an, nickte und ging zurück zu seinem Stammplatz, um sich seinen Aktenkoffer zu schnappen und aus dem Schopenhauer zu eilen. Das Smartphone des Schreckens weiter an sein Ohr gepresst.

Armer Secret-Agent-Man-in-Richtung-Lebensberatung. Sein aktueller Auftrag schien so richtig nach hinten loszugehen.

Katie sah ihn draußen vorbeieilen: Fenster eins, Fenster zwei – weg war er. Einzig das Kleingeld auf der Theke, Katies klopfendes Herz und das Geschirr auf Tisch 15 zeugten davon, dass er hier gewesen war – und die Zeitungen, die er offensichtlich auf der Sitzbank zurückgelassen hatte.

»Er kam aus dem Nichts. Wie Batman«, sagte Elena und stieß geräuschvoll ihren Atem aus, als ob sie fünf Minuten lang die Luft angehalten hätte.

»Seltsamer Tag heute«, sagte Lisi. »Aber angenehme Stimme.«

»Ich finde ihn wirklich etwas zu klein geraten«, meinte Elena.

»Quatsch.« Katie ging zu seinem Stammplatz, räumte die kaum angerührte Melange ab und nahm auch die Zeitungen mit. Bei der Aussicht auf eine neue Quelle, die studiert werden wollte, rastete irgendetwas in ihrem Gehirn ein. Wurde da Arbeitsspeicher frei?

Auf jeden Fall war sie nicht die Einzige, die neugierig war. Elena beugte sich über die Zeitungen, als Katie mit ihrer Beute wieder hinter die Bar trat.

»Die Ausgabe ist vom Wochenende.« Elena tippte auf die Kopfzeile des STANDARDs.

Lisi schob ihre Finger zwischen die Zeitungsseiten. »Ich sehe den Kurier, die Presse und – was ist das?«

»Ausgedruckte Immobilien-Seiten.« Katie legte die A4-Seiten obenauf.

»Der ist auf Wohnungssuche!« Lisi zog ihre Hand von den Zeitungen weg, als ob sie sich verbrannt hätte.

Im Gegensatz zu Elena, die beherzt zum STANDARD griff. »Er hat hier sogar zwei Anzeigen markiert.«

Lisi lehnte sich zu ihr. »Da schau her!«

»Was?« Katie nahm den beiden die Zeitung aus der Hand. Sie hatte das Gefühl, sie würden in El Sols schmutziger Wäsche wühlen. Oder seine Post öffnen. Das hier schien viel zu privat.

»Er hat Wohnungen mit zwei Zimmern angestrichen«, sagte Lisi. »Das sind Single-Wohnungen.«

»Ist doch super, wenn er Single ist.« Elena wollte den Kurier aus dem Zeitungsstapel ziehen, aber Katie ließ es nicht zu.

Vielleicht wollte sie nicht so schnell so viel über El Sol erfahren? Jedenfalls nicht auf diese Weise ... Katie faltete die Zeitungen zusammen, steckte die Wohnungsexposés dazwischen und legte alles in das große, untere Schubfach hinter der Theke, das für Fundsachen bestimmt war.

»Der ist neuer Single. Das rieche ich drei Meilen gegen den Wind.« Lisi hob ihren Kaffeelöffel und deutete auf Katie. »Du hast doch gesagt, er arbeitet schon seit einigen Jahren in der Umgebung?«

»Ja, und?«

»Und da sucht er sich aus heiterem Himmel neue Routinen? Ein neues Café, eine neue Wohnung?« Lisi schüttelte den Kopf und wedelte mit dem Kaffeelöffel von links nach rechts. »Neinneinnein. Ich wette, der ist gerade in der Trennung. Und das heißt: Obacht!« Sie legte den Löffel beiseite und ihre Hände auf die Theke. »Bist du der Trennungsgrund, ist das okay«, sagte sie ernst. »Bist du es nicht, lässt du besser die Finger von ihm, denn dann sucht er nur eine Trösterin.«

»Lisi, dein Männerbi–«

»Gilt für Männer wie für Frauen. Das ist die Psychologie des Schmerzes. Trennungsschmerz inklusiert.«

»Stimmt nicht.« Katie erhob ihrerseits ihren Kaffeelöffel.
»Ich hab mich damals nicht trösten lassen nach –«
»Auch billiger Trost zählt.«
»Wie bitte?«
»Betrunkenes Rumknutschen auf der Tanzfläche im Chelsea mit irgendwelchen Typen fällt auch unter Trösten.«
Autsch. Katie ließ den Löffel sinken. »Das war nur einmal.«
»Und stell dir vor, du bist dieses ›nur einmal‹ für El Sol. – Neinneinnein«, wiederholte Lisi. »Finger weg von so einem. Der braucht Trost und will sich ausprobieren. Mehr nicht. Der will keine *Sunday Kind of Love*, der macht gerade ein neues Leben auf.«

Katie bereute es, die Zeitungen auf die Bar gelegt zu haben. Sie hätte sie sofort bei den Fundsachen deponieren sollen.

»Ein neues Leben aufmachen«, überlegte Elena, »das ist eigentlich ur-spannend.« Sie trank von ihrem Kaffee und tupfte sich mit der Serviette Schlagobers-Reste von der Oberlippe. »Ich finde, das sollte jede und jeder regelmäßig tun.«

Lisis Augenbrauen zogen sich zusammen. Sie warf Elena einen strengen Blick zu. »Tatsächlich?«

Elena zuckte mit den Achseln.

»Katie, gib noch mal die Anzeigen rüber. Da sind die besten Single-Wohnungen ja schon angestrichen.« Lisi wandte sich zu Elena: »Sag einfach Bescheid, wenn *wir* es Sebastian sagen sollen.«

»Pff.« Mehr Gegenwehr kam nicht. Elena sah in ihren Kaffee-Rest.

»Oder du kannst in Mister Facilitys Wohnung einziehen. Die wird soeben frei.« Lisi wurde bissig. »Katie, die Zeitungen!«

»Die bleiben, wo sie sind.«

»Ja? Willst du sie dir unters Kopfkissen legen? Als Relique?«

»Warum bist du so goschert?« Ein schwacher Gegenschlag von Elena.

»Warum redest du nicht mit Sebastian?«, konterte Lisi. »Keine feine Partie, ihn hinzuhalten.«

Elena schaute in ihre so gut wie leere Kaffeetasse.

Das war ja nicht mit anzusehen ... Katie griff zum Schlagobers und ließ einen Klecks in Elenas Tasse fallen, der wie ein Eisberg aus der schwarzen Kaffee-Pfütze aufragte. »Lisi hat recht, du musst mit Sebastian reden, wenn du nicht mehr mit ihm zusammen sein willst. Das ist nur fair.«

»Ich weiß aber nicht, was ich will.«

»Dann sag ihm wenigstens das.«

Katie griff zur Schokostreuseldose und verzierte Elenas Eisberg.

Die Schokostreusel begleiteten Katie bis in den Abend hinein. Das Schlagobers auch. Hier ein bestreuselter Klecks auf einem dritten Kaffee. Dort eine gesprenkelte Haube auf einer heißen Schokolade. Sie hatte sogar ein Sahne-Tüpfelchen auf einen Kräutertee gesetzt. Eine einmalige Erfahrung. Das würde sie garantiert nie wieder tun.

»Iss endlich etwas Vernünftiges, du bestehst ja nur mehr aus Schlag!« Sepp, der wortkarg von seiner Prüfung zurück ins Schopenhauer gekommen war, stellte ihr um 18.30 Uhr ungefragt das letzte Stück Quiche des Tages vor die Nase. »Und hier ist das Weizenglas von Mister Parker. Er lässt dich grüßen.« Sepp bugsierte das Glas in den Geschirrspüler. Etwas Erde vom Park klebte noch daran.

»Bis morgen!« Er deutete auf den Teller. »Und iss die Quiche!«

»Danke, Papa.«

Sepp verdrehte die Augen und ging durch den spärlich besetzten Gastraum. Es herrschte die übliche Flaute zwischen nachmittäglichem Kaffeeklatsch und abendlichem Stammtisch-Geplauder.

Katie kostete von der Tomaten-Feta-Quiche, die wirklich ausgezeichnet schmeckte, es aber nicht schaffte, sie von ihren Grübeleien abzulenken ... Da half bloß eines: Katie legte die Gabel beiseite und öffnete die Fundsachenschublade. Kurz zögerte sie, dann nahm sie den Zeitungsstapel heraus und sah sich die angestrichenen Anzeigen an. Alle Wohnungen lagen im 18. oder 9. Bezirk und damit im Umkreis vom Schopenhauer. Katie lächelte. Die meisten boten zwei Zimmer, Küche und Bad, wenige drei Zimmer. Keine Wohnung hatte mehr als 80 Quadratmeter. Sympathisch. Für eine kleine Zweier-WG würden sich die Wohnungen auch eignen ... Vor Katies innerem Augen formte sich das Bild, wie sie beide verschlafen aus ihren Zimmern kämen. Gleichzeitig. Beide mit zerzausten Haaren. Sie in ihrem kurzen Rolling-Stones-Schlafanzug, er in einem schwarzen Seidenpyjam– *Stopp!* Schwarze Seide?!

Katie stapelte die Zeitungen wieder zusammen und verstaute sie in der Schublade. Wollte sie wirklich einen Mann näher kennenlernen, den sie sich in einem Seidenschlafanzug vorstellen konnte?

Die Tür des Schopenhauers ging auf und Katie wusste sofort die Antwort: Ja! *Definitiv: Ja!* Denn herein kam: El Sol. Ohne seinen Aktenkoffer. An einem Abend. Und er kam direkt auf sie zu.

Katies Hände wurden feucht. Sie wies ihre innere 14-Jährige in die Schranken und rief sich ins Gedächtnis, dass sie Ü-30 war. Unabhängig und selbstbewusst. Katie straffte ihre Schultern. Ihre Handflächen blieben trotzdem leicht feucht ... und schon stand El Sol vor ihr.

»Sie haben das unerfreuliche Telefonat überstanden?« Unabhängig und selbstbewusst, feuerte Katie sich an. *Gemma!*

»In der Tat. Es ist gerade eine fordernde Zeit.« Er schaute ihr ernst in die Augen und zog im nächsten Moment seinen rechten Mundwinkel schräg und verlegen in die Höhe. *Der Spitzbub.*

»Sie haben nicht zufällig die Zeitungen, die ich heute Nachmittag liegen gelassen habe?«

Katie bückte sich zur Fundsachenschublade.

»Ich hab mir gedacht, Sie könnten die noch benötigen.« Sie reichte ihm den Stapel über die Bar hinweg. El Sol griff danach. Sein Zeigefinger streifte ihre Hand. Passierte so etwas wirklich aus Versehen? Ihre Blicke trafen sich.

»Sie wollen sich verändern?« Katie deutete auf die Zeitungen.

»Ja. Ich lechze nach Veränderung.« Seine hellbraunen Augen schauten direkt in ihre. Einen Herzschlag lang. Noch einen. Dann warf er einen Blick auf seine Armbanduhr. »Haben Sie eine schöne Wohnung?«

»Eine kleine, aber feine.«

»In der Nähe?«

Wie frech war diese Frage? Katie nickte nur.

»Was ist Ihnen an einer Wohnung wichtig?«

Katie musste nicht lange überlegen. »Der Blick über die Dächer, Ruhelage und Sonne.«

»Die Größe ist egal?«

Alles oder nichts, dachte Katie. Vielleicht würde sie irgendwann einmal das Geheimnis um seinen Seidenpyjama lüften. »Für mich allein – ja.«

Sie sah, wie er schluckte. Sein Adamsapfel tanzte einmal nach oben und nach unten.

»Und? Erfüllt Ihre Wohnung das alles: Weitblick, Ruhe, Helligkeit?«

»Im Großen und Ganzen. Allerdings ist sie nicht superruhig. Sie liegt zur Straße raus und nicht zum Hof.«

»Vermutlich wegen der Sonnenseite?«

»Eher weil im Hof Balkon an Balkon hängt. Ich bevorzuge einen echten Anstandsabstand zwischen mir und meinen Nachbarn. Etwas mehr als eine Trennwand.« Hoffentlich klang das nicht zu misanthropisch. »Und welche Kriterien muss Ihre Wohnung erfüllen?«

»Ich denke da wie Sie.«

Das sollte gewiss schmeichelhaft klingen. – Warum konnten sich Männer nicht vorstellen, dass es genau das *nicht* tat? Keine Frau wollte einen Zombie-Mann, der eins zu eins dasselbe liebte, hasste, anstrebte. Das war langweilig und ... klebrig.

»Obwohl ich vermutlich die ruhigere Lage bevorzugt hätte«, fügte El Sol hinzu.

Sehr gut, damit hatte er noch mal die Kurve gekriegt. Keine totale Assimilation.

»Geben Sie mir Bescheid, wenn bei Ihnen etwas frei wird.« El Sol zwinkerte ihr zu. Dann sah er wieder auf seine Uhr. »Ich muss leider los.«

Leider! Gut, dass ihr Mund stattdessen sagte: »Bis zum nächsten Mal.«

»Bis morgen!« El Sol lächelte sein schiefes Harrison-Ford-Lächeln.

Morgen!

Er ging in seinem schwarzen Hemd, in seiner schwarzen Hose, in seinen schwarzen Schuhen zur Tür und hinaus. Katie erinnerte sich an Lisis Mahnung: Finger weg, der sucht nur Trost! Aber so benahm er sich nicht. Er ließ sich nicht kleinkriegen. Er schien viel zu arbeiten und trotzdem Zeit fürs Kaffeehaus zu finden. Er lechzte nach Veränderung. Er hatte einen warmen, weichen Zeigefinger ... und vielleicht einen schwarzen Seidenpyjama. Er war ein Cowboy, der fest und erhaben in seinem Sattel saß.

Oder?

Der Unterschied

Am darauffolgenden Nachmittag, am Donnerstag, erschien ihr El-Sol-Seidenpyjama-Cowboy nicht so aufgeräumt. Ein Blick. Ein Mundwinkelzucken. Das Tablet vor sich. So weit, so gut. Doch dann geriet er in den nächsten Wüstensturm, der ihm unangenehm aus seinem Smartphone entgegenfegte. Genau in dem Moment, *Bi-bibi-Bi,* in dem Katie an seinen Tisch trat, fest entschlossen, ihn heute mit »Schön, Sie zu sehen« zu begrüßen. Genau in dem Moment, *Bi-bibi-Bi,* als er von seinen Notizen hoch- und Katie entgegensah.

Sein Blick schnellte aufs Display seines Smartphones, er verzog das Gesicht und, *Bi-bibi-Bi,* nahm das Gespräch mit einem kurzen, knappen »Ja?« an.

Flüsternd bestellte El Sol einen »Kleinen Braunen« und Katie konnte nichts anderes tun, als zu nicken und zur Bar zurückzukehren. Beim Servieren war es dasselbe Spiel.

Das war unbefriedigend. Ungenügend. *Unausgegoren!*

Heute hätte Katie bestimmt ihre Chance genutzt, um ihn etwas Entscheidendes zu fragen. Die nächste Facette an ihm zu entdecken. Denn heute fühlte sie sich schlagfertig, zumindest schlagfertiger als gestern. Der Plan, länger zu schlafen und etwas Gehirnkapazität für El Sol aufzusparen, war zwar nicht aufgegangen, weil sie auch ohne Wecker um 5.30 Uhr aufgewacht war. Aber das Schreiben der Conclusio, mit der sie begonnen hatte, ging ihr einfacher von der Hand als erwartet. Sie war sogar 15 Minuten vor Dienstbeginn im Schopenhauer gewesen. Der Tisch für die Pen-and-Paper-Strategen war bereits gestellt. Alles hatte wunderbar geklappt ... bis zum *Bi-bibi-Bi.*

Als El Sol vier Minuten später sein Portemonnaie aus der Hose zog und ihr zuwinkte, sank Katies Laune vollends in den Keller. Sie dachte an Lisis Trennungs-Diagnose. Die könnte seine »fordernde Zeit«, die Wohnungssuche und die ungemütlichen Telefonate erklären – musste es jedoch nicht.

Zum dritten Mal trat Katie an Tisch 15. Seine Espresso-Tasse war noch halb voll. Wirklich unbefriedigend. Da er in der einen Hand das Handy und in der anderen seine Geldbörse hatte, schob Katie ihm den Kassenbeleg über den Tisch zu. Wirklich, wirklich unbefriedigend.

»Einen Moment«, sagte El Sol ins Telefon und hielt sich das Gerät an die Schulter. Zum ersten Mal heute wandte er sich mit ungeteilter Aufmerksamkeit an Katie: »Tut mir leid.«

Statt sein Zwei-Euro-Stück auf den Tisch zu legen, hielt er es ihr entgegen. Er wartete, bis Katie ihre Hand ausstreckte, und legte das Geldstück hinein, berührte dabei ihre Handfläche – mit Absicht! Katies Daumen legte sich für einen Moment über seine Finger. Ihre Blicke trafen sich.

Befriedigend!

Ach was: summa cum laude!

Die Welt stand für einen Moment still, dann tönte eine Männerstimme aus dem Smartphone an seiner Schulter: »Christoph?«

Mit dem Handy des Grauens am Ohr und seinem Aktenkoffer in der anderen Hand verließ ihr Geheimagent-Seidenpyjama-Cowboy das Schopenhauer – nicht ohne sich vor der Tür noch einmal umzudrehen, zu ihr.

Summa cum zing, boom laude!

Katie kramte Block und Bleistift von gestern aus der Barschublade und notierte auf der letzten Seite, unterhalb des Wortes »Zeitungen«, seinen Namen.

Sie betrachtete die einzelnen Buchstaben: C h r i s t o p h. Wahlweise mit »f«.

Ein guter Name. *Christoph.* Chris. Ihr fiel Chris Martin ein, Frontman von Coldplay. Und R&B-Sänger Chris Brown.

Katie überlegte gerade, ob ein Chris, Christoph oder Christopher in ihrer Promotionsarbeit vorkam, da trat Elena ins Schopenhauer. Lächelnd. Ein gutes Zeichen, besonders nach dem gestrigen Mittwoch.

»Schön, dich zu sehen«, sagte Katie und dachte an *Christophs* hellbraune Augen.

Elenas Lächeln wurde zum Strahlen. Sie setzte sich auf ihren angestammten Barhocker. »Heute geht mein Kursleiter noch mal mit mir meine Zwischenpräsentation durch.«

»Der Matze?«

Elenas Wangen färbten sich rosa. Sie nickte.

»An einem Donnerstag? Ist der Kurs nicht montags, dienstags und freitags?«

»Ist ein Extra-Meeting.«

»Meeting?« Lisi hätte wohl wesentlich schärfer nachgehakt.

»No na.«

Katie schob ihr eine dampfende Tasse Kaffee zu. »Und Sebastian?«

»Arbeitet.« Elena griff zu ihrem Stoffturnbeutel und spähte hinein.

»Hast du schon mit ihm gesprochen?«

»Geht gerade nicht.« Elena wühlte in ihrem Beutel herum, zog aber nichts heraus.

Aha?

Katie überlegte, ob sie weiterbohren sollte und wie, da ging die Schopenhauer-Tür auf und Mister Parker kam herein.

Ausgebeulte Jeans. Verwaschenes graues Poloshirt. Ihm folgte Sepp, der in Richtung Männer-Toilette deutete. *War ja klar!*

Während Mister Parker zum WC eilte, schaute Sepp ertappt zur Bar. Er hob entschuldigend beide Handflächen nach oben, Katie schüttelte nur den Kopf.

»Kennen wir den?«, fragte Elena, die sich umgedreht hatte und dem verwaschenen Poloshirt nachsah. Womit sie nicht die Einzige war: Johnnie Walker schaute ihm ebenso nach. *Interessant.* Denn Johnnie war normalerweis stets bemüht, nichts und niemanden im Interieur des Schopenhauers wahrzunehmen.

»Schaut abgesandelt aus«, sagte Elena, als sich die Tür der Herrentoilette schloss.

»Der sitzt öfter gegenüber im Park, darum nennt Sepp ihn Mister Parker.«

»Er scheint genau Johnnie Walkers Typ zu sein.« Elena nickte zu Johnnie, der die Toilettentür anstarrte. Dann wandte sie sich zu Katie und probierte ihr Slow-Motion-Augenbrauen-Wackeln à la Lisi.

»Was, wenn Johnnie jetzt aufsteht und auch zum WC geht?«, fragte Katie.

»Das wär eine Story!« Elena kicherte und griff erneut in ihren Turnbeutel, diesmal zog sie ihr Notizheft, das einige Eselsohren und Knicke mehr bekommen hatte, samt Roller-Pen heraus. Ein sehr gutes Zeichen.

Johnnie Walker hingegen hob seinen Zeigefinger.

»Ich geh kurz kassieren.«

»Vielleicht trifft Johnnie den Neuen gleich im Park.« Elena grinste und machte sich Notizen. Mit viel Fantasie konnte Katie das Wort »Mister Parker« entziffern ...

Lisi war heute spät dran. Sie kam, als Johnnie längst über alle Berge war und Mister Parker wieder auf seiner Bank hockte. Allein.

»Ich bin heute eine Schnecke. Alles dauert fünfmal so lang und zieht sich wie ein Strudelteig.« Lisi hob sich auf den Barhocker.

»Bist du krank?« Elena fühlte ihr die Stirn. Das war einer der Wesenszüge, die Katie besonders an Elena schätzte. Sie war alles andere als nachtragend.

»Kaum was los heute, was?« Lisi sah sich im Schopenhauer um.

»Johnnie Walker ist schon gegangen«, sagte Elena.

»Donnerstags wird's später voll.« Katie dachte an die Rollenspielgruppe.

»Nicht mal El Sol ist da.«

Katie schwieg und schob Lisi eine dampfende Tasse Kaffee zu.

»Hat er seine Zeitungen heute noch nicht abgeholt?« Lisi wackelte mit ihren Augenbrauen.

»Nein«, sagte Katie. *Heute nicht.*

»Ausgezeichnet. Zeig die noch mal her!«

»Wieso?

»Nur so.«

Statt sich, wie gewünscht, zur Fundsachenschublade zu bücken, schenkte Katie sich einen Kaffee ein.

»Und was ist mit den Zeitungen?«, hakte Lisi nach.

»Gar nichts.«

Lisi setzte sich aufrechter hin und faltete die Hände. »Alsdann, her damit.«

»Geht nicht.« Katie griff zum Schwammtuch und rieb über die Chrom-Arbeitsplatte.

»Wieso nicht?«

Katie schwieg.

»Aber die Zeitungen sind noch da?«

Lisi würde nicht lockerlassen. Eine Dr. Dr. med. Elisabeth Hochhauser ließ niemals locker.

»Nein, die sind nicht mehr da.« Katie würde wegen so einer Lappalie nicht lügen.

»Mistkübel oder Kopfkissen?«

Katie legte das Schwammtuch beiseite. »Weder noch.«

»Check ich nicht«, schaltete sich Elena ein. »Wo sind die Zeitungen?«

Lisis blaue Röntgenaugen blitzten auf. »Sag bloß, er war *gestern* noch mal da?«

»Never! Wegen der Zeitungen?« Elena schüttelte den Kopf.

»Oder wegen Katie!« Lisis Augenbrauen wackelten erneut auf und ab.

»Ooooh«, machte Elena und nickte.

»Wegen der Zeitungen«, stellte Katie klar.

»Da schau her!« Lisi zeigte mit dem Kaffeelöffel auf Katie.

»Und? Was hat er gesagt?«

»Dass er eine Wohnung sucht.« Katies Hand griff zum Geschirrtuch, jedoch nicht zu einem Glas. Sie konnte sich gerade so beherrschen.

»Jajaja. Welch Neuigkeit! – Dich sollte interessieren: warum? Man übersiedelt ja nicht einfach so.«

Katie legte das Handtuch beiseite und nippte pustend an ihrem heißen Kaffee. Wenn alles beim Alten geblieben wäre, wenn sie nicht seinen Namen kennen, nichts von seinen weichen Fingern ahnen würde und er nie ihre Blicke erwidert oder gar eigene eröffnet hätte – Katie hätte keinen Piep gesagt. Doch jetzt, da sich die Dinge ... entwickelten, irgendwie ... da könnte eine zweite und dritte Meinung der Objektivität dienen. Oder?

Und Lisi würde sowie keine Ruhe geben.

Katie schob den noch zu heißen Kaffee beiseite und erzählte vom gestrigen Gespräch mit El Sol. Kurz, bündig, sachlich.

Nur die Fakten, versteht sich.

»Er hat wieder nach dir und deiner Meinung gefragt.« Elena strahlte. »Das finde ich sehr, sehr fein.«

»Er hat wieder nichts von sich preisgegeben«, murrte Lisi. »Das finde ich sehr, sehr verdächtig.«

Lisi, die Miesmuschel.

»Ich finde das sehr, sehr passend – für einen Geheimagenten«, hielt Katie dagegen.

»Oh ja!« Elena hatte anscheinend auch keinen Gusto auf Miesmuschel. »Genau. Der Geheimagent El Sol. Vielleicht braucht er eine Wohnung für seine nächste Mission. Um etwas zu beschatten. Oder jemanden.«

»Oder er muss selbst untertauchen, weil seine Mission im Ausland nicht gelungen ist. Jetzt muss er sich eine neue Identität zulegen. Und neue Gewohnheiten«, spann Katie den Faden weiter.

»Jajaja! Er hat eine geheime, anti-pseudokommunistische Mission in Moskau voll in den Sand gesetzt, der kleine James Bond.« Lisi verdrehte die Augen.

»Immer dieses Russen-Bashing«, sagte Elena. »Meine Oma kommt aus Russland.«

»Und sie lebt bestimmt aus gutem Grund heute in Österreich – weil sie gern in einem Staat lebt, in dem Menschenrechte herrschen.«

»Sie lebt in Österreich wegen meines Opas. Sie ist aus Liebe hergezogen. Der Liebe wegen kann man schon mal gehen.«

Katie versuchte, nicht an Sven zu denken. Nicht daran, wie ihr Schlüssel zur gemeinsamen Wohnung nicht mehr passte. Nicht daran, wie er den Verlobungsring auf einem Post-it an der verschlossenen Haustür, seiner letzten Notiz an sie, zurückgefordert hatte …

»Der Liebe wegen kann man auch schon mal bleiben, oder, Elena?« Lisis Blick war streng.

»Ich bin immer noch da. Ich gehe nirgends hin.«

Eine rasante Talfahrt erfasste das Gespräch.

»Klar, dein Körper ist noch da. Aber in deinem Kopf bist

du doch weit weg und viel zu oft bei deinem Kursleiter auf der Couch.«

Autsch!

Elena errötete, ob vor Zorn oder Scham, da war Katie nicht sicher. »Ich bin nicht … Ich habe nicht … Ich finde das gemein! Nur weil ich in einer Beziehung bin, darf ich mich nicht beschweren. Darf nicht mal träumen. Ich darf nicht mitmachen, sondern muss brav bleiben, muss dableiben, muss alles so lassen, wie es ist.«

Elena schob ihren Kaffee demonstrativ von sich weg. »Nur weil ihr keine Beziehung habt, muss ich mich mit meiner zufriedengeben!«

Der Konter saß. Die Worte verschlugen selbst Lisi für einen Moment die Sprache. Dann fasste Lisi sich an die Stirn, wie Elena es zuvor bei ihr getan hatte. »Du hast recht, ich bin krank. Total deppert!«

Lisi schob die verstoßene Tasse behutsam zurück zu Elena.

Friedenskaffee.

»Pff.« Elena rutschte auf ihrem Barhocker von links nach rechts. Sie zögerte kurz, legte letztlich aber ihre Finger an die Tasse. Ein kleines Entgegenkommen.

»Allerdings bin ich nicht so krank«, sprach Lisi weiter, »dass ich nicht sehe, dass Katie wegen der Liebe nicht gehen, sondern in Wien bleiben müsste.«

Katie sagte besser nichts. Sie würde es sich dreimal überlegen, wegen eines Mannes irgendwohin zu gehen oder irgendwo zu bleiben. Das hatte sie sich vor zwei Jahren geschworen.

Sie tranken alle drei schweigend ihren Kaffee, bis es in Lisis Handtasche brummte. Lisi fischte ihr iPhone heraus, wischte darauf herum. Ihre Augenbrauen wanderten gen Stirn.

»Schaut's her.« Lisi zeigte ihnen ein Foto, auf dem ein Hals mit einem violetten Knutschfleck zu sehen war. »Der Rotzbub lernt schnell.«

»Rotzbub Michael?«, fragte Katie.

»Genau der. Er hat ein bisschen Romantik-Nachhilfe bei Dr. Hochhauser bekommen.« Lisi machte eine kleine Augenbrauen-La-Ola. Elena schmunzelte. Ein großes Entgegenkommen.

»Hat der Junge dir das geschickt?«

»Junge? *Tz*.« Lisi tippte eine kurze Antwort.

»Und Mister Facility?«

Lisi seufzte und steckte ihr Handy in die Handtasche.

»Die guten Männer hält es einfach nicht in Wien.«

»Hm«, machte Elena.

»Ich sollte das Projekt ›Facility Manager‹ abbrechen. Ich meine, was will man in Vorarlberg? Was gibt es da?«

»Berge zum Skifahren. Käsknöpfle, Flädlesuppe, Käsdönnala«, zählte Elena auf. »Kann ich nur empfehlen.«

Lisi sah sie erstaunt an. »Seit wann bist du Ländle-Expertin?«

»Meine Oma wohnt in Vorarlberg.«

»Von Russland nach Vorarlberg ...«

»Ich dachte immer, Vorarlberg wäre praktisch wie die Schweiz, bloß billiger«, sagte Katie.

»Lass Mister Facility das nicht hören, Piefke!« Lisi zwinkerte und zog ihre Mundwinkel nach oben. Katie atmete auf. Die Stimmung hatte sich wieder eingependelt. Auch wenn das versuchte Lächeln von Lisi ihre blauen Augen nicht erreichte.

»Hast du noch Kontakt zu ihm? Zu Mister Facility.« Elena trank ihren Kaffee aus.

Lisi zuckte mit den Achseln.

»Also ja?«

Lisi nickte.

Das wunderte Katie. »Aber du hältst nie Kontakt zu den Männern, wenn das Projekt ... zu kompliziert wird.«

Lisi seufzte erneut und ließ die Schultern hängen. »Ich bin verzweifelt!«

»Verzweifelt?«

»Wir telefonieren jeden Abend.«

Das wunderte Katie noch mehr. »Ihr *telefoniert*?«

»Und am Morgen.« Lisi verzog ihr Gesicht.

Vielleicht war sie tatsächlich krank. Von einem Virus befallen. Sie arbeitete im Krankenhaus, da war alles möglich. Katie beugte sich über die Bar und berührte Lisis Stirn. Keine erhöhte Temperatur. Sie fühlte sich normal an. »Aber du telefonierst nie!«

»Mister Facility hat einfach alles durcheinandergebracht ...« Lisi schüttelte leicht den Kopf.

»Offensichtlich!«

Elena machte große Augen. »Lisi, du bist ja völlig verschossen!«

»Ist doch oarsch ...« Lisi schlug die Hände vors Gesicht.

»Warum?«

»Weil ich dachte, dass es keinen Richtigen gibt. Keinen Zweiten«, sprach Lisi gedämpft durch ihre Hände.

»Keinen zweiten Richtigen?«

»Wer war der erste Richtige?«

Lisi ließ die Hände sinken und schaute missmutig in den Rest ihres Kaffees. »Mister All-in.«

»Kenn ich nicht.«

»Ich auch nicht.«

»Wer ist Mister All-in?«

»Lange her.«

»Wie lange.«

»Ewig.«

»Lisi!«

»Ich war 20. Er 22. Und er war der Richtige.«

Elena winkte ab. »Never! Du warst zu jung. Das kann man mit 20 nicht wissen.«

»Hast du Sebastian nicht mit 20 kennengelernt?«, konterte Lisi.
»Pff«, machte Elena und sah in ihre leere Tasse.
»Ich wusste es mit 20. Und wie ich das wusste!«
»Wie lange wart ihr zusammen?«, fragte Katie.
»Gar nicht.«
»Gar nicht?«
»Gar nicht!« Als ob jemand aus Lisi die Luft herausgelassen hatte, sanken ihre Schultern nach vorne, ihre Stirn bekam Falten, ihr Hals auch.
Oh weh!
»... Er wollte dich nicht?« Katie konnte es nicht fassen. »Was für ein Idiot!«
»Ein Riesenidiot!«, unterstützte Elena. »Ein Vollkoffer!«
»Dann ist er vor allem nicht Mister All-in!« Katie hätte Lisi gern geschüttelt und gleichzeitig in den Arm genommen.
Ob Lisi damals mit 20 Jahren anders gewesen war? Katie selbst kam sich nicht grundlegend verändert vor ...
»Warum wollte er dich nicht?« Mit ihrer weichen Stimme konnte Elena derartige Fragen so stellen, dass sie tröstlich klangen.
»Keine Ahnung ...«
Die 20-jährige Lisi musste definitiv ein anderer Mensch gewesen sein. Nur ihr Herz war anscheinend dasselbe ... und immer noch gebrochen.
»Aber jetzt will dich einer!«, kam Katie zurück zum Ausgangspunkt.
»Möglich.«
»Und du willst ihn!«
»Möglich.«
»Du bist nicht verzweifelt, Lisi, du bist verliebt!«
»Schwer verliebt!«, stimmte Elena mit ein.
Lisi seufzte. »Wo ist da der Unterschied?«

Wilde Maus

Der Freitag, der auf jenen Donnerstag folgte, da war sich Katie sicher, den würde sie niemals in ihrem Leben vergessen. Niemals! Er fühlte sich an wie ein peinlicher Junggesellinnenabschied am Würstelprater: zum Auftakt eine kreischende Fahrt mit der Wilden Maus, die ohne Loopings so trügerisch harmlos aussah. Dann eine Riesenportion rosarote Zuckerwatte und am Ende: zu viel Baileys, Polizeisirenen, Handschellen und Bauchschmerzen ...

Alles begann mit dem Erscheinen der Dog Lady – ohne Dog.
Ohne Leine und ohne den weißen Spitz, der sie anführte, wirkte die ältere Dame seltsam verloren. Was bei Lisi Falten-Tage waren, schienen bei der Dog Lady Dellen-Tage zu sein.
Ihr Make-up konnte die dunklen Augenringe nicht überdecken. Die sonst so perfekt zu einem toupierten Dutt gesteckten weißblonden Haare waren an der linken Seite eingedrückt, als ob sie geradewegs vom Powernapping auf dem Sofa käme. Sie presste ihre Lippen zusammen und schob gleichzeitig ihr Kinn vor, was Nasenspitze und Kinnknopf eine eigentümliche Allianz bilden ließ. Ihr Mund schien dadurch eingefallen zu sein. Kurz: Sie sah elend aus.
Katie begrüßte die Dog Lady trotzdem wie immer, denn darum war sie gewiss hier, oder? Wegen der tröstenden Routine, die das Chaos der Welt vor den Türen des Schopen-

hauers ausblendete. Dass die Grande Dame sich wie immer die »Krone« vom Zeitungstisch nahm, stützte Katies These.

Schach und Matt folgten wenige Minuten später mit großem Trara. Die Dog Lady rümpfte die Nase, was jedoch keiner der beiden Herren bemerkte. Sie waren vollauf mit sich beschäftigt.

»Wir können es doch einmal versuchen«, sagte Matt.
»Was soll das bringen?«, hielt Schach dagegen.
»Es wäre etwas Neues.«
»Wir können das beide nicht.«
»Wir können das beide lernen.«
»Nicht voneinander.«
»Sondern miteinander!«
»Das wird ewig dauern.«
»Und a Gaudi werden!«
»Ich bin zu alt, um mir das alles zu merken.«
»Das wird deine grauen Gehirnzellen trainieren.«
Die beiden waren an ihrem Tisch angekommen.
»Du bist im Schach so gut geworden, Herbert!«
»Hör auf, mir zu schmeicheln, Hansjörg. Das ist billig.«
»Aber funktioniert's?«
»Nein!«
Beide schüttelten den Kopf und setzten sich.

Typisch Schach und Matt! Katie schmunzelte und machte sich auf, die Bestellungen ihrer Stammgäste aufzunehmen. Sie war guter Dinge, fühlte sich dellenlos und quasi faltenfrei. Heute Vormittag war sie gut vorangekommen mit dem Schlusskapitel ihrer Promotionsarbeit, jetzt freute sie sich auf eine schwer verliebte Lisi, eine unentschlossene Elena und einen charmanten El Sol, der Christoph hieß.

Letzterer trat ins Schopenhauer, als Katie für zwei Sekunden durch den Makramee-Vorhang hinter der Bar in die Küche verschwunden war. Als sie herauskam, nahm er gerade Platz und legte sein Jackett neben sich auf die Sitzbank. Ihre Blicke trafen sich. Er lächelte sie an. *Zing, boom.* Kardiotraining!

Katies Herz klopfte unverschämt schnell, als sie auf El Sol zuging. Und er schaute ihr unverschämt ausdauernd entgegen. Katies Hände griffen zur mobilen Kasse an ihrer Hüfte. Schoben das Gerät an ihrem Gürtel ein bisschen nach links, ein bisschen nach rechts ... Wie wirkte sie wohl auf ihn? Wenn er der leidgeprüfte Geheimagent-in-Richtung-Lebensberatung war – wer war sie? Die verlorene Langzeitstudentin oder die Promovendin in spe? Stolze Kaffeehaus-Inhaberin oder unterwürfige Kellnerin?

Katie drückte bewusst den Rücken durch. El Sol legte seine Arme auf den Tisch und knetete seine Hände. Irgendetwas war heute anders ...

»Hi, wie geht's?« Heute war sie schneller.

»Gut, danke. Und Ihnen?«

Katie nickte. »Ich kann nicht klagen.«

Floskeln ... Vermutlich fand er das genauso geistlos wie Katie, denn einen Moment verstummten sie beide. Dann fingen sie gleichzeitig an zu sprechen:

»Was darfs heut –«

»Ich wollte Sie –«

Katie schluckte. Was wollte er?

Ich wollte Sie ... um die Karte bitten? Ich wollte Sie nach Ihrer Telefonnummer fragen? Ich wollte Sie überreden, mit mir durchzubrennen?

El Sol lachte kurz auf, mit allen Zähnen und beiden Mundwinkeln. Katie lachte mit. Das half, ihren drängenden Herzschlag etwas zu drosseln.

Irgendetwas war heute definitiv anders ...

Und da fiel Katie auf, was es war: Sein Tablet fehlte! Vor ihm lagen allein seine Hände auf dem Tisch, die feingliedrigen Finger ineinander verschlungen. Sie konnte die Muskeln und Sehnen seines Unterarms ausmachen, die im hochgekrempelten schwarzen Hemd verschwanden. Seine Haut hatte den Teint von hellem Milchkaf–

Es war Schach, der in diesem Moment neben Katie auftauchte und sie vom Anblick dieser Arme losriss.

»Hilf mir, Katie! Herbert will tarockieren!« Er klang ernsthaft entsetzt.

»'Tschuldigung, der Herr«, sagte Schach zu El Sol und zog Katie am Ellenbogen. »Kannst kurz kumman?«

Nein danke, dachte Katie, während El Sol überrascht die Augenbrauen hob und zwischen Schach und Katie hin und her sah.

»Herbert ist völlig von Sinnen!«, beschwerte sich Schach.

Wie aufs Stichwort rief Matt von Tisch 5: »Komm her, Hansjörg, heast?!«

Was für ein Durcheinander!

Doch El Sol, der Secret-Agent-Berater-in-Richtung-Lebensberatung, zuckte nur mit den Achseln und zeigte ihr sein verführerisch schiefes Harrison-Ford-Lächeln.

Nun gut.

»Bin gleich wieder da.«

Natürlich konnte Katie am Spieltisch 5 nicht helfen. Jedenfalls nicht Schach. Sie konnte Matt viel zu gut verstehen.

»Katie, bitte erklär's ihm. Es ist ganz offensichtlich, dass uns für Groß-Tarock ein Spieler fehlt. Man braucht drei, Herbert. Drei. In Worten: d-r-e-i.«

Matt winkte ab. »Wir imaginieren uns einen dritten Spieler, dessen Karten werden offen gespielt. So macht man das, wenn man lernt. Oder, Katie?«

»Geh bitte! Uns *fehlt* ein Spieler!«, fauchte Schach.

Katie sah über seine Schulter hinweg zur Dog Lady, die

auf den Boden neben sich starrte. Dort, wo sonst der Spitz gelegen hatte. Dort fehlte auch einer.

»Ich kann euch nicht helfen. Aber etwas Neues auszuprobieren, hat noch niemandem geschadet.« Katie klopfte Schach aufmunternd auf die Schulter, wie sie es sonst immer bei Matt tat.

Sie ging die sieben Schritte zurück zu El Sol, der von seinen Händen auf der Tischplatte zu ihr aufsah. »Sorry.«

»Kein Problem.« Er räusperte sich.

Irgendetwas war anders ... fernab vom Tablet ...

»Was ich Sie fragen woll–«

Sein Teufels-Telefon mit dem Standardklingelton aus der Vorhölle unterbrach ihn.

»Mein Gott!«, fluchte er leise, griff zu seinem Jackett. »Entschuldigen Sie ...« Er angelte sein Handy aus der Tasche.

Diesmal meinte Katie, eine weitaus höhere Stimme am Ende der Leitung zu hören, was das Gespräch jedoch offensichtlich nicht angenehmer machte. El Sol rieb sich über den Mund und kniff die Augen etwas zusammen. Katie hätte ihm am liebsten tröstend über die Schulter gestrichen ... »Melange?«, fragte sie leise.

Das zauberte ihm ein kleines, schiefes Lächeln auf die Lippen. »Ja, gern.«

Im Weggehen hörte Katie ihn kühl sagen: »Ja, ich bin im Kaffeehaus. Wo ist das Problem?«

Hinter der Bar bereiteten Katies Hände die Melange zu, während Katies Kopf darüber nachsann, was El Sol sie fragen wollte: Ist der Kaffee fairtrade? Können Sie anschreiben, ich hab mein Portemonnaie vergessen? Haben Sie am Wochenende schon etwas vor ...?

Er telefonierte immer noch, als Katie sich mit der Melange auf den Weg zu ihm machte. Sein Mund war zu einer schmalen Linie geworden. Er strich sich mit zwei Fingern über die Stirn.

»Ja, allerdings nicht jetzt.« – »Nein.« – »Ich bin erreichbar, wie du merkst, und trotzdem nicht verfügbar, nicht jetzt.«

El Sol sah auf zu Katie. Seine zusammengepressten Lippen lockerten sich. »Nein. Ich lege jetzt auf.«

Und das tat er. *Wow!* Ein Mann, der wusste, was er wollte. Das sollte Katie nicht so imponieren.

Sein Mundwinkel zuckte. »Danke.« Er nahm ihr die Melange ab. »Ihr Name ist Katie?«

Ein aufmerksamer Mann.

Katie lächelte. »Stimmt. Auch wenn auf meiner Geburtsurkunde Katharina steht.«

»Ich heiße Christoph.«

Der Weg von Ohr und Auge zu ihrem Gehirn wurde immer länger und länger, bis Katie endlich erwiderte: »Hallo, Christoph.«

Wo waren Notizblock und Tacker?

»Ich würde gern mit Ihnen, also mit di –«

Ein Wimmern und ein lautes Aufschluchzen unterbrach ihn.

Was war heute los?

Das leise, ewige Murmeln im Schopenhauer erstarb, ein Löffel klirrte. Alle Blicke waren auf die Dog Lady gerichtet, die ihr Gesicht hinter einer Serviette verbarg. Ihre Schultern bebten.

Oh no!

»Bin gleich wieder da«, sagte Katie, doch Christoph hielt sie auf.

»Warte«, er kramte in seinem Jackett und zog eine Packung Papiertaschentücher heraus. »Hier.«

Ein ausgesprochen aufmerksamer Mann!

»Verzeihen Sie, es geht schon. Es ist ... die Jenny fehlt ma so.«
Die Dog Lady schnäuzte sich in Christophs Taschentücher.
»Sie fehlt uns auch.« Eine kleine Notlüge in Ehren konnte keiner verwehren.
Die Dog Lady tupfte sich die Augen. »Es ist schwer, wenn plötzlich jemand fehlt.«
Oder wenn grundsätzlich einer oder eine fehlt?
»Sie kennen sich nicht zufällig mit Groß-Tarock aus?«
»Pardon?« Die Dog Lady sah sie irritiert an.

Es war gewiss tröstlich für die Dog Lady, als Matt sie an den Schachspieler-Tisch geleitete, natürlich mit einer angedeuteten Verbeugung. Es war gewiss tröstlich, wie Matt ihr den Stuhl anbot und Schach, ebenfalls ganz Gentleman alter Schule, sich etwas erhob zum respektvollen Gruß. Auch wenn Schach dabei ein Gesicht machte, als kaue er drei Zitronen gleichzeitig.
Katie stellte den Kapuziner der Dog Lady auf einen Beistellhocker. Matt mischte die Karten. Schach verdrehte die Augen, fügte sich jedoch seinem Schicksal. Und Christoph lächelte ihr schon entgegen ...
Irgendetwas war anders heute – und egal, was es war: Es gefiel ihr!
Was Katie allerdings nicht gefiel, war, dass just in diesem Moment, da sie Christophs Sitzkoje ansteuerte, Elena und Lisi ins Schopenhauer traten. *Typisch* ...
Und sie blieben auch noch stehen!
Elena stutzte beim Anblick von Schach, Matt und der Dog Lady. Lisi schaute mit gezückter Augenbraue zu El Sol. Beide wollten sich anstupsen und die andere aufmerksam machen, wodurch ihre spitzen Ellenbogen gegeneinanderkrachten.
Ihre Gesichter verzogen sich synchron.

Katie musste lachen. Ein schnaubendes, schadenfrohes, kleines Lachen. Sie schüttelte den Kopf und schob Lisi und Elena zur Bar. El Sol musste warten. Katie hatte einen leisen Verdacht, was er sie fragen könnte – dabei sollten Lisi und Elena nicht in Hörweite sein. Definitiv nicht.

Später beim Kassieren wäre sie allein mit ihm. Na ja. So allein jedenfalls, wie man in einem Kaffeehaus eben sein konnte.

»Man schmiedet neue Bündnisse?« Lisi zog ihre dampfende Kaffeetasse zu sich und nickte zur Dog Lady.

»Der Spitz ist gestorben.«

Lisi seufzte. »So schnell wird man ersetzt, wenn man den Platz freigibt.«

Elena machte große Augen. »Denkst du, das ist so?«

»Eh.« Lisi schaute in ihren Kaffee und schwieg.

Kein Frotzeln, dass Sebastian seinen Platz bestimmt nicht freiwillig räumen würde. Keine Spitze, dass Katie ohne »Sven-Arschl« genügend Raum in ihrem Leben hätte für ihre Promotionsarbeit. Nichts.

»Was ist los?«, fragte Katie.

»Ach ...« Lisi seufzte erneut.

»Vermisst du Mister Facility?«, fragte Elena.

»Pah ...« Lisi begann, in ihrem schwarzen Kaffee rumzurühren. »Er hat mich gefragt, ob wir zusammenziehen wollen.«

»What?!« Elena riss die Augen auf.

»Das muss ich nicht wiederholen, oder?«

»In Dornbirn zusammenziehen?«

»Eh.«

Katie wusste nicht, ob sie das gut finden sollte. »Wie? Wann?«

»Na, jetzt.«

»Never!«, sagte Elena.
»Doch.«
»Never ever!«
»Doch!«
»Was hast du geantwortet?«, unterbrach Katie.
»Und was wäre mit deinem Job, deinem Lehrauftrag?« Elena wühlte in ihrem Stoffbeutel und zog das verbeulte Notizheft samt lilafarbenem Stift heraus.
»Einem Typen hinterherziehen in fremde Gefilde? Ich persönlich kann davon nur abraten«, sagte Katie. »Hab ich schon mal gemacht, ist nach hinten losgegangen.«
»So schlimm ist Wien nun auch nicht, oder?« Lisi sah von ihrem Kaffee auf, ein klitzekleines Lächeln auf den roten Lippen.
»Dornbirn ist nicht Wien.«
Lisis Mini-Lächeln erstarb.
»Er ist gut, Mister Facility. Wisst ihr? Wirklich gut.« Lisi begann erneut, Kreise in ihrem Kaffee zu ziehen. »Er ködert mich. Das seh ich. Ich bin ja ned wo angrennt.« Sie legte ihren Löffel beiseite. »Er hat mir erzählt, dass ich die erste Frau seit zehn Jahren bin, die er Michael, also dem Rotzbuben, vorgestellt hat. Weil er fest davon überzeugt ist, dass es was Richtiges ist zwischen uns.«
Elena, die die letzte Seite ihres Notizheftes glatt strich, hielt inne und starrte Lisi an: »Hat er um deine Hand angehalten?«
»Sicher nicht!«
»Würdest du Ja sagen, wenn er es täte?«, fragte Katie. Bei ihr löste das alles keine guten Erinnerungen aus …
»Dafür ist es zu früh.«
»Und rein hypothetisch?«, hakte Katie nach.
»Auch.«
»Aber es ist nicht zu früh, um nach Dornbirn umzuziehen? Wegen ihm?«

Lisi seufzte zum dritten Mal. »Keine Ahnung.«
»Das klingt nicht sehr entschieden, Lisi!«, mahnte Katie.
Was für ein verrückter Freitag. Irgendetwas stimmte nicht mit diesem Freitag. Er fühlte sich so ... schicksalsträchtig an.
»Was würde denn dann aus uns?« Auf Elenas Stirn zeigte sich ihre Nord-Süd-Falte. Sie klappte das Notizheft, wie so oft, unverrichteter Dinge wieder zu.
»Ihr beide würdet euch weiterhin treffen. Ohne mich.«
»Und wann sähen wir dich?« Elena hob ihre Tasse an die Lippen.
»Gar nicht. Vermutlich.«
Elena verschluckte sich.
»Wir haben eben eine ortsbezogene Freundschaft.« Lisi klopfte der hustenden Elena auf den Rücken.
»Das ist, *hust*, oarg!«, sagte Elena.
»Das ist effizient«, meinte Lisi. »Der Ort verbindet uns. Geringes persönliches Investment, hoher freundschaftlicher Ertrag. Unsere Schwachstelle ist die Mobilität. Da sind wir hochspekulativ unterwegs. Wir haben quasi eine Hedgefonds-Freundschaft.«
»Das ist traurig«, sagte Elena mit kratziger Stimme und hüstelte. »Das klingt nach einer drittklassigen Freundschaft.«
»Das ist realistisch«, hielt Lisi dagegen. »Überleg mal: Würden wir uns auch außerhalb des Schopenhauers treffen?«
Gute Frage, dachte Katie.
Alle drei nippten an ihrem Kaffee.
»Wir haben unseren Notfall-Chat auf WhatsApp – zählt das nicht?« Elena schaute mit ihren Bambi-Augen zwischen Lisi und Katie hin und her.
»Das zählt!«, sprang Katie ihr zur Seite. »Und ihr beide wisst mehr über mich als so manch andere.«
»Ich sage ja auch nicht, dass so eine Hedgefonds-Freundschaft schlecht ist. Ich find's klasse!«, sagte Lisi. »Ich werde

diese Zeit niemals vergessen. Auch wenn ich nach Dornbirn ziehen würde oder das Schopenhauer zusperrte ...«

Elena schnappte entsetzt nach Luft.

»... oder Wien untergehen würde und wir uns nie wiedersähen, bleibt ihr Teil meines Lebens.«

»Pff«, machte Elena. »Das klingt immer noch oarg.«

Katie hatte so eine Ahnung, was Lisi damit meinte.

»Wir haben eine gute Zeit!«, sagte sie, dabei schweifte ihr Blick aus Versehen zu Christoph. Sein Tablet schien weiterhin verschollen. Er saß einfach an seinem Tisch, trank von seiner Melange und schaute zu ihr. *Direkt zu ihr.*

»Ich würde euch echt vermissen«, sagte Elena. »Oh boy, wird das Schopenhauer zusperren? Vielleicht sollten wir anfangen, unseren Kaffee zu zahlen?«

»Quatsch!«, sagten Lisi und Katie gleichzeitig.

Katie holte einen Becher frisch geschlagenen Obers aus der Küche und stellte die Dose mit den Schokostreuseln auf die Bar. Zur Feier dieses verrückten Freitags oder noch besser: zur Feier ihrer Freundschaft. Welcher Klasse oder Kategorie auch immer sie angehörte.

Katie kleckste den Schlag in die Kaffeetassen, Elena schob ihr Notizheft zur Seite und Lisi verteilte feierlich die Schokostreusel.

»Eines ist sicher«, sagte Lisi. »Egal, was passiert, egal, wie sehr die Welt da draußen verrücktspielt – das Schopenhauer wird dasselbe bleiben!«

»Na ja«, sagte Katie. »Tatsächlich will Erwin umbauen.«

»Umbauen?«, fragte Elena.

»Mehr als renovieren?« Lisi hob ihre Augenbrauen.

»Er arbeitet an einem neuen Gastro-Konzept.«

»Wieso? Ist doch perfekt hier.« Lisi drehte sich auf ihrem Barhocker um und nahm den Gastraum in Augenschein. Elena tat es ihr gleich. Viel zu sehen gab es nicht: Sepp stand an den Billardtisch gelehnt und las den Kurier. Zwei Laptop-Nomaden belegten je eine Sitznische. Ein paar Hin-und-Wieder-Gäste sonnten sich im Schanigarten. An zwei Spieltischen amüsierte sich die Frauen-Bridge-Runde, daneben saß das neue Trio aus Schach, Matt und der Dog Lady – wobei Schach wenig entspannt wirkte. Er wedelte aufgeregt mit einer Tarock-Karte durch die Luft. Johnnie Walker fehlte noch. El Sol sah auf sein Teufels-Handy. Mehr war nicht los.

»Okay. Ein paar Plätze sind frei.« Was für eine Lisi'sche Untertreibung. »Was will Erwin denn ändern?«

»Der Billardtisch soll rau –«

»Wieso der Billardtisch? Was hat er gegen den Billardtisch?« Lisi zeigte mit ihrem Kaffeelöffel in Richtung des Tisches, an dem Katie noch nie jemanden hatte spielen sehen. »Jedes anständige Kaffeehaus hat einen. Das ist Tradition.«

»Verstaubte Tradition.« Katie zuckte mit den Schultern. »Und Erwin will neue Klientel anziehen.«

»Papperlapapp!« Lisi verdrehte die Augen. »Was hat er noch palavert?«

»Die Stichworte Musik und Bücher sind gefallen.«

»Musik?« Lisi schüttelte den Kopf. »Neinneinnein, in ein Kaffeehaus gehört ab 19 Uhr ein Pianist und über Tag das Scheppern von Schalen, Gläsern und Löffeln. Aus. Ende. Ich werde Tacheles mit Erwin reden müssen, bevor ich gehe, und wenn ich nicht gehe, erst recht!«

Bestens, dachte Katie. Auf eine Standpauke von Lisi war stets Verlass. Es wäre nicht auszuhalten, wenn Erwin sich zum DJ ernennen würde und diese uneindeutige Nicht-Musik im Lounge-Stil … Sie mochte gar nicht darüber nachdenken.

Elena stützte ihren Ellenbogen auf die Theke und legte das Kinn in ihre Hand. »Erst Lisi und Dornbirn, dann das Schopenhauer. Irgendwie bricht meine Welt zusammen.«

»Hmmmh.« Lisi sah sie prüfend an. »Was macht eigentlich Sebastian gerade?«
»Wieso?«
»Nur so.«
»Nichts Besonderes. Der ist bei seinen Eltern im Burgenland.«
»Und du nicht?«
»Ich hab meinen Schreibkurs.«
»Also fährst du morgen nach.«
»Nope, ich hab ja meinen Schreibkurs.«
»Morgen ist Samstag.«
Elena ließ ihre Hand sinken und rührte in ihrem Kaffee, wie Lisi es zuvor getan hatte. Ein nicht unauffälliges Rot kroch auf ihre Wangen. »Wir haben eine Extra-Sitzung am Samstag.«
Schon wieder?
»Extra-Sitzung?« Lisis Augenbrauen zogen sich zusammen.
»Für diejenigen, die etwas mehr Unter –«
»Jaa?«
»–stützung beim Feinschliff wünschen.«
»Und du wünschst dir«, Lisi deutete mit Zeige- und Mittelfinger Anführungszeichen an, »etwas mehr Unterstützung beim Feinschliff?«
»Pff.«
»Mit Kursleiter *Matze-ich-kümmer-mich-extra-nett-um-die-süße-kleine-Elena*?« Lisi fixierte sie mit strengem Blick an. Elena schaute weiter in ihren Kaffee.
In diesem Moment klingelte das Schopenhauer-Telefon. »Unbekannte Nummer« stand auf dem Display. Katie hob ab.
»Café Schopenhauer?«
»Hi, hier Christoph.«
Er räusperte sich, Katie hörte es im Telefon und sah es über Lisis Schulter hinweg. Er schaute zu ihr mit seinem Harrison-

Ford-Lächeln. »Ich frage mich, ob es geschickt oder töricht wäre, kurz zu eurem Trio infernale zu kommen.« Er duzte sie. Ein Mann, der wusste, was er wollte.

Das war ... kribbelig.

»Nein, das ist leider nicht möglich«, sagte Katie betont geschäftsmäßig.

Sie hörte an seiner Stimme, dass er schmunzelte. »Ich frage mich, wie ich dich möglichst unauffällig aus den Fängen deines Sherriffs auslösen kann?«

»Nein, wir liefern nicht. Auf Wiederhören.« Katie legte auf. Sie versuchte, ein genervtes Kopfschütteln vorzutäuschen, um ihr breites Lächeln irgendwie zu kaschieren. »Bin gleich zurück.«

Sie ging direkt zu Tisch 15. Ihre Hände fummelten an der mobilen Kasse an ihrem Gürtel. Christophs Blick wechselte zwischen ihr und dem Smartphone in seiner Hand hin und her, wobei sein Harrison-Ford-Lächeln mit jedem Meter, den Katie sich näherte, schiefer und breiter wurde.

Dass die Schopenhauer-Tür aufging und eine Frau in ihrem Alter, zierlich, unauffällig, mit langen schwarzen Haaren hereinkam, hätte für Katie nicht unwichtiger sein können.

»Ich habe mir schon gedacht, dass ihr drei da vorne ein eingeschworenes, unzertrennliches Team seid, das man besser nicht stört«, sagte Christoph.

Eingeschworen? Unzertrennlich? Die richtige Erwiderung darauf wäre vermutlich ein Jein ...

»Ich wollte dich etwas fragen und ich wollte währenddessen nicht zahlen«, sprach er weiter, legte sein Smartphone beiseite und seine Hände auf die Tischplatte. War er nervös? »Also, ich würde dich gern –«

Plötzlich zuckte er zurück und seine Augen weiteten sich. »Fiona?«

Die Frau in ihrem Alter mit den langen schwarzen Haaren stand auf einmal neben Katie und war keineswegs mehr unauffällig.

»Du legst einfach auf?« Die Frau schob sich an Katie vorbei und stellte sich direkt vor den Tisch, der zu schrumpfen schien und kaum Schutz bot vor dem Gift, das diese Fiona versprühte.

»Ich habe es dir erklärt. Ich mache gerade Pause.« Christoph sprach distanziert, abweisend.

Wie sehr musste man sich nicht leiden können, um so miteinander zu reden? Wie tief musste die Kränkung sein? Wenn sie Sven jemals wiederträfe, würde sie dann in diesem Ton mit ihm sprechen? Konnte sie das überhaupt?

»Pause! Wie schön für dich! Ich hab nämlich nie Pause als –«

»Fiona, ich komme gerade vom Zentralfriedho–«

»Das Leid der anderen geht nicht immer vor, Chris! Wenn du –«

»Man wird ja wohl noch einmal durchatmen dürfen.«

»Und dafür musst du ins Kaffeehaus?«

Christoph fuhr sich mit der Hand durch die Haare. Er sprach zwar leiser, jedoch auch drängender weiter: »Ich komme gerade vom Friedhof. Ich denke, du weißt, wie es ist, bei einer Trauerfeier für ein Kin –«

Weiter kam er nicht. Die Frau unterbrach ihn erneut. Diesmal allerdings mit Taten statt mit Worten: Sie griff zu seiner Kaffeetasse und schüttete ihm die Melange entgegen. Traf ihn am Hals und an der Brust.

Christoph zuckte zusammen, hielt sich das Hemd von der Brust und erstarrte.

»Hey!«, rief Katie.

Die Frau stürmte davon. Raus aus dem Schopenhauer.

»Was zum …?!«, fluchte Christoph, griff zu seinem Handy und seinem Jackett. Er sprang auf.

»Tut mir leid!« Er warf Katie einen kurzen, gequälten Blick zu, dann eilte er zur Tür – und prallte auf der Schwelle mit Johnnie Walker zusammen.

Beide machten so etwas wie »Hmpf«, der schwarze Aktenkoffer polterte zu Boden. Und als wäre das nicht schon genug Chaos gewesen, setzte Schach noch eins drauf: Er stand so energisch vom Spieltisch auf, dass sein Stuhl polternd umfiel.

»Des is geschissen!«, rief er laut und warf seine Karten auf den Tisch.

Alle Augen im Schopenhauer waren auf den sonst so kultivierten Schach gerichtet. Katie wunderte es, wie entspannt Matt reagierte. Er hatte die Arme vor der Brust verschränkt und sagte in aller Seelenruhe in die plötzliche Stille des Kaffeehauses hinein: »Du bist ein schlechter Verlierer, Hansjörg. Aber auch das wirst du noch lernen.«

Katie war sich nicht sicher, ob Matt das Kartenspiel oder das Verlieren meinte ... Nun, wenn Schach Glück hatte, würde er beides noch lernen.

Sie sah zurück zur Eingangstür und erhaschte einen Blick auf Christoph, der am Fenster vorbeihastete. Johnnie Walker hatte sich unüblicherweise in die Sitzkoje direkt neben dem Eingang gesetzt. Er schwitzte. Vielleicht weil er heute keine Nordic-Walking-Stöcke dabeihatte?

Was war das nur für ein verrückter Freitag!

Und Lisi winkte sie zur Theke.

»Na bumm! Was war das denn?«

»Erzähl schon!«

»Ich denke, Schach hat keine Lust auf Tarock.«

»Du weißt genau, was wir meinen! Wer war die Dame?« Lisi hielt sich mit beiden Händen an der Kante der Theke fest. »Seine Frau? Freundin? Ex?«

»Keine Ahnung.«

»Katie!«
»Nein, wirklich. Könnte auch eine Arbeitskollegin gewesen sein. Sie sagte was von Pause.«
»Eine Arbeitskollegin schüttet dir keine Melange übers Hemd.«
»Never!«
Zwei gegen eine.
Katie nippte an ihrem Kaffee.
Was hatte sie erfahren? Dass er auf dem Zentralfriedhof bei einem Begräbnis war. Dass er wohl nicht zum engeren Trauerkreis gehörte, sonst hätte die Fiona-Frau nicht vom »Leid der anderen« gesprochen.
Vielleicht war er Bestatter?
Kein sexy Job ...
Katie sah zu Lisi, die sie neugierig musterte. Für Lisi wäre solch ein Beruf gewiss kein Ausschlusskriterium. Sie würde eher auf die Krisensicherheit der Branche hinweisen.
»Vielleicht ist er Bestatter«, sagte Katie.
»Ist doch völlig egal, was er beruflich macht.« Lisi beugte sich näher zu Katie. »Wer war die Frau?«
»Ich weiß es nicht. Eine Frau ohne Pause und mit Namen Fiona.« *Und vermutlich seine Frau, Freundin oder Ex ...*
»Wer heißt denn heutzutage Fiona?« Lisis Augenbrauen schoben sich zusammen.
Katie zuckte mit den Schultern.
Elena schlug die letzte Seite ihres Notizheftes auf und notierte in Lila »Fiona«.
»Wieso schreibst du das auf?«, fragte Lisi.
»Ist ein interessanter Name.«
»Und das gehört in dein Heft?«
»Alle interessanten Sachen gehören da hinein, so nebensächlich sie auch sein mögen.«
Nebensächlich?!

Elena legte den Stift zur Seite. »Die Frau von Shrek heißt Fiona.«

»Eben.« Lisi bohrte ihren rot lackierten Zeigefinger senkrecht auf das Holz der Theke. Sie wirkte wie eine Richterin, die mit dem Richterhammer ein Urteil fällte. »Die *Ehefrau* von Shrek.«

Lisi hob den Zeigefinger: »Ergo, Katie: Finger weg von El Sol! Solche Typen sind Herzborderliner: Sie verzehren sich nach Trost, Nähe, offenen Armen, einem warmen Schoß – aber sie suchen nur ein Abenteuer und wollen frei sein, frei von den Erwartungen anderer.«

Katie senkte die Hand auf Lisis Zeigefinger, um ihn zurück an ihre Tasse zu legen. »Herzborderliner? Ist das ein medizinischer Fachbegriff?«

»Sie hat den Kaffee nach ihm geworfen! Wenn das kein klares Symptom für meine Diagnose ist. El Sol ist in der Trennungsphase. Und so wie es aussieht: taufrisch!«

Elena gluckste. »Eher Kaffeefrisch!«

Lisi und Elena sahen sich an und lachten.

Katie griff zum Geschirrtuch und zu einem Glas ...

Das allein wäre schon ein Tag gewesen, den Katie so schnell nicht vergessen würde. Doch es kam noch dicker. Viel, viel dicker.

Rosarote Zuckerwatte

Phase 2 an diesem verrückten Freitag, die Phase der rosaroten Zuckerwatte, begann um 21 Uhr. Katie hatte nicht damit gerechnet, dass El Sol, also Christoph, noch am selben Abend ins Schopenhauer kommen würde. Im Gegenteil. Sie hatte sich auf ein von Tagträumen zerrissenes Wochenende eingestellt. Auf einen erschwerten Endspurt an ihrer Promotionsarbeit, weil ihr ständig diverse Szenarien einfallen würden, was alles hätte passieren können, wenn die Fiona-Frau nicht aufgetaucht wäre ... Aber es kam anders. Ganz anders.

Um 21 Uhr ging die Tür des Schopenhauers auf und Christoph kam herein. Seine welligen Haare sahen über der Stirn zerzaust aus. Er trug ein kaffeefreies, schwarzes Hemd, das wie immer an den Ärmeln hochgekrempelt war. Er hatte keinen Aktenkoffer dabei. Auch kein Jackett, draußen herrschten 25 Grad. Der Sommer wollte sich an diesem ersten Septemberwochenende anscheinend noch mal ein Denkmal setzen.

Christoph entdeckte Katie hinterm Zapfhahn und sein Harrison-Ford-Lächeln tauchte auf. Reiz, Reaktion. *Wunderbar!*

Ob sein Puls sich auch mit jedem Schritt erhöhte, den er der Bar näher kam?

Es war seltsam, ihn im Abendambiente des Schopenhauers zu sehen. Bei gedimmtem Licht. Zwischen Bier und Wein. Wie ein Außerirdischer manövrierte er sich durch die »Abendbesetzung«. Vorbei am Weißen-Spritzer-Stammtisch links und am Herren-Stammtisch rüstiger Rentner rechts von ihm. Er ließ sich nicht irritieren vom Gelächter, das durch die gekippten Fenster aus dem Schanigarten drang, wo Volksschullehrerinnen und -lehrer auf das neue Schuljahr anstießen und von Katies Abend-Piccolo Sabine mit reichlich Aperol-Spritz versorgt wurden. Er interessierte sich nicht für die verschiedenen Gesichter in den Sitzkojen – für Katie eine Mischung aus Hin-und-wieder-Gästen und Schopenhauer-Neulingen. Und er nahm keinerlei Notiz von Timmy, ihrem allabendlichen Stammgast an der Bar. Groß wie ein Basketballspieler, mit einer Narbe unter dem linken Auge und einer Schirmmütze auf dem Kopf. Mitte 40, Taxifahrer und harmlos, auch wenn er wie ein Schläger aussah.

Katie konnte die Wochentage an Timmys verwaschenen T-Shirts ablesen: The Cure, Ramones, Nova-Rock-Festival, 5/8l in Ehrn, Iggy Pop. Montag, Dienstag, Mittwoch, Donnerstag, Freitag. Es war stets dieselbe Abfolge. Würde Lisi ihn jemals zu Gesicht bekommen, wäre ihr Kommentar garantiert: »Katie, der Taxler ist für dich gemacht. Schau dir die T-Shirts an! Das ist ein Wink des Schicksals.« Doch die Wahrheit war: Coole T-Shirts zu tragen bedeutete noch lange nicht, cool zu sein.

Trotzdem war Timmys Auftauchen jeden Abend ein willkommenes Zeichen dafür, dass Katie ihre Spätschicht fast hinter sich hatte. Und er hatte die verrücktesten Taxler-Geschichten auf Lager.

»Alles roger, Kleine?«, fragte Timmy. »Du schaust so gspaßig.«

»Hm?« Katie schaute Christoph entgegen und versuchte, ihr Lächeln in Zaum zu halten. Sie überhörte das »Kleine«, das sie Timmy einfach nicht abgewöhnen konnte. Vergeblich hatte sie versucht, ihn mit Gratis-Filterkaffee zu bestechen. Sie hatte ihn »Digger« genannt. »Oida.« Nichts half. Sie war »die Kleine«. Und er der Große. Jedenfalls in seiner Welt.

Aus Katies Sicht war sie die nachsichtige Mutter Natur, frei nach dem Motto: Du hast recht und ich hab meine Ruhe. Und Timmy war der Brüllaffe im Dschungel, der lieber King Louie war anstatt ein unbedeutender Taxifahrer, der sich am Anfang seiner Nachtschicht ein nettes Gespräch und einen Kaffee abholte. Oder wie heute, ausnahmsweise, ein kleines saures Radler.

»Du schaust so …« Timmy sprach langsamer und deutlicher, als hätte Katie Übersetzungsschwierigkeiten. Dass sie ihm nicht zugehört haben könnte, kam ihm nicht in den Sinn. »… gspaßig. So lustig, eben. – Is eh ois kloar?«

»Klar«, erwiderte Katie. Ihre Hände zapften für sein saures Radler Bier in ein Glas, das zur Hälfte mit Mineralwasser gefüllt war. Ihr Blick verfolgte weiter ihren Außerirdischen.

Noch fünf Schritte, dann würde er vor ihr stehen.

»Katie, wos isn?« Timmy drehte sich auf dem Barhocker.

3, 2 …

»Hi.« Christoph fuhr sich verlegen durchs Haar und beugte sich etwas über die Bar. Konspirativ. »Kann ich dich kurz sprechen?«

»Gern.« Katies Herz schlug ihr bis zum Hals. Sie stellte das saure Radler vor Timmys Nase. Der Schaum schwappte leicht über. »Ich brauch nur einen Moment.« Sie griff erneut zum Zapfhahn und zu einem großen Bierglas.

»Kurz sprechen?«, mischte sich Timmy ein. »Gern?«, äffte er Katie nach und starrte Christoph, der zwei Barhocker links neben ihm und damit anscheinend mitten in seinem Revier stand, misstrauisch an.

»Pardon?« Christoph stutzte.

Der Taxler beugte sich ebenfalls etwas über die Theke, Katie entgegen, und deutete mit dem Daumen auf seinen Nebenbuhler. »Belästigt der dich?«

Es war, als ob King Louie sich auf die Brust trommeln würde.

»Dein Freund?«, fragte Christoph abschätzig und mit einem Hauch Arroganz in der Stimme. – *Männer!*

Katie schloss das Halbliterbier mit einer Schaumkrone ab, ließ den Zapfhahn los und blieb in ihrer nachsichtigen Mutter-Natur-Rolle.

»Lass doch, Timmy«, sagte sie und zu Christoph: »Er ist *ein* Freund. – Ich bin gleich wieder da.«

Sie atmete tief durch, servierte das große Bier am Herren-Stammtisch und strich dummerweise zwei neue Bestellungen ein.

Om Shanti. Nun gut, zwei weitere Bier, dann könnte sie mit Christoph reden. Ungestört.

… So ungestört wie möglich jedenfalls.

Katie ließ den Blick durch den Schankraum schweifen. Die anderen Gäste schienen noch genug in ihren Tassen, Bechern und Gläsern zu haben, somit hätte sie wahrscheinlich zehn Minuten für Christoph. Allein für Christoph. Und seine Frage.

Die war ihm anscheinend wichtig.

Und ihr auch.

Ein »Kann ich dich kurz sprechen?« war etwas völlig anderes als »Eine Melange, danke« oder »Ein saures Radler, Kleine«.

Katie atmete noch einmal tief durch und ging zur Bar. Lediglich zwei große Bier, dann würde sie ganz Ohr sein.

Ganz Herz, Auge, Mund, Gänsehaut war sie jetzt schon.

Katie lächelte Christoph über den Zapfhahn hinweg an. Er lächelte zurück. *Ziiiing, boom!*

»Nach dieser Bestellung wird's ruhiger werden«, sagte sie.

»Okay.«

Timmy lehnte sich auf seinem Barhocker zur Seite, stützte den Ellenbogen auf die Theke und versuchte, lässig sein saures Radler zu trinken. Dabei schaute er zwischen El Sol und ihr hin und her. Es hätte Katie nicht egaler sein können, wenngleich es ihr eine leichte Röte auf die Wangen kriechen ließ.

Christoph begann mit der Fingerkuppe seines Zeigefingers ganz leicht, so gut wie geräuschlos, auf das Holz der Bar zu klopfen. »Wegen heute Nachmittag, da –«

»Stunk gemacht?«, unterbrach Timmy.

»Ach, Timmy!« Katie war froh, dass Christoph den Taxifahrer lediglich mit einem kurzen Blick von der Haarspitze bis zur Fußsohle bedachte und sich anschließend demonstrativ zu Katie drehte, die die Schaumkrone am Rand der zwei Halbliitergläser vollendete und die beiden Krügerl in die Hand nahm. »Bin gleich wieder da.«

Katie servierte an Tisch 25 und beobachtete, wie Christoph sich auf einen der Barhocker setzte und auf seine Armbanduhr sah. Timmy starrte ihn weiter von der Seite an. Die Bar war kein geeigneter Ort, um seine Frage zu hören. Allerdings waren die Ausweichorte im Kaffeehaus begrenzt. Eigentlich gab es nur eine einzige Möglichkeit …

»Timmy, tu mir den Gefallen und achte auf die Kasse, ja?«, bat Katie, als sie wieder hinter der Theke stand. Zu Christoph sagte sie: »Kommst du mit?«, und nickte zum Makramee-Vorhang hinter sich, der in die kleine Gastro-Küche führte.

Christoph glitt sofort von seinem Barhocker und kam um die Theke.

»Was macht ihr denn?« Plötzlich war King Louie ein Fünfjähriger, der nicht mitspielen durfte.

»Geht dich nichts an.«

»Kann ich mir ein Bier zapfen?«

»Natürlich nicht! Aber in der Kanne ist Kaffee.« Katie stellte ihm eine Tasse und Untertasse neben sein Bierglas. »Hast du alles im Blick?«

Timmy zog eine genervte Grimasse, was die Narbe unter seinem Auge in die Länge zog. »Ja-haa.«

»Danke.« Damit ging Katie durch den geknüpften, weißbeigen Vorhang in die Gastro-Küche. Christoph folgte ihr.

Die schmucklosen grauen Fliesen, die sterilen Edelstahltische, das grelle Licht ... Die Küche war nicht gerade der Ort für ein Candle-Light-Dinner. Katie stellte sich vor die Metallregale, die die rechte Wand säumten. Vor Cocktailkirschen in Dosen, Mehltüten und haltbaren Hafermilch-Packungen. Zumindest würde Timmy sie hier nicht beobachten können.

»Du hast Führungsqualitäten.« Christophs Mundwinkel zuckte.

»Er ist tatsächlich ein Freund. Ich kann mich auf ihn verlassen.«

Christoph nickte und räusperte sich.

»Zu heute Nachmittag. Das ist mir wirklich unangenehm.« Er rieb sich den Nacken. Sein Hemd spannte wunderbar an seinem Oberarm und an seiner Schulter. »Das war ...« Er stockte.

»Deine Ex-Freundin?«

»Frau.«

Er sagte nicht Ex ...

»Du bist dabei, dich zu trennen?«

El Sol ließ seinen Arm sinken. »Ja, wir sind mitten im Scheidungsverfahren. Und wie du gesehen hast, läuft es ... nicht optimal.«

Eine Alarmglocke in Katies Kopf, die verdächtig nach Dr. Dr. med. Elisabeth Hochhauser klang, surrte leise in ihrem Hinterkopf: *Vorsicht, Trennungstyp! Vorsicht, Herzborderliner!*

»Und da wäre noch das andere.« Die Falte auf seiner Stirn verschwand, sein spitzbübisches Harrison-Ford-Lächeln tauchte wieder auf. Er trat einen winzigen Schritt auf sie zu.
»Ich habe meine Melange nicht bezahlt.«
»Die geht aufs Haus. Du hast sie ja nicht gerade genießen können.«
»Lädst *du* mich ein oder das Schopenhauer?«
»Ich.«
Sein schiefes Lächeln hob sich noch etwas. Vom Spitzbuben wurde er zum Schelm. »Das verletzt eigentlich meinen männlichen Stolz.« Seine hellbraunen Augen funkelten.
»Eigentlich?«
»Ich könnte meinen Stolz noch retten.«
»Tatsächlich?«
»Ja, indem ich dich zum Essen einlade.« Sein schiefes Mundwinkellächeln brach auf. »Deine Spätschicht geht bis Ultimo? Bis 22 Uhr?«
Katie nickte.
»Was hältst du von einem Mittagessen? Oder einem Abendessen am Wochenende?« Er trat einen weiteren Minischritt auf sie zu. »Ich würde dich sehr gern kennenlernen.«
War die Küche des Schopenhauers nicht der romantischte Ort auf der ganzen Welt?!
»Okay.« Einwortsätze. Immer diese Einwortsätze ...
Die Alarmglocke in Katies Kopf verstummte. Christoph war viel zu charmant für einen Herzborderliner! Und er schien genau zu wissen, was er wollte. So ganz anders als Sven.
»Okay ...«, wiederholte er. »Okay, Abendessen?« Er trat noch eine Fußspitze näher auf sie zu und griff mit seinen Händen nach den ihren.
»Okay.« Katie lachte leise.
»Okay.« Seine Daumen fuhren über ihre Handrücken. Vorsichtig. Langsam. Kribbelig. Er war nicht nur charmant, er

war offensichtlich auch geduldig. Ein Genießer. Er schien den Moment voll auszukosten. Und seinen nächsten Satz ebenso: »Wenn du mich auf einen Kaffee einlädst, ist das hier folglich unser erstes Date?«

Katie lachte noch einmal. Das half etwas gegen die Anspannung. Jedenfalls für einen Moment. Dann trat Christoph noch näher an sie heran und beugte sich zu ihr.

Passierte das hier wirklich?!

Es passierte!

Er küsste sie auf den Mund. Vorsichtig. Langsam. Mehr als kribbelig. Eine Sekunde, zwei Sekunden. Sein Blick huschte über ihr Gesicht: Auge, Nase, Mund, Kinn, Auge, Mund, Auge. Jetzt fiel ihr nicht einmal mehr ein Einwortsatz ein.

»Dein Lächeln ist mir als Erstes aufgefallen. Aber dein Lachen ist einfach ... erhebend.«

Christoph war definitiv viel zu charmant für einen Herzborderliner. Er küsste sie noch einmal auf die Lippen.

Zing, zing, zing, boom! Wie lange hatte sie schon nicht mehr geküsst?

Katies Sprachzentrum schien zwar verschüttet, doch ihre Arme und Beine erwachten zum Leben. *Reiz, Reaktion.* Als sein Mund sich dem ihren entziehen wollte, stellten sich ihre Füße auf die Zehenspitzen, ihre Hände lösten sich aus seinen und legten sich ihm auf die Schulter. Sie küsste ihn zurück – und Christoph erwiderte sofort: Er schlang seine Arme um sie, zog sie dicht an sich und Katies Hände glitten in seinen Nacken. Sein Haar fühlte sich wunderbar weich und dick zwischen ihren Fingern an.

Christoph nippte an ihren Lippen. Küsste ihre Oberlippe. Knabberte an ihrer Unterlippe. Drückte seinen ganzen Mund auf ihren.

Wieso hatte sie so lange nicht geküsst? Es war wunderbar!

»Schopenhauerin«, murmelte er dunkel.

»Schopenhauerin?«

»So habe ich dich genannt, bevor ich deinen Namen kannte.« Noch ein Kuss. »Auf den Belegen druckt ihr unter ›Es bediente Sie‹ nur ›Spätschicht‹.«

Katie schmunzelte. *Schopenhauerin.* Das gefiel ihr. »Seit wann nennst du mich so?«

»Seit dem ersten Mittwoch im August. Seit dem Tag, als dich dein Teufels-Sheriff zum Lachen gebracht hat.«

Die Witzkarten. Katies Wangen wurden heiß.

»Katie Schopenhauerin«, brummte er und küsste sie erneut. Das konnte er wirklich gut. Woher konnte er das so gut? Die Lisi-Alarmglocke meldete sich leise.

»Du bist Bestatter?«

El Sol lachte. »Nein, nein. So ähnlich.«

»Verrätst du es mir?«

»Wenn du nicht schreiend davonläufst.«

Die Lisi-Alarmglocke wurde lauter. Katie sagte trotzdem: »Keine Sorge.«

»Ich bin Pfarrer.«

Oh.

Falten bildeten sich auf seiner Stirn, vermutlich spiegelte er ihren Gesichtsausdruck. Aber immerhin rannte sie nicht davon! Ihre Hände rutschten aus seinem Nacken auf seine Schulter. »Pfarrer?«

Er nickte.

»So wie Priester?« Hatte er nicht gesagt, er war verheiratet?

»Fast. So wie evangelischer Pfarrer. Sprich: ganz normaler Mensch.«

Aha.

Katie spürte, wie er vorsichtig mit den Daumen kleine Kreise auf ihrem Rücken zeichnete.

»Man könnte auch Geschäftsführer einer lokalen NGO mit den Schwerpunkten Freiwilligen-Management und literarisch-psychologischer Kreativarbeit sagen.« Die Falten auf seiner Stirn verschwanden und zurück kam sein Mundwinkellächeln. Spitzbub!

Geschäftsführer einer lokalen NGO. Das klang tatsächlich besser.

Die Alarmglocke in Katies Kopf wurde leiser.

»Das Schopenhauer ist ein inspirierender Ort. Ich habe die ein oder andere Predigt-Skizze hier geschrieben.«

Er küsste sie flüchtig auf den Mund.

»Ich habe mir vorgestellt, was du dazu sagen würdest. Was übrigens immer sehr kritische Worte waren.« Er zwinkerte ihr zu. »Das hat mich jedes Mal vor gehudelten, dahingesagten Phrasen bewahrt.«

»Ich helfe stets gern.« Katie zwinkerte zurück.

»Ich weiß«, raunte er und küsste sie fest auf den Mund. Nippte an ihrer Unterlippe. Katies Hände glitten automatisch wieder in sein Haar.

»Ich habe gesehen, wie du deinen Sheriff und deinen Deputy zusammenhältst. Und wie du unter Pinky und Brain Frieden stiftest.«

Katie lachte leise. »Pinky und Brain?«

»Die Schachspieler.«

»Wir nennen sie Schach und Matt.«

»Dein souveräner Umgang mit Väterchen Frost.« El Sol strich ihr den fransigen Pony aus dem linken Auge.

»Der mit den Nordic-Walking-Stöcken? Unser Johnnie Walker?«

»Genau der.«

Katie schmunzelte.

»Will ich wissen, welchen Namen ihr mir gegeben habt?«, fragte Christoph.

»Bestimmt nicht.« Katie küsste ihn. Den NGO-Chef und Freiwilligen-Manager. *Immer diese Manager...*

Seine Hände wanderten warm und fest über ihren Rücken. Er küsste nicht nur mit dem Mund, dachte Katie, er küsste mit dem ganzen Körper. Durften Pfarrer so küssen? Evangelische anscheinend schon.

Der Lisi-Herzborderliner-Alarm verpuffte ins Nichts, stattdessen begann Cher in Kathies Gedanken zu singen, dass die Antwort auf jegliche Christoph betreffende Frage hier und jetzt gegeben war: Ist er einer von »den Guten«? Ist es ihm ernst? – Cher antwortete klipp und klar: *It's in his kiss!*, während ihre Background-Sängerinnen dazu *Shoop Shoop* trällerten.

Danke, liebe Cher, ein schlagendes Argument gegen Lisis Mahnung. Katie drückte sich noch näher an Christoph, der plötzlich innehielt.

»Ich bin immer zu dir gekommen, weißt du«, flüsterte er gegen ihren Mund. Seine Stirn an ihre gelegt. »Nicht ins Schopenhauer. Immer zu dir. Wenn du Staubsauger verkauft hättest, hätte ich mich täglich für Staubsauger interessiert.«

Wieder legte Christoph seine Lippen auf ihre, doch diesmal ganz anders. Intensiver, drängender. Mit Zunge, Zähnen. Schwindelerregender als jeder Kuss unter Discokugeln und dem Einfluss von zwei Promille. *Jackpot!*

Am Ende lagen seine Hände auf ihrem Po und ihre Mitte schmiegte sich an ihn. Das schien ihm genauso gut zu gefallen wir ihr. Er knurrte in den Kuss hinein und auch durch seine dünne Anzughose war sein Genuss zunehmend deutlicher zu spüren ...

»Hey, Turteltaube!«

Christoph zuckte zusammen.

»Ich muss weiter!« Timmys Stimme hatte nie misstönender geklungen.

Katie hatte das Schopenhauer ganz vergessen. Sie rückte einen Nanoschritt von Christoph ab. Er legte seine Hände etwas züchtiger an ihre Taille.

»Sofort, Timmy!« Katies Beine fühlten sich an wie aus Gummi.

»Ich würde dich gern nach Hause bringen, nach deiner Schicht. Aber ich muss leider los.« Christoph warf einen kurzen Blick auf seine Armbanduhr. Die Sorgenfalten tauchten wieder auf seiner Stirn auf. »Tatsächlich muss ich sofort gehen. Die beiden warten.«

»Die beiden?«

»Meine Kinder.«

Katies Gummi-Beine versteinerten. Die Lisi-Alarmglocke in ihrem Innern schrillte auf.

»Kinder?«

»Ja. Annika und Ben.« Christoph trat zurück und räusperte sich.

Über Katies Arme zog ein kurzer Schauer. Überall dort, wo er sie nicht mehr berührte, war ihr unangenehm kühl.

»Und wie alt sind ... Annika und Ben?«

»Fünf und sieben.«

Machte es das jetzt besser oder schlechter?

Ohr an Gehirn? Ohr an Gehirn!

»Katie!«, rief Timmy noch mal.

»Sofort!«

Christoph sah wieder auf seine Armbanduhr. »Okay, also –«

»Warte! Welche Musik hörst du?«

Er zögerte kurz. »Ich höre Ö1 und singe im Chor. Im jüdischen Chor.«

Der klassische Typ. Das war Neuland für sie.

Christoph legte den Kopf schief. »Das ist dir wichtig, oder?«

Er musste ein guter Pfarrer sein. Aufmerksam. Empathisch.

»Ich bin gespannt, mehr von deiner Musikwelt zu hören. Aber jetzt muss ich los.« Er trat noch einmal nah an sie heran.

Küsste sie kurz auf ihren erschrockenen Mund. »Abendessen, ja?«

Katie nickte und lächelte vorsichtig.

»Ich bin ab morgen ...« Er warf einen weiteren Blick auf seine Armbanduhr, seine Stirnfalten kehrten tiefer denn je zurück. »Ich breche in sieben Stunden zu einer Dienstreise auf. Tagung der Pfarrerinnen und Pfarrer in Tirol. Ich sollte wirklich anfangen zu packen ... Am Donnerstag bin ich wieder in Wien. Ein Abendessen nächstes Wochenende wäre toll.« Sein Mundwinkel zuckte.

»Okay«, sagte Katie, eher automatisch als himmelhochjauchzend.

Sein Spitzbubenlächeln war tröstlich. Sein Abschiedskuss noch mehr. *Shoop Shoop,* krähten Chers Backgroundsängerinnen ein letztes Mal in Katies Hinterkopf. Dann drehte Christoph sich auf dem Absatz um und verschwand.

Das allein wäre schon ein Tag und ein Abend gewesen, den Katie so schnell nicht vergessen würde. Doch es kam noch dicker. Viel, viel dicker.

Zu viel Baileys

Mit jedem Glas, das Katie eine knappe Stunde später in die Industriespülmaschine einsortierte, kehrte das *Shoop Shoop* von Cher zurück. Und mit jedem *Shoop Shoop* lösten sich die wirren, verknoteten Gedanken in Katies Kopf etwas, bis sie ordentlich sortiert vor ihr lagen:

Ja, er hatte einen ungewöhnlichen Beruf. Ja, er hörte für Katie ungewohnte Musik. Ja, er hatte zwei Kinder. Damit tat sich eine völlig unbekannte Welt vor Katie auf.

Damals war Wien die neue Welt gewesen, jetzt war es Christophs Lebensentwurf. Ein Abenteuer, in das er sie einlud. Es gab viel zu entdecken. Und die Kinder ... konnten niedlich sein. Waren bestimmt wohlerzogen. Kein Rotzbub oder Rotzgöre. Meine Güte, sie wäre auf einen Schlag Stiefmu– *Stopp!*

Es ging hier um ein Date, ein Abendessen. Nicht um ein lebenslängliches Verhängnis. Noch nicht ... *Shoop Shoop*.

Erst einmal ging es um den charmanten, immer noch geheimnisvollen Mann. Katie musste nichts überstürzen. Sie musste nicht ihr bisheriges Leben zurücklassen, um ihn näher kennenzulernen. Es war nicht so wie damals mit Sven. Sie musste nicht alles auf eine Karte setzen. Die Zeit der Ultimaten, des »Ganz oder gar nicht« war vorbei.

Katie füllte Pulver in den Geschirrspüler. Unpackbar, was alles passiert war. Unpackbar, dass der Anstoß zu alldem Lisis lächerliche Witzkarten-Aktion gewesen war.

Schopenhauerin ...

Sie biss sich leicht auf die Innenseite ihrer Wangen, um nicht einem total verstrahlt-verknallten Dauerlächeln zu verfallen. Es half nur wenig. *Shoop Shoop. It's in his kiss!*

Katie programmierte die Maschine ein. Sie hatte die Aussicht auf ein vielversprechendes Date. Cher würde ihr beipflichten. Wer hätte gedacht, dass Pfarrer so küssen konnten?

Ihr Dauerlächeln mutierte zu einem breiten Grinsen.

»Ich bin dann weg, ja?« Abend-Piccolo Sabine klopfte auf die Theke.

»Hm?« Katie sah auf. »Oh, ja. Klar. Schönen Feierabend und danke!«

»Gleichfalls.«

Mit Sabines Aufbruch bequemte sich auch die Herrenrunde an Tisch 25, ihre Gläser gänzlich zu leeren und nach Hause zu gehen. Kassiert hatte Katie bereits. Sie warf einen Blick auf die Uhr: 22.10 Uhr.

Was für ein Tag. *Was für ein Abend!*

Es war 22.16 Uhr, als Katie der Koffer auffiel. Der schwarze, klobige Aktenkoffer von Christoph. Er war umgekippt, lag halb unter der Sitzbank zwischen der ersten und zweiten Loge. Katie zog ihn hervor, wischte oberflächlich den Staub ab. Christoph musste den Aktenkoffer heute im Trubel des Nachmittags vergessen haben. Was nun? Sie hatte keine Nummern mit ihm getauscht. Wie sollte sie ihm Bescheid geben? Und warum war ihm nicht aufgefallen, dass sein Aktenkoffer fehlte?

Nun, das war vermutlich bloß eine Frage der Zeit. Christoph musste ja packen für seine Dienstreise.

Shoop Shoop!, machte Cher. Vielleicht würde er heute Abend noch einmal vorbeikommen? Vielleicht anrufen, hier im Schopenhauer? Katie nahm den Koffer mit hinter die

Theke, stellte ihn vor die Fundsachenschublade. Was hatte er nur darin? Der Aktenkoffer war so schwer wie ein Sixpack Bier. Vielleicht etwas schwerer.

20 Minuten später schenkte Katie sich einen Baileys ein. Kein Anruf. Kein Klopfen an der Tür. Kein Christoph.

Katie hatte das Licht hinter der Bar eingeschaltet, das die Gläser und Spirituosen beleuchtete. Der Gastraum lag im Halbdunkeln, wurde allein erhellt vom Schein der Straßenlaternen, der durch die hohen Fenster hereinfiel. Auf der Theke stand eine kleine Brüllbox, die Katie aus der Gastro-Küche geholt hatte. Sie ließ Ella und Louis Duette singen: *Isn't This A Lovely Day*, *Under A Blanket Of Blue* ... Romantischer Blues aus den 50ern war genau das Richtige.

Christoph würde in diesem Moment gewiss in seiner Wohnung auf und ab hetzen, den Aktenkoffer suchen und sich gleich erinnern, wo er ihn das letzte Mal gesehen hatte. Er würde anrufen. Garantiert. Katie stellte das Telefon auf die Bar neben ihren Baileys. Doch es blieb stumm.

Katie drehte das Baileys-Glas in ihrer Hand, ließ den einsamen Eiswürfel darin Kreise ziehen. Sie hielt die Untätigkeit weitere fünf Minuten aus, dann hob sie den Aktenkoffer aufs Chrom ihrer Arbeitsfläche. Der Koffer war so hoch, dass sie Aug in Aug mit dem Verschluss stand. Hatten die Küchen-Küsse Christoph so um den Verstand gebracht, dass er am Ende des Tages nicht bemerkte, dass sein Aktenkoffer fehlte? Oder war vielleicht gar nichts Wichtiges darin? Vielleicht sollte Katie nachschauen?

Sie begutachtete den Aktenkoffer von allen Seiten. In diesem ungewöhnlichen Format ließen sich bestimmt zwei Sixpacks übereinanderstapeln. Der Breite nach würde ein Sechser-Träger mit Leichtigkeit Platz finden. Ein Zahlenschloss gab es nicht.

Katie ließ die beiden Verschlüsse klicken. Das war leicht. Sie müsste den Koffer nur aufklappen ... Das war nicht leicht. So etwas machte man nicht. Besonders nicht bei potenziellen Partnern.

Katie ließ den Verschluss wieder zuschnappen und griff zu ihrem Handy. Er hatte gesagt, er arbeite in der Nähe. Sie tippte in Google ein »Evangelischer Pfarrer Christoph Wien« und fand heraus, dass es zwei evangelische Kirchen im Umkreis des Schopenhauers gab. Eine im 18., eine im 9. Bezirk. In beiden hieß der Pfarrer Christoph mit Vornamen. *Na toll.* Eine Kirche war 13 Minuten, eine 18 Minuten zu Fuß entfernt.

Katie ging auf »Bilder«. Sie fand ihn nicht.

Sie ging auf die Websites der beiden Pfarrgemeinden. Ebenfalls eine Sackgasse. Theologisches Geschwurbel, keine persönlichen Informationen über die Pfarrer. Eine Gemeinde gab per se keine Fotos bei den Kontaktdaten an, bei der anderen stand »Foto folgt«. Welcher von beiden war ihr Christoph?

Katie goss sich einen weiteren Baileys ein. Vermutlich war wirklich nichts Wichtiges in dem Koffer ...

Aber vielleicht war auch sein Handy darin? Oder sein Portemonnaie? Seine Unterlagen für die Dienstreise? Sein Tablet bestimmt! ... Und gewiss ein Hinweis auf seinen Nachnamen, seine Telefonnummer. Katie könnte ihn anrufen. Die Kinder würden längst im Bett liegen und Christoph könnte vorbeikommen, könnte sie doch nach Hause bringen und sie würden schon heute in ihrer Küche stehen und da weitermachen, wo sie aufgehört hatten und nicht erst nächstes Wochenende ...

Konnte man Kinder im Alter von fünf und sieben Jahren schon ein paar Stunden allein lassen? Vermutlich eher nicht.

Katie klickte den Verschluss des Koffers auf.

... Nein. Besser nicht.

Oder?

Sie schnalzte mit der Zunge und verschloss den Koffer wieder, griff zuerst zu einem Handtuch und einem Glas, dann zu ihrem Handy. Wer sollte an diesem Tag noch wissen, was zu tun war und was nicht?

Katie rief WhatsApp auf und sendete das Notfall-Emoji in die »Schopenhauer-Gruppe«: die weiße Fahne. Das erste Emoji in der Abteilung »Fahnen«. Eine Rubik, die man nie aus Versehen anklicken würde.

Lisi schrieb nach einer Minute zurück: »15 Minuten!«
Elena zehn Sekunden später: »Me too.«
Bestens.
Katie schloss die Tür des Schopenhauers auf.
In 15 Minuten war noch ein kleiner Baileys on the Rocks drin.

Um kurz nach 23 Uhr stürzten Lisi und Elena gemeinsam ins Schopenhauer – und stoppten, als sie Katie offensichtlich wohlauf hinter der Theke stehen sahen. Vor sich eine Flasche Baileys und drei Gläser.

»Was ist passiert?« Elena schaute sich irritiert um und entdeckte den kleinen Bluetooth-Lautsprecher, aus dem die sanften Liebesschnulzen klangen.

»Baileys?« Lisi trat an die Theke. Ihre Augenbraue hob sich. »Ein nach Kaffee schmeckender, süßer Sahnelikör?« Sie musterte Katies Gesicht und riss die Augen auf. »Er war wieder hier!«

Lisi und ihr Röntgenblick.

»Wer?« Elena schaute zwischen Lisi und Katie hin und her.
»El Sol!« Lisi war sich ihrer Sache ziemlich sicher.
»Wieso?«, fragte Elena.
»Na, um sich zu erklären. Die Szene. Heute Nachmittag. Die Melange werfende Frau. – *Kaffeefrisch*! Du erinnerst dich?«

»Never!« Elena sah Lisi aus großen Augen an und Lisi nickte. Im nächsten Moment wandten beide gleichzeitig ihren Kopf zu Katie und fragten unisono: »Was hat er gesagt?«

Katie lachte. Wenn geteiltes Leid doppeltes Leid war, war geteiltes Glück folglich mindestens doppeltes Glück. So fühlte es sich jedenfalls an. Sie brannte darauf, die beiden mit hinaufzuziehen auf die rosarote Wolke, auf der sie schwebte. *Shoop Shoop!*

Elena und Lisi setzten sich auf ihre Stammplätze.

»Wann war er hier?«, fragte Lisi.

»Kurz nach neun.«

»Und?«

»Wir sind in die Küche.«

Elena stutzte, während über Lisis Gesicht eine Augenbrauen-La-Ola tanzte.

»Ihr habt es in der Küche –?« Eindeutiges Augenbrauen-Wackeln.

Dass Lisi die Messlatte immer so hochlegen musste. Sie machte aus einer zarten Romanze einen schlechten Porno.

»Natürlich nicht!«, sagte Katie entrüstet, doch von der rosaroten Wolke fiel sie nicht. »Wir haben ... geknutscht.« Das Dauerlächeln kehrte zurück.

»Geknutscht?« Elenas Augen wurden kugelrund.

»Wie gut?« Lisi und ihre Messlatten ...

»In Schulnoten?«

»Wenn du willst.«

»Nun ... Eins Plus mit Sternchen. Klasse übersprungen. Summa cum laude!«

Elena jubelte und kramte ihr Notizheft aus ihrem Stoffbeutel. Lisi pfiff durch die Zähne, griff zur Flasche und schenkte eine Runde Baileys ein. Katie gab Eiswürfel dazu. Sie würde dieses grenzdebile Grinsen niemals wieder aus ihrem Gesicht bekommen.

Alle drei stießen miteinander an. Bevor jedoch auch nur eine von ihnen an dem Likör nippen konnte, sagte Elena: »Das brauche ich ausführlicher!« Ihr lilafarbenen Roller-Pen schwebte über dem Papier.

»Nicht, wenn du mitschreibst«, sagte Katie.

»Was willst du überhaupt mitschreiben? Einen Namen?«, spottete Lisi.

Zwei gegen eine. Elena gab sich geschlagen. *Sehr gut.* Sie legte den Stift beiseite und Lisi wandte sich direkt an Katie, beugte sich etwas über die Bar. Den unberührten Baileys weiterhin in der Hand.

»Hat er *dir* einen Namen gegeben?« Sie vollführte eine weitere Augenbrauen-La-Ola. »Darling? Herzblatt? Kaffeeschubse?«

Lisi war ziemlich gut drauf. Doch Katie ließ sich nicht ärgern. Sie hatte ein Ass im Ärmel:

»Ja, hat er.«

»Never!«, sagte Elena. »Welchen?«

»Schopenhauerin.«

Einen Moment passierte nichts. Dann seufzte Elena gerührt und Lisi hauchte: »Einfach ... perfekt.«

Die drei stießen noch einmal an. Diesmal machten sie es richtig, nippten sofort an ihrem Baileys und Katie packte die ganze Story aus. Millimetergenau. Auf jeden Hauch von Romantik erhoben sie die Gläser. Klirrend. Enthusiastisch. Lachend.

Jedenfalls zu Beginn.

Eine halbe Stunde später schien die Flasche nur noch halb voll an irischem Sahnelikör zu sein und die Geschichte halb leer an Romantik. In jeder guten Lovestory lauerte dieser eine Punkt, den man nicht überschreiten durfte. Wer zu lange analysierte, sezierte und kontrollierte, behielt am Ende nicht mehr als ein nüchternes Konzentrat an Fakten übrig.

Katie hatte keine Ahnung, wer diesen Liebesgeschichten-Rubikon überschritten hatte, aber plötzlich lag er hinter ihnen und vor ihnen blieb allein der klägliche Rest einer sachlichen Romanze übrig.
Und niemand mochte sachliche Romanzen.
»Wieso lässt eine Frau so einen Mann gehen?« Lisis Augenbrauen zogen sich zusammen.
»Vielleicht weiß sie nicht, was sie an ihm hat?« Elena sah in ihr leeres Baileys-Glas.
»Jajaja, das passiert den Besten.« Lisi warf Elena einen langen Blick von der Seite zu, den Elena ignorierte. Sie starrte weiter auf die trübe Likör-Pfütze und den schmelzenden Eiswürfelrest.
»Hmmmh«, machte Lisi.
Immer dieses bedeutungsschwere »Hmmmh«, bei dem sich Katie wie eine Patientin fühlte, deren Leben nach diesem »Hmmmh« nicht mehr dasselbe sein würde wie zuvor.
»Wie war denn deine Extra-Sitzung mit Matze?«, fragte Lisi. »Die Unterstützung beim Feinschliff?«
Elena hob erschrocken den Kopf. Ihre Wangen färbten sich rot. »Wieso?«
»Du warst ziemlich schnell hier. 15 Minuten. Braucht man nicht ungefähr eine Viertelstunde zur Kunst-VHS von hier?«
»Bist du jetzt unter die Geheimagentinnen gegangen?«
»Nein, ich zähle nur eins und eins zusammen und frage mich, ob dabei drei herauskommt?«
Elena antwortete nicht, sondern senkte ihren Blick erneut auf ihr leeres Glas.
Oh, oh ...
Katie griff zur Flasche und füllte wider besseres Wissen alle drei Gläser auf. Ihr Magen fühlte sich bereits überzuckert an.
Lisi hielt ihren Baileys gegens Licht und schwenkte ihn, als ob es ein Cognac wäre. Der cremige Likör schwappte, hin-

terließ schmierige Schlieren am Glas und brachte Lisi offensichtlich auf andere Gedanken: »Es gibt ein Stellenangebot in Dornbirn.«

»Was für ein Stellenangebot?«, fragte Katie.

War heute die Nacht der Enthüllungen?

Lisi nippte an ihrem Baileys. »Leiterin der Onkologie.«

»Oh wow!« Elena sah auf.

»Oh no!«, sagte Katie. »Wirst du es annehmen?«

»Ich müsste mich erst mal bewerben.«

Alle drei tranken vom Baileys. Katies übersüßter Magen protestierte. Sie griff hinter sich, stellte eine Flasche Wodka auf die Theke und drei neue Schnapsgläser.

»Halleluja!« Elena schob ihr Glas beiseite.

Halleluja... Katie dachte sofort an Christoph.

Lisi anscheinend auch. »Vielleicht kann El Sol unsere Wodka-Flasche weihen?«

Alle drei lachten.

»Machen Evangelische so etwas Katholisches?«, fragte Elena.

»Die segnen garantiert auch alles, was bei drei nicht auf den Bäumen ist.« Lisi überlegte kurz, dann fügte sie eine Augenbrauen-La-Ola hinzu.

Wieder lachten sie und Katie schenkte den Wodka aus. Sie würde Erwin eine Flasche Wodka sowie eine Flasche Baileys kaufen oder ihm Zinsen auf die noch nicht ausgezahlten Überstunden erlassen. »Seit wann schaust du nach Stellen in Dornbirn?«

»Hab ich nicht. Das hat Mister Facility getan.«

»Na oarg!«, sagte Elena.

»Er hat mir die Stellenanzeige mitgebracht.«

»Mitgebracht?«, fragte Katie.

Lisi grinste. »Er ist heute Abend spontan vorbeigekommen.«

»Spontan? Aus Dornbirn?«

»Okay, für ihn war es weniger spontan und überraschend als für mich.«

»Er ist gerade da?«

»Liegt in meinem Bett.«

»Oh! Das ... Wenn ich ...« Vielleicht hätte Katie nicht die weiße Fahne im WhatsApp-Chat hissen sollen? »Sorry!«

»Keine Sorge.« Lisi zwinkerte und zuckte so eindeutig mit den Augenbrauen, dass Katie sich sicher sein konnte, dass Lisi bereits alles von Mister Facility bekommen hatte, wonach ihr der Sinn gestanden hatte. Lisi musste das nicht weiter ausführen, wirklich nicht. Und sie tat es zum Glück auch nicht. Stattdessen nahm sie Elena ins Visier.

»Was ist mit dir? Liegt bei dir auch einer im Bett?«

»Nope.«

»Ach ja, Sebastian ist ja bei seinen Eltern.«

»Yes.« Elena griff zum Wodka, warf den Kopf in den Nacken und exte das Glas. »Ich hab auch ein Angebot bekommen.«

Lisi schlug mit der Hand auf die Bar. »Wenn Matze-Arschl dich angefasst hat ...!«

Elena und Katie zuckten zusammen.

»Was? Nein! Es war Sebastian!«

»Wie bitte?« Lisi und Katie sagten es gleichzeitig.

»Sebastian hat mir ein Angebot gemacht.«

Lisis Augenbrauen wanderten ihre Stirn hinauf.

»Was für ein Angebot?«, fragte Katie. Ihr Herzschlag erhöhte sich. Es ging gewiss nicht um einen Wartungsvertrag für Elenas Laptop ...

»Doch nicht etwa...?«, fragte Lisi.

»Doch.«

Lisis Augenbrauen wirkten wie festgetackert dort oben auf ihrer Stirn. »Oh wow!«, sagte sie.

»Oh no!«, sagte Katie. Heiratsanträge hatte sie in keiner guten Erinnerung.

»Was hast du geantwortet?«, fragte Lisi.

»Ich weiß nicht.«

»Ich weiß nicht?« Lisis Augenbrauen hoben sich einen weiteren Millimeter.

»Ich weiß nicht«, wiederholte Elena.

»Ich *weiß* nicht?« Lisis Augenbrauen zitterten, als ob sie gleich wie eine Rakete ins Weltall abheben würden.

Elena nickte, Lisis Augenbrauen machten einen Sturzflug gen Nase. »Mit genau diesen Worten?«

Elena nickte erneut.

»Oh wow!«, sagte Katie.

»Oh no!«, sagte Lisi.

Katie füllte Elenas Glas wieder auf. Sie hätte nicht damit gerechnet, dass Elena es sofort aufs Neue exen würde.

Lisi und Katie tauschten einen Blick, zuckten beide mit den Schultern und tranken ihr Schnapsglas ebenfalls in einem Zug leer. Der scharfe Wodka fraß sich durch die süße Baileys-Suppe in Katies Magen. Das fühlte sich gar nicht so schlecht an.

»Ist Sebastian deshalb allein weggefahren?« Katie schenkte noch mal nach.

Elena nickte.

»Jajaja, aber was zum Teufel ist mit Matze-Arschl? Was läuft mit dem?«

»Gar nichts.« Elena griff zum Schnapsglas. Diesmal hielt Katie ihre Hand auf, bevor sie das nächste Glas hinunterstürzen konnte. Elena biss sich auf die Unterlippe. »Da wäre fast was gelaufen. Heute.«

»Des is ... oarg, Elena!«, schimpfte Lisi. »Oarg, oarg, oarg!«

»Ich weiß, ich weiß!« Elena griff sich mit der freien Hand an die eigene Stirn und fügte leiser und gequält hinzu: »Ich weiß es jetzt ja besser.«

»Jessas!« Lisi schüttelte den Kopf.

»Es war ja nur ... fast«, murmelte Elena.

Katie ließ ihre Hand los und erhob das eigene Wodka-Glas zum Toast. »Auf das Wörtchen ›fast‹! Unsere Rettung!« Lisi schüttelte erneut den Kopf. Elena lächelte zerknirscht. Alle drei stießen an.

Die Schärfe des Wodkas tat weiter gut daran, die Baileys-Süße in Katies Magen zu bekämpfen. Allerdings schien der klare Spiritus sich viel schneller in ihren Blutbahnen breitzumachen als der Sahnelikör. Oder war es die Mischung aus beiden? Jedenfalls fühlte Katie dieses luftig-leichte Beschwipstsein in ihren Beinen und in ihrem Kopf.

Sie gab noch eine Runde aus, diesmal mit halb gefüllten Gläsern.

»Auf diesen verrückten Abend!«

Katie dachte an Christoph, der irgendwo in Wien kofferlos war; an sein: »Ich bin immer nur zu dir gekommen.«

Sie sah zur Uhr über der verwaisten Schopenhauer-Eingangstür. Es war fünf vor Mitternacht und mehr als unwahrscheinlich, dass er seinen Aktenkoffer in dieser Nacht abholen würde. Schade.

Katie bückte sich zur Fundsachenschublade hinunter. Kurz drehte sich der Fußboden vor ihren Augen. Trotzdem schaffte sie es, den Aktenkoffer zu packen und auf die Bar zu stellen.

»Das ist doch El Sols Koffer!« Lisi drückte gegen das schwarze Leder.

»Jep«, erwiderte Katie. »Ich hab gedacht, er käme noch mal vorbei. Er fährt ja auf Dienstreise. Da braucht er seinen Dienstkoffer, oder?«

»Ein Privatkoffer ist das garantiert nicht.« Elena strich über das Leder und Katie strich über den Verschluss.

»Sollten wir reinschauen?«

Der Baileys war der erste Fehler des Abends, der Wodka der zweite. Aber der größte war, den Aktenkoffer auf die Bar zu stellen …

Zu viel Polizei

Katie ließ den Verschluss des Aktenkoffers aufschnappen.
»Super!« Elena setzte sich kerzengerade hin.
»Hmmmh«, machte Lisi.
Ein bedeutungsschweres, schicksalhaftes, dem Grauen vorgeschicktes »Hmmmh«. Katie überging es. »Plötzlich so schüchtern, Misses Facility?«
»Wir schauen ja nur!« Elena klimperte unschuldig mit ihren Wimpern. Ihre Rehaugen funkelten.
»Wir suchen nur einen Nachnamen oder eine Telefonnummer«, beschwichtigte Katie.
»Jajaja.« Lisi winkte ab und nahm die Wodka-Flasche in die Hand. »Hat diese Infusion doppelte Umdrehungen oder wieso geht das Schnapserl so eine?« Sie kniff die Augen zusammen, warf einen Blick aufs Etikett und stellte die Flasche wieder zur Seite. »Kannst du mir einen Tee machen?«
»Jetzt?«, fragte Katie, die Hände immer noch am Verschluss des Aktenkoffers.
Lisi versuchte eine Augenbrauen-La-Ola, die zwar kläglich abschmierte, aber Antwort genug war. Katie schnalzte mit der Zunge, holte einen Wasserkocher aus der Küche und setzte Wasser auf.
»Dann fang ich schon mal mit der Bescherung an.« Elena kicherte und öffnete den Koffer. Es war eine Art Pilotenkoffer, der aufklappte wie ein Karton: Der Deckel teilte sich in der Mitte; offenbarte links, auf der Innenseite des Deckels,

drei Schlaufen für Kugelschreiber und rechts ein Visitenkartenfach, das allerdings leer war. Weil der Koffer gute 60 Zentimeter hoch war und auf der Bar stand, konnte selbst Elena nicht hineinspähen, also griff sie einfach beherzt hinein wie in eine Lostrommel und flötete dabei: »Jetzt wird's spanneeeeend!«

»Mach ihr lieber auch einen Tee.« Lisi deutete mit dem Daumen auf Elena, die ein schwarzes, großes Etwas aus dem Aktenkoffer zog.

»Ein toller Stoff!« Elena schwankte von ihrem Barhocker herunter und hielt sich das große schwarze Etwas vor ihr Sommerkleid. »Ist bestimmt knitterfrei. – Das ist doch so ein Pfaffen-Kittel?«

»Ein Talar«, sagte Lisi. »Katie steht eben auf Männer in Uniform.« Ihre Augenbrauen-La-Ola funktionierte wieder.

Alle drei lachten.

»Keine sehr gewagte Uniform.« Elena legte den Talar sorgfältig zusammen und auf die Theke. »Wirkt eher gespenstisch, so weit und flatternd, wie die geschnitten ist.«

Katie goss drei Becher mit Kräutertee auf.

»Los, Katie, jetzt du!« Elena schob den Koffer ein Stück zu Katie. Ihr Eifer war ansteckend.

Katie streckte ihren Arm aus, ertastete etwas Hartes, hob es heraus: »Eine Bibel.«

»Nicht sehr überraschend.« Lisi zog den Aktenkoffer zu sich. Selbst sie erlag Elenas Enthusiasmus.

Lisis Hand tauchte hinein und: »Oh, là, là!« Alle drei machten große Augen, als Lisi ein Bündel Geldscheine herauszog. Zerknitterte Fünfer, Zehner und Zwanziger.

»Die Kollekte vielleicht?«, mutmaßte Katie.

»Vielleicht ...«, murmelte Lisi, blätterte durch die Scheine und nahm plötzlich mit Schwung den Koffer von der Bar.

»Hey!«, rief Katie.

»Heilige Scheiße!«, flüsterte Lisi und starrte ins Innere des Koffers.

Katie lief um die Theke herum, Elena glitt von ihrem Hocker. Als Katie neben den beiden stand und mit ihnen in den Aktenkoffer sah, der jetzt auf dem Parkettboden stand, hatte sie das Gefühl, schlagartig nüchtern zu werden.

»Heilige Scheiße«, wiederholte Katie.

Das waren ziemlich viele dicke Bündel aus Geldscheinen ...

»Vielleicht die Kollekte des Monats?« Elena nahm sich ebenfalls einen faustdicken, mit Gummiband zusammengezogenen Geldstapel.

»Wie viele Leute gehen heutzutage in die Kirche?« Lisi schnappte sich das nächste bunte Bündel.

»Keine Ahnung.« Auch Katie fischte sich einen Packen Scheine aus dem Aktenkoffer. Sie zupfte einen Zwanziger heraus und hielt ihn gegen die Barbeleuchtung. Das war tatsächlich echtes Geld.

»Des is oarg, jetzt kommen nur noch Fünfziger«, meldete Elena.

»Und dies sind alles Hunderter!« Lisi wedelte mit einem Stapel grüner Scheine.

Der Koffer schien plötzlich bodenlos.

»Dafür gibt es garantiert eine gute Erklärung!« Katie wandte sich von den Geldscheinen ab und den drei dampfenden Bechern auf der Bar zu. Sie warf die Teebeutel in Richtung Spüle. Ein Beutel traf. Zwei gingen daneben. Egal. Sie drückte Elena und Lisi je einen Tee in die Hand. Sie sollten jetzt nichts überstürzen. Keine voreiligen Schlüsse ziehen. Niemanden vorverurteilen.

»Was wissen wir über El Sol?« Lisi pustete in ihren Becher.

»Er ist Pfarrer, noch verheiratet, hat zwei Kinder«, zählte Katie auf. »Er ist hilfsbereit, aufmerksam, trinkt gern Melange.«

»Klingt doch ganz ... solide.« Elena schlürfte an ihrem Kräutertee.

»Er singt in einem Chor und hört Ö1. Solider geht's nicht«, sagte Katie.

»Hmmmh«, machte Lisi.

Schon wieder dieses bedeutungsschwere »Hmmmh«. Diesmal wurde Katie hellhörig. »Was?«

»Jedenfalls sollen wir das glauben.«

»Wie meinst du das?«

»Na, es gibt keinen Beweis. Steht in der Bibel sein Name? Sind im Talar seine Initialen eingestickt? Können wir überhaupt mit Sicherheit sagen, dass Christoph sein richtiger Name ist?«

Elena griff zur Bibel. »Kein Name!«

»Wieso sollte er lügen?«

»Weil in seiner Tasche seltsames Bargeld drin ist?«

Elena schnappte sich den Talar. »Auch nichts eingestickt! – Ha! Ich wusste es: bügelfrei.« Sie hielt den kleinen Zettel mit der Waschanleitung zwischen Daumen und Zeigefinger.

»Dafür gibt es garantiert eine gute Erklärung«, wiederholte Katie.

»Und welche?«

»Vielleicht ist das ... das Ergebnis eines großen Spendenaufrufs. Eigentlich wollte er das Geld heute auf der Bank einzahlen. Und dann kam diese Fiona-Frau und hat alles durcheinandergebracht.« Katie machte eine wenig bedeutungsvolle Geste in die Luft. »Ich meine: die Kirche, da kannst du nicht mit Karte zahlen. Da gibt man eben Bargeld und da kann sich schon mal was ansammeln.«

»Vielleicht hatten sie ein Sommerfest?« Elena legte den Talar erneut zusammen.

»Genau!« Katie nippte an ihrem Tee. Das beruhigte zwar nicht ihren Magen, aber ihre Nerven.

»Hmmmh«, machte Lisi.

Katie hätte die beiden Buchstaben »H« und »M« am liebsten aus dem Alphabet gestrichen. »Das sind die Spenden vom Sommerfest. Basta!«

Katie ging in die Küche. Sie fand fünf Laugencroissants, ein Kornspitz und zwei Schnittlauchbrote. Legte Käse- und Schinkenscheiben auf einen Teller und brachte es zu ihren beiden Ladys, die nach wie vor um den Koffer standen.

Alle drei zogen sich einen Stuhl heran und ließen sich darauf fallen. Es war wie ein Pfadfinderinnenabend am Lagerfeuer. Nur dass sie nicht in flackernde Flammen starrten, sondern auf einen Aktenkoffer voller Geldscheine.

Eine Viertelstunde später, kurz vor halb eins, kaute Elena an ihrem zweiten Croissant und Katie warf die nächsten drei Teebeutel in Richtung Spüle. Null Treffer. Schade.

Lisi zog den Koffer zu ihren Pumps, beugte sich vor und angelte acht, neun weitere Geldbündel heraus. Alles grüne und gelbe Stapel. Alles Hunderter und Zweihunderter ... Sie reichte die gebundenen Scheine weiter an Elena, die das Geld ordentlich auf der Bar neben dem Talar und der Bibel stapelte. Das musste wirklich ein rauschendes Sommerfest gewesen sein ...

Plötzlich rief Lisi: »Oh mein *Gott*!«

Sie tauchte mit beiden Händen in den Koffer und hob lauter kleine Plastiktütchen empor. Einige waren mit orangen oder blauen Pillen gefüllt. Andere mit grünen, getrockneten Blütenpuscheln oder weißem Pulver, das garantiert kein Mehl war.

Katie sprang auf und beugte sich über den Aktenkoffer. *Oh! Mein! Gott!*

Das mussten Hunderte dieser Plastikbeutelchen sein!

»Dafür gibt es garantiert eine gute Erklärung«, wiederholte Katie. Dafür *musste* es eine gute Erklärung geben! Ihr war plötzlich schwindelig. Sie ließ sich auf ihren Stuhl fallen und klammerte sich an den Teebecher in ihrer Hand. Das Schnittlauchbrot in ihrem Magen fühlte sich an wie ein Stein.

»Ist das Gras?« Elena öffnete einen der wiederverschließbaren Minibeutel, roch an dem grünen Kraut und verzog das Gesicht. »Das *ist* Gras!«

»Dafür gibt es garantiert eine gute Erklärung«, flüsterte Katie. Das würde das Mantra des Abends werden.

»Zum Beispiel ein lukrativer Nebenjob?« Lisi leerte ihre Hände, die Plastiktütchen rieselten zurück in den Katastrophen-Koffer. »Wer weiß schon, wie gut oder schlecht Pfarrer verdienen?«

»Lebensberatung in Richtung Drogenkonsum?« Elena versuchte, ein Kichern zu unterdrücken. Sie musste definitiv mehr Tee trinken.

»Oder ein zweites Standbein der Kirche? Spiritualität und Rausch liegen nicht weit auseinander.« Lisi inspizierte einen einzelnen Minibeutel mit weißem Pulver.

»Yes, die Kirche braucht bestimmt Geld. Ich meine, es treten doch so viele aus.« Elena warf das Cannabis-Tütchen in den Koffer.

»Hauptsache, ihr zwei habt euren Spaß!« Katie pustete in ihren Tee. Sie wünschte, sie hätte nicht so viel Baileys getrunken …

Auch Lisi ließ das Pulvertütchen wieder in den Koffer fallen. »Noch mal von vorne: Was wissen wir *genau* über El Sol?«

Katie schloss die Augen. Die Dunkelheit begann sich zu drehen.

»Dass er immer einen Aktenkoffer dabeihat«, hörte sie Elena sagen.

»Und ein Tablet«, fügte Katie hinzu und öffnete die Augen. Lisi wühlte in dem Koffer herum. »Kein Tablet.«

»Ein Handy!«, fiel Elena ein.

»Kein Handy«, meldete Lisi von der Aktenkoffer-Front.

»Dass er immer bar bezahlt ...«, sagte Katie. Sie hatte kein gutes Gefühl bei diesem Fakten-Check. Welcher unter 70-Jährige zahlte heutzutage bar?

Sie stellte ihren Tee zur Seite und vergrub das Gesicht in ihren Händen. Der Schwindel kehrte zurück.

Hatte sie sich so getäuscht in Christoph? Hatte sie sich *wieder einmal* so schrecklich getäuscht in einem Mann? War sie überhaupt zurechnungsfähig, wenn es um die Wahl von Männern ging? – Sie sollte in ein Land auswandern, wo man ordentlich verheiratet wurde. Oder sie sollte für immer Single bleiben. Sich je wieder allein einen potenziellen Partner auszusuchen, stand nicht mehr zur Debatte.

Wie hatte sie nur so auf Christoph hereinfallen können? Hieß er überhaupt Christoph? Wie schlau von ihm, sich ein Kaffeehaus zu suchen, in dessen Nähe es gleich zwei Pfarrer mit diesem Namen gab. War er überhaupt ...?

»Er küsst viel zu gut für einen Pfarrer.« Katie ließ die Hände sinken und starrte auf den Aktenkoffer. »Er küsst so verwegen wie ein Gangster.«

Und er konnte eiskalt sein, dachte Katie, wie am Telefon oder gegenüber seiner vermeintlichen Ex-Frau in spe. Er wusste, was er wollte, und schien immer zu bekommen, wonach ihn verlangte. Zum Beispiel nach einem Kuss und einer Verabredung mit einer wehrlosen, naiven Möchtegern-Promovendin und Kellnerin.

»Shit!«, fluchte Katie leise.

Elena kam zu ihr und strich ihr über die Schulter.

Ein Glück waren die beiden da. Ein Glück war sie nicht allein. Ein Glück hatten sie diesen Aktenkoffer gemeinsam aufgemacht, bevor sie mit Mister Koks ein Date hatte.

»Wir müssen die Polizei rufen«, sagte Lisi.

Oh shitty shit! Aber Lisi hatte recht. Wie immer.

Die Nummer der lokalen Polizeistation war im betriebseigenen Festnetztelefon gespeichert. Katie hatte irgendetwas gestammelt vom Café Schopenhauer, reichlich unbekanntem Bargeld und einem Berg von Drogen. Anscheinend genügte das.

Während sie auf die Polizei warteten, erinnerte sich Katie, wie Lisi vor gefühlt ewigen Zeiten behauptet hatte, Mafiosi nicht per se von der Liste möglicher Liebhaber zu streichen. Katie fragte sich, ob für sie dasselbe galt. Was, wenn El Sol einfach ein netter, bodenständiger Drogendealer war? Kein großer Fisch, nur ein engagiertes Rad im Kartell-Getriebe. Im Grunde seines Herzens aufrichtig und zuverlässig. Charmant und aufmerksam. Nur kein Bestatter oder Pfarrer, sondern eben ein Drogenkurier mit ausgefallener Tarnung. Was dann? Was, wenn er einfach ein charmanter, aufmerksamer, zuverlässiger, gut küssender ... *Mister Tambourine Man* war? Und sie wie der ruhelose Bob Dylan auf der Suche nach einem Gefährten in der Nacht?

Katie griff zu ihrem Handy. Ella und Louis hatten lange genug ihre Liebeslieder durchs Schopenhauer geschnulzt. Es war Zeit für den Präzedenzfall ihrer Promotionsarbeit, Zeit für Bob Dylan, der 2016 als erster Musiker einen Literaturnobelpreis bekommen, wenngleich nicht wirklich angenommen hatte.

Katie wischte zweimal und tippte viermal auf ihrem Smartphone. Das schwermütige Trompetensolo von Louis Armstrong erstarb und machte Platz für Dylans leichthändige, verträumte Gitarre mit dem monotonen Schlagmuster.

Die Polizei-Crew war schneller da, als Katie erwartet hatte. Zwei Dylan-Lieder später, um Viertel vor eins, fuhr sie vors Schopenhauer – in einem Mannschaftswagen. Sie kamen zu sechst.

Katie öffnete mit einem unguten Gefühl und zittrigen Fingern die Tür. Vier uniformierte Männer und zwei Frauen traten ein. Alle sahen jung aus. Alle hielten ihre Hände deutlich über den Waffenholstern an ihren Hüften und hatten angespannte Gesichter.

Vielleicht hätte Katie die Baileys- und die Wodka-Flasche von der Theke stellen sollen? Vielleicht hätte sie Bob Dylan ab- und ein paar Lichter mehr aufdrehen sollen? Nun, dafür war es jetzt zu spät.

»Dort steht der Aktenkoffer«, sagte Katie und führte die Polizistinnen und Polizisten zum Corpus Delicti. Oder besser gesagt, einen Teil von ihnen. Drei folgten ihr, drei blieben an der Tür stehen.

Elena und Lisi hatten sich vom Katastrophen-Koffer distanziert und saßen auf ihren Barhockern, wo sie eine ausgezeichnete Aussicht genossen.

»Servus«, sagte Elena. Sie hob eine Hand zum Gruß, doch niemand reagierte.

»Soso«, sagte stattdessen der Polizist, der direkt neben Katie stand. Er war schlaksig, trug einen Dreitagebart und wirkte kaum älter als 25. »Ist noch wer da? Angestellte? Gäste?«

»Nur wir drei sind hier.«

»Wie viele Räume hat das Café?«

»Dort sind die Toiletten, dort die Küche, angrenzende Personalräume und ein Lager.« Katie wies nach rechts zu den WCs und geradeaus zum Makramee-Vorhang hinter der Bar.

Der Dreitagebart-Polizist machte zwei knappe Handzeichen und sofort zogen vier Uniformierte ihre Pistolen und rückten zu zweit aus: Ein Duo steuerte die Toiletten an, ein Duo den Zugang zur Küche. Alle mit der Waffe im Anschlag. Wie im Film.

Katie konnte es den Polizistinnen und Polizisten nicht verübeln. Die spärliche Barbeleuchtung, Bob Dylans schnarrende

Stimme, drei Teebecher neben sechs Schnapsgläsern auf der Theke ... und daneben die bunten Geldbündel. Nicht zu vergessen die vielen kleinen Drogenrationen in dem Aktenkoffer, um den drei verwaiste Stühle und drei weitere Teebecher standen ... Das wirkte insgesamt weniger wie ein unschuldiger Ort, an dem plötzlich Drogen aufgetaucht waren, als vielmehr wie eine Konsumhöhle, in der gerade Flaute herrschte. Trotzdem zuckte Katie zusammen, als die vier Uniformierten gleichzeitig ihre Waffen zogen und ausschwärmten. Auch Elena erschreckte sich und hickste leise. Lisi jedoch hüpfte von ihrem Barhocker. »Na, hören Sie mal!«

Sie kam zu Katie und stellte sich vor den tonangebenden Dreitagebart-Polizisten, die Hände in die Hüften gestemmt. »Können Sie sich ausweisen?« Ihre Stimme klang fast freundlich. *Fast.*

Der junge Beamte verdrehte die Augen, zückte aber seinen Ausweis. Er hielt ihn Lisi vors Gesicht und drehte sich zeitgleich zum sechsten Polizisten im Bunde, der an der Eingangstür des Schopenhauers stehen geblieben war. »Ruf das LKA. Schaut nach einer größeren Partymischung samt Einnahmen aus.«

»Oppoltzer, Robert«, las Lisi laut, sah auf, verglich den Dreitagebart vor sich mit dem auf dem Ausweisfoto in ihrer Hand, kontrollierte noch einmal und nickte letztlich. »Alsdann, Herr Kriminalist, Ohrwascherln auf.« Seelenruhig und sachlich – jedenfalls im Ton – übernahm sie das Zepter. Katie war dankbar dafür. Ihre Gedanken sprangen wie eine kaputte Schallplatte immer wieder zu der einen Frage: Was war gelogen und was wahr? El Sol, Christoph, Pfarrer, Talar, Bibel, Drogen, Geldbündel, Frau, Kinder, Scheidung, Öl ... wie passte das alles zusammen? Die Gedanken schwirrten ihr durch den Kopf und durch den Magen. Katie fühlte sich schwummrig. Sie setzte sich neben Elena auf einen Barhocker und hörte nur mit halbem Ohr hin, wie Lisi erklärte: »Wir haben alles so liegen gelassen, wie wir es vorgefunden haben – nachdem wir den Aktenkoffer nach und nach ausgepackt und diese elende Entdeckung gemacht hatten.«

Der Oppoltzer Robert brauchte einen Moment, um das Ausmaß dieser Information zu begreifen: alles kontaminiert. Sein Dreitagebart zog sich in die Länge. Bevor er etwas erwidern konnte, trat der sechste Polizist von der Tür des Schopenhauers an seine Seite. »Die Kollegen vom Gift sind unterwegs.«

»Gift?«, fragte Lisi.

»Suchtmittelkriminalität«, erwiderte der Oppoltzer Robert.

Lisis Augenbrauen flogen gen Stirn. Elenas Augen fielen zu.

Katie wurde unangenehm heiß. *Wo war sie bloß hineingeraten?* In ihrem Magen verwandelte sich das versteinerte Schnittlauchbrot in eine träge, zähe Masse.

Kaum eine halbe Stunde später, es war Viertel nach eins, zeigten drei Kriminalbeamte in Zivil ihre Ausweise bei dem Türsteher-Polizisten vor. Seine übrigen uniformierten Kolleginnen und Kollegen hatten sich strategisch im Schankraum verteilt: zwei an der Tür zu den WCs an der rechten Seite, zwei am Ende der Bar an der linken Seite. Der Oppoltzer Robert stand neben dem Katastrophen-Koffer, während Katie, Lisi und Elena das Spektakel von ihren Barhockern aus beobachteten: Eine Frau mit zerzausten, sehr, sehr kurzen braunen Haaren, Jeanshose und leichter Sommerjacke in Beige trat als Erste ins Schopenhauer. Katie schätzte sie auf Mitte, Ende 40. Ihr folgten zwei unauffällige Herren, die wie Bodyguards einen Schritt hinter ihr gingen. Einer jünger, einer älter als sie.

Die Frau blieb mitten im Schopenhauer stehen. »Kann mal jemand das Gedudel abdrehen?«

Katie griff zu ihrem Smartphone und Bob Dylan verstummte. Elenas Hand verschwand in ihrem Stoffbeutel. Katie rechnete damit, dass sie ihr verbeultes Notizheft herausholte, stattdessen tippte Elena jedoch eine Nachricht in ihr Handy und schaltete es auf lautlos, während Lisi die kurzhaarige Frau vom zerzausten Scheitel bis zur Ledersohle ihres Sommerschuhs begutachtete und der Dreitagebart-Oppoltzer-Robert der Kripo-Lady entgegenging, um unaufgefordert und diskret Rapport zu erstatten. Er deutete von Katie, Lisi und Elena zum Aktenkoffer. Die Frau nickte und dirigierte von der Mitte des Gastraums aus ihre beiden Bodyguards. Der eine, ein Mittdreißiger, inspizierte erneut die Toiletten. Der andere, der mit seinem dünnen Haar gut an den Abend-Stammtisch der Best Ager gepasst hätte, verschwand durch den Makramee-Vorhang hinter der Bar. Keiner von beiden zückte eine Waffe. Beruhigend.

Katie fragte sich, was jetzt weiter passieren würde – oder sollte? Wenn es nach ihr ginge, würde das Kripo-Trio irgendwo im Koffer ein geheimes Namensschild finden, das klarmachte, dass die Drogen nicht Christoph, sondern ... seiner baldigen Ex-Frau gehörten. Oder sonst wem. Hauptsache nicht ihm. – Ja, das wäre eine Lösung. Und eine Lösung war nötig. Nicht nur Katie sehnte sich danach.

»Oida, wie lang wird das noch dauern?«, flüsterte Elena und stützte ihr Kinn in die Handfläche.

Lisi verfolgte weiterhin jede Bewegung der offensichtlich befehlshabenden Kriminalpolizistin. Die ging zum Aktenkoffer, spähte hinein und musterte dann Lisi, Katie und Elena auf ihren Barhockern. Sie sagte kein Wort, wirkte weder dankbar noch hilfsbereit noch interessiert. Ihre Lippen waren zu einem schmalen Strich verkniffen und sie zupfte sich an ihrem rechten Ohrläppchen.

Na danke, dachte Katie. Genauso wollte man als aufmerksame, zivilcouragierte Bürgerin angesehen werden. Das war schließlich nicht *ihr* Dope. Das waren Betäubungsmittel, die sie gemeinsam mit Elena und Lisi aus dem Verkehr gezogen hatte. An diesen Pillen und Pulvern konnte niemand mehr zugrunde gehen. Das war doch etwas Gutes. Oder nicht? ... Wieso nur fühlte es sich nicht gut an?

»Chef?«, rief der ältere Bodyguard mit dem schütteren Haar, der aus der Küche kam und nun hinter der Bar stand. Er deutete auf die Wodka-Flasche, die Baileys-Flasche, die sechs Schnapsgläser und die Teebeutel, die hinter, neben und vor der Spüle auf dem Boden lagen. *Oh, oh.* Dass Katie zumindest einmal das Spülbecken getroffen hatte, imponierte ihm anscheinend nicht ...

Bodyguard Nummer zwei, der jüngere, kam aus den Toilettenräumen und sagte lapidar: »Sauber.«

Die Chef-Frau nickte beiden zu, während sie Einweghandschuhe aus ihrer Jeanshose zog, in die Hocke ging und in den Aktenkoffer griff. Sie inspizierte in aller Ruhe drei, vier Drogenrationen. Ihre Bodyguards gesellten sich zu ihr. Der Ältere, der ebenfalls Einweghandschuhe trug, brachte vier Geldbündel von der Bar mit und reichte sie an seine Chefin weiter.

»Ist es das, was wir suchen?«, fragte der Jüngere.

»Es muss hier sein!«, sagte der Ältere.

»Drei Monate Arbeit ...«, murmelte die kurzhaarige Kriminalbeamtin leise, aber deutlich. Sie hockte immer noch vor dem Koffer des Grauens und inspizierte die Geldscheine.

»Es muss nicht alles umsonst gewesen sein, nicht zwangsläufig«, begann der Jüngere.

»Wenn es nicht hier ist, war alles für die Fische«, brummte der Ältere.

Die Chefin sagte nichts dazu. Sie ließ Geldbündel und Drogentütchen in den Aktenkoffer fallen, zupfte einmal mehr an ihrem rechten Ohr und richtete sich wieder auf. Obwohl sie nicht größer war als Katie, wirkte die Bewegung imposant. Vielleicht weil sie so aufrecht stand? Vielleicht weil ihre Bodyguards wie brave Hündchen auf ihren nächsten Befehl warteten?

Die Kriminalpolizistin kam auf Elena, Lisi und Katie zu. »Wem gehört der Koffer?« Sie sagte es kühl und unaufgeregt.

»Können Sie sich ausweisen?« Lisi traf genau den professionell-gelangweilten Tonfall der Chef-Frau und setzte noch eins drauf, indem sie sich an ihr rechtes Ohrläppchen fasste.

Einen Moment passierte nichts, dann zückte die Polizistin ihren Ausweis aus der Sommerjacke. Lisi, Katie und Elena beugten sich vor: Majorin Rita Suess.

Der Name war definitiv nicht Programm. No *sweets for my sweet*, dachte Katie und versuchte, den einsetzenden 60er-Jahre-Hit der Drifters in ihrem Kopf zu ignorieren.

»Also, wem gehört der Koffer?« Rita Suess steckte ihren Ausweis zurück in ihre beige Jacke.

Elena, Katie und Lisi antworteten gleichzeitig:

»Einem Pfarrer.«

»Einem Gast.«

»Einem Schwindler.«

Rita Suess zupfte sich erneut an ihrem Ohr. »Haben Sie etwas angefasst?«

»Alles«, antwortete Lisi.

»Na servas ...«, murmelte die Majorin leise und zog mit einem Schnappen ihre Plastikhandschuhe aus. Dann legte sie los: »Polyak!« Ihre Stimme hatte Biss.

»Ja?«, meldete sich der ältere Bodyguard.

»Wir brauchen Fingerabdrücke, Fasern ...« Ihr Blick fiel auf die Schnapsgläser auf der Theke. »... Blutentnahmen zur stichhaltigen Alkoholbestimmung. Jessas noch ans. Organisieren Sie das. – Batka?«

»Ja, Chef?«, meldete sich Bodyguard Nummer zwei.

»Kümmern Sie sich um den Aktenkoffer.« Die Augen von

Rita Suess flogen zu Lisi, Katie und Elena, und mit etwas gedämpfter Stimme sagte sie: »Ich kümmere mich um die Damen.«

In Katies Ohren klang es wie eine Drohung. Aus den Augenwinkeln sah sie, wie Lisi ihre Hand hob – vielleicht um sich auch wieder am Ohrläppchen zu ziehen? Schnell griff Katie nach Lisis Fingern und hielt ihre Hand unten. Sie sollten Misses Suess-Sauer nicht zusätzlich provozieren. »Hör auf damit«, flüsterte sie und wünschte, Rita Suess hätte das nicht bemerkt. Doch erfüllbare Wünsche schienen für diesen Abend bereits aufgebraucht ...

Zwanzig Minuten und zweitausend viel zu ähnlich klingende Fragen später, war Rita Suess mit ihnen fertig.

»Fassen wir Ihre vagen Vermutungen zusammen.« Die Beamtin hielt ein Tablet in der Hand und tippte mit dem elektronischen Stift darauf herum. Ähnlich wie Christoph – falls er denn Christoph hieß – es immer nachmittags tat beziehungsweise getan hatte ... Der Großteil der Fragen hatte auf ihn abgezielt.

Die Majorin saß am Stammtisch 25. Wie Hühner auf der Stange saßen Lisi, Katie und Elena ihr zusammengedrängt gegenüber. Tisch 25. Ab jetzt würde Tisch 25 als »Verhörtisch« in die Geschichte des Schopenhauers eingehen.

»Vorname: vermutlich Christoph«, begann Rita Suess aufzuzählen. »Nachname: unbekannt. Familienstand: vermutlich verheiratet, vermutlich zwei Kinder, eines schulpflichtig. Beruf: eventuell evangelischer Pfarrer im Umkreis. Korrekt?«

Lisi, Elena und Katie nickten.

Die Beamtin wischte auf dem Tablet herum. Tippte mit dem digitalen Stift hierhin und dorthin.

»Haarfarbe: braun, mittellang. Augenfarbe: braun. Alter: zwischen 30 und 45 Jahre. Männlich?«

Lisi, Elena und Katie nickten, aber Rita Suess sah gar nicht von ihrem Tablet auf.

Katie räusperte sich. »Stimmt.«

»Ist er das?« Die Kriminalpolizistin drehte das Tablet um. Ein unvorteilhaftes Passfoto von Christoph war darauf zu sehen.

Lisi sagte: »Bingo!«

Elena nickte und gähnte.

Katie schlug sich die Hand vor den Mund und las: »Führerschein, Christoph Künast, geboren in Spitz, Niederösterreich ...«, da drehte die Kriminalbeamtin das Tablet schon wieder fort.

Er hieß wirklich Christoph.

»Wir haben den Verdächtigen«, rief Misses Suess-Sauer.

Der ältere Bodyguard kam sofort an den Verhörtisch und meldete: »Die Kriminaltechnik ist unterwegs.«

»Sehr gut, Polyak. Und hier ist vielleicht unser Mann. Oder Ersatzmann. Gemeldet in der Martinstraße. Muss hier gleich ums Eck sein. Er ist im System sogar als Seelsorger in der Josefstadt eingetragen.«

Der Polyak-Bodyguard pfiff durch die Zähne.

Katie hielt sich immer noch die Hand vor den Mund und starrte auf die Rückseite des Kripo-Tablets. *Er war tatsächlich Pfarrer? Seelsorger?*

Was, wenn auch alles andere wahr und nichts falsch war? Weder Frau und Kinder noch Drogenpäckchen und Geldscheine? Weder der Kuss noch seine Worte?

»Die Personenbeschreibung von Haas stimmt allerdings nicht mit diesem Typen überein«, meinte der ältere Bodyguard.

»Dann klingeln Sie Haas aus den Federn. Er soll antreten. Ich will das heute Nacht klären. Wir können uns keine Verzögerung mehr erlauben.«

Der ältere Zivilpolizist nickte.

»Und bringen Sie den Pfaff her. Wenn er nicht zu Hause ist, schreiben Sie ihn zur Fahndung aus. Nehmen Sie drei der lokalen Kolleginnen und Kollegen mit.«

Katies Hand sank von ihrem Mund. Ihr Herz sank in Richtung Hose, blieb jedoch auf dem halben Weg in ihrem Magen stecken und rebellierte dort, wühlte die träge Schnittlauch-Brot-Baileys-Wodka-Masse unangenehm auf.

Sie wollten ihn herholen?

»Oh shit«, hauchte Katie.

»Na oarg«, flüsterte Elena. »Ich werd gleich Montag aus der Kirche austreten. Ein drogendealender Pfarrer ...«

»Du bist evangelisch?«, fragte Lisi.

»Nein. Aber Kirche ist Kirche, oder?«

Die Uhr über dem Eingang zum Schopenhauer zeigte halb drei. Es hatte angefangen zu regnen: Dicke, schwere Tropfen prasselten gegen die Fensterfront des Cafés. Sommergewitter.

Katie, Lisi und Elena saßen immer noch an Verhörtisch 25. Sie hatten ihre Aussage als Zeuginnen sowie bürokratische Zettel mit vielen Paragrafen unterschrieben. Ein gelangweilter Kriminaltechniker hatte ihre Fingerabdrücke gescannt und ihnen eine kleine Kanüle Blut abgenommen, sodass jede mit einem Pflaster in der linken Ellenbeuge gebrandmarkt war: Blutprobe. Alkoholtest. Ein Albtraum.

Auch wenn das alles dazu dienen sollte, ihre Zeugenaussagen zu stützen, damit sie nicht ins Fadenkreuz der Ermittlungen kämen – schließlich würde man überall ihre Spuren finden, worauf Rita Suess mehrmals hingewiesen hatte –, fühlte sich Katie wie eine Verbrecherin. Ein bisschen jedenfalls. Denn dann ging die Tür zum Schopenhauer auf und Christoph wurde hereingeführt. In Handschellen. Wie ein *echter* Verbrecher ...

Oh shitty shitty shit!
Sein typisch schwarzes Hemd war nass und klebte an seinem Oberkörper. Aus seinen Haaren tropfte der Regen auf seine geröteten Wangen. Sein Mund war zu einem schmalen Strich zusammengezogen. Er wirkte ... nicht sehr erfreut. Links und rechts eskortierten ihn die ebenfalls durchnässten Uniformierten der Währinger Polizeiinspektion. Wenigstens waren ihm die Hände nicht auf dem Rücken, sondern vor dem Bauch gefesselt worden.

Er sah fragend zu Katie, da baute sich Rita Suess vor ihm auf.

»Er hat sich widersetzt, darum der Achter.« Der Polyak-Bodyguard mit dem schütteren Haar stellte sich neben seine Chefin und wischte sich mit einem Stofftaschentuch über das regennasse Gesicht. »Es hat länger gedauert, weil wir auf die Fürsorge warten mussten.«

»Die Kinder?«

Polyak nickte.

Katie wurde übel. Der Thonet-Stuhl, auf dem sie saß, schien plötzlich schwindelerregend hoch zu sein.

»Was geht hier *zum Teufel noch mal* vor?« Wenn ein vermeintlicher Pfarrer diese Worte schneidend sagte, wirkte das irgendwie doppelt, fand Katie. Rita Suess scherte das wenig. Sie zog sich in aller Seelenruhe Plastikhandschuhe über und hob den Katastrophen-Koffer vom Boden auf den Nachbartisch, auf Tisch 26.

»Können Sie uns sagen, was das ist?«

»Ein Talarkoffer.«

»*Ihr* Talarkoffer?«

»Nein.«

»Nein?«

»Nein, meiner steht in der Pfarrkanzlei in der Martinstraße.« Er schaute zwischen der Kripo-Beamtin und ihrem älteren

Bodyguard hin und her. »Es geht um einen Talarkoffer? Im Ernst?« Christoph nickte grimmig zum Polyak-Bodyguard. »Ihr Kollege verwahrt freundlicherweise meinen Schlüsselbund. Da ist auch der Schlüssel zur Pfarrkanzlei dran. Mein Talarkoffer steht neben der Tür, direkt unter dem Garderobenhaken.«

»Prüfen Sie das, Polyak. Und was ist mit Haas?«

»Sollte in ein paar Minuten da sein.« Der Kriminalbeamte winkte zwei Lokalpolizisten zu und ging mit ihnen zurück in den Regen.

»Es geht insbesondere um *diesen* Talarkoffer.« Rita Suess wandte sich wieder Christoph zu, ließ den Verschluss klicken und zog Geldbündel und Drogen-Päckchen heraus. Sie beobachtete Christoph dabei genau.

»Das …? Ist das …? Das ist nicht mein Koffer!«

»Nicht?« Die Majorin lächelte süß-sauer.

Christophs Wangen verloren ihre Röte. Er sagte ganz ruhig: »Nein, meiner steht in der Pfarrkanzlei.«

»Jeder kann *zwei* Talarkoffer besitzen.« Das süß-saure, aufgesetzte Lächeln schien auf Rita Suess' Mund festgewachsen zu sein.

»Genau. *Jeder* Mensch könnte einen Talarkoffer besitzen. Oder zwei. Oder drei.«

»Wir haben auch einen Talar darin gefunden. Und eine Bibel.«

»Sicherlich nicht meinen Talar und meine Bibel. Was wollen Sie mir anhängen? Und wieso überhaupt mir?« Christoph warf einen Blick zu Katie, Elena und Lisi herüber.

»Sie kommen regelmäßig ins Schopenhauer?« Jetzt war das Lächeln von Rita Suess' Lippen gefallen. Sie griff zu ihrem Tablet.

»Ja.«

»Sie haben einen Stammplatz?«

»Ja, verflucht.«

»Wo ist der?«

»Dort!« Christoph nickte zur Eingangstür. »Die zweite Sitzbank, links neben dem Eingang.«

»Dort wurde der Aktenkoffer gefunden.«

Christophs Blick schnellte zu Katie und zurück zu Rita Suess.

»Aber dort sitzen doch gewiss mehr Menschen. Dort gehen bestimmt eine Menge Leute am Tag vorbei. Gäste ...« Er sah erneut zu Katie, seine Augen verengten sich, seine Wangen färbten sich wieder rot. »... Angestellte?«

Lisi stand abrupt von ihrem Stuhl auf und stellte sich neben Katie, legte ihr die Hand auf die Schulter.

Rita Suess machte sich eine Notiz auf ihrem Tablet.

»Bin ich jetzt verhaftet, weil ich einen Talarkoffer besitze und im Schopenhauer verkehre?«

»Nein, das hier ist lediglich eine Befragung.«

»Tatsächlich?« Christoph hob die Hände und rüttelte an den Handschellen. »Das wird ein Nachspiel haben, glauben Sie mir.«

»Glaube – ist das Ihre einzige Einnahmequelle?«

Christoph schnaubte nur. »Vielleicht sollte ich besser nichts mehr ohne einen Anwalt sagen.«

»Wie Sie wünschen. Wie heißt Ihr Anwalt? Ich lasse ihn anrufen und schicke mit Ihnen ein Stoßgebet gen Himmel, dass er zu dieser nächtlichen Stunde ans Telefon geht.«

Christoph rieb sich mit den gefesselten Händen die Stirn. Er atmete tief durch und sagte sehr langsam und sehr leise: »Ich habe keinen Anwalt. Ich habe noch nie einen gebraucht. Außer einen Scheidungsanwalt.«

»Vielleicht kann Ihr Scheidungsanwalt ja auch Strafrecht. Wir können ihn anrufen und diese Befragung verzögert sich bis in den Morgen hinein. Oder wir warten zunächst auf meinen Kollegen, um Ihre Aussage zu bestätigen?«

Christoph schüttelte den Kopf, sagte aber: »Kann ich mich wenigstens setzen?«

»Natürlich.« Da war wieder dieses süß-saure Lächeln. Die Kripo-Beamtin bot ihm einen Platz an Tisch 26 an.

Zum Glück dauerte es nicht lange und der ältere Polyak-Bodyguard kam mit einem Doppelgänger-Aktenkoffer ins Schopenhauer geeilt. Katie schaute kurz hin, dann hefteten sich ihre Augen auf Christoph. Der starrte auf seine Handschellen – oder auf seine gefalteten Hände. Oder beides. Jedenfalls sah er nicht zu ihr. Auch nicht, als sich sein Blick hob und den Talarkoffer in der Hand des Kripo-Beamten fokussierte.

»Der Code ist 1517.« Seine Stimme klang müde.

Oh shit! *Sein* Aktenkoffer hatte ein Zahlenschloss …

Die träge Masse in Katies Magen, die früher einmal ein Schnittlauchbrot gewesen war, erstarrte.

Es war der jüngere Bodyguard, der den Talarkoffer entriegelte: Eine schwarze Kladde, ein Tablet, ein Talar mit eingesticktem Namen, eine Bibel mit Widmung, Broschüren über die Trauerarbeit in der Evangelischen Kirche tauchten auf. Keine Geldbündel. Keine Drogen. Der Kriminalbeamte hatte alles vor Christoph auf Tisch 26 ausgebreitet und fuhr jetzt mit behandschuhten Händen über das Innenfutter des Koffers.

»Sie haben diesen Talarkoffer immer bei sich, wenn Sie ins Café kommen?«, fragte Rita Suess.

Christoph sah auf. Sein eisiger Blick traf Katie. Er schüttelte kurz den Kopf und sagte zur Kommissarin gewandt: »Meistens schon. Es ist Sommerzeit. Ich vertrete derzeit acht Kolleginnen und Kollegen und habe in den vergangenen Wochen viele Begräbnisse begleitet. Im Anschluss bin ich oft ins Schopenhauer gekommen.«

»Warum?«

Christoph schaute wieder auf seine Hände. »Wegen der Melange?«

Lisi schnaubte leise. Katie stupste sie an. Konnte Lisi ihre impulsive Art nicht einmal in Zaum halten, wenn es um Straftatbestände, organisiertes Verbrechen und kohärente Aussagen vor der Kriminalpolizei ging?

Rita Suess ließ sich nicht ablenken. »Und Sie trugen diesen Talarkoffer immer bei sich?«

»Meistens, ja. Heute zum Beispiel nicht.«

Katie glaubte sich verhört zu haben. Wer sollte heute sonst mit solch einem Aktenkoffer im Schopenhauer gewesen sein? Lisi dachte hörbar Ähnliches. Sie schnaubte erneut, was jedoch durch ein herzhaftes Gähnen von Elena übertönt wurde.

»Warum heute nicht?«

»Heute hatte ich keine Beerdigung.«

»Aber Sie kamen trotzdem ins Schopenhauer?«

»Ja.«

»Warum?«

Christoph schwieg.

Rita Suess ließ nicht locker. »Wegen der Melange?«

Lisis Finger bohrten sich in Katies Schulter.

Christoph seufzte. »*Auch* wegen der Melange.«

In Katies Magen lösten sich Zeit und Raum auf. Es war, als ob ihr Innerstes plötzlich so bodenlos wäre wie der Katastrophen-Koffer.

Die erstarrte Schnittlauchbrot-Masse in ihrem Magen fiel und fiel und fiel, als ihr klar wurde, dass in all diesem Schlamassel eines wahr war: Egal, ob Christoph ein Pfarrer oder Drogendealer oder beides war. Egal, ob er wegen der Drogen oder der Bibel log. Wahr war, dass er *wegen ihr* ins Schopenhauer gekommen war. Allein ihretwegen …

Katie wünschte, sie hätte niemals den verwaisten Aktenkoffer geöffnet. Da ging plötzlich die Eingangstür des Schopenhauers auf. Katie hörte die schweren Tropfen des Gewittergusses auf den Asphalt prasseln, eine leichte Brise verirrte sich ins Kaffeehaus und ein knallgelber, riesiger Regenschirm zwängte sich durch die Tür, in der Hand von ... *Mister Parker?!*

Katie traute ihren Augen kaum. Vielleicht träumte sie das ja alles? Vielleicht war sie hinter der Bar eingeschlafen? Oder in ihrer Wohnung über ihren aufgeschlagenen Ordnern?

»Was ist los? Polyak hat gesagt, ihr habt den Laufburschen und der Zugriff auf die Drogen-Ganefs geht los?«, fragte der Neuankömmling.

Kein Zweifel, dachte Katie. Auch wenn er bessere Jeans und ein ordentliches T-Shirt trug, war er Mister Parker. Sie erkannte sein breites Kreuz und seinen Bürstenhaarschnitt, der von Nahem eher rotblond als grau wirkte. Das war Mister Parker. Eindeutig.

Auch wenn Rita Suess ihn anders nannte. Sie hob die Hand zum Gruß: »Hallo, Haas.«

Bauchschmerzen

»Und? Starten wir die Razzia? Ist es hier?«, fragte Mister Parker alias Haas.

Als Antwort deutete Rita Suess auf Christoph. »Wenn dies der Laufbursche ist, werden wir die Operation heute Nacht durchführen.«

»Der da?« Mister Parker verschränkte die Arme vor der Brust. »Hat niemand meine Personenbeschreibung gelesen? Oder sich das Phantombild angesehen?«

Phantombild? Operation? Razzia? ... *Hier?* Im Umfeld des Schopenhauers? Wo Gründerzeithäuser mit Familien dominierten und kleine Lokale sich noch hielten? Wo alles geordnet, sauber und leise war?

Bei dem Gedanken huschte Katies Blick wieder zu Christoph.

Wenn er nur einmal aufsehen und zu ihr schauen würde ...

»Er ist es also nicht?«, fragte Rita Suess.

»Definitiv nicht«, antwortete Mister Parker.

Hinter ihm grummelte der Polyak-Bodyguard mit dem schütteren Haar: »War ja klar ...«

Der jüngere Bodyguard Batka stand neben ihm und schwieg, während Rita Suess sich mit der Hand durch ihre ohnehin schon zerzausten braunen Haare fuhr. Dann nickte sie zum Aktenkoffer. »Und der?«

Mister Parker spähte in den Katastrophen-Koffer.

»Was wird hier gespielt? Das ist der richtige Koffer.« Er

drehte sich zu Christoph. »Der ist aber nicht der richtige Laufbursche. Unser Mann ist älter. Zirka 65. Lang. Schmal. Kurzes graues Haar. Tadellos gekleidet. Die perfekte Tarnung, um als Bindeglied zwischen Straße und Tankstelle zu dienen.«

»Tankstelle?«, murmelte Elena. Katie hätte nicht gedacht, dass sie noch irgendetwas mitbekam. Sie hatte die Augen geschlossen, das Kinn in die Hand gelegt und den Ellenbogen auf dem Tisch aufgestützt.

»Damit ist wohl eher eine Stelle zum Drogen-Tanken gemeint«, flüsterte Lisi. Sie stand immer noch neben Katie, eine Hand auf ihrer Schulter.

Mister Parker warf die Hände in die Luft: »Ich dachte, der Zugriff wäre am Wochenende? Quick and dirty! Und jetzt? Wo ist das Ziel? Im Keller? Im Obergeschoss?«

Katie klappte der Mund auf. Meinte er etwa hier im Gebäude? Das wäre furchtbar! Was, wenn die Polizei das Schopenhauer schließen würde? Was, wenn –?

»Das ist nicht sicher«, brummte Polyak.

»Ich habe mich also umsonst aus einem äußerst gemütlichen Bett herausgequält?« Mister Parker verschränkte die Arme erneut vor der Brust.

»Zeigen Sie mir das Phantombild«, mischte Lisi sich plötzlich ein. Sie nahm die Hand von Katies Schulter und trat zu Mister Parker.

»Und Sie sind?«, fragte er.

»Eine Zeugin.«

Mister Parker sah irritiert zu Rita Suess.

»Wenn der Typ, den Sie suchen, im Schopenhauer war, können wir Ihnen garantiert helfen.« Lisi hielt ihre Hand fordernd Mister Parker entgegen. »Her mit dem Phantombild.«

Rita Suess fasste sich kurz ans rechte Ohr, dann tippte und wischte sie über ihr Tablet, zeigte Lisi eine Zeichnung.

»Der?« Lisi zog beide Augenbrauen hoch.

Katie hielt die Luft an. *Was, wenn es Erwin war? Was, wenn –?*
»Das ist Johnnie Walker.«
Wie bitte? Katie atmete geräuschvoll aus.
»Wer?«
»Der Mann hat immer Walking-Stöcke dabei, richtig?«
»Richtig.« Mister Parker nickte.
»Der ist Stammgast.«
Wie Lisi so neben Mister Parker und Rita Suess stand und mit ihnen auf das Tablet schaute, hätte man sie glatt für eine Kriminalkommissarin halten können.
»Johnnie Walker?«, murmelte Elena und hielt die Augen weiter geschlossen. »Der hat doch nur Umhängetaschen.«
»Stimmt«, raunte Katie und erinnerte sich, wie Johnnie heute Nachmittag mit Christoph in der Eingangstür zusammengestoßen und der Aktenkoffer zu Boden gerumst war. Wie Schach seinen Stuhl umgeworfen und laut »Des is geschissen!« gerufen hatte, wie Christoph seiner Fiona-Frau nachgerannt war und Johnnie Walker … sich unüblicherweise in die Sitzkoje neben dem Eingang gerettet hatte. Schwitzend. *Auffällig.* Da musste Johnnie den Aktenkoffer bereits unter die Sitzbank geschoben haben. Wieso fiel ihr das jetzt erst auf?
Jetzt, wo es vielleicht zu spät war …
Katie spürte einen Kloß im Hals.
»Um welche Uhrzeit kommt Johnnie immer ins Café, Katie?«, rief Lisi ihr aus dem Polizeikreis zu.
»Zwischen halb vier und halb fünf.« Katies Stimme klang kratzig und so dünn wie der Bindfaden-Regenschleier vor den Schopenhauer-Fenstern, in den der heftige Sommergewitter-Regen sich verwandelt hatte. Sie schaute zu Christoph, der eindeutig unschuldig war.
»Alles nur wegen eines Talarkoffers!«, zischte er und stand auf. »Ich muss zu meinen Kindern.« Er streckte Rita Suess seine Handschellen entgegen.

»Zuerst brauchen wir Ihre Aussage. Ihren Kindern geht es gut.«

Christoph war offensichtlich anderer Meinung. Er trat einen großen, schnellen Schritt auf die Majorin zu. »Woher wollen Sie das wissen?«

»Ruhig Blut, Hawerer.« Mister Parker packte Christophs Ellenbogen und drückte ihn zwei Schritte zurück.

Rita Suess zuckte nicht mal mit der Wimper.

»Lassen Sie mich die Aussage dort machen, wo meine Kinder sind.«

Doch Rita Suess blieb eiskalt: »Das geht nicht. Es sind noch nicht alle Verdachtsmomente ausgeräumt. Dies ist eine mündliche Vorladung zur sofortigen Aussage. Kommen Sie ihr nach? Dann löse ich die Handschellen. Wenn nicht, nehme ich Sie fest und führe Sie einem Richter vor. Das bedeutet Zeit, Geld und Beugehaft, bis der erste Richter für Sie zur Verfügung steht. Und für mich bedeutet es außerdem, einen lang vorbereiteten Einsatz zu kübeln, weil Sie aus der Reihe tanzen. Also: Sollen wir Ihre Aussage aufnehmen?«

Christoph sah nicht begeistert aus. Gar nicht. Zwischen zusammengepressten Lippen schnappte er: »In Ordnung.«

Rita Suess nickte und bedeutete ihm, abermals an Tisch 26 Platz zu nehmen. Der junge Batka kam hinzu.

»Haas, Polyak? Sie führen das Protokoll mit den drei Damen. Ich will alles über diesen Johnnie Walker wissen – besonders, wann und wie wir ihn festsetzen können.«

Lisi übernahm das Reden, während Elenas Augen immer wieder zufielen und Katie immer wieder zum Profil von Christoph hinüberspähte. Alias El Sol. Ganz normaler Pfarrer. Kein Drogendealer.

Je klarer Katie das wurde, desto enger zog sich ihr aufgescheuchter Magen zusammen, als ob er sich vor der Wahrheit verstecken wollte.

Mister Parker, der ihr am Verhörtisch 25 gegenübersaß, kratzte sich am Kopf. Sein rotblonder Bürstenhaarschnitt wackelte. »Der Laufbursche könnte gleich morgen früh, in ein paar Stunden, zurückkommen, um den Aktenkoffer zu holen.«

Polyak nickte.

»Hmmmh«, machte Lisi.

»Was?«

»Wenn *ich* meinen Drogenkoffer in Eile hier deponiert hätte, wäre ich *jetzt* da draußen, um zu schauen, ob ich ihn mir nicht vor dem Reinigungspersonal wiederbeschaffen könnte.«

»Oder er legt es darauf an, dass der Koffer erst mal bei den Fundsachen verschwindet«, nuschelte Elena, versuchte, blinzelnd ihre Augen etwas zu öffnen, und gähnte herzhaft. »Sicheres Versteck.« Ihr fielen die Augen wieder zu.

»Hmmmh«, machte Lisi erneut.

Mister Parker beugte sich etwas näher zu seinem Kollegen. »Unsere bisherige Strategie ist durch den Drogenfund so oder so hinfällig«, murmelte er und ließ seinen Bürstenhaarschnitt noch einmal wackeln. »Der Zugriff im Café bleibt unsere einzige Chance. Die oder keine, weil der Laufbursche über alle Berge ist.«

Polyak nickte. Er stand auf und ging zu Rita Suess. Vermutlich, um sie zu informieren.

Wann würde Erwin wohl Bescheid bekommen?

Katie fragte nicht danach. Warum auch? Im Moment war ihr herzlich egal, dass Erwin einen Polizeieinsatz im Schopenhauer garantiert nicht gutheißen würde. Es war ihr egal, dass Johnnie Walker ein Drogenkurier war. Nicht egal war ihr jedoch, dass Christoph am Nachbartisch saß wie ein geprü-

gelter Hund. Völlig zu Unrecht. Nur weil sie einen fremden Koffer geöffnet hatte ...
Sie musste unbedingt mit ihm reden. Musste ihm alles erklären. Die Dinge ins rechte Licht rücken.
Irgendwie war dieser wunderbare Abend aus den Fugen geraten, und das bloß wegen eines hässlichen Aktenkoffers!
Der George-Baker-Song »Little Green Bag« aus dem Tarantino-Streifen »Reservoir Dogs« schoss Katie in den Sinn. Wie passend: In dem Film ging auch alles den Bach hinunter. Das Ende des Films war ein einziges Blutbad. Sie sollte das nicht als Omen nehmen ...

Eine gute halbe Stunde später, es war kurz nach halb vier Uhr morgens, schienen die Kriminalpolizisten sich einig zu sein, dass von Lisi, Katie, Elena und Christoph keine Gefahr ausging. Es war der junge Batka-Bodyguard, der sie instruierte, dass die Information an die Medien gehen würde, dass es heute Nacht offiziell einen Polizeieinsatz wegen eines Raubüberfalls gegeben habe. Batka klärte sie über die Konsequenzen auf, die folgen würden, wenn sie mit dem Dogenfund, dem Drogenkoffer, dem Geld oder den wahren Begebenheiten dieser Nacht hausieren gingen.
Tja, und dann beachteten die Polizistinnen und Polizisten das Zivilisten-Quartett nicht mehr, sondern besprachen sich mit zusammengesteckten Köpfen an Tisch 32, nahe der Schopenhauer-Tür.
Lisi lehnte sich müde auf ihrem Stuhl am Verhörtisch 25 zurück und fummelte an ihrem iPhone. Elena las eine Nachricht auf ihrem Handy, lächelte und legte ihren Kopf, gebettet auf ihre Arme, auf den Tisch. Die Augen wieder geschlossen, das Smartphone zwischen den Fingern, während Christoph am Nachbartisch stand und Bibel, Broschüren und Talar in seinen Dienstkoffer packte.

Schlimmer konnte es nicht mehr kommen, oder? Katie nahm ihren Mut zusammen und ging zu ihm. Fünf zögerliche, kleine Schritte.

»Christoph, es tut mir so leid, ich –«

Er hob abwehrend eine Hand, schloss energisch seinen Koffer. *Klack – klack.*

Erst danach sah er auf. Seine hellbraunen Augen zuckten ruhelos zwischen Katies Gesicht und irgendeinem Punkt hinter ihr hin und her.

»Sorry, ich –« Katie trat noch einen winzigen Schritt auf ihn zu.

Diesmal hob er beide Hände. »Nicht! Ich kann das nicht.« Er atmete tief durch und ließ seine Hände sinken. Eine schloss sich fest um den Griff seines Talarkoffers. Sein Blick bohrte sich in Katies Augen.

»Die Polizei hat mich vor den Augen meiner Kinder festgenommen. Weil meine Frau im Nachtzug nach Deutschland sitzt und wir in Wien keine Familie haben, wurden Annika und Ben in einem Kinderheim untergebracht. In einem Heim!« Er rieb sich mit der freien Hand über die Augen. »Dabei hätte ich einfach nur packen und mit den Kindern nach Tirol fahren sollen …« Er schüttelte den Kopf. Seine Stimme wurde zwar nicht lauter, aber kälter, härter. Wie seine Gesichtszüge. »Meine Frau wird das gegen mich verwenden. Sie wird mir das Sorgerecht entziehen, sie wird mit den Kindern nach Deutschland ziehen. Ich …« Er brach ab.

Katie trat einen winzigen Schritt auf ihn zu. »Es tut mir so leid. Lass mich erklären, waru–«

»Das ist mir egal«, unterbrach er sie. »Der Scherbenhaufen ist zu groß.« Christoph hob seinen Talarkoffer vom Tisch. »Halt dich fern von mir.«

Er drehte sich um und ging. Ging durch die Tür des Schopenhauers und würde wohl nie wiederkommen.

Katie biss sich auf die Unterlippe und sah ihm nach. Sie wünschte sich den zynisch-poppigen Beat von George Bakers »Little Green Back« zurück ins Ohr, doch da war nur dröhnende Stille in ihr. Kein Lied, kein Beat, keine Textzeile. Nichts.

Halt dich fern von mir ...

Wenn Herzen brachen, war der ganze Körper wie schallisoliert und nichts drang mehr hinein oder hinaus. Man war wie eingefroren. Silence-Mode. Stumm geschaltet. Allein Christophs Worte echoten durch die Stille: *Halt dich fern von mir ...*

Eine Träne kullerte aus Katies Auge. Erst links, dann rechts. Dann spürte sie Lisis warmen Arm um ihre Schulter und roch Elenas blumiges Shampoo, als die beiden sie umarmten. Katie schluchzte zweimal auf. Eine von beiden strich ihr über den Rücken und ließ damit alle Dämme brechen. Katie weinte wie eine 14-Jährige, deren Schwarm sie auf dem Prater wegen einer anderen hatte sitzen lassen. Wieso fühlten sich gebrochene Herzen immer gleich an? Egal, wie alt man war.

Es war immer das Ende der Welt. Immer wieder ...

Katie dachte an Sven, daran, wie sie damals alles verloren hatte: die Wohnung, die Freunde, die Freude, den Sinn für ihre Promotionsarbeit. Es war schlimm gewesen. So schlimm! Und jetzt würde es wieder schlimm werden.

Sie hätte es wissen müssen.

Sie hätte es verflucht noch eins wissen müssen.

»Sei froh, dass du ihn los bist!« Elena meinte das ernst.

»Ich weiß, du willst das nicht hören. Aber Elena hat recht.«

Zwei gegen eine. Katie schniefte.

»Wirklich, Katie! Du hast alles richtig gemacht.« Lisi entließ Katie aus der Umarmung, kramte Taschentücher aus ihrer Handtasche, zupfte eines aus der Packung, wedelte es auf und reichte es Katie. »*Wir* haben alles richtig gemacht. Ein Aktenkoffer voller Drogen. Genauso ein Exemplar, wie El

Sol es immer bei sich trägt. – Er hätte dasselbe getan. Glaub mir. Das hätte jeder und jede!«

»Genau! Schließlich sind das Drogen und keine Manner-Schnitten.« Elena strich Katie weiter über den Rücken.

»Guter Vergleich, Frau Schriftstellerin!« Lisis Augenbrauen wackelten. »Hat die Nachhilfe bei Matze-Arschl auch in dieser Angelegenheit geholfen?«

»Pff!« Elena schnaubte undamenhaft.

Katie musste weinen und schmunzeln zugleich, was zu einem zweifachen Hickser führte.

Wenn sie die beiden bloß damals, *nach Sven*, an ihrer Seite gehabt hätte. Vielleicht wäre alles anders gekommen? Vielleicht wäre sie schon längst Dr. Katie Beckmann irgendwo. Vielleicht sogar in Wien. Sie wäre Christoph im Schopenhauer begegnet, allerdings unter anderen Umständen. Sie hätten Blicke getauscht. Lisi hätte sie in ein Gespräch verwickelt. Sie hätten sich verabredet, so wie sie es heute getan hatten. Aber anders. Ganz anders. Mit einem ganz anderen Ende …

»Und schau dir El Sol an. So ein Trennungs-Egozentriker! Hat allein Augen für sich und seine Situation.« Lisi reichte ihr ein weiteres Taschentuch. »Er hat bewiesen, dass er ein Herzborderliner ist! Labil und auf der Suche nach Trost. *Der kann dir nichts bieten. Der nimmt nur und gibt nichts!*«

»Richtig!«, stimmte Elena zu.

»Den kannst du in der Pfeife rauchen. Daraus wäre nichts geworden. Egal ob mit oder ohne Drogen.«

»Richtig!«

Zwei gegen eine …

Katie schnäuzte das nächste Taschentuch voll. Lisi drückte ihr die ganze Packung in die Hand.

Alle drei zuckten zusammen, als plötzlich aus Lisis Handtasche lautstark der Austropop-Gitarren-Pulsschlag von »Seiler und Speer« ertönte und ihr Handy zusätzlich noch vibrierend surrte. Ein Anruf um diese Uhrzeit?

Katie erhaschte einen Blick aufs Display: »Peter K.«

Alles klar.

Katie schniefte ins Taschentuch, Elena gähnte und Lisi lächelte. »Du ahnst nicht, was hier los ist!«, begrüßte Lisi ihren Lover mit gedämpfter Stimme. Katie wurde wieder übel. Mister Facility am anderen Ende war nicht zu beneiden. Er bekam eine furchteinflößende Kurzfassung von Lisi, die hauptsächlich aus den Worten »Kripo. Drogengeld. Organisiertes Verbrechen. Hier wimmelt es von Kiewerern. Schopenhauer. Fingerabdrücke. Bluttest. Bring Taschentücher mit!« bestand.

Kein Wunder, dass Lisi beim Auflegen verkündete: »Er ist unterwegs.«

»Du weißt schon, dass wir vor einer Viertelstunde zugestimmt haben, nichts vom Drogenkoffer und Johnnie Walker zu erzählen?«, sagte Elena. »Oder gilt das nicht wirklich?«

»Iwo. Das war ein therapeutisches Gespräch.«

»Leiwand. Sebastian fragt mir bestimmt auch Löcher in den Bauch.«

»Der ist doch bei seinen Eltern im Burgenland. Dem kannst du die ORF-Wien-Meldung morgen früh weiterleiten. Fertig.«

Elena parierte mit einer gar nicht so schlechten Augenbrauen-La-Ola.

»Er ist nicht im Burgenland?«, fragte Lisi.

»Er wartet zu Hause.«

»Tatsächlich?« Lisi hob eine Augenbraue. »Prachtbursche!« Sie zwinkerte Elena zu, die so breit lächelte, als würde sie im nächsten Moment eine Goldmedaille um den schönen Hals gehängt bekommen.

Katies Bauchschmerzen meldeten sich zurück.

Sie hatte *ihren Prachtburschen* erfolgreich vergrault ...

»Ich hab ihm eine Nachricht geschrieben: Schopenhauer, Polizei, dass ich mich etwas fürchte. Da hat Sebastian sich sofort ins Auto gesetzt«, erklärte Elena, gähnte zum millionsten Mal und lächelte danach beseelt weiter.

Katie zupfte sich noch ein Taschentuch aus der Packung. Hier lag eindeutig zu viel *love in the air* ... Der absehbare Ohrwurm stellte sich nicht ein. Durchbrach die drückende Stille in ihrem Kopf nicht. Stattdessen zog ein beißendes Ziehen in ihre Schläfen. Wann war diese Horrornacht endlich zu Ende? Katie wollte nur noch ins Bett, die Augen schließen, schlafen und vergessen.

»Okay!« Rita Suess klatschte zweimal in die Hände. Es hallte dröhnend hinter Katies Schläfen wider. »Alle herhören. Das geht auch an die Kolleginnen und Kollegen des Streifendienstes. Ich erwarte Ihre Berichte morgen früh um 9 Uhr in meinem Posteingang. Wir packen ein. – Das war gute Arbeit!«

Gute Arbeit?

Katie fragte sich, welche Realität der Wirklichkeit entsprach. Die Realität von Rita Suess? Oder ihre Realität?

Katie konnte hier keine gute Arbeit entdecken.

Aber einpacken, das konnte sie.

Das Ende der Welt

Es war ein Montagnachmittag wie jeder andere im Café Schopenhauer. Es wurde gespielt: Schach und Tarock. Es wurde genippt: an der Melange, dem Verlängerten, am Kleinen Braunen. Es wurde gelesen und geplaudert. Und doch war alles anders.

Katie sah auf die langen schwarzen Zeiger der Uhr über der Eingangstür. Kurz vor 16 Uhr. Sie seufzte und wischte über ihre Arbeitsfläche hinter der Theke. Er kam nicht. Natürlich nicht. Er war deutlich genug gewesen.

Das Chrom der Arbeitsfläche funkelte träge unter ihrem Schwammtuch. Glänzte matt und undurchsichtig – so wie das Leben, das matte und undurchsichtige. Man konnte darüberwischen und ein träges Funkeln aufpolieren oder etwas draufstellen, es beladen und dekorieren, aber all das war bloß Kosmetik. Das Wesen der Dinge änderte man nicht. Chrom blieb Chrom. Edelstahl blieb Edelstahl. Leben blieb Leben.

Die Ereignisse der Freitagnacht hatten sich in Katies Herz gegraben wie ein tiefer Kratzer in der verchromten Arbeitsfläche. So tief, da half kein Polieren. Da half nur: etwas draufstellen. Und das hatte Katie am Wochenende getan. Samstag. Sonntag. Und heute Vormittag für drei letzte Stunden.

Sie hatte ihr Herz beladen mit ihrer Promotionsarbeit.

Ihr eigentlicher Plan, zu schlafen und zu vergessen, hatte nicht funktioniert. Die Bilder der Katastrophen-Nacht hatten ihr keine Ruhe gelassen: Christoph in Handschellen, pitschnass, mit fragendem Gesicht. Ausgeliefert. Wehrlos. Und sie hatte ihm nicht geholfen. Im Gegenteil: Sie hatte ihn der Staatsmacht zum Fraß vorgeworfen.

Sein eisiger Blick. Die zusammengepressten Lippen. Sein »Halt dich fern von mir«. Und Katie war stumm geblieben, hatte nichts zu ihrer Verteidigung vorgebracht. Nichts erklärt.

Erneut nicht.

Christoph war einfach gegangen. So wie damals Sven. Und Katie? Sie war zurückgeblieben, hatte eingepackt. Sie hatte sich wieder mal verliebt und es wieder mal grandios vergeigt. Sie hatte den Mann ihrer Tagträume in die Flucht geschlagen, und das auch noch im festen Glauben daran, das Richtige zu tun ...

Das alles kam ihr erschreckend bekannt vor.

Déjà-vu.

Déjà-senti.

Das alles kam ihr erschreckend bekannt vor.

Faktisch.

Und emotional.

Nur zwei Dinge waren anders: Sie war nicht wohnungslos und nicht ganz allein.

Lisi und Elena hatten jede ein Herz in ihre WhatsApp-Notfall-Gruppe geschickt, und das ziemlich früh. Am Samstag gegen 8 Uhr.

Katie hatte im Bett gelegen und an die Decke gestarrt, als ihr Handy »Pling-Pling« machte. Warum auch immer die beiden ihren kleinen Rausch nicht ausschlafen wollten oder konnten, für Katies gebrochenes Herz war das doppelte »Pling« wie ein Schrittmacher. Wie ein warmer Sommerregen. Wie eine Baileys-Flasche mit drei Schnapsglä–

Beim Gedanken an den Sahnelikör kugelte Katie aus dem Bett, eilte ins Bad und übergab sich. *Verfluchter Baileys!*

Ihr Kopf dröhnte, ihr Magen krampfte und auf ihrer Zunge wucherte ein Hochflor-Teppich. Drei eindeutige Anzeichen dafür, dass sich etwas ändern musste. Dabei war doch schon alles anders. Oder?

Abermals tauchten die Katastrophen-Bilder vor Katies Augen auf. Das schlechte Gewissen. Die Reue. Die irrealen Möglichkeiten, was alles hätte Wunderbares passieren können, hätte sie nicht diesen Aktenkoffer ...

Stopp! Sie wollte nicht daran denken.

Alles, was sie vor dem Klo kniend wollte, war, diesen bitteren Beigeschmack der Freitagnacht loszuwerden.

Katie tat daraufhin das Naheliegendste: Sie putzte sich die Zähne. Zweimal. Sie lehnte sich dabei an den Türrahmen ihres Mini-Bads, mit Blick auf ihre chaotische Wohnküche, in der überall Ordner und Notizen lagen und eine angebissene Banane neben dem aufgeklappten Laptop braun und matschig wurde. Braun und matschig wie das Überbleibsel ihres zerfetzten Herzens. Braun und matschig wie der Moment, als ... *Halt! Stopp!*

Katie wollte die Bilder nicht wieder und wieder vor sich sehen – und wenn schlafen und vergessen nicht funktionierte, dann vielleicht das Gegenteil. Sie fackelte nicht lange. Sie verstaute die Banane im Kühlschrank und setzte sich an den Laptop. Mit Brummschädel und Magenzwicken. Aber egal. Ganz egal. So wie alles andere auch: Ihre These war Teenie-Scheiß? Sie würde sich damit lächerlich machen? Alleine dastehen? Nun, das war nichts Neues mehr für sie. Ihr Prof würde die These als nicht promotionswürdig ansehen und – wenn überhaupt – ihre Arbeit als Fleißarbeit mit überbordender Interdisziplinarität durchwinken und als gewagte Außenseiterposition legitimeren, sodass sie nur ein mildes Lächeln und hinter vorgehaltener Hand regen Spott ernten würde? Egal! Sie arbeitete als Piefkinesin in einem Wiener Kaffeehaus. Die

Außenseiterrolle kannte sie zur Genüge. Die Hauptsache war, die Katastrophen-Nacht zu vergessen und nicht an Christoph zu denken. Nicht so viel jedenfalls.

Und das hatte funktioniert. Am Samstag, Sonntag und heute Vormittag für drei Stunden. Ihre Hände wussten automatisch, was zu tun war; fast so, als ob sie einen kleinen Schwarzen an der Espressomaschine zubereitete: Laptop hochfahren, Ordner herholen, Notizen sortieren, Datei öffnen, tippen, löschen, kopieren, an anderer Stelle einfügen, umformulieren, zuspitzen. Schritt für Schritt. Der logische Teil ihres Hirns strickte die begonnene Conclusio weiter, so wie ihre Hände aus dem kleinen Schwarzen eine Melange gezaubert hätten. Schritt für Schritt. Katie fühlte sich wie ferngesteuert. Sie versuchte, alles andere auszublenden; alles bis auf die Mahnung ihres Professors: »Schicken Sie mir, was Sie haben. Sie können nichts verlieren und viel gewinnen.«

Sie können nichts verlieren und viel gewinnen ...

Schade, dass das nicht für alle Lebensbereiche galt.

Auf jeden Fall hatte Katie Augenringe und einen verspannten Nacken dazugewonnen, was den Start in den heutigen Schopenhauer-Arbeitsmontag nicht unbedingt schmackhafter machte. Ein Montag, der ihr wie eine Ewigkeit vorkam. War tatsächlich erst eine Stunde seit Schichtbeginn vergangen? Ihr kam es so vor, als könnte sie gleich Feierabend machen.

Katie rieb die Arbeitsfläche hinter der Bar unnötigerweise trocken. Hauptsache beschäftigt. Sonst würde sie im Stehen einschlafen. Da öffnete sich die Tür des Schopenhauers. Katies Herz machte einen zaghaften Hüpfer, dann sackte es erschöpft in sich zusammen. Es war Lisi. Nicht Christoph. Was hatte sie erwartet?

Lisi setzte sich mit Schwung auf ihren Stamm-Barhocker. Ihr kinnlanges, kaschmirrot gefärbtes Haar pendelte von links nach rechts.

»Es hat sich aus-tarockiert?« Lisi nickte zu Schach und Matt, die zu zweit an Tisch 5 vor ihrem Schachspiel saßen, als ob es den vergangenen Freitag nicht gegeben hätte. *Die Glücklichen.* Schach leicht nach vorn gebeugt, einen Bauern in der Hand, mit dem er mal hierhin, mal dorthin auf dem Spielbrett zeigte. Matt auf seinem Stuhl nach hinten gelehnt, die Arme vor der Brust verschränkt, nicht sehr begeistert.

»Jep«, bestätigte Katie. »Die beiden sind wieder allein zu zweit.«

Allein zu zweit … Katie schluckte den aufsteigenden Kloß in ihrem Hals hinunter und schenkte Lisi einen Filterkaffee ein.

»Schachs Auszucker am Freitag war unserer Grande Dame wohl etwas zu Tiefparterre, was?«, schmunzelte Lisi.

Katies Augen folgten Lisis Blick. Sie sah zur Dog Lady, die an ihrem üblichen Stammplatz vor ihrem üblichen Kapuziner saß. Vor ihr lag die »Krone«, in den Händen hielt sie jedoch ein Hundemagazin.

Chrom blieb Chrom und Hundenärrin blieb Hundenärrin.

Katie schwieg und goss sich ebenfalls eine Tasse ein.

»Hmmmh«, machte Lisi nur und rührte in ihrem schwarzen Kaffee.

Zwei Minuten später kam Elena mit einem Strauß bunter, locker gebundener Sommerblumen durch die Tür. »Für dein gebrochenes Herz, liebe Katie. Ich hab sie so geschnitten, dass sie in eine Halbliterkaraffe hineinpassen müssten.«

Chrom blieb Chrom und Freundschaft blieb Freundschaft. Oder?

Auf jeden Fall war der Strauß ein kleines Trostpflaster.

»Danke.« Katie versuchte zu lächeln und spürte, wie ihr die Tränen in die Augen stiegen. Sie hatte definitiv zu viel gearbeitet und zu wenig geschlafen am Wochenende. Ihre Haut war viel zu dünn …

A Z, dachte Katie. A Z. *Oarsch zam!* Jetzt nicht weinen. Bisher hatte Lisis Trick hier im Schopenhauer funktioniert. Bisher ...

Katie war froh, kurz in die Küche verschwinden zu können, um die Blumen auf drei Wasserkaraffen zu verteilen und um dreimal tief durchzuatmen. Sie schob den Moment, da Lisi und Elena über die kurze Freitagnacht und ihre anhaltenden Folgen reden wollten, noch etwas auf, indem sie die drei kleinen Sträuße über die Länge der Bar verteilte.

Der Effekt ließ sich sehen. Was so ein paar Blüten bewirkten: freundlich, frisch, natürlich. *Tröstend.* Erwin sollte das in seinem neuen Gastro-Konzept bedenken, dachte Katie.

Dann gab es nichts mehr zu tun, außer Elena vom Filterkaffee einzuschenken und sich ihrer Bargesellschaft zu stellen.

»Wie ist es euch ergangen?« Dass Lisi sich dabei zu Elena drehte, ließ Katie innerlich aufatmen. »Du warst am Samstag ja ziemlich früh wach. Um 8 Uhr schon am Handy?«

»Yes, da war ich schon kreativ.«

»Kreativ am Handy?«

»Kreativ am Schreibtisch. Im Oktober beginnt ein weiterführender Schreibkurs.«

»Mit Matze-Arschl?« Lisis Augenbrauen schossen in die Höhe.

»No na.«

»Und den willst du buchen?«

»Hab ich schon. Am Samstag um 8 Uhr.«

»Da wird sich der Matze aber freuen.« Sturzflug der Augenbrauen. Das verhieß nichts Gutes. Katie konnte es Lisi nicht verübeln.

»Das is mir wurscht«, entgegnete Elena und hob demonstrativ ihre rechte Hand, an der ein Ring steckte, der weißgolden funkelte und verziert war mit einem einzelnen, geschliffenen, fein eingefassten ... Diamanten?!

»Ein Tiffany-Ring?«, fragte Lisi und griff zu Elenas Fingern, begutachtete das Schmuckstück von allen Seiten.
Elena schnaubte. »Exklusiv von Bijou Brigitte.«
»Du hast Ja gesagt?«, fragte Katie.
»Ich hab den Ring angenommen.«
»Und Ja gesagt?« Lisi ließ Elenas Hand frei.
»Ich hab ›noch nicht‹ gesagt.«
»Und das hat Sebastian nicht erneut in die Flucht geschlagen?«
»Nope.«
»Schöner Ring«, sagte Katie.
»Guter Mann«, sagte Lisi.
A Z, dachte Katie.
»Ist jetzt bei euch alles in Butter?«
Elena nippte erst an ihrem Kaffee, bevor sie antwortete: »Wir werden sehen.«
Wir werden sehen ... Katie sah zur Schopenhauer-Tür. Und sah nichts beziehungsweise niemanden.
»Jetzt du.« Elena stupste Lisi mit dem Ellenbogen an. »Wie lang ist Mister Facility geblieben?«
»Der saß am Samstag um 8 Uhr schon im Zug nach Dornbirn.«
»Oh.« Katies Gewissen kniff in ihre Magenwand und drückte gegen ihre Bauchdecke. Lisi hätte viel mehr Zeit mit ihm gehabt, wenn Katie nicht den Aktenkoffer ...
»Ein kurzer Besuch«, sagte Elena.
Doch Lisi schien das nicht zu stören. Ganz und gar nicht.
»Ein effektiver Besuch!« Die doppelte Augenbrauen-La-Ola machte weiteres Nachfragen überflüssig.
»Könnte jetzt öfter vorkommen, was?« Elena versuchte, eine Augenbrauen-La-Ola zu imitieren. Unalkoholisiert war das offensichtlich nicht so leicht.
Lisi nahm zuerst einen Schluck Kaffee, bevor sie antwortete: »Wir werden sehen.«

»Pff«, machte Elena und griff ebenfalls zu ihrer Tasse.
Auch Katie trank von ihrem Kaffee. Gruppendynamik. Leider ersparte es ihr das Nachfragen von Lisi nicht.

»Und?« Lisi nickte in Richtung Gastraum. »Haben sie dich gelöchert?«

Katie nickte und hob ihre Kaffeetasse wieder an die Lippen.

Die Stammgäste hatten alle vom Polizeieinsatz gehört und Katie rezitierte brav die offizielle Version: Online auf ORF Wien war zu lesen, dass in der Nacht auf Samstag im verlassenen Schanigarten »eines gastronomischen Betriebs im 18. Bezirk« ein Passant überfallen worden sei. Der oder die Täter seien noch flüchtig. Dass dabei eine nicht näher benannte Menge an Betäubungsmitteln gefunden wurde, klang in der Meldung so zweitrangig und harmlos, dass Johnnie Walker scheinbar keinen Verdacht geschöpft hatte. Katie hätte den geizigen Ungustl für klüger gehalten.

Von Erwin, der heute zu Schichtbeginn angerufen hatte, wusste Katie, dass Johnnie am Samstag den vergessenen Aktenkoffer geholt hatte und von Rita Suess & Co. verfolgt und festgenommen worden war.

Zu Johnnies Verhaftung gab es keine Polizeimeldung, was Katie nicht wunderte. Rita Suess hatte am Freitag von einem lang geplanten Einsatz gesprochen und der zielte bestimmt auf etwas Größeres als einen einzelnen Aktenkoffer voller Drogen und Geldscheine ab.

Erwin hatte am Telefon ordentlich über die »lausigen Kiewerer« und die Umstände geschimpft. Er war nicht begeistert gewesen von der Polizei-Aktion, aber von Rita Suess. »Die is ka Spatzerl, die is a rescher, fescher Adler!« *Typisch Erwin.*

»Sie haben dich also gelöchert. – Alle?«, hakte Lisi bei Katie nach.

»Jep. Allerdings habe ich es nicht zum therapeutischen Gespräch gemacht.« Katie versuchte zu lächeln. Sie scheiterte kläglich. Ihre Mundwinkel fühlten sich wie versteinert an.

»War es sehr schlimm?«, fragte Elena.

A Z, dachte Katie und sagte: »Nein.« Ihre Mundwinkel wollten sich trotzdem nicht bewegen ...

»Hättest du mit Elena diesen Schauspielkurs vor 'nem Jahr genommen, hätten wir dir das vielleicht für eine Sekunde geglaubt.«

»Schauspielen ist nicht vorspielen«, korrigierte Elena. »Man kann nur schauspielen, was man fühlt.«

»Eben!«

Elena sah Lisi kurz verwirrt an, dann nickte sie: »Ach so!« Sie zwinkerte. »No na!«

Katie schaute an den beiden vorbei zu Schach und Matt, zur Dog Lady, zum Johnnie-Walker-losen Tisch 42. Zu den drei Best-Ager-Neulingen ganz hinten im Eck, die anstatt an einem Spieltisch in einer Sitzkoje am Fenster Canasta spielten. Zuwachs, das würde Erwin freuen.

Katie griff zum Schwammtuch und wischte zweimal über die Arbeitsfläche. Es war ein Montagnachmittag wie jeder andere im Café Schopenhauer. Und doch war alles anders.

It's the end of the world as we know it.

Michael Stipe und Mike Mills von R.E.M. sangen Katie ins Ohr. Refrain und Songtitel endeten auf einem »And I feel fine«. So weit kamen die beiden Musiker in Katies Kopf allerdings nicht. Sie wiederholten in Dauerschleife: *It's the end of the world as we know it. It's the end of the world as we know it. It's the end ...*

Am Ende war sie wieder allein und ihre Tagträume waren ausgeträumt. Sie hatte sich verliebt. Wieder verliebt. Wieder in den Falschen. In einen Herzborderliner, wie Lisi sagen würde. In jemanden, der nahm und nicht gab. Warum nur fühlte es sich trotzdem so richtig an, wenn sie an ihn dachte? An Christoph. Ihren El Sol ...

Ihr Herz schien wirklich nicht zurechnungsfähig zu sein. Darum war sie wieder allein.

Nun, fast allein. Elenas Hand schob sich über das Holz der Bar und drückte Katies Arm. Zweimal. Tröstend. »Themenwechsel?«

Noch bevor Katie nicken, atmen, weinen oder was auch immer tun konnte, sagte Lisi: »Ich hab die Bewerbung abgeschickt.«

Einen Moment passierte nichts, dann fragten Elena und Katie gleichzeitig:

»Wie bitte?«

»Für Dornbirn?«

Lisi nickte.

»Wann?«

»Wie?«

»Heute Vormittag hab ich sie gemailt.«

Heute Vormittag. Ein verhältnismäßig kleiner Zeitraum mit vielleicht großer Wirkung. Musste denn alles anders werden?

Durch einen schnöden Aktenkoffer und eine E-Mail?

»Du hast dich beworben? Einfach so?« Elenas Augen wurden groß.

»Genau.«

»Never!«

»Doch.«

»Na.«

»Doch!«

»Aber ... des is oarg!« Elena sah verzweifelt aus. »Du kannst nicht einfach so gehen.«

»Tue ich auch nicht. Ich werfe nur meinen Hut in den Ring. Vielleicht entscheidet sich das Management für jemand anderen.«

Katie wischte erneut über die fleckenlose Arbeitsplatte.
»Natürlich wirst du die Stelle bekommen!«
»No na!«, sagte Elena. »Das ist so sicher wie das Amen in der Kirche. – Oh.« Sie fügte etwas leiser hinzu: »Sorry, Katie.«
It's the end of the world as we know it ...
»Der Dienstantritt ist erst kommendes Jahr. Macht euch keine Sorgen.« Lisi zog mit dem Löffel Kreise durch ihren Kaffee.
»Welch Trost ...« Elena schnaubte.
Sie griff in ihren Stoffbeutel und holte ihr Notizheft heraus. Zwei Eselsohren waren eingerissen und geklebt worden. Sie schlug die vorletzte Seite auf, die bereits zur Hälfte beschrieben war.
»Immer dieses Heft. Bist du am Samstag nicht fertig geworden mit dem kreativen Schreiben?« Lisi wedelte mit ihrem Kaffeelöffel in Richtung Gekritzel.
»Doch, bin ich.«
»Und was willst du *jetzt* damit?«
»Jetzt halte ich die wichtigsten Eindrücke fest.« Elena fischte ihren lilafarbenen Roller-Pen aus der Tasche und krakelte ein einzelnes, für Katie unleserliches Wort in eine neue Zeile.
»Viele Eindrücke scheinen das ja nicht zu sein.«
Ladys und Gentlemen, die Elena-Lisi-Show war noch nicht zu Ende. Man hätte wirklich meinen können, alles wäre wie vor einer Woche, ein ganz normaler Montag im Café Schopenhauer. Aber es fühlte sich nicht so an.
»Die Menge spielt keine Rolle. Die richtigen Worte sind wichtig. Schlüsselworte.«
»Na so was!«
Elena überging Lisis Spot. »Die Hauptsache ist dabei, dass ich mich zu Hause an genau diese Szene erinnere. Dass ich sie wieder abrufen kann.« Sie notierte drei Spiegelstriche.

»Diese Szene?«, fragte Lisi.
»Yes.«
»Diese Szene, an dieser Bar?«
»Möglich.« Elena malte ein großes Ausrufezeichen.
»Hmmmh.« Lisi schaute skeptisch auf Elenas Gekrakel. »Du hast nie erzählt, worum es in deinen Hausübungen geht. Oder in dieser Zwischenpräsentation. – Was tust du da in diesem Schreibkurs?« Lisi versuchte, in Elenas Notizheft zu blättern, doch Elena klappte es zu.
»Ich schreibe ein Buch.«
»Und worüber?«
»Über das Schopenhauer.«
»Ein Sachbuch?«
»Nope.«
Lisi verschränkte die Arme vor der Brust. »Schreibst du über uns?!«
Elena lächelte breit. »Yes!« Ihre Bambi-Augen strahlten. »Der Freitag war sehr inspirierend.«
Inspirierend? Wenn es nach Katie ginge, sollte der vergangene Freitagabend aus dem Raum-Zeit-Kontinuum gestrichen anstatt schriftlich verewigt werden.
Lisi war genauso wenig begeistert. »Dafür bekommst du mein Einverständnis nicht!«
»Von mir auch nicht«, sagte Katie.
»Künstlerische Freiheit«, flötete Elena mit Unschuldsmiene und stopfte das Notizheft mit flinken Händen und ohne viel Federlesen zurück in den Stoffturnbeutel. »Ihr kriegt andere Namen. Ich überzeichne hier und da ein bisschen. Don't worry, euch wird niemand erkennen.«
»Das lasse ich anwaltlich prüfen!«
»Pff«, machte Elena. »Bis das Buch gedruckt ist, bist du eh längst in Vorarlberg.«
Lisi und Katie sahen sich an.

»Und ich schreibe unter Pseudonym«, fügte Elena hinzu.
»Ich hatte an Fiona ... irgendwas gedacht.«
»Wie bitte?«, fragte Katie. Wie viele Hiobsbotschaften würde es heute noch geben? Und warum waren so viele Redewendungen kirchlich durchdrungen?
»Fiona? Ex-Frau-Fiona Irgendwas?«
»Ist ein interessanter Name.« Elena warf den Roller-Pen in ihren Stoffbeutel.
»Na servas ...«, murmelte Lisi.
Na, Prost Mahlzeit, dachte Katie.
Sie war zu müde, um zu einem Geschirrtuch und einem Glas zu greifen. Sie war sogar zu müde, um weiter mit dem Schwammtuch über das Chrom der Arbeitsfläche zu reiben. Stattdessen schaute Katie auf Lisis Finger, die den Kaffeelöffel durch ihren Kaffeerest kreisen ließen. Mit jeder Umdrehung wurde Katies Herz schwerer. Nach all den Offenbarungen würden die beiden gewiss gleich nach ihrem Wochenende fragen ...
It's the end of the world as we know it, begann Michael Stipe erneut zu singen.
Ein perfekter Refrain für die Liedstrophen aus Endzeitszenarien und Einsamkeit, aus Albträumen und Albernheiten. Ja, der R.E.M.-Song passte wirklich gut zu ihrem Wochenende.
»Ich wünschte, ich wäre größer«, durchbrach Elena die kurze Stille. Sie stützte in ihrer typisch verträumten Art den Ellenbogen auf die Bar und legte ihr Kinn in die Hand.
»Du bist 1,76 Meter. Du bist schon groß«, entgegnete Lisi.
»No na. Ich wünschte nur, ich würde größer werden und die Welt bliebe, wie sie ist. Dann hätte ich mehr Überblick.«
»Mehr Überblick?«, fragte Lisi.
»Es ist doch so: Am Anfang bist du ein Kind. Du bist klein. Du hast kleine Wünsche, kleine Erwartungen und erlebst kleine Enttäuschungen. Wenn du groß wirst, müsstest du

eigentlich einen Vorteil haben. Aber das stimmt nicht, denn die Welt wächst mit. Du bist also groß und hast plötzlich große Wünsche, große Erwartungen und –« Elena hielt inne.

»Große Enttäuschungen«, beendete Lisi den Satz. Bei ihr musste die Wahrheit immer raus ...

It's the end of the world as we know it.

Michael Stipe kannte dieses Gefühl von Endgültigkeit und Einsamkeit, das in Katies Eingeweiden auf und ab schwappte. Doch bedeutete das nicht, dass sie im Prinzip nicht ganz allein war?

Katie sah zu den Sommerblumen auf der Bar, lauschte nach der Stimme von Michael Stipe in ihrem Inneren und zählte beides als kleines Trostpflaster für ihr gebrochenes Herz. Ein kleiner Trost ... Wieder spürte sie, wie die Tränen hochstiegen, spürte dieses eigentümliche Kribbeln und Drücken zwischen Nase und Auge.

Lisi und Elena beugten sich beide vor. Eine drückte Katies linken, eine ihren rechten Arm. Das wirkte wie ein Druckverband für ihr gebrochenes Herz. *Ich bin nicht allein*, dachte Katie und schluckte. Sie kniff die Pobacken zusammen. Sie wollte auf keinen Fall hinter der Theke stehen und heulen. Auf gar keinen Fall!

»Wie ist es di –«, weiter kam Elena nicht. Ihre Frage schwenkte um in ein: »Katie, was ist?«

Katie starrte über Elenas Schulter zur Eingangstür.

Träumte sie?

Dort stand Christoph. Ohne Koffer. Ohne Jackett. In einem hellblauen Hemd, das er bis zu den Ellenbogen hochgekrempelt hatte. Er war stehen geblieben und schaute zur Theke. Zum Trio infernale. Einen Moment passierte nichts. Dann straffte Christoph seine Schultern und kam auf die Bar zu. Katies Puls erhöhte sich. War das ein gutes oder ein schlechtes Zeichen? War das ein Traum oder ein Albtraum?

»Kann ich dich sprechen?«

Elena klappte der Mund auf, als Christoph plötzlich neben ihr stand.

Lisi, die gerade ihre Tasse austrank, verschluckte sich. Sie hob den Zeigefinger der einen Hand, als wollte sie etwas sagen, und hustete hinter der vorgehaltenen anderen Hand.

»Also ich ...«, begann Katie und wusste nicht weiter. Sie hatte sich gewünscht, dass er käme. Dass sie sich erklären könnte. Dass sie beide ... Aber jetzt fehlten ihr die Worte.

»Nicht ohne uns!«, sagte Elena und klopfte Lisi auf den Rücken.

Lisi nickte. »Genau«, krächzte und hustete sie. »Der Scherbenhaufen, *hust, hust*, ist zu groß, *hust*.«

Ein treffsicheres Zitat. Christoph rieb sich kurz die Stirn. Und Katie spürte zum ersten Mal seit Tagen, wie ihre Mundwinkel sich zaghaft um einen Millimeter dehnten.

Christoph sah von Lisi zu Elena zu Katie. Seine braunen Augen waren nicht mehr verkniffen wie Freitagnacht, sondern hell, klar und offen wie so oft an einem Schopenhauer-Nachmittag.

Er atmete einmal tief durch.

»Es ist so ... Es tut mir leid.« Er schenkte Elena und Lisi keinerlei Beachtung mehr, sondern fokussierte allein Katie. »Ich war aufgewühlt. Wütend. Vor allen Dingen wohl verunsichert. Ich wollte nicht glauben, dass du mir so etwas zutraust und ... Ich habe dich verletzt. Zu sehr. Ich habe es in deinen Augen gesehen, doch in der Nacht am Freitag ...«

Er fuhr sich durch sein Haar. »Jetzt weiß ich, dass ein Koffer mit Talar und Bibel, der genau dort auftaucht, wo ich immer sitze, natürlich auf mich hinweist. Ziemlich schlau von Väterchen Frost. Was ich sagen will, ist: Jetzt ist mir klar, dass es fahrlässig gewesen wäre, mich nicht bei der Polizei zu erwäh–«

Katie unterbrach ihn mit erhobener Hand. »Warte!« Sie deutete auf den Makramee-Vorhang. »Komm mit.«

Christoph nickte.

Lisi und Elena verkniffen sich zum Glück einen Protest.

Erneut standen sie in der Küche. Erneut vor den Regalen mit Cocktailkirschen, Mehl und Hafermilch. Dass er da war, wirkte wie ein Defibrillator für ihr gebrochenes Herz. Seine Worte wie ein Sauerstoffzelt.

»Die Umstände Freitagnacht haben alles so absurd kompliziert werden lassen. Das ist mir jetzt klar. Ich bin gekommen, um dir zu sagen, dass es mir leidtut.«

»Okay.« Katie lächelte. Sie konnte es also noch, auch wenn ihre Gesichtsmuskeln sich dabei seltsam verspannt anfühlten.

»Es tut mir leid«, sagte er und seine hellbraunen Augen funkelten.

Katie trat einen Schritt auf ihn zu. »Ich kann mir vorstellen, dass der Freitag ein Horrortag für dich war.«

»So ziemlich.«

Katie ergriff seine Hände. Christoph ließ es zu.

Es war wie am Freitag vor der Katastrophe. Erneut hier mit ihm zu stehen, allein, zu zweit und so nah, ließ die Welt ganz anders aussehen: Es war nicht das Ende. Denn er war zu ihr gekommen. Es war ihm ernst. Und das hieß: Sie hatte sich nicht geirrt. Ihr Herz hatte sich nicht geirrt! Es war doch zurechnungsfähig.

Katie genoss es, dass Christophs Finger sich mit ihren verschränkten, auch wenn sein schiefes Harrison-Ford-Lächeln etwas gequält wirkte. Die Berührung war die Rehabilitation für ihr Herz. Wenn sie jetzt noch einen Kuss …

»Katie, ich …«

»Ja?«

»Ich kann trotzdem nicht wiederkommen.«

Die Welt stand plötzlich still.
»Wie bitte?«
»Ich kann nicht wiederkommen. Ich bin immer noch aufgewühlt, wütend und verunsichert. – Nicht wegen dir. Na ja. Aufgewühlt und verunsichert vielleicht, aber nicht wütend.«
Kammerflimmern!
Wo war sein Punkt?
»Ich bin in keiner guten Lebensphase. Ich habe nicht mal eine Wohnung. Ich schlafe auf der Couch in der winzigen Bude eines Freundes. Ich verpasse gerade eine beruflich wichtige Tagung. Die Scheidung steht an. Das Sorgerecht. – Besser, du gerätst da nicht zwischen die Fronten.« Seine Finger lösten sich aus ihren, doch Katie ließ ihn nicht los.
»Christoph, ich de –«
»Nein, bitte. Ich habe mir das gut überlegt.«
»Gemeinsam durch so eine ... Zeit zu gehen«, argumentierte Katie, »das ist auch eine Chance. Wir würden einander so viel besser kennenlernen.«
»Du würdest all meine schlechten Seiten zuerst entdecken. Ich würde dich vertreiben.«
»Einspruch!«
Christoph schwieg und schloss kurz die Augen.
»Einspruch«, er öffnete die Augen. »Da hast du recht. Einspruch wegen Wankelmuts. Im Moment bin ich mir in so vielem nicht sicher: Was ist mir wirklich wichtig? Was brauche ich zum Leben? Was bin ich für ein Mensch? Ich bin mir selbst so fremd.« Er schaute zu Boden. »Und zudem die Erwartungen und Ansprüche der anderen. Meine Mutter wirft mir vor, dass die Scheidung für die Entwicklung meiner Kinder schädlich sei. Mein Vater hält mich für einen Feigling. Alles steht plötzlich zur Debatte. Ich stelle meine bisherigen Entscheidungen infrage. Kann ich mir überhaupt noch trauen? Ich ...«
Christoph sah wieder in ihre Augen. Seine Daumen strichen

über ihre Handrücken. »Ich muss da durch und sehen, wie ich am Ende rauskomme.«

Herzstillstand.

Vermutlich wären Katie weitere Gegenargumente eingefallen, um ihn zu überzeugen, an ihrer Verabredung kommendes Wochenende festzuhalten – nur kamen ihr all seine Gedanken so bekannt vor. *Déjà-senti.*

»Ich kenne dieses Gefühl.« Da war erneut dieses Drücken zwischen Nase und Auge ... Michael Stipe behielt recht: *It's the end of the world as we know it.*

Christoph trat nah an sie heran. »Es war der richtige Ort, aber die falsche Zeit. – Lebwohl, Katie Schopenhauerin.« Er beugte sich vor und küsste sie auf die Wange, doch Katie drehte ihren Kopf, griff nach seiner Schulter und küsste ihn auf den Mund.

It's the end of the world as we know it – and I feel fine?!

Jedenfalls für diesen kurzen Augenblick, dachte Katie. Und Christoph anscheinend auch. Er erwiderte den Kuss. Einmal. Zweimal. Dreimal. Katie schlang ihre Arme um seinen Hals, er zog sie dicht an sich.

Reanimation.

Ihr Herz hatte sich nicht geirrt ... auch wenn das jetzt nichts nützte.

»Ich hatte gehofft, dass du es mir nicht leicht machst«, sagte Christoph und drückte seine Lippen noch einmal sanft und kurz auf ihren Mund. »Trotzdem darf ich dich da nicht mit hineinziehen.«

Er löste ihre Hände in seinem Nacken, strich mit seinen Fingern über ihre und trat einen Schritt zurück.

»Pass auf dich auf!« Damit drehte er sich um und ging. Aus der Küche. Aus dem Schopenhauer. Aus ihrem Leben.

Das Kammerflimmern kehrte wieder. Wo war das Sauerstoffzelt? Wo der Defibrillator?

Atmen, Katie, atmen. Und A Z.

Katie stakste hinter dem Makramee-Vorhang hervor. Sie sah Christoph am Fenster vorbeieilen. Er fuhr sich dabei mit der Hand über das Gesicht. Dann war er nicht mehr zu sehen.

»Was ist passiert? Geht's dir gut?« Elena machte große Augen. Lisi war nicht an ihrem Platz.

»Keine Ahnung.« Ihr Herz fühlte sich taub an. Ihr Körper auch. Das Gehirn leer. Atmen, Katie.

Sie sah, wie Lisi gerade Filterkaffee in die Melange-Tasse von Schach goss.

»Lisi hat ihm erklärt, Filterkaffee sei viel bekömmlicher«, erklärte Elena. »Schach wollte einen Kleinen Brauen bestellen, aber wir kennen uns mit der Maschine nicht aus und wollten dich unter keinen Umständen stören.«

Aha?! War das gut oder schlecht? Ohr an Gehirn, Ohr an Gehirn.

Lisi kam zurück. Sie stellte die Kaffeekanne auf die Theke, kletterte auf ihren Barhocker und reichte Katie einen Fünf-Euro-Schein. »Die Dog Lady hat gezahlt. Und einen halben Kapuziner für morgen angezahlt, die Geiztante.« Lisi verzog das Gesicht. »Wir hatten kein Rückgeld. Na, wenigstens wollte sie nicht anschreiben lassen. – Oh, und das neue Canasta-Trio dahinten hat sein Spiel schon so gut wie beendet.«

»Wie lange war ich denn weg?«

»Nicht lange. Die Dog Lady hat sofort geschnippt, als du mit El Sol in die Küche verschwunden bist. Apropos: raus damit. Was ist da drinnen passiert?«

Es war schnell erzählt. Auch wenn Katie zwei Anläufe brauchte, war alles in fünf stockenden Sätzen gesagt.

Danach sah Elena so betrübt aus, wie Katie sich fühlte. »Er kommt nicht wieder?«, fragte sie mit großen, feucht glänzenden Rehaugen. Das Gesicht lang gezogen. Die steile Nord-Süd-Falte auf der Stirn.

Katie schüttelte den Kopf.

»Na servas ...«, brummte Lisi. Sie rührte in ihrem Kaffee, den sie sich anscheinend selbst nachgeschenkt hatte, als Katie in der Küche ...

»Okay, okay. Wartet mal.« Lisi legte den Löffel beiseite. »Konzentrieren wir uns auf die positive Seite.« Lisis Zeigefinger stach auf das Holz der Theke ein. »Erstens: Der Kelch ist an dir vorübergegangen, dass du die Freundin eines Pfarrers wirst. Ich meine: eines Pfarrers!«

»Richtig!« Elena nahm wieder Haltung an. Sie presste ihre Lippen entschlossen aufeinander und nickte.

Katie schwieg.

»Zweitens«, Lisis Zeigefinger bohrte sich erneut in die Theke, »kein Kinderalarm! Ich meine: fünf und sieben? Denen muss man ja noch die Jause schmieren.«

Katie sagte nichts. *A Z*, dachte sie. *A Z!*

»Keine Öi-Musik!«, warf Elena ein.

»Guter Punkt!« Lisi nickte zufrieden. Allerdings nur kurz. Aus dem Zeigefinger-Stechen wurde ein Fingernagel-Tippeln, *klack-klack-klack-klack*, das mit jeder verstreichenden Sekunde langsamer und leiser wurde. *Klack-klack ... klack.* Dann hörte es auf.

Genügten drei Punkte?

Lisis Augenbrauen schoben sich zusammen. »Hat er gesagt: ›Ich darf dich da nicht mit hineinziehen‹ oder ›Ich darf dich da *noch* nicht mit hineinziehen‹?«

»Ersteres.« Katie stützte ihre Ellenbogen auf die Bar und vergrub ihr Gesicht in beiden Händen. Drei Punkte genügten nicht!

»Das ist fair«, sagte Lisi.

»Das ist schade!«, sagte Elena.

Katie spürte, wie die Tränen gegen ihre Augenlider drückten. *Nicht weinen. Jetzt nicht weinen!* Hier war definitiv nicht der richtige Ort dafür. In der Theorie.

In der Praxis strich eine warme Hand über Katies Arm, was eine einzelne, undisziplinierte Träne ermutigte, über ihre Wange zu kullern. Weitere abtrünnige folgten. Eine fatale Kettenreaktion. Katie schniefte.

»Vielleicht hat er das ›noch‹ vergessen …?«, fragte Elena leise.

»Ach, das is a Schaß!«, fluchte Lisi und ließ ihre flache Hand auf die Theke klatschen. Katie zuckte zusammen und schaute über ihre Finger hinweg zu Lisi.

»Er ist ein Trost suchender, egozentrischer Herzborderliner und er weiß das. Er ist dabei so grundvernünftig und reflektiert und … *bäh*!«

Katie wusste, was Lisi damit sagen wollte: »Er hätte es sein können …« Sie ließ die Hände sinken und wischte sich vorsichtig die Tränen aus dem Gesicht. Ihr Kajal war garantiert verschmiert. Vermutlich sah sie aus wie ein Waschbär.

Er hätte es sein können …

»Deine Sunday Kind of Love«, murmelte Elena und strich ein letztes Mal über Katies Arm.

Lisi schnaubte. »Sonntags hätte der in die Kirche gemusst.«

Elena schaute Lisi entsetzt an.

»Was denn? Das ist Fakt!« Lisi schob eine Packung Papiertaschentücher über die Bar und Elena schüttelte mahnend den Kopf. Katies Mundwinkel streckten sich zwei Millimeter, bevor sie sich möglichst leise schnäuzte. Die beiden waren Defibrillator und Sauerstoffzelt in einem.

Es war noch nicht alles verloren.

»Ich könnte einen Kaffee-Kirsch vertragen.« Katie griff zum Kirschlikör im Spirituosen-Regal hinter sich.

»Guade Idee!« Lisi machte einen Trommelwirbel auf der Theke.

»Schnapsidee!«, ließ Elena sich anstecken.

Katies Hand zitterte, als sie die drei Kaffeetassen mit dem Kirschwasser begoss.

Elena hob ihre Tasse zum Toast: »Lieber ein Schrecken mit Ende als ein Ende ohne Schrecken.« Sie stutzte. »Oder wie war das?«

»Und du willst ein Buch schreiben?« Lisi klickte ihre Tasse an Elenas und Katies.

»No na!«

»Traumhaft ...«, murmelte Lisi.

Alle drei kosteten einen Schluck, dann wandte sich Lisi an Katie: »Apropos traumhaft: Dein Traum-Mann ist zwar weg, doch du hast immer noch deine Traum-Promotionsarbeit.«

Elena schnappte nach Luft. »Lisi, ausgerechnet heute! Du kannst nich–«

»In bestimmten Fällen«, Lisi hob ihren Kaffeelöffel in die Luft, »kann etwas gesteuerte Wut Wunder wirken.«

»Tja.« Katie zuckte mit den Schultern. Dieser Satz hätte eigentlich einen triumphalen Augenblick in ihrem Leben markieren sollen. *Hätte ...*

»Ich hab abgegeben.«

Im Vergleich zu Polizeisirenen, Drogen und Gastro-Küchen-Küssen schien das Versenden einer Mail unbedeutend. Oder?

So wie Lisi und Elena sie in diesem Augenblick mit offenen Mündern anstarrten, kamen Katie leise Zweifel.

Lisis Augenbrauen schossen in die Höhe. »Du hast *was*?«

»Abgegeben.«

»Du hast abgegeben?«

»Jep.«

»Wann?«

»Heute Vormittag.«

»Wie?« Lisi war normalerweise nicht so schwer von Begriff.

»Per E-Mail.– Ich hab dir gesagt, dass ich dran bin.«

»Ich hab dir aber nicht geglaubt!«

»Tja.« Katie hatte sich selbst auch nicht geglaubt. Das würde sie Lisi allerdings nicht auf die Nase binden.

Seit Sven sie und ihre Promotionsordner aus der nicht mehr gemeinsamen Wohnung geworfen hatte, damals vor zwei Jahren, hatte sie nicht mehr daran geglaubt, geschweige denn daran denken wollen. *An den Teenie-Scheiß.*

Und jetzt? Jetzt hatte sie den Teenie-Scheiß, für den ihr Herz höherschlug, in ein akademisch-wissenschaftliches Konzept gegossen. Sie hatte es durchgezogen. Primär, um sich abzulenken. Trotzdem konnte Katie es nicht leugnen: *Sie hatte es durchgezogen!*

»Nein«, Lisi schüttelte den Kopf. »Nein, das kann nicht sein. So plötzlich? Das glaub ich nicht.«

»Wie bitte?«

»Ich glaub dir nicht.«

Katie schnalzte leise mit der Zunge und griff zur Mitarbeiter-Schublade. Lisi wollte Beweise sehen? Nichts leichter als das.

Katie nahm ihr Handy aus der Lade, öffnete die Mail-App und … *Oh shit!*

»Was ist?«, fragte Lisi. Ihre Augenbrauen zogen sich zusammen.

»Ich …« Katie stockte. »Ich hab bereits eine Antwort.«

»Von wem? Deinem Doktorvater?«

Katie nickte und starrte auf das Display in ihren Händen. Sollte ihr Prof die Arbeit mit nur einem Blick abgelehnt haben? Hatte er die Conclusio gelesen und war so schockiert wie Sven dama–

»Du hast wirklich abgegeben!«, staunte Lisi und lehnte sich auf ihrem Barhocker zurück.

»Öffne das Mail! Was schreibt dein Prof?«, forderte Elena. »Los!«

Besser jetzt, im Beisein der beiden, als allein zu Hause ...
Katie tippte die Mail an und traute ihren Augen kaum.
»Was hat er geschrieben?«, fragten Lisi und Elena unisono.
Katie schaute vom Smartphone zu den beiden und wieder auf die Nachricht. »›Schaut gut aus. MfG JW‹«, las Katie die kurze Antwort vor.
Ihr Hirn brauchte mehrere Anläufe, um die Worte zu verarbeiten.
»Wow!« Elenas Augen waren kugelrund. »Super!«
»Und was heißt das jetzt?«, fragte Lisi.
Gute Frage. So langsam dämmerte Katie, dass sie heute Vormittag etwas mehr als eine alltägliche E-Mail verschickt hatte.
»Das bedeutet, dass du mich nicht mehr wegen meiner Promotionsarbeit nerven kannst«, erwiderte sie und fügte in Gedanken hinzu: Es bedeutet, dass ich meinen Traum verwirkliche, wissenschaftlich zu untersuchen und auf den Punkt zu bringen, was mich durch alle Höhen und Tiefen meines Lebens trägt, seitdem ich 15 Jahre alt bin: Songtexte.
Wie hatte sie diesen Traum vergessen können?
Und das wegen eines Mannes? Wegen Sven?
Nein, das sollte ihr nicht noch einmal passieren!
Auf keinen Fall!, schwor sich Katie und besiegelte den Entschluss mit einem Schluck Kaffee-Kirsch.
Wenn ihre Träume je wieder erneut in Gefahr geraten sollten, würde sie sich an Lisi erinnern, die ständig nach der Seitenzahl gefragt hatte. An Elena, die imponiert die Augen aufgerissen hatte, und vielleicht auch an Christoph und sein »Immer noch eingeschrieben?«. Und sie würde sich an diesen Moment hier hinter der Theke erinnern. Daran, dass in all dem Elend ein Teil ihres gebrochenen Herzens intakt und unberührt für sie weiterschlug. Für sie allein. Das sollte ihr

Mahnung und Lehre sein, an ihren Träumen festzuhalten. Um ihrer selbst willen. Denn wer wusste schon, was aus den eigenen kleinen Träumen alles erwachsen könnte?

»Du kriegst deinen Titel?« Lisi war noch nie so schwer von Begriff gewesen.

»Wenn ich mich nicht allzu doof anstelle.« Katie hatte das Gefühl, langsam, aber sicher Lisis Dramaqueen-Storytelling-Strategie auf die Spur zu kommen.

»Jessas, Katie! Jetzt sprich drei Sätze geradeaus mit Subjekt, Prädikat, Objekt!«, forderte Lisi.

Katies Mundwinkel streckten sich um weitere Millimeter. »Zuerst wird die Arbeit begutachtet. Ich melde mich für die mündliche Prüfung an. Ich bereite mich auf die mündliche Prüfung vor«, zählte Katie auf. »Dann werde ich geprüft. Und wenn ich alles bestehe, bekomme ich meinen Titel.«

»Demnach ist jetzt nichts mehr mit abwarten und Tee trinken?«

Katie nippte an ihrem Kaffee-Kirsch, bevor sie sagte: »Wir werden sehen.«

»Das bedeutet, ich kann dich noch sekkieren!« Lisis Augenbrauen-La-Ola ließ ein minimales Lächeln auf Katies Lippen durchbrechen.

Es war nicht alle Hoffnung verloren, dachte Katie. Auch gebrochene Herzen schlugen weiter.

Lisi schüttelte kurz den Kopf und lachte auf. »Ich fasse es nicht: Du hast abgegeben!«

Katie konnte es auch nicht fassen. Nicht wirklich. Alles würde sich ändern. *Alles war dabei, sich zu ändern.* Doch eines war klar: Diesmal würde sie nicht überrollt werden. Diesmal nicht. Diesmal hatte sie selbst auch ein paar Zügel in der Hand. Sie würde mit Erwin sprechen müssen. Bald. Denn ewig würde sie wohl nicht mehr hier hinter der Bar stehen und *Katie Schopenhauerin* sein ...

»Oarg, oarg, oarg!« Elena hob ihren restlichen Kaffee-Kirsch erneut zum Toast. »Herzlichen Glückwunsch, Katie! Wow!«

Lisi setzte noch eins drauf. Sie hüpfte vom Barhocker, drehte sich um in Richtung Gastraum und riss die Hände in die Höhe. »Wohoooo! Katie hat abgegeben!«

In jedem Hollywood-Streifen wären die Gäste allesamt von ihren Sitzen aufgesprungen, hätten gejubelt, getanzt und Katies Namen gerufen. Konfetti wäre auf alle gerieselt, Luftschlangen wären von der Decke gesegelt, eine Big Band wäre zur Tür hereingekommen. Big Party und Abspann.

Aber hier im Schopenhauer hob die Kartengeberin der Tarock-Runde hinten im Eck die Hand: »Zahlen bitte.«

Schach rief: »Her mit der Dame!«

Matt stöhnte.

Und Johnnie Walker?

Ach ja, der würde so schnell nicht wiederkommen ...

So try to remember
The dreams that we forgot
'Cause hope is not the answer
If you keep your eyes wide shut

Bukahara

In memoriam

In Erinnerung an Sven Oltrop,
der mir niemals das Herz gebrochen hat

Danksagung

Schreiben ist eine Leidenschaft, Romanschreiben ist ein Handwerk. Danke an Abbie Emmons, die mir das Reinschnuppern leicht gemacht hat. Danke an Jessica Brody, die mir in ihrer Writing Mastery Academy alle Werkzeuge bereitgelegt hat.

Ich danke dem Team der gemeinnützigen Organisation NaNoWriMo (National Novel Writing Month) für die »virtuelle Werkstatt«: Durch euren Enthusiasmus und eure schonungslosen Fristen ist der Erstentwurf von Katies Kaffeehaus-Abenteuer geglückt und ich bin Teil der »International Writing and Revising Group« geworden: Michele und Yeradith – ihr seid die besten »accountability partners«!

Ich danke meinen Erstleserinnen Wiebke, Eva, Manja und Erika sowie meinen Erstlesern Wilfried und Fred, die mir mit konstruktiven Rückmeldungen weitergeholfen haben.

Ich danke dem Schopenhauer-Wirt Fred Goed, der die Idee einer Kaffeehaus-Romanze ohne zu zögern gutgeheißen und übrigens keinerlei Ähnlichkeit mit dem fiktiven Erwin hat.

Für ihre wertvollen Einschätzungen und ihre Unterstützung bei der Recherche danke ich Marietta, Claudia, Daniela, Dr. Regine Ahner und Paul. Der Kommentar »Es ist ja wohl ein Unterhaltungsroman und keine Klausur in Einsatzlehre ...« bleibt unvergessen! Danke für die Nachsicht, Paul.

Für die Kontrolle so mancher Passage in Mundart danke ich Andreas Berghöfer. Gemma!

Ohne den Gmeiner-Verlag wäre dieses Buch nicht so erschienen, wie Sie es in Händen halten. Ich danke Sarah Littgen für ihre unendliche Geduld und Susanne Tachlinski für den umsichtigen Feinschliff.

Und zum Schluss ein gerührtes, großes Danke an alle, die mich unbeirrbar ermutigt haben, dranzubleiben:

An meine beiden »Ws«, Wilfried und Wiebke, die mit mir durchs Leben flanieren und die bereits vor dem ersten Buchstaben und vor dem Bekleben meiner verrückten »Plot-Planungs-Tapete« begeistert von der Idee waren. An Angelika fürs Feiern und Büffeln, an Lisi für die Businesstalks, an Bernd für die Technik und an Eva, die beiden Margits, Angelina, Helga und Sepp fürs stete Nachfragen, Anspornen und Anteilnehmen. An den heimatlichen Literaturkreis: Claudia, Ebba, Karin, Fred, Erika, Ilse und Helga – ihr wart die »Ersthörerinnen und Ersthörer«. Danke!

Songzitate

Vielen Dank an Bukahara, Element Of Crime sowie Seiler und Speer, die den Abdruck der Liedtexte freundlicherweise genehmigt haben:

S. 133 (Kapitel 10) Zitat aus dem Song »Einer kommt weiter« von Element Of Crime, Text & Musik von David Young, Jakob Friderichs, Richard Pappik und Sven Regener. (Vertigo Berlin) www.element-of-crime.de

S. 181 (Kapitel 12) Zitat von Seiler und Speer: »Soits lebn«, geschrieben von Bernhard Speer und Christopher Seiler, mit freundlicher Genehmigung der Joke Brothers Publishing GmbH. www.seilerundspeer.at

S. 199 u. 359 (Kapitel 13 und Schlusszitat) Zitat aus dem Song »Eyes Wide Shut« von Bukahara, Text & Musik von Soufian Zoghlami. www.bukahara.com

Die Playlist zum Roman

Liebe geht durchs Ohr:

Alle im Roman erwähnten Songs sind in einer Playlist (in der Reihenfolge ihres »Erklingens« im Buch) zusammengefasst.

www.fionafellner.at/melange

*Weitere Titel finden Sie auf den
folgenden Seiten und im Internet:*
WWW.GMEINER-VERLAG.DE

Angela Szivatz
Tödliches Gspusi
Kriminalroman
256 Seiten, 12,5 x 20,5 cm,
Broschur
ISBN 978-3-8392-0827-4

Chefinspektorin Hilda Mooslechner muss gegen ihren Willen auf Kur an den Wolfgangsee. Trotz der malerischen Gegend langweilt sie sich grässlich und plagt sich mit den Kuranwendungen herum. Wären da nicht ihre neuen Kur-Bekanntschaften, wäre alles zum Kren reißen. Als ein Kurgast überraschend stirbt, schlägt Hildas Herz höher – endlich wieder was zu tun! Hinter dem Rücken der Kripo und ihrer Freundinnen untersucht sie den Fall auf eigene Faust. Was sie entdeckt, führt auch in ihre eigene Vergangenheit …

GMEINER SPANNUNG

WWW.GMEINER-VERLAG.DE
Wir machen's spannend

Eva Reichl
Drei Leichen zum Frühstück
Kriminalroman
336 Seiten, 12,5 x 20,5 cm,
Broschur
ISBN 978-3-8392-0775-8

Am Ufer des Traunsees wird ein Toter gefunden. Es ist ein grauenvoller Anblick, denn der Mörder hat dem Mann die Beine abgeschnitten. Außerdem hat er für Chefinspektorin Lotta Meinich vom LKA Linz eine Nachricht hinterlassen: »Lügen haben kurze Beine«. Lotta weiß zunächst nicht, wo sie ansetzen soll, denn der Tote war Anwalt und Lokalpolitiker und hat sich nicht nur Freunde gemacht. Lottas Vater, Chefinspektor im Ruhestand, entdeckt im OÖ. Tagblatt einen Hinweis darauf, dass der Täter bald erneut zuschlagen wird. Doch wo und wann?

GMEINER SPANNUNG

WWW.GMEINER-VERLAG.DE
Wir machen's spannend